他在漫漫冰原，视线所及之处，

便是玉架山上乡长明灯。

乡人灯长明，他死在一场风雪中。

——巫音

师尊 2

一丛音 著

SHI ZUN

YICONGYIN WORKS

长江出版社
CHANGJIANG PRESS

图书在版编目（CIP）数据

师尊．2 / 一丛音著． — 武汉：长江出版社，
2025．1． -- ISBN 978-7-5492-9907-2

Ⅰ．I247.5

中国国家版本馆 CIP 数据核字第 20248MF040 号

师尊．2　一丛音　著

SHI ZUN. 2

出　　版	长江出版社
	（武汉市解放大道1863号）
选题策划	忽　忽
市场发行	长江出版社发行部
网　　址	http://www.cjpress.cn
责任编辑	罗紫晨
封面设计	等　等
印　　刷	长沙鸿发印务实业有限公司
版　　次	2025 年 1 月第 1 版
印　　次	2025 年 1 月第 1 次印刷
开　　本	710mm×1000mm　1/16
印　　张	22.5
字　　数	378 千字
书　　号	ISBN 978-7-5492-9907-2
定　　价	49.80 元

版权所有，翻版必究。如有质量问题，请联系本社退换。
电话：027-82926557（总编室）　027-82926806（市场营销部）

目录

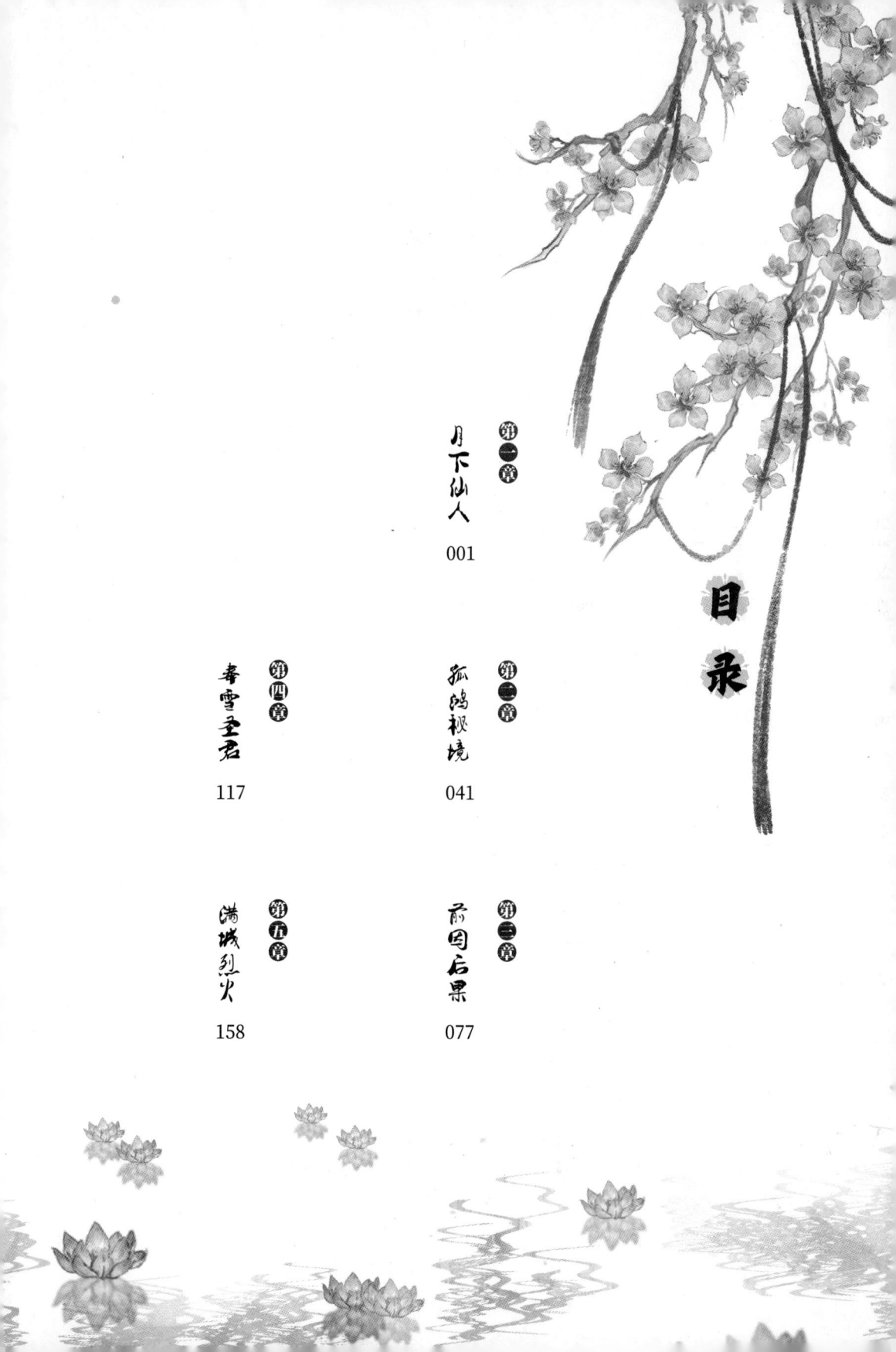

第一章 月下仙人 001

第二章 孤鸿枫境 041

第三章 前因后果 077

第四章 素雪圣君 117

第五章 满城烈火 158

目录

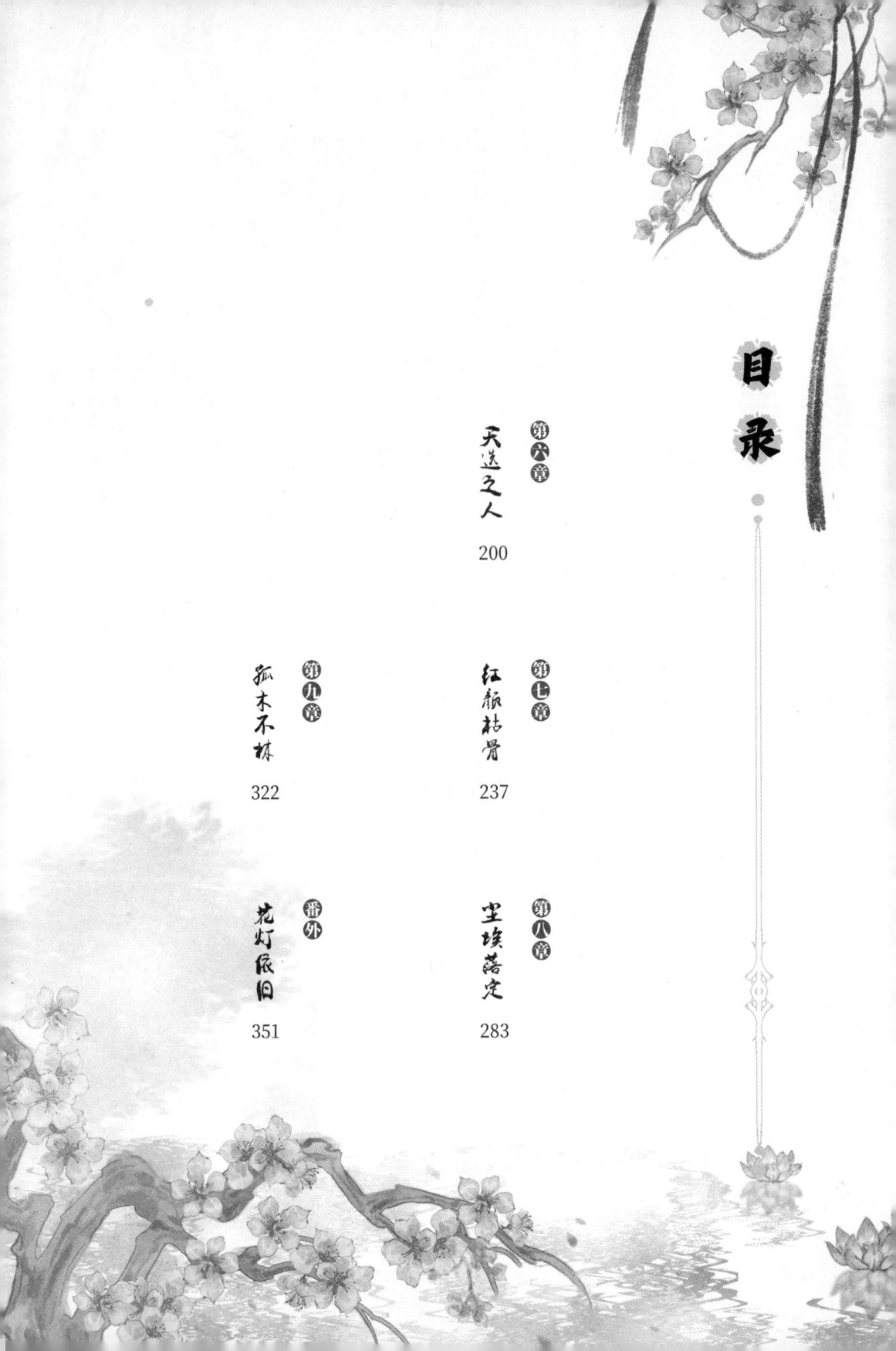

第六章 天选之人 200

第七章 红颜枯骨 237

第八章 尘埃落定 283

第九章 孤木不林 322

番外 花灯依旧 351

第一章

月下仙人

1

定好了半个时辰后回闲云城，牧谪便前去寻虞星河。

虞州城是凡世国家的主城，虞国王室的宫殿就在虞州城正中，宫殿前方有一座高高的白塔，十分好寻。

牧谪掐着隐身法诀潜入了王宫，很快就循着虞星河身上的灵力寻到了他。

只见在一处寝殿前，虞星河坐在台阶上，抱着膝盖微微垂头，似乎在发呆。

牧谪蹙眉走过去，道："星河，怎么还不回去？"

听到声音，虞星河缓缓地抬起头，露出一双猩红的眼睛。

牧谪一怔，低声道："出什么事了？"

虞星河讷讷道："我阿姐……出了事，医师说她性命垂危，就算能救回来，八成也下不了床。"

牧谪拧眉，问道："灵药也无用吗？"

虞星河闷声道："听说她是被妖邪之气所伤，寻常灵药无法驱除。"

牧谪想起那十三只疫魔，思忖片刻才道："带我去看看你阿姐。"

虞星河点头，恹恹地说"好"，也没问什么，起身带着牧谪进了寝殿。

里殿，床幔垂下，一股浓烈的药香扑面而来，还裹挟着一股十分奇特又熟悉的气息。牧谪轻轻地蹙起眉头，听到九息剑在他腰间小声说："我能吃吗？"

能引起九息剑食欲的，八成又是十分诡异的东西。

虞星河走上前，轻轻地将床幔撩开一角，露出榻上人的脸。

虞星河的阿姐虞行云和虞星河的面容十分相似，她双眼紧闭，脸色泛着垂死之人的灰白，仿佛再也醒不来。

虞星河看了一眼便眼眶微红，似乎又要哭。榻上的女人猛地睁开眼睛，冷冷地道："再哭就给我滚出去！"

虞星河哽咽一声，拼命摇头，道："阿姐，我没哭。"

虞行云用手肘撑起身体，半坐着靠在软枕上，眉目间全是气势骇人的英气，果真如同虞星河所说，是个征战沙场多年的将军。

虞行云正要骂虞星河，余光扫到他身后的牧谪，愣了一下。她也不在意什么男女之防，微微一颔首，道："这位是？"

虞星河忙说："这是我小师兄，牧谪。"

牧谪的视线一直微垂着，闻言连忙行了一礼，道："叨扰了。"

虞行云冷冷地看了虞星河一眼，斥道："没出息的东西，等会儿再收拾你。"

虞星河的眼泪差点儿又下来了，可又怕当着牧谪的面被阿姐揍，勉强稳住了。

牧谪颔首道："我曾经在离人峰自学过一些医书，若是您不介意，我来为您诊断。"

虞行云将衣袍披在肩上，明明已经十分虚弱了，动作却十分利索。她微微挑眉，道："不是说修道之人不能干涉凡世的生死吗？"

牧谪淡淡道："敌国都能用修道的下作手段伤人了，我只是探一下脉，并不过分。"

虞行云认真地看了他半天，才洒脱一笑，道："那就多谢这位大人了。"

牧谪道："不敢当。"

虞星河听到牧谪会医术，连忙拿来小手枕递给阿姐。

虞行云"啧"了一声，直接挥开他的手，不耐烦地说道："矫情，我不用，门外蹲着去！"

虞星河连忙跑出去，不敢再碍他阿姐的眼。

牧谪得了清净，闭眸将灵力输入虞行云的身体中，缓缓搜寻了半天，才在她的心口处寻到了一抹黑雾——是疫魔的气息。

牧谪一惊。他明明已经将疫魔悉数杀光了，这妖邪之气是从何而来？

九息突然开口道："若无差错，她应该是'养疫魔'之人选出来的母体。"

牧谪在神识中问九息："母体是什么意思？"

"就是最有可能在这座城池中活到最后的人。"九息道，"所以才会被提前注入疫魔的灵力，到时候法阵一开，加上母体，事半功倍。"

牧谪面沉如水。若是他们没有来虞州城，那"养疫魔"的法阵大成，整个城池都会被疫魔屠戮，最后剩下唯一一只成功的疫魔——那就是虞行云。

当年的虞星河之所以会那般怨恨沈顾容，八成也是因为这个一直被他视为支柱的阿姐。要是亲眼看着自己的阿姐变成屠戮本国城池的疫魔，可想而知他心中会是怎样的绝望。

牧谪轻轻地睁开眼睛，看了虞行云一眼。

哪怕知晓自己命不久矣，虞行云的脸上依然没有丝毫绝望。她对上牧谪的眼睛，微微一挑眉，道："如何？你是不是也要说我活不过今晚了？"

牧谪一怔。

虞行云道："七日前，医师就这般告诉我，可我依然活到了今日。"

牧谪看着这个眉宇间早已有了死气的女子，微微垂眸，道："我能救你。"

虞行云笑了一声，道："还是免了，你们修道之人若是同我们凡人沾了因果，恐怕日后飞升会多挨一道雷劫。"

牧谪道："我不在意这个。"他只是在意任何一个能对沈顾容产生影响的因素。

虞行云也没多说，只是道："你是来寻星河回离人峰的吧？"

牧谪道："是。"

"那就带他走吧，"虞行云道，"我与虞州城共存亡。他自小就被我父亲送去了离人峰，说是他和圣君有什么大机缘，或许能得到神器救我虞州城于水火。"

"可我父亲到死都没等到神器。"虞行云说着，嗤笑一声，"能救人于水火的，只有我们自己。依靠神器来救命的，是最无用的废物。"

牧谪看着她，觉得十分匪夷所思。

前世虞星河临死前还惦记着神器，妄图从沈奉雪手中夺得神器来救回自己的家国，救回自己最重要的阿姐。可他的所作所为和虞行云这句话一对比，倒显得可笑又可悲了。

虞星河一生所求，竟然是虞行云最为唾弃的。

牧谪看了她许久，才微微一颔首，道："得罪了。"

虞行云一怔，就见面前的少年突然拔出腰间的剑，眼睛眨都不眨地刺入自己的心口，一道血痕猛地溅出。

片刻后，牧谪握着剑走出了寝殿，虞星河依然坐在石阶上，盯着虚空一处发呆。听到脚步声，他连忙爬起来焦急地问："怎么样了？我阿姐还有救吗？"

牧谪道："嗯，已经没事了。"

虞星河一怔，连声谢谢都没来得及说，就疯了似的跑进寝殿。

床幔遮掩下的虞行云轻轻地闭眸，一直萦绕在她眉宇间的死气骤然消散了似的，一点儿都没有留下。

虞星河抖着手摸了摸虞行云的手，发现那冰凉得仿佛死人的手已经重新有了温度，手腕的脉搏跳动也异常有力。他紧提了一天的心终于落了下来，彻底没忍住，当着虞行云的面"哇"的一声大哭了出来。

被吵醒的虞行云睁眼怒骂道："混账小崽子！你找死吗？！信不信老娘一剑劈了你？！"

虞星河哭得更大声了，还不忘说："阿姐！是我回来迟了！若我早日回来，你就不会……"

虞行云一点儿都没有在生死关头徘徊数日后终于回到人间的庆幸，只是揪着虞星河的耳朵骂他："早日回来又怎么样？早日回来给我收尸吗？废物东西，给我滚！还有外面你那什么小师兄大师兄的，也给我一起滚！"

虞星河的眼泪瀑布似的往下流，不顾虞行云的暴打，死死地抱着阿姐的脖子，喊道："哇！阿姐！"

虞行云躺了这么多天，下床后的第一件事就是把她的亲弟弟打了一顿。

一刻钟后，虞星河眼泪汪汪地走了出来。牧谪已经等得不耐烦了，看到他出来应该是想要说话，就截口道："多余的话不要说，我同师尊约好回闲云城的时间马上到了，你要是回去就快些收拾东西和我走。"

虞星河的道谢直接被噎了回去，只好说："小师兄，你真好，你是今天星河心中最好的人！"

牧谪："……"最好的人，还今天？

牧谪不耐烦地道："你到底走不走？"

"我先不回去了，你同师尊说一声。"虞星河擦了擦脸，轻轻地摇头道，"阿姐为了护我，独自为虞州城征战多年，我却什么都不知道，一门心思吃喝玩乐，实在是太不应该了。"

他伤心地说："小师兄，之前的我是不是特别没用？"

牧谪点头，道："对，废物至极，我从未见过像你这般没用的人。"

虞星河本以为他会安慰一下自己，没想到他反倒附和得更厉害了。

虞星河差点儿又哭出来，但强忍住眼泪，说："日后我不会如此了，下次小师兄见到我，我定能成为力能扛鼎的彪形大汉。"

牧谪："……"彪形大汉，大可不必。

牧谪嫌弃地说："你先改了爱哭的毛病再说。"

虞星河红着眼睛道："我在改了，反正我留在虞州城，我阿姐总有一日会把我揍到不哭的，我能忍。"

牧谪："……"这对姐弟，他有点儿看不透了，亲姐弟都是这样的吗？

牧谪没有和虞星河废话，直接抛给他一个储物戒，道："这里面有灵物和修炼的书，记得时刻练习，我会经常差人为你送来剑谱。"

虞星河感动地说："小师兄你真好。"

牧谪被他夸得起了一身鸡皮疙瘩，直接御风而行，丢下一句："日后见。"

虞星河道："好。"

牧谪凌空扫了一眼朝他乖乖招手的虞星河，转身飞快地离开了。

虞州城客栈，沈顾容已经等不及了，见牧谪一个人回来，微微皱眉，问道：

"星河呢？"

牧谪言简意赅地将虞行云的事告诉了他。

沈顾容若有所思了半天，才抬手在虞州城放了几缕自己的灵力。若是再有邪修侵入，他就能第一时间知晓。

布好后，沈顾容将病恹恹的林束和扶起，带他御风而行。

半个时辰后，三人到达了闲云城临关医馆。

闲云城依然在下雨，沈顾容回去沐浴更衣后，便回房休息。临进房前，他警惕地说："六师兄，房中不会再有什么奇奇怪怪的药了吧？"

林束和笑得跟狐狸似的，说："没有了。"

沈顾容这才进去。

片刻后，沈顾容笑道："哈哈哈！林束和……我要……哈哈……杀了你……哈哈哈！"

牧谪正要进去看看沈顾容是不是又中了什么奇怪的药，被木偶扶着坐在软椅上的林束和却轻轻地叫住了他："牧谪，我们来谈谈吧。"

牧谪脚步一顿，疑惑道："师伯和我？"

林束和似笑非笑道："对。"

牧谪不明所以，但他对师尊的师兄们都很尊重，便没拒绝，站在一旁，点了点头说："好。"

林束和同外人交谈时十分直接，连寒暄都没有，开门见山道："不要因为十一的纵容太放肆了。"

牧谪疑惑地看着林束和，不知道他这句话是什么意思。

林束和脸上温和的笑容早已消失不见，面无表情地看着牧谪道："十一迟钝眼瞎，我却不是。"

林束和眼神如刀，一瞬间，他脸上不见丝毫羸弱之色，取而代之的是满满的杀意，冷然地道："若你哪天大逆不道，背叛师门，别说沈十一会如何想，离人峰其他人定不会放过你。"他微微起身，声音又轻又柔，"我也不会放过你。"

听完林束和的话，牧谪之前受到元婴期雷劫时心情都没这么复杂过。

林束和见牧谪还在出神，倏然抬手，灵力威压猛地朝牧谪打了过去，将一直站得笔直的牧谪压得腿弯，一个趔趄，险些直直地跪下去。

牧谪一僵，这才如梦初醒，愕然地看向林束和。他没想到这个看起来弱不禁风的师伯，竟然也有化神境的修为。

不过也对，离人峰南殃君收的弟子虽然性子迥异，但各个修为不凡。

素洗砚善奇门遁甲之道，掌教奚孤行修剑道，朝九霄是妖修，一出生便修为奇高，哪怕废物如楼不归，也是个不折不扣的元婴期修士，更何况是入门更久的林束和。

牧谪死死地咬着牙，没有被林束和的威压逼得下跪，艰难地道："牧谪记住了。"

林束和这才将威压收回，冷漠地看了一眼牧谪。

就在这时，沈顾容突然在房中喊了一声："牧谪！"

牧谪立刻转身跑过去，道："师尊，我在。"

牧谪推门进去，快走几步掀开竹帘，只见沈顾容正坐着调整冰绡。见牧谪进来，他的狐耳直接立起来了，倨傲又孤冷道："你怎么这么慢？"

牧谪不清楚自家师尊是不是中了师伯的药，只好小心翼翼地走上前，道："师伯留我说几句话。"

沈顾容又问："你和六师兄说了什么？"

牧谪手足无措，不知道该如何回答。

沈顾容却等得不耐烦了："我问你话呢，你为什么不回答我？你能和六师兄说话，就不能和我说吗？"

牧谪这才如梦初醒，忙道："只是说了一些……无用的事。"

沈顾容又道："你为什么这般没规没矩？你方才和六师兄说话时，也是这般不礼貌吗？"

牧谪这才发觉自己的师尊到底哪里不对了。虽然师尊是活泼了一些，只是他怎么每句都要拿自己和旁人比？

牧谪只好尝试着说："师尊是最好的，牧谪最敬重师尊。"

这句话和沈顾容的问话驴唇不对马嘴，但沈顾容竟然意外地开心起来。牧谪松了一口气，看来果真如他所料，这药是扩大了沈顾容的争强好胜之心。

沈顾容此时看到什么都想和自己比一比，问："我和桑罗敷哪个更好看？"

牧谪道："师尊最好看。"

"我和林束和哪个修为更高？"

"师尊修为最高。"

沈顾容似乎来了兴致，问来问去问个不停，问题也一个比一个奇特，甚至说："我的徒弟好还是奚孤行的徒弟好？"

牧谪不好意思地说："师尊的徒弟……最好。"

沈顾容哈哈大笑道："你这不是在夸自己吗？"

牧谪："……"

沈顾容问个不停，牧谪也十分配合地回答他，最后他闹累了，趴在床上昏昏沉沉地睡了过去。

牧谪刚走到门口，外面突然传来林束和压抑着怒气的声音："牧谪，出来。"

牧谪愣了一下，正要推开门走出去，身后突然传来一阵脚步声。他回头一看，沈顾容正赤着脚披头散发地快步朝他走来。

沈顾容的脸上没什么表情，双眸却看着牧谪，嘴唇轻动。

这副模样牧谪实在是太过熟悉，那日沈顾容看到他的脸，将他认成那位所谓的"先生"时，就是这样一副难得一见的神色。那神情有些悲伤，又带着些别离重逢的欢喜。

牧谪当即愣住了，可沈顾容已经走至他面前。

牧谪茫然地心想：师尊这是又将我认错了吗？

就在这时，沈顾容突然说："别去。"

牧谪一呆，有些怀疑自己的耳朵。他是不是把"先生"听成了"别去"？

沈顾容见他没应自己，再次提高声音，说："不许去。"

牧谪这才反应过来，讷讷地道："但师伯叫我。"

沈顾容不满地说："方才我叫了你两遍你才来，他才叫了一遍呢。你再等一等，等他叫了三遍你再应。"

牧谪："……"这个也能比的吗？

外面的林束和怒气再次飙升，喝道："牧谪，你若是再不出来，下场不是你承担得起的！"

沈顾容瞪他，说："你如果出去，下场你也承担不起。"

牧谪左右为难。

林束和喊了两声都没能让一个小辈出来，他把这种沉默当成了牧谪对他的挑衅。思及此，他当即冷着脸上前，一脚踹开了沈顾容的房门，打算让牧谪看看自己到底为什么把医馆开在棺材街。

偏偏沈顾容背对着房门，门一被踹开，当即撞到他的后背上，把他撞得往前一个趔趄。

林束和身娇肉贵，踹了门一脚反而把自己的脚尖震得生疼。他闭眼强忍那股疼痛，保持着仙医道骨仙风的形象，抬步跨进房，冷冷地道："就在门口为何不应我，难道你想……"

林束和的话还没说完，声音就戛然而止。

房中，沈顾容狼狈地摔了下去，牧谪受他牵累，又想要扶住他，在二人即将摔倒时抬手挥出一道透明结界，堪堪抵在他的背后，挡住二人摔倒的趋势。

2

此时的气氛让人感到窒息，偏偏沈顾容因为那"攀比"药，还在懵懂认真地问："是我还是……"

林束和忍无可忍，一把冲上前将沈顾容拽了过来。

沈顾容疑惑道："师兄，你……"

他还没说完，林束和抬手一挥袖子，一股清甜的气味扑面而来。他猛地打了一个寒战，眼中的茫然悉数散去——药，解了。

沈顾容左看看气得七窍生烟的林束和，右看看满脸茫然的牧谪，突然沉默了。

四周一片死寂，尴尬在三人之间弥漫。

最后还是脸皮最厚的沈顾容先开口了。他咳了一声，轻声道："牧谪，你先回去休息吧。"

牧谪抿唇，勉强颔首行礼，道："是。"说罢，他头重脚轻地出去了。

他一走，林束和一把抓住沈顾容，冷冷地道："你和他结弟子契了吗？"

沈顾容不明所以道："本是打算阐微大会之后结的，但因元婴期天雷，掌教师兄说要往后推迟，八成要到牧谪他们及冠那年结契。"

林束和道："好，那你立刻将他逐出师门。"

沈顾容一愣，失笑道："师兄，不至于吧，他是受我连累才摔倒的。"

林束和见沈顾容一副无关紧要的模样，怒道："你……"他的话没说完，突然捂着胸口吐了一口血出来。

沈顾容惊呼："师兄！"

林束和吐血已是常态，随手撩起沈顾容的袖子抹了抹，冷冷地道："死不了。"

沈顾容讷讷地道："可是你……"

林束和说道："你现在立刻告知掌教师兄，让他将牧谪的名字从离人峰弟子册中除去。"他说完闭了闭眼，将压抑不住的愤怒缓缓地收敛，可眉头依然紧紧皱着。

沈顾容见他摇摇欲坠险些跌倒，无奈地扶着他坐在一旁的软椅上，耐心说道："师兄，牧谪他是个好孩子。"

林束和冷冷地接话道："对，一个目无尊长的好孩子，我在外面喊了半天竟敢无视我。"

沈顾容叹了一口气，倒了一杯水给林束和，道："喝点儿水吧。"

林束和偏过头去，不喝。

　　沈顾容看着他小题大做的模样，古怪地说："又不是什么大事儿，至于把自己气成这样吗？再说了，如果不是你给我下那些乱七八糟的药，我也不至于在徒弟面前失态。"

　　林束和面对外人时越生气，就笑得越温柔，但对着同门师兄弟时，他生起气来就像个孩子，不开心就面无表情地坐着，说什么都不回答，还闹绝食。

　　林束和冷着脸不吭声，嘴角还残留着一丝血痕，看着异常孱弱。

　　沈顾容见他每次都用自己的袖子擦脏东西，以为他喜欢，索性撩起袖子给他擦嘴角的血，担忧道："你要不要给自己开一服药？"

　　林束和转过脸躲开他的手，还是不和他说话。

　　沈顾容知道他是为自己好，也没生气，还哄他："师兄，别生气，明日我好好骂他一顿，成不成？"

　　林束和的脸色这才好看些，冷声道："明日一早我就将你和雪满妆的主仆契解开，你赶紧回去把此弟子逐出师门。"

　　沈顾容哭笑不得，只好敷衍地应着："好，好，师兄说什么就是什么。"

　　林束和没说话，沈顾容就又哄了他几句，将他扶到了隔壁房里躺下。

　　林束和靠在榻上，盯着沈顾容帮他关窗扯床幔，不知想到了什么，突然道："十一，我们……只是想你好好的。"

　　沈顾容漫不经心地给他倒水，含糊道："谁？"

　　林束和闭了闭眼，看起来极其疲惫地说："你不要总是为了旁人……这么作践自己，你从来都没有错。"

　　沈顾容捏杯子的手微微一顿，有些讶然地看向林束和。

　　这种话，奚孤行好像也说过。

　　作践？作践什么？

　　沈顾容不明所以，沈奉雪行的事他不知，但他来到这个世界后，好像并没有做过什么为了旁人作践自己的事吧？那他们说的"作践自己"到底从何说起？难道为徒弟挡雷劫便是"作践自己"？

　　林束和神色疲惫，说完后不再吭声。沈顾容将杯子放在一旁的小案上，见他似乎已经熟睡，也轻手轻脚地出去了。

　　牧谪并没有回房，此时正站在门口等沈顾容。

　　沈顾容本来觉得没什么，但是一见到牧谪，就不自觉地想起方才自己站都站不稳，连累牧谪也摔下去的糗样子。

沈顾容在心中崩溃大喊：啊啊啊！让我死了吧！沈奉雪的一世英名，毁于一旦！哦，不对，好像早就被我毁了……

牧谪心想：师尊……是不是无论遇到什么情况，都能这般心大地自娱自乐？

二人面面相觑，沈顾容第一次在牧谪面前感受到了令他窒息的尴尬。

牧谪轻声说："师尊先去休息吧。"

沈顾容巴不得离开这个令人窒息的地方，矜持地点头，干巴巴地说："嗯。"

沈顾容的袖子上还有林束和的血，牧谪看了一眼，道："我帮师尊再拿一身衣裳送过去。"

沈顾容点了点头，含糊地道："好。"说罢快步钻进了房里。

牧谪在原地沉默了一会儿后，才回到房间取出了一套新衣裳，捧着去送给沈顾容。他正要抬手敲门，一旁突然袭来一把带着杀意的刀，直直劈向他扶门的手。

牧谪的神色一变，电光石火间猛地往后一撤，浑身灵力轰然弹开，堪堪抵挡住那凶悍的刀锋。他后退了几步，定睛一看，拎着刀要砍他的正是临关医馆的木偶人。

木偶听从主人命令，眼睛一眨不眨地逼退牧谪，冷冷地道："不准靠近圣君。"

牧谪尝试和它讲道理："我只是要给师尊送衣裳。"

木偶朝他抬手，道："交予我。"

牧谪不想再叨扰沈顾容，只好心不甘情不愿地将衣服递给木偶。

木偶说："若是再有下次，我的刀可就不会留情了。"

牧谪："……"

方才若不是他反应快，八成真的会被切断一条手臂，这还是它手下留情的结果？临关医馆的木偶都是些什么怪物？！

牧谪抿着唇，没吭声，心想，反正他们明日就要离开闲云城了，回到离人峰后林束和也管不着他。

这么想着，他朝着房门微微一颔首，转身离开了。

翌日。

林束和再次变回了那个柔柔弱弱、病恹恹的仙医。他摇着扇子坐在门口赏雨，膝盖上搭着妖主寻来的解契法阵，法阵的有些地方被他用朱砂笔圈了两下，似乎已经研究透彻了。

沈顾容走过来时，他懒懒一抬眸，淡淡地道："晨安。"

好像林束和昨日的暴怒和小孩子脾气全都是沈顾容的错觉。

沈顾容无奈地点头，回道："师兄晨安，你好些了吗？"

林束和瞥他一眼，似笑非笑地道："我这些年吐的血比闲云城下的雨还要多，不必在意。"

沈顾容："……"这彪悍的对比形容，可以的，不愧是林仙医。

沈顾容坐下来，捏起桌案上的糕点咬了一口，含糊地问道："那个阵法你研究好了？"

林束和往后一靠，倚在椅背上，懒洋洋地说："我是谁，这世上还有我不能摆平的事吗？"

沈顾容一听就知道事情妥了，顺水推舟地夸了林束和几句："师兄厉害，师兄威武。"

林束和难得看到他这副卖乖的模样，本能地笑了笑。只是他脸上的笑容未留多久，在看到从后院走来的牧谪时便消失了。

牧谪走过来，站在沈顾容身后行了个礼。

林束和眸光一寒，握着椅子扶手的手猛地一用力，直接将扶手掰得粉碎。他深吸一口气，手指在桌子上一敲，两个拎刀的木偶人直接走到沈顾容身后，将牧谪挤到边上。

林束和这才舒坦了，皮笑肉不笑地说道："去将雪满妆叫来，我要将他们的契解开。"

牧谪犹豫了一下，才回到后院将还在睡懒觉的雪满妆叫起来。只是当他回到医馆时，那两个木偶人已经在门口拦着了。

此时雪满妆飞了过来，原地化为人形，而林束和对待雪满妆却没有像对待牧谪那样温和。他的眸子猛地一寒，如刀似的看向雪满妆，化神期的威压狠狠地扫过去，堪堪避开沈顾容，直接将雪满妆压趴在地。

沈顾容正要出手压制，刚化成人形的雪满妆就猝不及防地朝他来了一个五体投地的跪拜大礼。他愣了一下，诧异地说："大可不必多礼。"

雪满妆："……"

林束和轻飘飘地压制完雪满妆，一句话都没有说，咬破指尖用血在空中画出一个烦琐的法阵，随着一声"落"，法阵应声坠到地上，将沈顾容和雪满妆笼罩在其中。

沈顾容无奈地道："师兄，你起码和我说一声。"

林束和不想说话，哼了一声，直接催动法阵。

沈顾容只觉得脚底下的阵法好像幻化成了一只手，缓缓地顺着他的脚踝往上爬，仿佛在他的身上搜索着什么。沈顾容眉头一皱，喊道："师兄？"

林束和道："别乱动，它在找契。"

沈顾容只好将指尖的灵力收了回去，强迫自己放松。

那只虚幻的手在触碰到沈顾容的膝盖后，直接散成了一堆斑斑点点的碎光，将他整个人包围住，随后光芒聚集成一团，停留在他的眉心——它找到了契。

那道灵力已经成功地将沈顾容识海里的契和雪满妆的契强行扯了出来，虚空中显出两根闪着红光、弯弯绕绕缠在一起的线。

将神识中的东西强行扯出来的感觉并不好受，沈顾容脸色苍白，堪堪保持住理智没有出手将这道灵力击得粉碎。

林束和道："马上就好，忍一忍。"

沈顾容只好拧着眉头忍。

将契抽出来后，那道灵力原地化为大张的满嘴獠牙的血盆大口，张嘴在那虚幻的契线上一咬，契应声而碎。

沈顾容猛地睁开眼，喉中涌起一阵浓烈的血腥味，捂着胸口猛烈地咳了起来。

牧谪见状，立刻就要冲过来，却被那两个木偶人尽职尽责地拦住。

林束和瞥了他一眼，似笑非笑地道："着什么急？你难道要和我动手吗？"

牧谪正要咬牙开口，就看到沈顾容轻轻地一抬手，示意他别乱动。于是他的手指一松，瞳孔中的戾气顿时消散。

沈顾容捂着胸口咳了几声，对林束和说道："不是说这个阵法对我不会有损害吗？"

"是。"林束和将法阵摧毁，漫不经心地说道，"你不是没受伤吗？只是咳几声罢了。"

沈顾容想了想，将灵脉中的灵力运转了一个小周天，发现果然没什么损伤，才松了一口气。他还以为自己又要遭罪了。

雪满妆自始至终都不知道发生了什么，此时他已经化为凤凰本相，站在桌案上歪头看着沈顾容，"啾啾"叫了两声。

没了主仆契，沈顾容也听不懂雪满妆在说什么了。他抬手在雪满妆的眉心弹了一下，将那小小的凤凰身体弹得一个趔趄，险些后仰栽倒。

沈顾容说："你自由了，小红鸟。"

雪满妆疑惑地看他，本能地弯着眼睛，"啾啾"叫了两声。

沈顾容不想再和妖族有什么牵连了，转头对一旁安安静静的牧谪道："让青玉出来，带雪满妆回妖族吧。"

牧谪领首称是。

很快，青玉顶着一对狐耳轻飘飘地落在医馆门口，恭敬道："圣君，林仙医。"

沈顾容含糊地应声。

青玉刚抬头，就看到林束和皱着眉头将幂篱往沈顾容的头上一罩，挡住了那双狐耳。

沈顾容干咳了一声，差点儿忘了自己也顶了对狐耳。他调整了一下幂篱，将桌子上的雪满妆捧着递给青玉，平和道："我和雪满妆的契已解，你将他送回妖族吧。"

青玉将雪满妆接过来，道："是。"便转身离开。

沈顾容终于甩掉了一个大麻烦，整个人都放松不少。他靠在软椅上，偏头看着林束和道："那我下午便起身回离人峰。"

林束和皮笑肉不笑地说："无事不登三宝殿，你办完事半刻不多待就要回去，会让我以为你只是把我当成一个招之即来、挥之即去的木偶。"

沈顾容连忙说："没有的事，我只是怕叨扰师兄。若师兄不介意，我可以多待几日。"

林束和瞥了沈顾容一眼，道："待什么？赶紧走，别妨碍我养病。"

沈顾容腹诽：我说我要走，你说把你当木偶；我说我要留，你又嫌我妨碍你。师兄的心思果然很难猜，还是回去猜掌教的吧，一猜一个准。

沈顾容又留在医馆吃了一顿午饭，叮嘱了林束和一番："往后我那小徒儿若是有事，劳烦师兄多照应照应。"

林束和被他气笑了，说："你是不是蹬鼻子上脸，沈十一？"

沈顾容撩起幂篱一角，冲他淡淡一笑，说："好不好，师兄？"

林束和气得揉了揉眉心，没好气地摆手，说："我真是欠你的，赶紧滚。"

沈顾容道："多谢师兄。"

他正要带着牧谪离开，林束和突然道："等等。"

"嗯？师兄，还有什么事？"

林束和轻轻地弹了个响指，他身后的一个木偶人摇摇晃晃地走了过来。他似笑非笑道："你之前不是说木偶人很便利，让我送你一个吗？这个送给你了。"

牧谪冷淡地盯着那只木偶，心想丑成这样的玩意儿到底能有什么用处，带回去当柴烧吗？

沈顾容撩开幂篱看了一眼木偶人的脸，迅速将黑纱放下，无奈道："师兄，把它放在院子里，我怕晚上会做噩梦，你饶了我吧。"

林束和挑眉道："哦？你嫌丑？行。"他随手一挥，那木偶人狰狞的脸瞬间变得剑眉星目，十分俊美，就连骨节都没有再发出咔咔的声音，瞧着就像是个真人似的。

沈顾容心中感叹：哇！这个好看！

沈顾容欢天喜地地收下了这个俊美的人偶，再三对林束和道了谢，这才带着牧谪和人偶走了。

林束和站在医馆门口，也未撑伞，幽深的眸子盯着沈顾容的身影缓缓地消失在棺材街的尽头。这时有一滴雨落在他的羽睫上，渐渐地渗入眸中，模糊了他的视线。

记忆深处，也是这样的雨天，有人一身红衣朝他走来。

林束和奋力地睁开眼睛，这才看清楚那人并非穿着红衣，而是不知哪来的鲜血将他的一袭白衣染得鲜红一片。

沈奉雪走到他面前，身上浓烈的血腥味激得他剧烈地咳嗽。他已濒死，咳一声便用尽了所有的力气。

林束和的眸光一点点变暗，喃喃道："十一……"

沈奉雪眸光沉沉，古井无波地看着他，仿佛这世上没有任何事能让这双眸子产生波动。他手中捧着一团光，垂着眸看他，湿淋淋的白发往下垂着冰冷的水，脸色比发色还要惨白。

沈奉雪轻声问："这机缘你可要？"

林束和轻轻地摇头，想说：那是你的机缘，我不要。

只是那时的他已经连话都说不出来了。

沈奉雪看着他，突然笑道："也是。"

林束和听到沈奉雪几乎是自嘲地说："这种机缘，你是不屑要的。"

林束和用尽最后一丝力气，嘴唇轻轻张开，声音细若蚊蚋："留给……"

沈奉雪却没等他说完，直接将那快要消散的天道机缘拍入他瘦骨嶙峋的身体中。他浑身一颤，枯竭的灵脉仿佛枯木逢春，灵力如潺潺溪流汇入干涸的河床，转瞬间盈满他的身体。

林束和怔然地看着沈奉雪缓缓起身，眸中毫无情感地看着自己，仿佛那所有人求都求不来的机缘于他而言只是一个可随手馈赠的小玩意儿。

他一语不发，转身离开，只留给林束和一个背影。

十三子巷尽头，沈顾容好奇地看着面前的人偶，问牧谪："要给他取一个名字吗？"

牧谪为沈顾容撑着伞，道："师尊觉得什么名字合适？"

一问出来，牧谪就有些后悔了，一个能想出"沈威武"这样名字的人，怎么可能会给傀儡起正常人的名字？

果不其然，沈顾容开始胡思乱想：既然是我的傀儡了，那就该随我姓。沈，沈什么呢？沈木木，沈俊美。嚯，不得不说，这张脸可真合我心意。

沈顾容走到主街，瞥了一眼道路两旁盛开的桂花，道："就叫木樨吧。"

牧谪："……"可真够随意的。

不过木樨这个名字总比沈木木、沈俊美正常得多。

牧谪点头附和他："好名字。"

沈顾容拍了拍木偶的肩膀，道："往后你就叫木樨了。"

木樨点头道："是。"

3

三人一起去了灵舫阁，租了一艘灵舫。

闲云城一直在下雨，御风而行指不定会扑一脸水，沈顾容又是个锦衣玉食长大的少爷，有方便的灵舫更是懒得用灵力御风，反正他们也不赶时间，慢慢悠悠地回离人峰，也能顺便瞧瞧周遭的景色。

他们拿着玉牌走进了租好的灵舫，沈顾容上去后见没什么事做，便回了画舫的房间，关上了房门。

房间外，牧谪和木樨大眼瞪小眼。

这时，木樨突然毫无征兆地拔出了腰间的刀，眼睛一眨都不眨地朝着牧谪劈下去，丝毫不留情面。

牧谪的眉头一挑，直接侧身而过，问道："你想做什么？"

木樨满脸木然地道："切磋。"

牧谪不想让师尊担心，正要开口，木樨的刀再次劈来，"轰"的一声劈碎了灵舫的边缘。

牧谪往后退了数步，木樨的刀却紧跟其后。他懒得再说什么，直接拔出九息剑，和木樨缠斗在一起，刀刃划破虚空的声音响彻整个画舫。

沈顾容疑惑地打开门，问道："怎么了这是？"

牧谪飞快地往后一撤，百忙之中回答道："我正在和木樨切磋。"

沈顾容"哦"了一声，又将门关上了。

切磋就切磋吧，年轻人，还是多动动比较好。

牧谪握紧了九息剑，对木榇道："去画舫顶上打。"

木榇手一顿，看了看已经紧闭的房门，这才点头，随着牧谪去了画舫顶。

沈顾容到了房中，在柔软的榻上躺得太舒服，惬意地滚来滚去，孩子似的。

听到头顶上的打斗声，他也不去制止，反正牧谪也不是当年那个手无缚鸡之力的小团子了，不会被一个木头傀儡轻易伤到。

如果牧谪真的输给木榇……沈顾容想了想：真丢人，那我就把他逐出师门！

在画舫顶上专心致志和木榇喂招儿的牧谪突然一怔，脚下一滑。下一瞬，木榇的刀横扫而来，他急忙拿九息剑挡了一下。但木榇的力道太大，这一下直接将心不在焉的牧谪横着扫了下去。

"扑通"一声，牧谪掉到了冰冷的河水里。

沈顾容听到奇怪的声音，将幂篱摘掉，推开窗户往外面看了看，正好看到浑身湿透、正拽着画舫外的木制栏杆往上踩的牧谪。

沈顾容的手肘撑着窗棂，支颐看着牧谪，淡淡地道："徒儿，你是想起昨晚没有沐浴，今日补上吗？"

牧谪尴尬地胡乱抹了抹脸上的水痕，讷讷地道："惊扰师尊了，我只是……"

"只是什么？"沈顾容道，"只是输了被打到水里了？"

牧谪道："不……不是……"

沈顾容问道："那你怎么掉水里了？"

牧谪想起方才沈顾容说要是输了就把他逐出师门的话，还是咬着牙不肯认，道："就是……脚滑了一下。"

木榇站在画舫顶，居高临下地看着他，大概是忌惮沈顾容在，没有再追上来砍人。

沈顾容难得看到牧谪这副对外人服软的模样，笑了笑，说道："喂个招儿都能脚滑，看来奚孤行教得也不怎么好，等回离人峰我教你剑招儿。"

牧谪的眼睛一亮，矜持地点头道："好，那就劳烦师尊了。"

沈顾容道："我是你师尊，理应教你这些的。"

牧谪已经融合了元丹中的记忆，把沈奉雪在埋骨冢教了他十年的剑招儿也融会贯通了。现在师尊既然愿意再教，他也愿意再学，于是他就答应下来："多谢师尊。"

沈顾容道："那你们还要继续喂招儿吗？"

牧滴胜负欲极强，被一个木偶打下水简直算是他这辈子的耻辱。他眸子一敛，沉声道："嗯，对。"他定要将那个木偶打成残废。

林束和做出来的木偶，因为有灵力加持，修为竟然和牧滴差不了多少，且有隐隐能压制住元婴期的半吊子化神境灵力。

沈顾容估摸了一下木樨的修为，点了点头，说道："嗯，行，他倒是能陪你练练剑。"

他又朝着木樨道："木樨，不要下太狠的手。"

木樨说："是。"

牧滴的眉头却拧起，道："师尊，若他不使出全力，那我同孩子喂招儿有什么分别？"

沈顾容乐了，心道这小子野心倒是不小。他知晓牧滴并不是会夸海口之人，说出了这句话就一定不会轻易死在木樨手里，这才将那句话收了回来："木樨，好好和他切磋。"

话音刚落，沈顾容又在心中为木樨打气：好木木，狠狠揍他，争取把他揍哭！

牧滴的嘴角抽了抽，正要用灵力将浑身的水珠催干，就听到沈顾容歪着头冲他道："你衣裳湿了，来换一件再继续切磋吧。"

牧滴脚下一滑，险些再次跌到水里去。

一般的修士用灵力就能使自己数年不沾尘埃，哪怕身上脏了，一个清洗咒就能干净如初，但是沈顾容和一般修士不一样。他娇生惯养，哪怕修为登顶，每日也要换不重样的衣裳，袖子沾了一点儿水就要换一整套新衣，根本不会用灵力来催干。

沈顾容以为自己这样，别人也和他一样受不了，于是让牧滴去换衣。

沈顾容趴在窗棂上，朝着窗外的连绵云层看去。他看了一会儿，发现木樨站在画舫边缘的木制栏杆上。

那是一根窄窄的木头，木樨竟然站得极稳。他的手中还握着那把锋利的刀，正漠然地盯着水波出神，风吹得他的衣袂翻飞，仿佛遗世独立的仙人。

沈顾容和他搭话："木樨，你身上既然有六师兄的灵力，能和他传话吗？"

木樨抬头看他，颔首道："可以。"

沈顾容眼睛一亮，心想这倒极其便利。他道："你和六师兄说，我已坐上画舫，明日一早就能到扶献城，让他不必担心。"

木樨闭眸，如实转告。很快，他睁开眼睛，轻轻启唇，嘴中发出的却是林束和不耐烦的声音。

"知道了。"林束和道,"回去后让那个小崽子小心点儿,我已告知掌教师兄他的无法无天、目无尊长,你若不把他逐出师门,师兄肯定一剑砍了他。"

沈顾容无奈地说:"师兄,我记得你前段时间对牧谪并没有这般厌恶吧。"

林束和冷哼一声,说:"反正你就让他等着吧。"

他不再和沈顾容废话,直接切断了联系。

沈顾容叹了一口气,也没怎么在意。

牧谪换好衣服后,握紧九息剑,颔首一礼,推门而出。他刚到画舫顶,木樨就一刀劈了过来。

若换了其他人,能直接被他劈成两半,牧谪却不慌不忙,面沉如水地拎着剑冲了上去。

这一打,就打了一路,等回到离人峰时,已经是第二日清晨了。

此时,奚孤行正在界灵碑处等沈顾容。感受到不远处熟悉的气息,他的眉头一皱,一把握住了放置在一旁的短景剑。

来得正好,牧谪受死。

因顾忌着沈顾容对牧谪的重视,加上只听到了林束和的一面之词,奚孤行打算先看看情况,再决定剑出鞘几寸。

很快,沈顾容和牧谪的身影出现在山阶之上。奚孤行只扫了一眼,心头就有一股无名火猛地蹿起,短景剑直接出鞘。

只见不远处,牧谪满脸苍白,看起来极其虚弱,正伏在沈顾容的背上,被对方背着上山阶。奚孤行看到这一幕觉得刺眼得很,整个师门护着的小师弟竟然……

奚孤行本就因那半个元丹对牧谪颇有不满,看到这一幕直接暴怒。他拎着剑冲上去,怒道:"逆徒!"

沈顾容瞧见奚孤行,还以为他是来热情地迎接自己的,淡淡地道:"师兄,你怎么每回都会来接我,莫不是——"

他还没说完,就见奚孤行不管不顾地朝着他的背后一剑刺了过来。

沈顾容吓了一跳,没想到他会招呼都不打地就出剑,忙往后退了半步,抬手直接将奚孤行的剑打到一边去。

奚孤行难以置信地道:"你竟拦着我?"

沈顾容不明白他为什么发这么大脾气,无奈地道:"你得先说为什么突然出手吧,难道这是师兄新的迎接法子?"

奚孤行:"……"

牧谪本来昏昏欲睡，被这么一颠直接醒了。他睁开迷茫的眼睛，含糊地道："师尊……"他和木樨打了一路，直接将元丹中的灵力耗尽了，而木樨也因为灵力消散暂时变成巴掌大的木偶，被沈顾容揣在怀里。

沈顾容本来揣着手看好戏，最后倒成了收拾烂摊子的人。他背一个揣一个，深一脚浅一脚地从扶献城一路到了离人峰，等快要爬完了千层山阶他才意识到：哦，对，我能御风。

趴在他背上筋疲力尽的牧谪很是无奈。

此时牧谪终于蓄了一点儿力气，从沈顾容背上下来后勉强站稳，脸色惨白地对奚孤行行礼："掌教。"

见他行礼后似乎要倒下，沈顾容赶紧上前一把扶住他，奚孤行看着他们，气得脑子嗡嗡响。

沈顾容古怪地看着他，道："你是看着牧谪长大的，他的性子你比我更清楚，你该不会真的信了六师兄的话吧？"

奚孤行一下被噎住了。

沈顾容一看就知道林束和一定是添油加醋了，无奈地摇了摇头，说："你们每天都在想什么呢？"

奚孤行直接怒了，骂道："那你自己瞧瞧，哪有徒弟还要师尊照顾的？你再惯着他，迟早得把他惯得无法无天，蹬鼻子上脸！"他还没骂完，牧谪就晕了过去。

沈顾容忙扶住他，道："你看看你，你看看你，他本就虚弱，被你气昏了。"

奚孤行瞪大了眼睛道："我……我！"

沈顾容没等他"我"完，扶起牧谪飞快御风回了泛绛居。

奚孤行独自站在界灵碑前，一阵冷风吹来，将他剑上的剑穗微微吹起。他腰间的玉髓飘来一根红线，林束和的声音从中传来："如何？"

奚孤行握紧剑，冷冷地道："你说的果真没错，沈十一在徒弟面前一点儿师尊的威严都没有。"

林束和懒洋洋地"哼"了一声，不置可否。

奚孤行眸色幽深地沉默了半天，突然说："还有一事。"

林束和道："嗯？"

"你怎么没有告诉我……"奚孤行握剑的手缓缓一松，有些怔然地说，"他长了狐耳。"

林束和古怪地说："你不是最讨厌那种不人不妖的模样吗？"

奚孤行没吭声。

泛绛居中。

沈顾容走了几日，住处依然一尘不染，想来是每日都有人清扫。

牧谪昏过去的时间不长，很快便幽幽转醒，声音沙哑地道："劳烦师尊了……"

沈顾容见他醒了，才松了一口气道："你好好休息，一个时辰后再运转元丹调息灵脉。"

牧谪道："是。"

沈顾容叮嘱了他几句，这才转身离开。

虚弱的牧谪打坐半晌，终于将消耗的灵力恢复，干净利落地从榻上起来时，已没了方才的虚弱。他随手裹上一旁的天青外袍，推开窗户，似乎在等待什么。

很快，九息化为人形从不远处飞来，轻飘飘地蹲在窗棂上，笑吟吟地说："你们离人峰可真大呀，我差点儿迷路。"

牧谪道："埋骨冢如何了？"

九息歪歪头，道："那结界十分坚固，连我都进不去，想来还能坚持数年吧。"

牧谪蹙眉，问："你确定？"

九息点头，十分委屈地说道："是你让我去看的，我看了回来告诉你，你又不信我。"

牧谪完全招架不住这种怨念的语气，只好说："多谢了。"

九息这才心花怒放，出去玩了。

泛绛居前院，沈顾容前脚回去，奚孤行后脚就跟了过来，喊道："十一。"

沈顾容无奈地说："师兄，若是关于牧谪的事，我劝你还是……"

奚孤行直接打断他的话，杀气腾腾地走上前道："来，把头伸过来。"

沈顾容不明所以，问道："什么？"

奚孤行不耐烦地"啧"了一声，快步上前，站在沈顾容面前，抬手在他的狐耳上扒拉了一把。

沈顾容面无表情地说："掌教师兄，你在做什么？"

奚孤行十分新奇地看着他的耳朵，问："你这是又犯了什么蠢？"

沈顾容知道他又在看自己的好戏，没好气道："不关你的事。"

奚孤行也不恼怒，看他的狐耳像在看灵宠似的。

末了，他看着沈顾容心如死灰的表情，煞有介事地点了点头，道："还不错，赏。"说完当真赏了他一块灵石，然后扬长而去。

沈顾容气到跺脚。

沈顾容离开的这几日，温流冰接到传令，前去诛杀妖魔，素洗砚顺利地将埋骨冢的结界补全后，也再次回了幽州。

夕雾已经搬去了白商山新的住处，因为素洗砚不便带她出门，只好让她跟着楼不归学习药理，或者说毒术。

风雨潭的离魂这些年依然没有消散，朝九霄只好在莲花湖继续翻江倒海。

大概是听说沈顾容回来了，朝九霄在莲花湖一个翻身，溅起了巨大的水花，下雨似的落到泛绛居院中，将刚栽了没几日的桃花树打得东倒西歪。

沈顾容也不和那只蛟置气，权当赏雨了。

朝九霄见自己这般挑衅沈顾容都没有丝毫回应，气得直甩尾巴，水珠落得更密更急了。

没过半天，院子中的墨竹和桃树全都被那利刃似的水珠祸害了，沈顾容这才来了气。他皱着眉为自己掐了个避雨诀，走出院子，沉着脸去了莲花湖。

朝九霄应该是累了，身躯盘在巨大的菩提树上，蛟头在树干上垂着，正懒洋洋地晒太阳。

沈顾容随手挥开一道小彩虹，冷淡地道："你有完没完？"

朝九霄见沈顾容过来，连招呼都不打，直接一尾巴朝着他甩去。

蛟尾巨大，显得沈顾容的身形更为娇小，仿佛那蛟尾带起的风都能将他吹得东倒西歪。可下一瞬，他只是轻飘飘地一抬手，蛟尾就像是撞到了什么结界上，发出"砰"的一声巨响。

朝九霄原地化为人身，扶着菩提树，小腿发抖地立着，恶狠狠地看着他。

沈顾容挑眉道："来打架？"

他之前灵力被封，恢复灵力后遇到的第一个切磋对手就是朝九霄；而现在他又一次恢复灵力，朝九霄又一次撞了上来。

想必，这便是缘分。

沈顾容心中正美滋滋地盘算着怎么揍师兄，就听到一向狂妄自大的朝九霄冷哼一声，道："你若不急，便等我五年，到时候我定将你打得满地找牙。"

沈顾容"哦"了一声，问："为何是五年？师兄你先穿衣服。"

朝九霄抬手一挥，随手裹了一袭玄衣在身上，遮掩住精瘦的身躯。他倨傲地一抬眸，勾唇露出两颗小尖牙，说："再有五年，我便可蜕皮化龙，修为足以抗衡大乘期，到时你对我来说就不值一提了。"

"哦。"沈顾容并没有将这句话放在心上。他的视线落在朝九霄微微踮起的左脚上，淡淡地问："师兄，你的脚疼吗？怎么小腿都在抖？"

朝九霄刚才没轻没重地扫了一尾巴过去，非但没有伤到值得被千刀万剐的沈顾容，还被那结界震得尾巴尖儿生疼。这会儿他的硬撑被戳破，眼神凶恶地瞪了沈顾容一眼，撂下一句"等死吧你"，便化为黑色小蛟，纵身跃入莲花湖，遍寻不见了。

沈顾容拿朝九霄消遣了一顿，回到泛绛居，抬手将已经废了的墨竹和桃花树移除掉，打算有时间再让牧谪帮自己种树。他看着地上一根根没成形的墨竹，无奈地叹了一口气，心想有了朝九霄在莲花湖，他的院中恐怕别想种什么活物了。

身后突然有声音传来："师尊为何叹气？"

沈顾容一回头就看到牧谪正站在他身后，手中握着九息，似乎是打算去练剑。

沈顾容挑眉道："你调息好了？"

"是。"牧谪道，"我荒废了几日，正要去玉絮山练剑。"

沈顾容一想玉絮山那冰天雪地都觉得冷。他思忖片刻，随手折了一截墨竹枝握在手中当剑，道："别去玉絮山了，我来教你。"

牧谪一听，矜持地问："不会打扰师尊吧？"

沈顾容道："不会。"反正他也暂时没事情可做。

牧谪这才点头应下。

莲花湖旁的空地很大，沈顾容挑了个地方，道："来，我同你喂喂招儿，试试深浅。"

牧谪点头，握紧九息剑，正要运足灵力攻过去，就听到身后一声："且慢！"

二人回头看去，奚孤行拎着已出鞘的短景剑走了过来，脸色沉沉，看起来仿佛要杀人。

沈顾容随意地甩了甩墨竹，问道："师兄怎么来了？"

奚孤行握着剑挽了个剑花，似笑非笑地瞥了一眼一旁的牧谪，慢悠悠道："喂招儿？也成，我也许久未和牧谪喂招儿了，也带我一个。"

沈顾容蹙眉道："我教我徒弟，你……"他没说完，奚孤行随手抛给他一根竹篾——正是之前被没收的那根。

沈顾容一把接住，立刻叛变："带……带师兄一个。"

牧谪："……"

4

十年过去，竹篾依旧如初，沈顾容拿着它随手在指间转了转，如玉似的触感在五指和手腕间划过。

沈顾容幼时跟先生学竹篾,先生大概是嫌他吹的竹篾太过扰民,很少教他曲子。后来先生见他总是盯着自己的竹篾不放,索性教他玩扇子似的玩竹篾,能在指间行云流水般转来转去。久而久之,一根竹篾也能被他玩出花儿来。

沈顾容轻轻地抚过竹篾上雕刻的"奉雪"两个字,不自觉地想道:竟然自恋到将自己的字刻在竹篾上,看来沈奉雪也不是什么正经人。

他走神的空当儿,旁边传来一声猛烈的咳声。

沈顾容刚偏过头去,就看到一抹青色的影子"砰"的一声撞在了巨大的菩提树上,震得枝叶簌簌往下落。

这被打得节节败退的人正是牧谪。他捂着胸口咳了几声,扶着树站起身。

奚孤行黑袍猎猎,将短景剑随手一甩,眸光如刀,冷冷地道:"起来,再打。"

牧谪的修为完全被压制,一丝灵力都施展不出来,可就算被打成这样,手中的九息剑依然握得死紧。他道:"是。"说着,再次拎剑冲了上去。

不出片刻,奚孤行又把他直直地打进了莲花湖里,"扑通"一声,溅起好大的水花。

沈顾容干巴巴地说道:"师……师兄,同小辈喂招儿而已,不至于这般……"心狠吧?

奚孤行凉凉地看了他一眼,道:"严师出高徒。"

沈顾容:"……"

就在这时,莲花湖突然激起一道水花,接着牧谪被一根蛟尾从水中扫了出来,直直地朝沈顾容撞去。沈顾容本能地想将"暗器"甩出去,可是千钧一发之际才想起来这是自己的徒弟,于是连忙将灵力撤掉,一把接住了浑身湿淋淋的牧谪。

朝九霄的力道太大,牧谪撞到沈顾容身上后,竟然将他撞得后退两步。

莲花湖上露出一个巨大的蛟头,朝九霄冷冷地说道:"别什么东西都往我这里扔。"说罢,又缩了回去。

沈顾容气道:"你!"

看到沈顾容难得吃瘪的模样,奚孤行快意地大笑。

沈顾容看了看牧谪,发现他脸色苍白,正用尽全力想要站起来。但他的灵力施展不出来,身体又被两个人联手揍了一顿,哪怕已是元婴期之体也着实招架不住。

沈顾容头疼地扶住他,担心地道:"没事吧?"

牧谪脸色惨白地摇头道:"无事。"

见状,沈顾容只好在他的灵脉里输送了一道灵力。

牧谪毫不排斥别人的灵力进入他的灵脉。他顺着那灵力让元丹运转一周后,才缓缓地吐出一口气，脸色终于好看了一些。

奚孤行怒气冲冲地走上来，一把将沈顾容扯开，冷冷地道："去一旁吹你的竹篪去，我与他继续喂招儿。"

牧谪大概是有些后怕，眼神惊惧地看着奚孤行，在被沈顾容捕捉到那难得的恐惧神色后，立刻垂眸遮掩住所有情绪。他颤声道："是，掌……掌教。"

奚孤行又暴怒又疑惑，心想：你装什么装？！这十年来哪次喂招儿不比这次狠？你连在玉絮山的冰天雪地中打坐半个月都不道半句苦，怎么这回才过两招，就变得这般矫情！还抖？

沈顾容成功地被自家徒弟的演技欺骗，不满地瞪着奚孤行，道："他都怕成这样了，你竟然还要强人所难？难道他经常苦修且对自己也心狠的性子，都是这些年被你这般打出来的？"

奚孤行冤得玉絮山盛开百花，愕然道："我……他！你！"

他有苦说不出，沈顾容也没等他说完，直接走到牧谪旁边，轻声说道："走，咱们回去，不喂招儿了。"

牧谪讷讷地道："是。"

沈顾容带着牧谪回泛绦居，奚孤行气得跳脚，口不择言道："沈十一！等你日后管不了他，可别找我哭！"

沈顾容没理他。

奚孤行没好气地瞪了一旁探头探脑的朝九霄，不分青红皂白地骂道："看什么看？继续翻你的江倒你的海去。"说罢，就气咻咻地离开了。

朝九霄不明白师兄一天到晚在气什么。他懒洋洋地化为小蛟趴在几株莲花上晒太阳，只是才睡着，就听到不远处的泛绦居传来一阵令人崩溃的竹篪声。

朝九霄直接化出巨大的妖相，继续在莲花湖翻江倒海。

迟早有一天，他要杀了沈十一！

遭人恨的沈十一正坐在院子里吹奏竹篪，偌大的泛绦居上罩着一个透明的结界，将朝九霄扑腾出来的水珠全都隔绝在外，只能听到噼里啪啦的声音，权当听雨声了。

沈顾容吹了几个音，又听了听头顶上的落雨声，点了点头，自顾自地评判："这竹篪和这雨声倒是很搭。"

一样的震耳欲聋，魔音灌耳。

沈顾容吹了一会儿，连自己都有些遭受不住了，正要将竹篪收回去，就看到泛绛居门外冒出个小脑袋正在偷偷看他。

沈顾容一挑眉，道："是夕雾吗？"

夕雾有些羞赧地走进来，眼睛亮晶晶地看着他，道："圣君，你回来了。"

沈顾容冲她笑了笑，道："嗯，这些天你还好吗？"

不知是不是容貌的原因，沈顾容每次看到夕雾，都会忍不住地将声音放柔些，唯恐惊扰了她。

夕雾点了点头，走上来怯怯地扯着沈顾容的袖子，讷讷地道："我这几日在跟着楼师叔学药草，很……很好玩儿。"

沈顾容本能地抬手揉了揉她的头。只是他一抬手，袖子微微往下垂，露出洁白如玉的半截手腕——那上面本该坠着一个黑色珠子，此时却只剩下一根红绳和一颗金色的铃铛。

夕雾的眉头狠狠一皱，她的珠子不见了。

沈顾容也意识到了，淡淡地笑了笑。他知晓夕雾八成是用了什么秘法将一条蛇塞进那珠子里，连牧谪都瞒过去了。但他没有多问。反正夕雾看起来对自己并无恶意，那条黑蛇还在千钧一发之际救了自己一命，于情于理，他都不该质问。

当时桑罗敷死后，林束和吐血，沈顾容没来得及去看那条黑蛇到底如何便离开了，现在对上夕雾有些受伤的眼神，他竟然有些不自在。

"对不住。"沈顾容道，"那颗珠子被我弄掉了。"

夕雾也没生气，反而说："那我再送圣君一颗吧。"

沈顾容本能地拒绝："不必了。"

毕竟知晓了那颗珠子有可能是一条黑蛇变的，盘在自己手腕上会让他不舒服。

夕雾黯然地垂下头，也没有强求，说起了别的事："圣君，我之前说过的那只魔修，又来梦中寻我了。"

沈顾容本来拨弄着手腕上的金铃，闻言手一顿，看向夕雾，问道："他说了什么？"

夕雾如实地道："他要我想方设法将离索骗去埋骨冢。"

沈顾容眉头一皱，问："离索？为什么是他？还说了什么吗？"

夕雾摇头道："其他的便没有了，我答应了他才从梦中出来。"

沈顾容有些吃惊，书中根本没有这一遭，毕竟离索在十年前就死在了被疫魔夺舍的牧谪手中，不可能在被埋骨冢的魔修……

疫魔？！

对沈顾容来说，闭关的十年仅仅只是过去了一段时日而已，因此对当年的细节记得极其清楚。

那时疫魔附身牧谪后，第一个要杀的便是离索。虽然也可能是当时只有离索阻拦他，但那只疫魔对离索的怨恨却是实打实的，他是真的铁了心拼了命也要置离索于死地。

但是原因是什么？若当时那只疫魔也是埋骨冢那只魔修派来的，那为什么要杀离索？离索只是一个病恹恹的金丹期修士，他有什么值得杀的？或者说，离索身上有什么东西是让魔修觊觎的？

沈顾容陷入了深思，手不自觉地开始敲打着手中的竹篾。夕雾安安静静地坐在一旁，近乎贪婪地盯着他的脸。

很快，沈顾容回神，夕雾也立刻收回目光，变回了那个温顺的小师妹。

沈顾容问："你有告知离索吗？"

夕雾年纪虽小，心眼却很多。她摇头道："我怕出事，谁都没有告诉。"

沈顾容欣慰地摸了摸她的脑袋，道："做得很好。"

夕雾害羞地将头在沈顾容的掌心蹭了蹭，仿佛能帮到沈顾容就是最值得开心的事。她好奇地看着沈顾容的头顶，道："圣君，你为何突然长了耳朵？"

沈顾容重重地咳了一声，道："喀喀，没事，意外而已。"

夕雾盯着那耳朵看了半天，才认真地说："圣君什么样子都好看。"

沈顾容尴尬得要命，连忙说道："你若没事就先回去吧，一旦有什么问题，便来寻我。"

夕雾站起来，领首说"是"，这才一步三回头地离开了。

沈顾容在院子中坐了一会儿，才寻了个路过的弟子，让他将离索寻来。

很快，那弟子跑回来说："圣君，离索师兄有要事下山了。"

不知为何，沈顾容突然有种不好的预感。

那魔修刚入夕雾的梦，让她将离索带到埋骨冢，没过多久，一直病弱很少下山的离索就离开了离人峰，这……难道真的只是巧合？

无数画面在沈顾容的脑海中一一闪现，但连起来总是讲不通。他的思绪十分跳跃，尝试着将记忆中一些无关紧要的小事连在一起。

为何疫魔会追着离索动手？为何……当年在扶猷城时，离索的灵剑是从身体灵脉中抽出来的？

当时他扫见那一幕只觉得奇怪，还以为三界中有人的灵剑就是放在灵脉中的，便没有多想。但现在想想，却只觉得脚底发寒。

修士的灵脉本是命门所在，灵力如水雾输入进去都会让人觉得不适，又怎会有正常人将灵剑生生放入灵脉中？

就在沈顾容要起身去寻离索时，牧谪刚好从偏院出来，身旁跟着少年人形的九息。他瞥了九息一眼，纷乱的思绪仿佛拨云见雾般，一点点透出光来，一切似乎都有了合理的解释。

牧谪走过来，微微颔首道："师尊。"

九息也跟着一点头。

沈顾容深吸一口气，揣着满心疑虑，冷静道："九息，你在剑阁这么多年，可曾知晓那排名第二的凶剑在离人峰的谁手中？"

九息正在啃果子，闻言一歪头，茫然道："啊？你说帘钩？"

沈顾容道："嗯。"

"这个不知道哎。"九息漫不经心地说，"不过听说百年前它被一个魔修拿去了，帘钩认主后便生了剑灵，还有个人类的名字……嗯，叫什么来着？"

沈顾容的心猛地提了起来，看着九息不紧不慢地啃完最后一口果子，然后对方"啊"了一声，道："哦，想起来了，叫离索。"

离人峰山阶，离索孤身一人逐级而下，手中握着一把剑，正拧着眉头打量着周遭的丛林。

晌午时，离索和师弟在演武场切磋，无意中看到一只邪修从演武场飘了过去，但是其他人却仿佛没有看到，一时间让他怀疑自己的眼睛是不是出问题了。

可那只邪修就在不远处看着他们，所有人却置若罔闻，离索犹豫半天，才拎着剑孤身一人追了上去。邪修似乎就是在等离索追上来，离索一来，他立刻往山下跑，走两步还回头瞧瞧离索有没有追上他。

离索平日里温温柔柔的，看着脾气甚好，从不动怒，但那只不过是假象罢了。他自小体弱多病，林束和曾来为他诊治，说若想长命就必须少动怒，他也十分听师叔的话，强行将暴躁的脾性掰成温文尔雅。

本来他追邪修时十分心平气和，但到了后面，傻子也知道那邪修是把他当风筝放，当即暴怒，拎着剑浑身杀气地追着那邪修砍。

只是那邪修仿佛是一个幻影，哪怕离索的剑砍上去也没有伤到他分毫，离索又是个暴脾气的人，打定主意要砍死他。

这一追，就追到了九春山，埋骨冢。

眼看着就要冲进埋骨冢外围，暴怒的离索突然生生止住步子停在离埋骨冢一步之外的空地，眉头狠狠地皱了起来。而邪修就站在埋骨冢外围，周围全部都是阴郁的黑色雾气，将他的身形遮掩得若隐若现。

离索心想：不好。若是师尊知晓我来埋骨冢，定会罚我闭关静心，而且……那只邪修应该是故意引我过来的。

埋骨冢之所以被称为离人峰的禁地，离索大概知晓一部分内情。他无意去招惹那只魔修，只好狠狠地剜了那邪修一眼，转身就走。他刚迈两步，身后就传来一声轻笑，说："我的离索，你要去哪儿？"

离索生平第一次被人这么亲昵地唤作"我的离索"，当即浑身一抖，鸡皮疙瘩掉一地，跑得更快了。

魔修的声音宛如跗骨之疽，紧紧地跟着他，说："你身上穿的竟是离人峰的山服？呵，多年未见，你竟然堕落到拜入仇敌门下了吗？"

离索的脚步一顿，仇敌？

魔修见他停下，低低地笑了一声，声音仿佛一根虚幻的线，断断续续地围绕着离索。

离索皱眉，又抬步往前走。等到那声音开始消散，不能围着他转时，他才停下步子，偏头冷淡地看了身后一眼，空无一人，但他知晓那魔修依然在。

"我不知你在说什么。"离索淡淡道，"你想蛊惑我叛逃师门吗？"

魔修嗤笑一声，道："你还真将离人峰当成师门了？"

离索不为所动。

"看来南殃对你的记忆动了手脚。"

离索蹙眉道："你怎可对南殃君直呼其名？"

魔修突然就笑了，说："你还和之前一样崇敬南殃。"

离索脸一寒，之前？难道他的记忆真的被做过手脚？

魔修道："你难道就没有察觉到自己从小就和旁人有哪里不同吗？"

离索有些怔然，不同？自然是有的。因为从小到大他都不知道自己到底得了什么病，而他又为何能从灵脉中抽出各种不同的灵剑来？

他正拧眉想着，就听到那魔修用低沉喑哑的声音幽然道："自然是因为你并不是人类。"

离索的瞳孔骤缩。

魔修看到他终于变了脸色，笑了一声，道："离人峰有一节关于'剑'的早课是书阁长老上的，他应该告知过你们，剑灵是由剑韵养而出的灵，能通人事、化人形，但是聚灵幻化而出的人形哪里能和真正的人类相比？"

离索如坠冰窟，魔修的声音更轻更柔："而你呢，离索，你的身体，是正常人的身体吗？你的灵脉……是普通人的灵脉吗？"

离索脸色苍白，不着痕迹地往后退了半步。他的嘴唇轻轻地发抖，似乎是一时间接受不了这个事实。

"离索，你若不信，大可前去扶献城的剑阁，看一看三界凶剑榜上排名第二的帘钩的剑海，到时你便知晓我说的都是对的。"

离索垂着头沉默了许久，久到魔修都有些不耐烦了，才缓缓地抬起头。魔修看着他已经恢复冷静的脸庞，道："去吧，我在这里等你。"

离索深吸一口气，突然勾唇一笑，说："我不去。"

魔修："……"

离索在魔修灵力触及不到的地方撩起衣袍席地而坐，撑着下巴道："就算我去了剑阁，看到了帘钩，那又如何？"

魔修语气中的温情已经不在，声音冰冷地道："即使知晓你是我的剑灵，你也要叛主？"

离索"啧"了一声，道："以往的记忆我并不想知晓。我只知我是被三水师兄从死人堆里救出来的，他救我性命，离人峰养我至今，于情于理我都无法叛逃师门。"

魔修冷冷地道："叛主的废物。"

离索懒得和他再废话，直接起身，道："我会将你今日寻我之事告知圣君。"

魔修唤他："离索。"

离索根本不想听他再多废话，转身就要跑。只是他还未跑到离人峰山阶，身后猛地传来一阵猛烈的威压，直接袭向他的后背，仿佛是一堵墙当头砸下来一般。

魔修在埋骨冢困了四十年，前些日子素洗砚又加固了结界，无论如何都不可能让他轻而易举地逃出来，所以这一击只是魔修用尽全力的最后挣扎罢了。

离索本能地挥出灵力想要挣脱魔修的掌控，但是一抬起手，却发现掌心凝聚不了任何灵力。他本以为那灵力威压是来自魔修修为的碾压，但此时他经脉灵力倒流，金丹灵力停滞，整个人宛如被操控的傀儡，连动都动不了。

电光石火间，离索的脑海中回想起书阁长老教他们关于"剑"的早课时，好像说过一句："剑灵不可叛主。"

离索浑身一僵，灵脉中的灵力骤然被抽得一干二净。他重重地倒在地上，视线直直地盯着一旁的小草，怔然地想："这个魔修……是离人峰之人吗，为何会知晓书阁长老教剑的早课？"

他已无法思考太多，恍惚中，耳畔传来一阵轻微的脚步声，忽然一只金线镶边的黑靴缓缓地停在他的视线中。

离索用尽全力往上看，视线停留在一张妖邪阴柔的脸上。不知道为什么，一个名字突然浮现在他的脑海中，他喃喃道："离……更阑。"

魔修——离更阑站在离索面前，居高临下地看着离索。他的眉间有一抹红痕，几欲滴血，淡淡地道："离索，我本可以不杀你，但你不乖。"

离索的气息有些涣散。

离更阑微微俯下身，看向离索仿佛在看一个惹祸的孩子："不过我不怪你。"

离更阑放轻声音，语调中带着魔修特有的蛊惑："你只是被他们迷惑了。"他柔声道，"我不怪你。"他虽然口中这般说，但下一瞬，他的脸色一变，手指猛地用力，尖利的指尖直直地插入了离索的心口。

血珠溅了几滴在离更阑那张妖魅的脸上。他伸出舌尖舔了舔嘴角，声音轻柔："你死了，我就不怪你了。"

离索的身体剧烈地一颤，眼尾慢慢流下两行清泪，但脸上却带着嗜血扭曲的快感。

离更阑将手一点点插入离索的心口，前去摸索帘钩的剑灵之心，那能让他在短暂的时间内将修为提升到顶峰，到时冲击埋骨冢的结界会多一半的胜算。

离更阑在埋骨冢四十年来所积攒出来的灵力在这一刻悉数用光，若是得不到离索的剑灵之心，那他这些年的隐忍和蛰伏全都会功亏一篑。

离更阑缓缓地摸索寻找剑灵之心。就在他的指尖刚刚触碰到那一团火光似的心脏时，一道剑光猛地从不远处袭来，直接将他的手腕齐根斩断。

离更阑此时只是分神出了埋骨冢，得不到剑灵之心根本维持不了片刻。这斩断手臂的灵力太过熟悉，他几乎不用看就知道是谁来了。

只见不远处，沈顾容一身青袍，双眸的冰绡和白发被风吹得胡乱飞舞。他长身玉立，手持九息剑，一身至清至冷的杀意，虽不骇人，却仿佛寒冰似的逐渐蔓延至周遭，将离更阑包裹住。

离更阑抬手一甩，齐根断掉的手腕上长出一根根黑色的线，飞快化为手腕。他看着沈顾容，似笑非笑地道："沈奉雪，你又来坏我好事。"

沈顾容拎着剑一步一步地走过来，漠然地看着他，冷淡地道："你想对我离人峰的弟子做什么？"

离更阑笑了笑，一抹脸颊上的血，道："如你所见。"

沈顾容的脸色丝毫不变，只是将剑柄握得更紧了。

离更阑看到沈顾容过来，就知道离索的这颗心他是拿不到了。四十多年的隐忍功亏一篑，他的脸上也没有多少气急败坏，反而像是遇到故交似的，魔瞳一弯，俊秀的脸上全是笑意。

"十一。"离更阑笑着说，"听说你前些天被降下雷罚了？"

沈顾容一怔。离更阑看到他这副样子，哈哈一笑，仿佛十分快意。

他将离索放到地上，笑着说："我之前就同你说过，滥用神器会被降下雷罚，你不听我的……"他还没说完，沈顾容就面沉如水地刺了一剑过去，破空声里挟着利刃穿透皮肉的声音响彻耳畔。

沈顾容冷冷地道："废话太多。"说罢，他狠狠将九息剑一旋。

离更阑的眼睛微微睁大。明明被刺了一剑，他的脸上却没有丝毫痛苦，反而一把抓住沈顾容，脸上全是张狂的快意，道："沈奉雪，你记着。"他又恨又疯地看着沈顾容的脸，幽幽地道，"我一直都在暗处看着你。"

沈顾容手腕一抖，又是一道灵力挥过去，离更阑整个人霍然化为一团黑雾消散在他面前。

自看到离更阑时，沈顾容心口源源不断涌起的杀意在这一剑下逐渐散去，那是沈奉雪潜意识里对魔修的杀意。可哪怕他只是受杀意驱使，这依然是沈少爷在这个世界中第一次真真切切地将剑刺入人的身体，但因为离更阑只是一缕分神，没有血痕也没有尸体，让他好受不少。

沈顾容深吸一口气，走上前将浑身是血的离索扶起来，看到他心口的伤痕竟然在一点点地消散，沈顾容才真切地意识到，他并不是人类，而是和九息那样能随意化作人形的剑灵。

离索很快就修复好了身体，幽幽转醒。

沈顾容正在看着埋骨冢外围的魔气，不知是不是因为沈顾容击溃了离更阑那好不容易凝聚出来的分神，埋骨冢外围常年萦绕的黑雾竟然悉数散去。他正想着这次魔修八成能在里面安分数年，离索的声音就从后面传来："圣君？"

沈顾容看到他醒了，也松了一口气，道："没事吧？"

离索脸色惨白地摇头，道："多谢圣君救命之恩。"

沈顾容道："无碍。"

就在这时，牧谪和奚孤行堪堪赶到。

一看到自家师尊，离索立刻后怕地上前扑到奚孤行面前，眼圈通红地说："师尊！弟子方才险些被魔头杀了。"

一看到徒弟，沈顾容也眼圈微红，暗道：徒儿！师尊方才险些杀了魔头！

牧谪："……"

5

奚孤行把大惊失色的徒弟带回了长赢山，牧谪把比离索还要大惊失色的师尊带回了泛绛居。

沈顾容裹紧身上的鹤氅，坐在桌案旁皱着眉煮茶，牧谪一边用火灵石为他煮水，一边在识海中和九息说话。

"真的没有，我是说真的。"九息就差撒泼发誓了，"圣君过来一剑把那魔修的手臂斩了，之后随便叙了两句旧，他就把那魔修砍了。是真的！那魔修真的没有对你师尊做什么！"

牧谪还是担忧地说："那你将他们说的话重述一遍给我听。"

"你好烦。"九息抓了抓头发，但还是不情不愿地将沈顾容和离更阑的话一一转述。

牧谪若有所思。

九息道："你师尊出剑的时候可凶了，眼睛眨都不眨，冷血冷面、辣手无情说的就是你师尊了。这三界数他修为最高，谁能欺负得了他？你别瞎操心了。"

牧谪拧眉，虽然他师尊面上不显露分毫情绪，但心中的惊吓可做不得假。他左思右想都想不通，只好作罢。

煮好了茶，沈顾容捧着茶杯，无声地叹了一口气。

牧谪轻声问："师尊为何叹气？"

那魔修用了四十年才积攒出来的分神被沈顾容一剑破除，若无意外，离更阑十年内再也做不得乱了，这该是好事。

沈顾容垂眸盯着杯中的茶叶，突然问道："你知道被关在埋骨冢的魔修是谁吗？"

"他是作恶多端的魔修。"牧谪柔声说，"师尊杀他是为民除害。"

沈顾容没感觉到有多少安慰，问道："三水呢？他什么时候回来？"还是三水好套话。

牧谪温声道："三水师兄有要事回风露城，应该要忙上许久。"

沈顾容的失望显露无遗，说："这样。"

牧谪道："师尊若有什么难事，可交给牧谪。"

沈顾容闻言看了他一眼，突然在心中叹了一口气，心想：你还只是个孩子呀。

牧谪脸一僵，险些将掌心的扶手掰下来。

这些年来，沈顾容有事从来都是找奚孤行、楼不归这些师兄商议，就算是不怎么靠谱的温流冰也能为他排忧解难，但他从来没有主动找过牧谪商量要事。

沈顾容并非是不信任他，只是一直觉得他是个未经世事的孩子。

牧谪心中也知道，所以急切地想要打破他在沈顾容心中的第一印象。他深吸一口气，道："师尊，我马上十七，已不是个孩子了。"

沈顾容歪头看了看他，在心中回道：十七岁哪里不算孩子了？

牧谪："……"

沈顾容叹气，道："你还小。"

牧谪闷闷地看着他。

沈顾容见他这副模样，突然就笑了，说："赌气啦？你还说自己不是孩子？"

不自觉耍孩子脾气的牧谪连忙说："我没有，我……我之前曾和大师兄一起前去诛邪，所见之人、所知之事无数，师兄能做的事，牧谪一样能做到。"他说着，眸子微微一垂，眼里熟练地含着一缕水光，讷讷道，"还是说……我的修为太低，比不上三水师兄……"

沈顾容一愣，说："不……"

牧谪道："我会努力修炼的。"

沈顾容被噎了一下。

"终有一日，我会超过大师兄的。"牧谪抬眸，郑重其事地说道。

沈顾容心想：三水已是化神期，若想超过他便要突破化神，你虽然天资聪颖，但这两个境界却不是几年、几十年能轻易突破的。

化神期之上，便是大乘期。这么多年，三界也只出了一个大乘期的修士，就是半步成圣的沈奉雪。

牧谪的嘴唇一抿，仿佛被当头泼了一盆冷水。但他还是强行撑着最后的一丝希望，语调比方才弱了几分，讷讷地道："我会超过他的……"

沈顾容揉了揉眉心，温声道："好，你会超过三水的，师尊等着那一天，嗯？"

沈顾容像是哄孩子的话不仅没有让牧谪得到丝毫安慰，反而让他心中涌出一抹委屈。

牧谪心想：他……果真是不信我的。

二人相对着沉默了一会儿，沈顾容突然想起什么，道："对了，阐微大会你夺了魁首，明日你可以去掌教那拿属于魁首的灵物，听说有不少灵石，还有两把不错的灵器。"

牧谪没什么兴趣，但见沈顾容这么说，还是点头道："是。"

沈顾容不明所以，心想：这孩子见到了灵石和灵器都这般淡然的吗？若是换了虞星河，早就颠颠地跑去领灵石和灵器去了。

牧谪再次觉得自己被冒犯了……

沈顾容好话说尽，见牧谪还是蔫蔫的，只好捧起杯子，小口小口地抿着茶水，一言不发。

反正沈奉雪也是不苟言笑的性子，不吭声也不会觉得尴尬。

牧谪沉默了一会儿，似乎是犹豫了许久才终于下定了决心，突然抬头看着沈顾容，小声说："师尊。"

沈顾容道："嗯？"

牧谪道："师尊之前说的，若是我在阐微大会上得了魁首，您……就许我一样东西，这个，还作数吗？"

沈顾容点头道："自然是作数的。"

这还是牧谪头一次明确想要一样东西。沈顾容来了兴致，问："你想要什么？"

牧谪指着沈顾容的手腕——那雪白的腕子上的木槵珠子。

沈顾容抬起手晃了晃手，疑惑道："这个？"

牧谪点头。

沈顾容"嗐"了一声，直接将那串珠子拿了下来，随手抛给牧谪，说道："给你了。"

牧谪沉默着接过珠子，却没有收起来，反而是从上面轻轻地取下来一颗艳红的珠子，然后将木槵珠手链还了回去。

沈顾容问道："你只要一颗？"

牧谪点头，沈顾容只好将珠子重新戴回手腕上，疑惑地看着牧谪。他心想：当真是孩子心性。若是我，我就挑最贵重的。

天色将晚，沈顾容喝完茶后，将大氅脱下。

沈顾容十分畏冷，哪怕在四季如春的九春山也很少脱下大氅。一般到了晚上他脱下鹤氅，便是要去沐浴了。

修行之人往往用冥想来代替凡人的休憩，但沈顾容不同。他每日必须要上榻睡觉，并非在冥想，而是真真正正地陷入沉睡，意识昏沉。

沈顾容早上起来还会像个孩子似的同自己闹觉——明明只要运转灵力将经脉中的疲乏驱除掉就好，但他偏不。

还有每次沐浴后，他从不会主动用灵力将头发弄干，反而习惯了凡人用干巾为他将头发一点点弄干。

牧谪曾去问过奚孤行，对方嗤笑一声："他自来到离人峰就娇气得很，从不会用灵力去做这些事情。"

牧谪怔了一下，问："为什么？"

奚孤行脸上的笑容一僵，才阴阳怪气道："当然是因为师尊宠他。"

牧谪仍有犹疑，就算再宠，也不至于把他宠成这个模样吧。

牧谪用灵力把沈顾容发间的水气一点点抹掉，他酝酿了许久，才鼓起勇气轻声问："师尊，您……"

沈顾容发出一声含糊的鼻音："嗯？"

牧谪深吸一口气，问了一个极其大逆不道的问题："您……是凡人吗？"他说完后，提心吊胆地等着沈顾容的回答。

凡人修道极其困难，牧谪就是个不折不扣的凡人，若不是沈奉雪当年的无数灵药和那半个元丹，他或许此生都入不了道。但沈顾容……似乎是不一样的。

牧谪曾到离人峰书阁中查阅过沈奉雪的弟子册，沈奉雪从入离人峰便受到整个师门相护，当时哪怕是最厌恶他的朝九霄也不会对他冷眼相向，瞧着好像……整个离人峰欠了他什么似的。

牧谪当时看得眉头紧皱，现在又联想沈顾容这一系列十分类同凡人的做派，让他不由壮着胆子深入地去设想：若他的师尊在入离人峰之前也是个凡人，是不是就能证明为什么师尊会对同为凡人的自己这般用心了？

面对牧谪的提问，沈顾容沉默了半天。他的肩膀微颤，依旧背对着牧谪，一言不发。

牧谪这才如梦初醒，低头讷讷道："师尊，是我失言了。"

沈顾容依然没吭声，牧谪这才后知后觉发现不对，疑惑道："师尊？"

沈顾容耳畔一阵嗡鸣，根本没听到牧谪方才在说什么。他的身体微微颤抖，恍惚间不受控制地打了个寒战，想也不想地将牧谪甩了出去。

"砰"的一声，牧谪猝不及防地被甩到了书架旁，后背险些撞到墙。他堪堪稳住身体，愕然看向沈顾容："师尊？"

只是一眼，牧谪却突然僵住了。沈顾容穿着单薄的白衣坐在床沿，手撑着床沿，似乎极其难受，呼吸都乱了。他低声道："去……去叫掌教过来。"

牧谪讷讷道："您……"

沈顾容喝道："快去！"

牧谪立刻去唤奚孤行。

听到门被关上，沈顾容的手臂一软，瘫倒在柔软的床榻上。他盯着头顶的床幔，脑海里一片混沌，根本不知道自己在想什么。

恍惚中，有人走来，高大的身影遮挡住光亮，面容影影绰绰看不真切。那人走到他身边，对他道："你确定要入道吗？"

沈顾容茫然地看着他，奋力地辨认他的面容，但视线总是被一团白雾遮挡。浑浑噩噩间，他已没有躺在榻上，而是身处幽潭边缘，他往旁边一扫，"风雨潭"三个字映入眼帘。

一只手伸到他面前，掌心放着一个琉璃瓶，说："这是洗精伐髓的灵药。"那人说道，"你若当真下定决心以凡人之躯入道，便服下它，跃入幽潭。"

沈顾容怔然地看着那人说道："洗精伐髓，痛苦堪比凌迟，或许撑不到灵药发挥效用你就痛死了，你可要想清楚。"

沈顾容立刻想要摇头，想说：不，我怕疼，我才不要入道。

下一瞬，他眼睁睁地看着自己伸出一只手，将琉璃瓶握在手中。

沈奉雪的声音传来，冷冷地道："我想得很清楚。"说罢，他将药一饮而尽，纵身跃入风雨潭中。

沈顾容还没来得及反应，水从四面八方涌来，一阵刀刃割似的剧痛便传至他的四肢百骸。钝痛一阵又一阵地传来，仿佛惊涛骇浪似的永不停歇，他连叫都叫不出来，任由水和痛楚将他淹没。

沈顾容不知自己到底哪来的精力，竟然还有闲情思考：这是沈奉雪的记忆吗？前期他……不是用无数灵药堆出来的修为吗？那所说的灵药……难道就是这种令他痛苦的洗筋伐髓的灵药吗？

身体中的经脉不知遭受了多少次碾碎重聚，一只手终于将他从幽潭中拽了出来，说："未入道。"

沈奉雪浑身湿透，脸色惨白如纸。他死死地咬着牙，说："再来。"

接着又是一瓶灵药。

凡人入道太过困难，沈顾容根本不记得沈奉雪到底用了多少次灵药，自己仿佛被连坐似的，一次次被水和痛苦包围，好像陷入了一个永世不能逃脱的炼狱。

直到最后，那个一直冷酷无情，说了不知多少遍"未入道"的声音，轻声说："已入。"

沈顾容一怔，这才大大地松了一口气，只是这口气还没松到底，脸上突然被人泼了一盆冷水。他怔然地看着周围，空无一人，连方才一直对他说话的男人也消失了。

沈顾容茫然地心想：这里是哪里来着？我不是应该在泛绛居吗？谁泼我水？

泛绛居中。
牧谪愕然道："楼师伯，您在做什么？"
楼不归歪着头，手中捏着院中浇水的小瓢，疑惑地说："泼水呀。"
方才牧谪去寻奚孤行，发现掌教并不在离人峰，只好退而求其次叫了楼不归过来。
谁知道楼不归来了后，只看了一眼在床上不停翻滚，仿佛十分痛苦的沈顾容，直接一瓢水泼了过去，牧谪拦都没拦住。
沈顾容死死地握着拳头，被泼了一瓢水都没能清醒过来。
牧谪手足无措道："师尊？师尊！"
楼不归又出去舀了一瓢水，眼睛眨都不眨地往沈顾容脸上泼。
牧谪见状连忙护住沈顾容，任由水泼在自己背上。
楼不归奇怪地看着他，道："你干什么？"
连牧谪这样的人都有了些脾气。他强忍着怒气问："师伯为何要泼师尊水？"
楼不归"啊"了一声，突然没头没脑地说："现在是什么月份？"
牧谪本能答道："二月中旬，春分。"
"这就对了。"楼不归小声嘀咕，"他体内有狐狸的灵力，现在又是春日……"
牧谪一时间无法理解楼不归在说什么，给了他一个茫然的眼神。
楼不归说："他不泼水冷静下来，会很难受。"
牧谪脑子里乱糟糟的，本能地不想让师尊受罪，说："可是……"
楼不归治人从来不担心把人治死，见牧谪一直拦着不让他泼水，只好用玉髓去找奚孤行。
奚孤行应该正好在山下，收到消息很快就回来了。他冲到房间，看到沈顾容昏迷不醒的样子，眉头狠狠一皱。
楼不归说："我要泼水，牧谪拦着，不让我泼。"
牧谪此时已经明白了，他祈盼道："师伯，求您……"求您想个正常的法子来医治吧。
奚孤行拧着眉问："只要能降下热就行了是吧？"
楼不归道："对。"
"好办。"奚孤行大步上前，一巴掌将牧谪推到一边去，又抬手将沈顾容背起，快步走向了后院。

牧谪突然有种不好的预感，立刻追了上去。

沈顾容在梦中浑浑噩噩了许久，才终于夺回了身体的支配权，指尖轻轻地动了动。

在梦中一直被水淹的滋味确实不怎么好受，清醒后那彻骨的疼痛明明都忘得差不多了，但被冷水包裹着身体的滋味却像是刻在骨髓里似的，怎么都忘不掉。

沈顾容迷迷糊糊地想：我以后再也不要去水……

还没等他想完，他就感觉身体失重地悬空了，整个人又淹没在彻骨的冰泉里。

奚孤行拍了拍手，回头看楼不归，征求师弟意见："这样就可以了吧？"

楼不归点头，说："可。"

牧谪连忙跃入冰泉里，将沈顾容扶了起来。

沈顾容猝不及防地呛了一口水，猛咳了几声，终于清醒了。他咬牙看向站在岸边双手抱胸的奚孤行，一字一板道："奚孤行！"

奚孤行挑眉道："好些了吗？"

沈顾容就算有再好的脾气也绷不住了，怒道："我杀了你！"

他挣扎着想要去打奚孤行，可一动他的身子就一软，又跌了回去，被牧谪再次扶住了。

奚孤行指着牧谪怒道："你，出来！别管他！"

牧谪讷讷地道："可是师尊他站不稳……"

奚孤行不耐烦地道："你管他站不站得稳，给我滚出来！"

牧谪有些犹豫。他若是出去，沈顾容肯定又会被冰泉淹没，师尊本就畏寒，又不用灵力护体，哪里受得住这个？

奚孤行见牧谪不动，气得立刻就要迈进冰泉里把他揪出来。

大概是心中有怨气，沈顾容瞪着奚孤行，冷冷地道："他是我徒弟。"

"你！"奚孤行气得转身就走，丢下一句话，"你爱死不死！鬼才要管你！"

这话奚掌教讲了太多次，连他自己都觉得不可信，但每回被气急了还是会脱口而出。

楼不归看了一眼师兄气咻咻地离开的背影，大概是怕沈顾容伤心，蹲在岸边跟他说："十一，师兄是在说气话，他管你的。"

沈顾容"哼"了一声。

撒完了气，沈顾容才反应过来，看了看牧谪，又看了看楼不归，面无表情地说："我为什么会被扔到冰泉里？"

楼不归为师弟解惑："因为十一你——"

牧谪"啊"了一声，打断十师伯的话："因为师尊体内的妖族灵力发作，导致内息紊乱，在冰泉里待上片刻就好了。"

沈顾容不太信地问："真的？"

楼不归狐疑地看着牧谪，不知道他为什么打断自己的话。

牧谪唯恐楼不归再说些让师尊尴尬的事，连忙说道："师伯，师尊我来照料便好，劳烦您跑这一趟了。"

楼不归对自己不理解的东西从不会去强行理解，见没自己的事了，便点了点头，拢着袖子慢吞吞地走了。

寒意从四周传来，像极了在梦中的场景，沈顾容受不了这种苦，还没待片刻就喃喃问："什么时候能出去？"

牧谪见他的狐耳一直竖着，只好说："再等一等。"

沈顾容只好等，又挨了片刻，才不满地问："还没好吗？"

牧谪察觉差不多了，这才点头道："好了。"

牧谪将沈顾容带回房里，让他换上干净的衣衫，再顺道将他的头发飞快弄干。

沈顾容浑身疲惫，好像同人打了一架。他将被子拉高，挡住半张脸，闷声道："你快去休息吧。"

这一折腾都大半夜了。

第 二 章

孤鸿秘境

1

翌日一早，晨钟响起，沈顾容浑浑噩噩地坐起来。他白发凌乱，干坐在榻上怔了许久，才意识到这日要去上早课。

——少爷，为什么要给自己找罪受？你都是圣君了竟然还要上早课。

——是呀，是呀，太遭罪了，直接去书阁寻长老问不就成了吗？

——都已经对牧谪说了，还是先起吧。

——可是我不想起……

牧谪过来唤沈顾容起床，还没进门就听到师尊又在闹觉。

牧谪站在门外，等着沈顾容闹好觉了，才推门而入，喊道："师尊。"

沈顾容偏头打了个哈欠，下榻换好衣服，随着牧谪一起去了长赢山知白堂。

二人来得有些晚，上早课的弟子们已经到了，他们无意中抬头看到冰绡覆目的沈顾容，全都一呆，接着整个知白堂充满了惊讶的讨论声。

沈顾容闭关十年，而后就很少出现在离人峰弟子面前，这些新来的弟子还是头一回见到那传说中半步成圣的沈圣君。于是这些弟子满脸都是憧憬和亢奋，本能地压抑住惊叫，保持最后的理性。

沈顾容面不改色地走进去，和牧谪一起挑了个角落里的位子，敛袍坐了下来。

牧谪眉头一皱，视线扫过周围呆愣的弟子们，有些不悦地低声道："不知礼数吗？"

众人这才如梦初醒，慌张地爬起来行礼："见过圣君。"

沈顾容微微一抬手，冷淡地道："免了，上早课吧。"

众弟子惊慌失措地坐了回去，开始传音，窃窃私语：

"是沈圣君，啊啊啊！"

"还是头一次见到活的圣君！天哪！"

"好可怕好可怕好可怕，这就是大乘期的威压吗？呜……腿软了。"

"三界暗中传闻沈圣君才是第一美男子，果真不假……"

"我本不想来离人峰的，但是圣君实在是太好看太强了，呜呜！"

这些弟子刚入门没多久，大部分人才刚筑基，这点儿修为在一个大乘期、一个元婴期的眼皮子底下传音，几乎等同于大声告知天下。

牧谪的眉头皱得更紧了，沈顾容倒是听得挺欢喜的。他单手支颐，听听这个听听那个，要是有人夸他好看，他还会多看那个弟子一眼。

牧谪被耳畔的尖叫声吵得心烦，抬手一敲桌子，冷声道："不许再传音。"

众人"呜"了一声，这才意识到修为高真的可以为所欲为，彻底安静了。

听不到旁人的传音，一旁的师尊的心中话就能听得更清楚了。他正在心中说：嗯？为什么不要传音？继续，大点儿声夸。

牧谪："……"

沈顾容等来等去都没再等到人夸他，只好百无聊赖地等着书阁长老来。但等着等着，他有点儿昏昏欲睡。大概是昨日妖修灵力带来的后遗症刚过，他十分容易疲倦，坐了没一会儿就开始打瞌睡。

旁边的弟子根本不敢正眼看沈顾容，所以不知道被三界奉为清冷圣君的沈顾容正肆无忌惮地打瞌睡。

一刻钟后，书阁长老打着哈欠进了知白堂。他睡意蒙眬，抬手敲了敲桌案，道："今日来上授道课。"

敲桌案的声音将沈顾容惊醒了。他猛地一颤，先是睡眼惺忪地看了牧谪一眼，又歪头盯着桌案发了一会儿呆，才终于清醒了一些。

就在这时，外面突然传来一声惊天动地的旱天雷，沈顾容吓得手一蜷缩。

牧谪心想：师尊怎么那么容易被吓到？

长老对来上课的沈顾容见怪不怪了，如常上完了早课，沈顾容才后知后觉他这一节早课全都浪费在自怨自艾上，连正事都忘了。

弟子们陆陆续续地往外走，沈顾容立刻起身，连话都没和牧谪说，匆匆走出知白堂，道："长老留步。"

长老回过神，恭敬道："圣君。"

沈顾容开门见山："能否问您几个问题？"

这个长老的年纪看上去应该比沈奉雪还大，沈顾容也没失了礼数。

长老笑着道："自然是可以，圣君想要问什么？"

沈顾容沉默了一下，才言简意赅道："凡人入道，必须经过洗筋伐髓这一步，是吗？"

长老眸子一颤，才道："您的弟子牧谪正是以凡人之身入道，那洗筋伐髓的灵药也都是圣君您费尽千辛万苦寻来的。"

沈顾容知道他的意思，但还是硬着头皮问："那凡人入道，可否像其他修士那样修为登顶？"

这句话，简直算是明晃晃地质问长老，沈奉雪究竟是不是以凡人之身入道。

长老依然笑着，道："若是有无数灵药堆砌，自然是有希望的。"

沈顾容的眉头皱了皱，这个长老是个老狐狸了，说话简直滴水不漏。

"三界中，天生有灵脉之人占据大半，而在祖辈全是凡人的家族中，也曾出过有修炼灵脉的异类，您的小徒儿虞星河便算一个。"长老道，"而牧谪却是真真正正以凡人之躯强行入道。他若是想再精进修为，若没有机缘，那便需要大量的灵药。"他说着，又含混不清地加了一句，"或者……修士的元丹。"

沈顾容的瞳孔剧缩。

长老说完自己都笑了，说："只是抢取他人元丹是魔修才走的邪道，牧谪是个好孩子，圣君还是让他多出去历练历练，迟早能寻到提升修为的好机缘。"

沈顾容不清楚长老到底是真的知道那半个元丹的事情，还是单纯地提一嘴，但他也不好多问，只好微微点头，道："多谢长老为我解惑。"

长老道："圣君言重了。"

目送长老离开，沈顾容若有所思地一回头，就看到牧谪正站在知白堂前的桑树下安安静静地看着他。

二人一起回了泛绛居，还没进门，就瞧见了在泛绛居前的菩提树下候着的奚孤行。沈顾容走了过去，问道："师兄，你怎么在这里？"

知道这二人有话要谈，牧谪微微颔首，正要离开，奚孤行却叫住了他："牧谪留下。"

牧谪这才停下步子。

菩提树下已放好了小案，沈顾容敛袍坐下，见楼不归正在莲花湖岸边给朝九霄喂鱼。他挑眉道："今日又有什么要事吗？"

奚孤行看着他问："今日的旱天雷，你可曾听到？"

沈顾容点头。他又没有聋，雷声那么响自然是听到了。

奚孤行皱着眉头道："那是妖族召集三界四散妖修的天雷，恐怕是陶州大泽有变故。"

沈顾容歪头，问："妖族之事，关我们何事？"

奚孤行恨铁不成钢地瞪了他一眼，解释道："明年妖族就要来为我们送灵脉，若是陶州有变，我们收不到灵脉，那埋骨家岂不是……"

沈顾容理了半天思绪，才意识到能压制埋骨家结界的正是妖族每十年送一次的灵脉，立刻正色道："那我们应该要去瞧瞧。"

奚孤行这才点头，道："正是如此，所以我打算让牧谪去妖族一趟。"

正在给师尊倒茶的牧谪手一顿，险些将茶水洒出来。他愕然抬头道："我？"

"嗯，你。"奚孤行道，"你既已入元婴期，就该孤身去三界历练一番。你其他几个师兄像你这般修为时，早已经离开离人峰自立门户了。"

言下之意就是：你还是没断奶的孩子吗？总是待在你师尊身边成什么样子？

再简洁一点儿就是：给我滚。

牧谪想要挣扎一下，犹豫道："可是师尊……"

奚孤行毫不客气地说："你师尊有我们照料，你不必操心这个。"他说完，还杀人诛心地对沈顾容道："孩子大了，是不是该出去历练历练了？"

沈顾容歪头想了想，说："好像也是。"

牧谪："……"

沈顾容也有自己的考量。在沈奉雪的记忆中，温流冰当年结丹后就外出历练了好些年才回来，其他几个弟子也是如此，现在牧谪都这般大了，也该出去见见世面了——虽然牧谪这些年见过的世面比他这个师尊见过的还要多。

二人回到泛绛居后，牧谪一直闷声不说话。

沈顾容咳了一声，主动开口："怎么，不想走？"

牧谪点头。

沈顾容叹了一口气，劝道："出去看看没什么不好。"

牧谪心中清楚，他的抱负从来不局限在小小的离人峰。他自小就想要将命运掌握在自己手中，所以入道后拼命修行，一刻都不敢停歇，唯恐慢一些就会被人拿捏在掌心，随意操控指使他。他明明这般努力地想要摆脱掌控，但最终还是脱离不了这样的命运。

牧谪沉思许久后，才一改方才的落寞，抬头看着沈顾容，正色道："是。"

沈顾容还要再劝解他，没想到他竟然想通了，只好干巴巴道："很好。"

果然是个从不让师尊操心的好孩子，沈顾容很满意。

牧谪说完后，又抿了一下唇，小声道："师尊，如果我能……"

沈顾容疑惑道："嗯？大点儿声说。"

沈顾容在心中说：不愧是"牧姑娘"，他一个人去历练，不会被人欺负吧。

牧"姑娘"："……"

牧谪深吸一口气，才道："如果我从妖族历练回来，师尊……能不能再许我一样东西？"

沈顾容想了想，觉得上次许给牧谪那么大一个承诺，这孩子却只要了一颗木樨珠子，这次多半也是一样微不足道的东西，许了就许了。

"好。"沈顾容没心没肺地说，"你回来，要什么我便给你什么。"

牧谪敛去神色，低声道："多谢师尊。"

牧谪做事雷厉风行，确定了要去妖族后，当晚便收拾东西，打算翌日一早就动身。

沈顾容本来还挺希望牧谪外出历练一番的，但想起他要走，心中却无端有种怅然若失的感觉。他在沈奉雪的储物戒里翻出来一堆护身法器和灵石，打算全送给牧谪。

沈顾容到偏室的时候，牧谪正在发呆。

牧谪听到熟悉的脚步声，连忙起身道："师尊。"

沈顾容挑眉道："收拾好了？"

牧谪道："没什么可收拾的。"

沈顾容随意地看了看，发现他连储物戒都没有戴，疑惑地道："你怎么什么都不带？"

牧谪笑了笑，淡淡道："这样才叫作历练。"

"胡闹。"沈顾容蹙眉道，"陶州大泽指不定有大变故，你孤身一人前去也就算了，还打算什么灵器都不带，若是有个万一……"

牧谪却坚持道："但如果凡事都靠着灵器，那我便带个乌龟壳缩在里面等死便是。"

沈顾容诧异地看着他，不知道他为什么突然这么固执，连师尊的话都不听。

大概觉得自己的话太强势了，牧谪连忙轻声道："我修为已是元婴期，妖族不会有人能伤到我的。"

沈顾容还是担心地说："可那妖主的修为比你高上许多……"

牧谪笑了，说："妖主不至于和我一个小辈动手，师尊多虑了。"

沈顾容不满地撇了撇嘴角，看起来极其不开心。

牧谪应对他已经轻车熟路了，耐心地道："若有危险，我便跑，好不好？"

沈顾容嘀咕："那你还历练什么？"

牧谪险些笑出声。

沈顾容干咳一声，随手将手中的灵器扔给他，道："你自己的可以不带，但这些你必须拿着。"

牧谪愣了一下，才突然一笑，轻柔地将那些价值不菲的灵器握在掌心，轻声应道："是。"

沈顾容又枯坐了一会儿，发现确实没什么话可说，便起身要离开。临走之前，他道:"你定要活着回来。"

牧谪道:"自然。"

沈顾容这才一步三回头地离开了。

自从来到这个世界,和沈顾容交集最多的便是牧谪,牧谪乍一离开,他心中颇有些不是滋味。

"孩子长大了,总要离开的。"沈顾容安慰自己,"你还是先研究研究怎么能回家吧。"

牧谪和虞星河的命数已经被悉数改变,那埋骨冢的魔修也没有能力再离开,这样应当已经算是救了沈奉雪想要救的人。所以,他到底什么时候能回家呢?

沈顾容回到房中躺了一会儿,心里还是有些憋得慌。他翻来覆去半天,终于咬咬牙爬了起来,从沈奉雪的记忆里找出契的法阵来,沉着脸去寻牧谪。

牧谪依然在出神,听到脚步声,有些诧异地看着他说:"师尊,还有何事要吩咐?"

沈顾容面无表情站在他面前,道:"把你识海的神识抽出来一丝给我。"

牧谪一愣,问:"什么?"

沈顾容道:"照做便是。"

牧谪没有多问,闭眸伸手按在眉心,缓慢地抽出一抹掺杂着黑线的神识灵力。这般硬生生从识海抽出神识灵力的感觉不怎么好受,他的额角都出了些汗,但一声都没吭,抖着手将灵力递给沈顾容。

沈顾容接过,叮嘱他道:"别动。"

牧谪闭眼,道:"是。"

沈顾容深吸一口气,如法炮制地将识海的灵力抽出来一丝,接着咬破手指在空中飞快地画了一个烦琐的符文,法阵悬空,将二人的灵力牵引着绕了进去。轰然一声微弱的声响,一红一黑的线到最后凝成一个牵连的结。

将灵力收回后,沈顾容隐约觉得自己的识海和牧谪的识海有些微弱的相连——弟子契已成。

牧谪睁开眼睛,茫然地看着他说:"师尊,这是……"

沈顾容竖起一根手指抵着唇珠,说:"嘘。奚孤行本是打算等你及冠后再结弟子契的。"他轻声道,"你莫要告诉他。"要不然奚孤行能把他数落死。

2

翌日,牧谪谁都没告知,天还未亮便起身下了山。

沈顾容本来还打算送送徒弟，难得没有闹觉早早起床，却被告知牧谪早就走了。沈顾容心里突然有点儿堵。这才刚决定出去历练，牧谪就能招呼都不打地离开，若是几年后他历练回来，是不是就不把他这个师尊放在眼里了？

他在界灵碑处站了许久，盯着空无一人的山阶，叹了一口气。牧谪已经离开，他又不能将人逮回来，只能作罢。

大概是看出来沈顾容的心不在焉，三日后，奚孤行捏着一个琉璃瓶过来。

沈顾容正躺在摇椅上晒太阳。他一身冷皮越晒越白，扫见奚孤行过来，他微微颔首，道："师兄，何事？"

奚孤行朝他伸手，说："那个木什么的木偶，拿来给我。"

沈顾容愣了一下，才从袖子里掏出那个木偶递给奚孤行，道："它灵力好像是用尽了，一直不能变大。"

奚孤行一边打开琉璃瓶往木偶身上灌灵力，一边道："它身上的灵力是六师弟身上的，一旦消耗完就无用了，需要及时补给。"

沈顾容好奇地问道："这个瓶子里就是六师兄送来的灵力？"

"嗯。"奚孤行终于灌完，随手将木偶往地上一扔，木偶落地直接化为人形。

木榍睁开木质的双眸，朝着沈顾容颔首一礼，道："圣君。"

沈顾容终于寻到能随时陪着他的人了，点了点头。

奚孤行道："你也别总是担心牧谪了，该为自己寻点儿事情做了。"

沈顾容指使木榍为他沏茶，淡淡地道："我没什么事可做。"他现在只想回家。

奚孤行瞥他一眼，道："四年后孤鸿秘境就要开了，到时九霄要去寻找化龙的机缘，你要去看看吗？"

沈顾容一歪头，问："孤鸿秘境？"

奚孤行点头。

孤鸿秘境位于三界最北的冰天雪地中，每二十年一开。三界修士将孤鸿秘境称为"天道后花园"，因为其中并非像其他秘境那样有无数灵物或灵器，孤鸿秘境中有的，只是无数凶兽和靠运气才能得来的机缘。

当年沈奉雪镇压魔修后，去了秘境一趟，刚入秘境边缘，就拿到了天道赐下的机缘。

机缘这个东西全靠气运，或者有大功德之人才会被天道赐予，有的人穷极一生都得不到一个机缘，有的人却能在孤鸿秘境走一步遇一个。

沈顾容想了想，眼睛突然一亮。沈奉雪既然不可靠，那他只有自己去寻回家的路。那孤鸿秘境既然是天道降下的机缘，那天道会不会怜悯他被无辜拖入这个世界，降下能让他回家的机缘呢？

这么一想，沈顾容这几日一直迷惘的心绪顿时消散了。他重新来了精神，点头道："好。"

奚孤行见他重新振奋起来了，也无声地舒了一口气。

"对了。"奚孤行扫了一眼桌案上的竹篪，道，"我为你寻了个竹篪先生，你学学看？"

沈顾容一愣，十年前奚孤行没收他的竹篪时就曾说过为他寻个竹篪先生，没想到这么长时间过去了，奚孤行竟然还记得。

沈顾容笑了一下，淡淡地道："多谢师兄。"

奚孤行一怔，突然暴怒道："你别……"

沈顾容忍无可忍地截断他的话，和他异口同声道："你别撒娇！我知道了，我知道了，我不撒娇，我再也不谢你了，奚掌教。"

奚孤行的话都被抢完了，气得拂袖而去。

教竹篪的先生是从扶献城的私塾里请来的。先生已年过半百，看到一身青衣的沈顾容，连忙抖着腿想要跪下，道："仙……仙人！"

沈顾容一把扶住先生，温和地道："不必多礼，您该是我先生。"他说完，眉头轻轻地皱了一下。

沈顾容觉得自己有些矫情，明明只是一个"先生"的称呼而已，他在回溏城叫先生叫惯了，骤然换了一个人叫，心里无端有些别扭。他干巴巴道："先生贵姓？"

先生道："李。"

沈顾容道："李先生，劳烦您了。"

李先生忙道："不敢，能教仙人竹篪，是老朽的荣幸。"

沈顾容见客套起来没完没了，索性不再多说。

李先生带了一根磨得光滑如玉的竹篪，一一为沈顾容讲解："竹篪，长尺四寸，六孔……"

竹篪是如何吹奏的，沈顾容早已背得滚瓜烂熟。于是他一边听李先生说，一边漫不经心地抚摸着手中的竹篪。

不知过了多久，李先生终于讲得差不多了，带着点儿期待的神色看着沈顾容，问："圣君，您要先吹奏一番试试吗？"

李先生活了半辈子，还从未瞧过这般像仙人的人，坊间都说，修道成仙，果真不假。仙人无所不能，挥云聚雨，吹奏竹篪也定是一绝，就是不知道为什么仙人会花这么多银子请他一个凡夫俗子来教？

沈顾容被看得有些心虚。他害怕自己没有一点儿长进，索性矜持地说道："您……要不先教我一首简单的曲子吧。"

李先生点头，当即教了他一曲民谣小调，只要几个音就能吹出极其优美的音色。然后先生再次期待地看着仙人。

沈顾容听着这首曲子十分简单，自己应当可以一试。他悄无声息地深吸了一口气，将竹篪横在唇边。

一声篪音，李先生笑容未变。

二声篪音，李先生脸色微僵。

三声篪音，李先生面有菜色。

一曲终了，沈顾容忐忑不安地说："李先生，如何？"

李先生深深鞠躬，身体抖若筛糠，说："这……这这这……"

沈顾容看先生的反应就知道自己一定吹得很糟糕，不过他没有沮丧。因为他幼时伤到了脑袋，生了很长时间的病，痊愈后气息总是很短，琴棋书画他倒是样样在行，但是一旦涉及需要吹奏的乐器，就宛如魔音灌耳，连吹丧的都比他吹的好听。

沈顾容也不气馁，看到李先生微微扭曲的脸，尝试着提议道："要不李先生一个音一个音地教我，成吗？"

李先生犹豫地道："这……"

沈顾容连忙道："银子定不会少给您的。"

反正是奚孤行出银子。

李先生被沈顾容那一首曲子震得只会说"这"了。但仙人的气质太过淡然，让李先生产生了一种错觉，心想方才仙人定是发挥失误，再者初学者直接吹曲子难度未免过大，一个音一个音地学，仙人定能吹奏出天籁。

李先生成功地麻痹了自己，重新变回了方才慈眉善目的模样，继续教沈顾容。

沈顾容接连学了三日，觉得自己进步飞快。他美滋滋地异想天开，若是回了家吹奏给先生听，先生定会夸他的。

这天一早便下了雨，淅淅沥沥地敲打着雕花木窗。沈顾容推开窗，坐在软榻上偏头看着院子。

牧谪临走前在院中种了一排墨竹和几棵桃树，大概是担心朝九霄再翻江倒海把院子毁了，还在院子上面布了一层能遮挡住暴雨袭击的结界。因为结界的存在，小雨飘浮在墨竹和桃树上方，远远看去就像蒙了一层水雾似的，仙气飘飘。

按照往常来说，这个时候先生早已经来了，但沈顾容左等右等依然没等到人，片刻后反倒把奚孤行等来了。

奚孤行着一袭玄衣撑伞而来，衣摆扫过院中花圃盛开的兰花。

沈顾容起身相迎，问道："师兄，你怎么来了？"

奚孤行将伞合起随手扔在一旁，恨铁不成钢地瞪了他一眼，说道："李先生是扶献城久负盛名的竹篾先生。沈十一，你可真有能耐，竟然能将先生气得再不出山。"

沈顾容茫然道："啊？"

奚孤行抿了一口木樨倒的茶，咬牙切齿地道："昨日李先生来寻我，说'此子我教不了'，我本以为他是委婉推托，没想到今日他就不来了。"

沈顾容干巴巴地说："你没给足银子吗？"

奚孤行险些一口水喷出来，怒道："你还有脸说我没给银子！"

请李先生来时，奚孤行专门下山用灵石兑了凡世用的两百两银子，觉得沈十一再怎么吹魔音，两百两银子也能请先生将他教得勉强吹出可入耳的音来。

李先生委婉说要离开时，奚孤行忙说："要不，银子我再给您一些，五百两您看成吗？"

李先生面如死灰，仿佛一夜间老了好几岁。他眼神迷蒙地看着泛绛居的方向，接着露出一抹惨不忍睹的神色，艰难地说道："仙人，我倒给您五百两，您另请高明吧。"

奚孤行："……"沈十一到底对先生的耳朵做了什么魔鬼的折磨？

李先生大半辈子对仙人的憧憬，也到此为止。

奚孤行没好气地将银子甩给沈顾容，道："你真是一朵奇葩。"

沈顾容歪头道："师兄是在夸我？"

奚孤行怒道："你说呢！"

沈顾容顿时不敢吱声了。

奚孤行见沈顾容摩挲着那宝贝竹篾，一副蔫蔫的模样，心中的怒气很快就平息了。他就是这样，对沈十一的怒气从来不会长久——主要是他若长久生气，恐怕早就被沈十一气死了。

"别学了。"奚孤行劝他，"我记得你玉琴箜篌弹得不错，别把时间浪费在竹篾上了，你每次吹竹篾，我都怀疑你是想和九霄同归于尽。"

沈顾容无端有些落寞，摩挲着手中的竹篾，指腹在"奉雪"二字上缓缓抚过。不知过了多久，他才轻声说："好。"

奚孤行见他应了，悄无声息地松了一口气，道："你若是觉得在泛绛居无聊，我给你在知白堂加一节早课吧。"

沈顾容抬头问道："什么早课？"

奚孤行问："你想教什么？"

沈顾容下意识说："竹……"

奚孤行面有菜色地打断他的话："除了竹篾。"

沈顾容歪头想了想，道："我什么都会一些，最擅长的应当是作画。"

奚孤行头疼地揉了揉眉心，道："这是凡世私塾上早课才会学的东西，我们不必学。"

沈顾容"哦"了一声，又不吭声了。

奚孤行根本见不得他这副模样，犹豫了一下才道："加……加一节作画课倒不是不行。"

沈顾容眼睛一亮，喊道："师兄！"

奚孤行被他这个眼神一看，立刻怒道："你……"

"别撒娇！好好好，我知道了。"沈顾容截口，"既然师兄说了能上凡世的课，那我能换一个吗？"

奚孤行皱眉，突然有种不好的预感："换什么？"

沈顾容一笑，淡淡地道："说书。"

奚孤行气呼呼地道："滚！"

最后，沈顾容还是在琴棋书画中，挑了琴。因为他作画必须画美人，而前几日匆匆一瞥，知白堂的弟子中没一个能入得了他的法眼，他还是教琴吧。

离人峰弟子每月新添了一节早课的消息传出去，众弟子纷纷叫苦不迭，但当他们知晓教他们的是沈圣君时，又立刻亢奋起来，恨不得每月三十天，天天都上圣君的课。

于是，沈顾容的授课就这么开始了。

沈顾容的琴是他兄长教的，幼时每日必须要练一两个时辰才能作罢，若是弹错了一个音，还要被兄长用柳条打手。

久而久之，沈顾容弹得一手好琴，在回溏城远近闻名。

沈顾容着一袭白衣端坐在桌案旁，素手拨动琴弦，琴音缓缓流淌，余音绕梁不断，这才是真正的天人之姿。

众弟子每逢上早课时都极其兴奋,也不知是来学琴的,还是单纯看圣君弹琴。

一日,弟子们下山去扶猷城采办朱砂,在书局中捧着脸和同伴称赞圣君琴音之高超,犹如天籁令人神往。

一旁路过的李先生无意中听了一耳朵,轻轻地摇头叹息:"多好的孩子,年纪轻轻耳朵就聋了。"

沈顾容难得在离人峰过了一段安稳的日子。

他已经将虞星河和牧谪的命数改变,但将他拉入这个世界的沈奉雪像是死了一样,连梦都不托一个,让他十分难受。但他连自己是怎么被拉到这书中的都不知道,更何谈出去,只好一边混吃等死,一边将希望寄托在四年后的孤鸿秘境中。

牧谪在外,每月都会用弟子契来报平安,有一次弟子契飞来时还被奚孤行撞见了。

奚孤行发现沈顾容已和牧谪结契,气得数落了他好几个时辰:"你是师尊!哪有上赶着和徒弟结契的?连个礼都不办!"奚孤行气不打一处来,"若是传出去,你让旁人怎么说你?"

沈顾容被骂得大气都不敢出,故作镇定地坐在一旁,小声说:"旁人的眼光,对我来说又不重要。"

奚孤行怒气冲冲地道:"你还敢顶嘴!"

沈顾容立刻不敢反驳了。

奚孤行的脑子和旁人不太一样,沈顾容道谢他骂不准撒娇,沈顾容撒娇他又骂不准挑衅,沈顾容有理有据地反驳他又骂不准顶嘴。

这种行为有点儿熟悉,沈顾容闷头想了半天,"啊"了一声,突然说道:"像我娘!"

奚孤行又怒了,道:"你还敢骂人?!"

沈顾容小声嘀咕:"我就是觉得你好像我娘,我无论做什么你都能摘出问题来。"

奚孤行:"……"

沈顾容以为自己这句话会引得奚孤行勃然大怒,但没想到奚孤行的怒气却像潮水似的退了回去。他有些怔然地看着沈顾容,半天才神色古怪地道:"你娘?"

沈顾容一愣,险些出了一身冷汗。他在这书中太过安逸了,险些忘记了自己并不是沈奉雪。他干咳一声,摸了一下鼻子,含糊着说:"天底下的娘亲不都是这个模样吗?我随口一说而已,你别当真。"

奚孤行这才瞪了他一眼,没再继续这个话题,说起了弟子契:"弟子契法阵极其烦琐，画错一道就有可能改变整个阵法，你怎可私底下独自结契？给我瞧瞧你的契。"

沈顾容被骂怕了，听话地将弟子契给他看。

奚孤行看了看，又看了看，眉头越皱越紧，最后还叫来楼不归一起看。

沈顾容奇怪地问："我是按照阵法一笔一画刻的，应当不会出错吧？"

奚孤行看向楼不归，二人面面相觑。

最后，奚孤行不太确定地说："要不还是叫'师姐'回来一趟吧。"

楼不归点头。

沈顾容有点儿慌了，道："你们什么意思？我这阵法有问题吗？我同牧谪已经靠这个契联系两年了，没出什么差错呀。"

奚孤行捂着半张脸，艰难地说："你先让我静一静，成吗？"

沈顾容第一次看到奚孤行这般颓败的神色，心中更慌了。但是无论他怎么追问，奚孤行和楼不归都不肯透露半个字，似乎是不太确定这阵法到底有没有错，所以不好妄下定论。

三日后，素洗砚从幽州飞快赶了回来。他看了看沈顾容红色的弟子契，在沈顾容期待的注视下，偏头对奚孤行说："恭喜。"

奚孤行一喜，道："同喜。是弟子契？"

素洗砚柔声说："是共灵契。"

沈顾容面无表情，看起来十分沉稳，但实际上已经吓呆了。

奚孤行先是一怔，然后冷冷地说道："共灵契能让你们两个灵根同源，共享灵力修为。呵，沈十一，你倒是大方。"

沈顾容没有反应，根本就没听到他在说什么。

素洗砚忍着笑劝道："不过是结错契，不碍事的。"

奚孤行的脸都绿了，干巴巴道："'师姐'，你不懂。"

这时，崩溃了半天的沈傻子终于回过了神。他眸光涣散，绝望地看向素洗砚，艰难地道："'师姐'救命。"

素洗砚愣了一下，才轻轻地笑了。他淡淡地道："左右不是什么大事，只要你和牧谪商议好，用个法阵解除契就好了。哦，对了，之前妖主寻来的那个解除主仆契的法阵也可以用。"

沈顾容的眼中重新燃起了希望，问："真的能解吗？"

素洗砚平静道："对。"

沈顾容振奋之后，又皱起了眉头，为难地问："必须要二人都得同意吗？"

"嗯。"素洗砚道，"若是一方强行解契，法阵是没有效用的。"

沈顾容沉默许久。

必须二人都同意解契的意思，就是说他必须要先告诉他的乖徒儿，师尊人傻眼瞎，将好端端的弟子契结成了共灵契。

稍微设想一下牧谪知道时的反应，沈顾容就觉得自己要颜面扫地了。

他在牧谪面前早就没了师尊模样，再来这样一出，牧谪八成对他这个师尊失望至极，历练完九成九不会回离人峰了。

奚孤行气得够呛，在一旁阴阳怪气："真是厉害，沈十一，我还是头一回看到有人能将弟子契给结错。"

沈顾容也觉得自己脑子有问题，难道真的是小时候受伤把脑袋磕坏了？以至于照着记忆里的法阵一笔一画地描都能出错。他也没有底气反驳，默不作声地任由奚孤行嘲笑。

素洗砚看不过去，护短道："十一本就不通阵法，之前几个弟子的弟子契都是我帮他画的，这还是头一回自己结契，画错一笔也没什么大碍，起码不是什么其他乱七八糟的符。"

奚孤行双手抱胸，重重地"哼"了一声，看着一旁生闷气。

就在这时，在莲花湖里竖着耳朵听的朝九霄放声大笑，直接跃出莲花湖，头一回纡尊降贵地落到了泛绛居，化为人形站在三人面前。

朝九霄张狂道："同比自己修为低的人结契，同其共享气运，那你势必会被牧谪拖累。哈哈！牧谪那小子现在才是元婴期，有这个共灵契在，我看你到死都别想成圣了！"

沈顾容没理会他的嘲讽，还在心中想着要如何开口和牧谪说这件事情。

奚孤行看着朝九霄忍无可忍地说道："朝九霄，穿好衣服再出来！你都不知道羞的吗？"

朝九霄"啧"了一声，抬手用灵力化了一袭玄衣裹在身上，不耐烦地道："我正在蜕皮，身上难受得厉害。"

饶是沈顾容的心思都在那杀千刀的共灵契上，还是被这句话激起一身鸡皮疙瘩——一个俊美的男人口中说着"蜕皮"这种话，有着别样的诡异。

楼不归"啊"了一声，小声说："我有药，能用的。"

朝九霄暴躁地道："若我用了你的药，八成还没化龙就陨落了。"

楼不归委屈地撇了撇嘴。

朝九霄大概觉得自己的话有些重了，冷哼一声，不自然地说："你有闲心去研究乱七八糟的药，倒不如尽快把风雨潭的离魂给我解了。"

楼不归小声说："那离魂能去心魔的……"

朝九霄蹙眉道："心魔？你看我们中谁有心魔？！"

楼不归怯怯地将视线投向沈顾容。

沈顾容满脸茫然，道："我……我没有心魔。"

3

十几年前，楼不归就为沈奉雪诊治过，说是他不知做了什么事受了反噬重伤，识海损伤过重，恐生了心魔。但沈顾容在这壳子里这么多年了，还从来没见识过那所谓的心魔。

不过也是，心魔都是由识海的意难平而生，沈顾容自从接管这具身体后，最意难平的就属太过倒霉，总是在一些小事上丢人，而且每回还都被他徒弟瞧见，其余的……大概就是不能回家吧。不过，这些也不至于让他生出心魔来。

楼不归歪头看了看沈顾容，眸子里闪现一抹迷茫，说道："好像……是没有的吧。"

沈顾容疑惑地看着他，不懂他为何用这么不确定的语气，自己本就没有心魔。

朝九霄没好气道："那你研究那劳什子做什么？做着玩儿？"

楼不归没吭声。

素洗砚柔声道："我记得不归从少时起就一直在研究摄魂草，这么多年终于有了结果，这是好事一桩，现在我们未生心魔，不代表往后没有。"

楼不归被朝九霄骂得闷闷不乐，闻言几乎是看圣人一样看着自家"师姐"。

奚孤行在一旁摸着下巴，突然说："如果离魂真的能将心魔从修士身上剥离，那我们不妨……"

他还没说完，素洗砚就说："不行。"

奚孤行蹙眉道："我还没说完。"

素洗砚叹气，道："我知道你是打算拿离魂卖灵石，但是师弟，我们离人峰应该还没有沦落到要拿师弟辛苦数十年研究出来的心血换灵石的地步吧。"

奚孤行冷笑一声，说："敢情掌教不是你们当。"

奚孤行本来是个花钱大手大脚的性子，但自从当了掌教后，那界灵碑下的灵阵每年需要大量的灵石，久而久之就养成了守财奴的性子，一块灵石都得掰成两块花。不过给沈十一买药、请先生，他倒是很舍得。

一说起这个，在离人峰混吃等死的朝九霄和沈顾容不约而同地垂下了头，不吭声了。

素洗砚在外多年，倒是有立场劝奚孤行："那岁寒城每年都会送来无数灵石，够我们用的了。"

楼不归闻言，轻轻地"啊"了一声，说："要不还是拿离魂卖钱吧，岁寒城的灵石……"他将声音放得更轻了，"都是四师兄卖身的钱呀。"

此言一出，其他人不约而同地看向他，奚孤行、素洗砚和朝九霄的神情都十分古怪。

楼不归心思单纯，不大的脑仁被药草占了一半，师兄弟们占了一半，其他的东西没地方放了，所以根本不理解他这位四师兄"卖身"的最终目的。

奚孤行一言难尽，看着这么多年还一直以为四师兄在岁寒城是逼不得已卖身赚灵石的楼不归，一时间都不忍心说出真相。

奚孤行也没办法说，总不能直接告诉楼不归，你四师兄根本就是修了合欢道，岁寒城也不是他屈辱卖身的地方，而是他乐在其中的场所。

众人一阵沉默，最后还是沈顾容问："岁寒城离孤鸿秘境很近？"

素洗砚干咳了一声，打破了尴尬，道："是，离大泽也挺近的，两年后孤鸿秘境开启，四师弟八成也会过去，到时我让他照应你们。"

朝九霄哼了一声，说："别，他六亲不认，我也不想和他打交道。"

沈顾容心想：这位四师兄到底是个什么样的妙人？嗯，想见识一下。

素洗砚也没管，对沈顾容道："我将阵法教给你，牧谪肯定会去孤鸿秘境的，到时你们碰了面，就将事说开，契就能很轻易地解了。"

沈顾容有些心虚，但现在又没其他办法，只好点了点头，道："好。"

这事便定下了。

沈顾容的心虚持续了两年。每个月牧谪给他发来报平安的弟子契……共灵契，他盯着那扑扇扑扇的契，都觉得自己浑身上下写满了"愁"字。

若是真的看到了牧谪，他到底该如何开口？

沈顾容每天没别的事，整日都在琢磨该怎么说这件事，后来索性去闭关了。

结果刚出关，楼不归就欢天喜地地拉着沈顾容往风雨潭的离魂雾里扔。

沈顾容急忙地喊道："师兄！师兄，我真的没有心魔！师兄，你听我说……啊！"

沈顾容又呆滞了三日。

修真界岁月如流水，两年时间几乎是一晃就过去了。不知是时间过得太快，还是沈顾容太过没心没肺，他已经许久没有像刚来时那样迫不及待地想要回家了。

开春后，沈顾容和朝九霄结伴前去孤鸿秘境。

临走前，奚孤行像一个老妈子似的叮嘱他们："在路上不要打架，也不要惹是生非，若是真的惹了事，也不要说自己是离人峰的，听到没有？"

沈顾容乖顺地点头，朝九霄却哼了一声，不以为意。

奚孤行蹙眉道："朝九霄，你这是什么表情？难道你真的打算路上和十一打起来？呵，我看你是又怀念被打哭的滋味了。"

朝九霄暴怒道："等我化了龙，定要先把他打哭！"

奚孤行瞥他一眼，悠悠道："这话你都说了四年了，还没说腻？"

朝九霄"嗷呜"一声，发出恶蛟咆哮，化为巨大的蛟身，将沈顾容驮在背上，气咻咻地腾空飞去。

奚孤行还在那儿再三叮嘱："千万千万不要打架，闯了祸千万别报离人峰的名号，赔偿很贵的。"

沈顾容回头和他讨价还价："能报临关医馆或岁寒城的名号吗？"

奚孤行说："可。"

沈顾容说"好"，和朝九霄一起消失在天边。

闲云城临关医馆，懒洋洋地躺在软椅上晒太阳的林束和偏头打了个喷嚏。

千里之外的岁寒城，一艘华丽奢靡的灵舫穿破云雾缭绕的天际，慢悠悠地停在一片冰天雪地的上空。雪地最下方，便是孤鸿秘境。

灵舫顶层，层层白纱床幔垂下，熏香白雾袅袅而上，窗外飘来一阵柔风，将连成线的白烟吹得断断续续。

巨大的卧榻之上，一只如玉似的手轻轻地撩开一层又一层的床幔，露出镜朱尘那双妖邪魅人的眼睛。他懒洋洋地靠在软枕上，脚尖微微一点，既慵懒又雍容。他打了一个哈欠，半眯着眼睛，懒到不想启唇出声，只发了一个含糊的："怎？"

珠帘外，有人躬身道："城主，孤鸿秘境已到。"

蛟腾空飞行，一日千里，沈顾容坐在蛟巨大的背上，白发被吹得胡乱飞舞。等终于到了孤鸿秘境下的城池外时，他的头发被吹得张牙舞爪的，活像一个疯子。

沈顾容面无表情地将头发捋顺，心想：话本里"世外高人御风而行，头发一寸不乱"的描述果真是骗人的。

朝九霄落地化为人形，裹好衣衫后冷淡地扫了沈顾容一眼，嫌弃地"啧"了一声。

沈顾容正在忙着披鹤氅，根本没理他。

孤鸿秘境下的城池叫孤鸿城，实际上只是一个小乡镇，在孤鸿秘境还未开启之时，城里根本没几个人，只有等每二十年一开的孤鸿秘境开启时，无数三界修士才会聚集在此。

孤鸿城一片冰天雪地，沈顾容用灵力护身却还是觉得冷，身上裹了里三层外三层，到了城外又换了一件更厚的鹤氅。他系好衣带后，随手将白发用狄墨涂成黑色，眼上的冰绡也掐诀隐去了。

朝九霄不耐烦地说："你好慢。"

沈顾容将自己完美地伪装好，才淡淡地道："白发冰绡太过显眼，若你不想被人围观，最好等一等我。"

朝九霄双手抱胸，脚不耐烦地点着地，冰雪之地瞬间露出几道裂纹。他满脸暴躁地说："快点儿！你是女人吗，要不要再给你搞点儿胭脂来？"

朝九霄只是在嘲讽沈顾容磨磨蹭蹭，但他想了想，还认真地点头道："好。"

朝九霄："……"

沈顾容在朝九霄彻底爆发前，终于将自己捯饬好了。他将长发随意地编成松散的发辫，垂在肩上，大氅上滚着毛边的兜帽罩在头顶，露出半张脸。这副打扮走在路上，定不会有人将他认成沈奉雪。

沈顾容只想安安稳稳地找到徒弟解契，顺道找找回家的机缘，没打算被人当猴围观。

二人一前一后走进了孤鸿城。

翌日孤鸿秘境就要开启，此时偌大的孤鸿城里全是修士。

因为城中并没有客栈，众人都是用自己的芥子屋舍来寄身。于是每个人的芥子屋舍错落有致地排列在长道两边，一路走过去，看着倒像是个真正的城池了。

进城后，沈顾容随意地问："师兄，你带芥子了吗？"

朝九霄哼了一声，道："我带那玩意儿干什么？"

沈顾容脚步一顿，一言难尽地看着他："那我们今晚住哪儿？"

朝九霄毫不在意地说："反正我随便找个地方就能盘着睡觉。"

沈顾容："……"

他错了，他不该对朝九霄这个孩子似的蛟抱有一丝丝希望的。

沈顾容正在纠结晚上要宿在哪儿，无意中抬头一瞧，发现半空中竟然飘浮着一艘巨大的画舫，红漆红绸，看着分外扎眼。灵舫看着华美奢贵，比之前灵舫阁的灵舫不知华丽多少，而画舫的船身上，隐约能瞧见"岁寒"二字。

朝九霄也看到了，扫了一眼就转身不耐烦道："走。"

沈顾容也没多想，将视线收回，跟着朝九霄往前走。

如果朝九霄能把自己盘成一个圆，倒是能让沈顾容靠在吹不着寒风的蛟身中间睡一晚。

沈顾容正在设想朝九霄让他在蛟身上睡觉，还不会趁机搞死他的概率有多大时，突然听到天边传来木头碰撞的声音，接着那画舫竟然缓慢地从空中飘落下来。

孤鸿城的修士们都知道这是岁寒城镜朱尘的画舫，虽然他们都很想见识见识镜朱尘到底是怎样的人物，却因为画舫周围有数个化神境的威压完全不敢靠近。

那灵舫在空中飘浮了一日，还是头一次有了动静。所有的修士纷纷从芥子中出来，眼睛眨都不眨地盯着那灵舫。

很快，灵舫缓缓地降落在长街上，稳稳地停在沈顾容和朝九霄的面前，将周围两边的芥子屋舍都挤回了原形，众人的视线随之朝他们望过去。

沈顾容满脸疑惑，朝九霄却是满脸惨不忍睹，恨不得化为妖相扭头就跑。

只是朝九霄脑中才刚浮现出这个念头，画舫顶部就传来一道慵懒的声音："九霄，你打算去哪儿？"

朝九霄没能逃掉，"喊"了一声，只好认命了。他捏着鼻子，不情不愿地说："没打算去哪儿。"

沈顾容一怔，这才猛地反应过来，原来这是镜朱尘的画舫。

想到这里，沈顾容有点儿怔然。在离人峰见过的几个师兄弟都穷惯了，乍一看到这么财大气粗、挥金如土的师兄，他还有点儿反应不过来。

接着，画舫上走下来两个身着黑衣的人，看修为似乎都是化神境。二人走到沈顾容面前，恭敬一礼，道："圣君。"

众人听到这个称呼，立刻沸腾起来。

所有人窃窃私语的声音全都被沈顾容捕捉到，听起来颇有些尴尬。他刚才费尽心机伪装那么久，被四师兄一句话就掀了老底。

朝九霄在一旁毫不客气地讥笑出声："不想被人围观？嗯？"

沈顾容横了他一眼，将白发上的狄墨抹掉，掀开兜帽，露出冰绡覆着的双眸，淡淡地道："嗯。"

周围的人"嚯"了一声，说："果真是圣君！是圣君！"

沈顾容："……"所以你们修士是靠装扮来认人的吗？

二人将沈顾容和朝九霄恭恭敬敬地迎入了灵舫中。灵舫接到了人，仿佛是怕地面上的灰尘弄脏了自己似的，飞快腾空，再次慢悠悠地飘在半空，不动了。

沈顾容走进画舫中，这才意识到灵舫外面的奢靡只是皮毛，里面才是真正的穷奢极欲。

他一一看着画舫中的摆设，参考了沈奉雪记忆中见过的珍宝，估摸着这里的一件小玩意儿也是普通修士穷尽一生都买不到的。

嗯，四师兄果真很有钱，下次买剑就报岁寒城的名号吧。

朝九霄一进画舫，轻车熟路地寻了个房间就缩了进去。

沈顾容问："你不随我一起去见师兄吗？"

朝九霄闷闷的声音从房中传来："我才懒得去。"

沈顾容也没多想，被人带到了画舫顶层。

画舫地面上铺着厚厚的毯子，还有无数火炎石将周围熏得一片温热，怕冷的沈顾容舒服惬意得不行。

沈顾容拢着袖子，缓步撩开竹帘去寻镜朱尘。他拨开几串由灵石串成的珠帘，其他珠帘却因为晃动都劈头盖脸地砸到他的脸上，将他的脸打得一片通红。

沈顾容强忍着鼻间酸涩的疼痛，突然闻到很腻人的香气，几乎有些难以呼吸，便飞快地跑了出去，想透透气。

镜朱尘听到灵石串轻撞的声音，眼眸一弯，笑着道："我师弟来了。"

沈顾容跑到画舫边缘，不管不顾地推开一扇雕花窗，任由外面的寒风裹挟着霜雪吹到他的脸上。

沈顾容吹了足足一个时辰的冷风，脸都险些僵了，身后才传来一阵脚步声。

沈顾容面无表情地回身。

一个黑衣男人颔首道："圣君，朱尘大人请您过去。"

沈顾容犹豫了一下，才木然地道："带我过去吧。"他刚才只顾着跑出来，根本不记得怎么去镜朱尘的房间了。

那人恭敬地引着他前去寻镜朱尘。

镜朱尘此时正随意地披着一件衣裳，撑着脑袋靠在床榻上，懒洋洋地说道："十一，许久不见。"

沈顾容微微颔首，绷着脸木然地道："四师兄。"

镜朱尘听他中规中矩的回答，笑了一声，随即起身踩在柔软的毯上。他浑身好似没有重量，毯面竟然没陷下分毫，脚尖一点，像飘似的走到了沈顾容面前。

沈顾容浑身都僵住了，结结巴巴地喊："师兄！"

镜朱尘莞然而笑，拉着沈顾容在旁边坐下。

沈顾容满脸写着"师兄，你正常点儿，我害怕"，镜朱尘觉得他这个反应太好玩了，笑道："师弟，你真是个老古板。"

沈顾容真的招架不住镜朱尘，挣扎着站起来，想要学朝九霄那样赶紧逃得越远越好，但刚起身就被镜朱尘再次拉住了。

沈顾容求饶地喊道："师兄……"

"师弟真是好狠的心。"镜朱尘低声道，"我一人待在岁寒城多年，你们每个人见了我却都逃得远远的，难道也像其他人那般嫌弃我吗？"

沈顾容对镜朱尘了解不多，闻言当即觉得四师兄可怜无比，明明他是为了离人峰，他们竟然一点儿都不体谅他。

沈顾容心都软了，喃喃道："师兄，受苦了。"

镜朱尘本来打算扮扮可怜，没想到沈顾容竟然这么说。他呆了一下，没忍住笑了起来。

镜朱尘叹了一口气，淡淡地道："你和谁结了共灵契吗？"

沈顾容震惊道："你听谁说的？"

镜朱尘偏头，冲他狡黠一笑，道："我自然有发现共灵契的法子，你一来，我就察觉到你身上的契了。"

沈顾容的脸猛地红了，讷讷地道："那……那其他人能瞧见吗？"

镜朱尘拉长音"哦"了一声，说："放心，除了我，其他人瞧不出来的。"

沈顾容这才放下心来。他想了想，皱着眉说："我在想要如何和牧谪说这件事情……"

镜朱尘十分豁达，说："解什么，这契也挺不错的。"

沈顾容："……"

沈顾容和他说不通，只好赶紧溜了。

灵舫上的护卫各个都是化神境，也不知道镜朱尘从哪里搜罗来这么多对他忠心耿耿的大能修士。

一个男人将沈顾容带到了下一层的客舫中。他刚进屋，就听到一旁的木墙上"砰"的一声，一条蛟尾将墙击碎。

木屑翻飞，朝九霄化为人形，微微挑眉，看好戏地道："如何？"

沈顾容冷淡地道："不如何？你不去看四师兄，他十分伤心。"

朝九霄冷哼一声，说："他才不会伤心……"

沈顾容不赞同地说："是真的。"

062

朝九霄微怔，眉头皱起，想起自己蹭了师兄的画舫都没和他打招呼，太不知礼数，恐怕真的会伤了四师兄的心。

朝九霄问道："他自己说的？"

沈顾容见朝九霄好像真的相信了，犹豫了一下，才高深莫测地点头。

朝九霄在原地踌躇半天，才不情不愿地去了画舫顶层。

片刻后，朝九霄化为一条黑色小蛟，连滚带爬地冲了回来，张牙舞爪地怒骂道："沈十一！我要杀了你！"

沈十一坑了朝九霄一把，怕他寻仇，早就换了个房间，此时正靠在窗棂边看灵舫下方的风景。

4

孤鸿秘境是一座冰天雪地中的岛屿，还未开启时就像是一座冰山。在沈奉雪的记忆中，孤鸿秘境开启时，冰山会瞬间融化，仿佛在冰天雪地中开出一朵灿烂的花，露出其中郁郁葱葱的花蕊。很难想象，在冰天雪地的北城，孤鸿秘境会是一片满是恶兽的郁郁葱葱的雨林。

沈顾容估摸了一下时间，翌日孤鸿秘境开启，牧谪也该给他用弟子契……共灵契报平安了吧。他摇了摇头，刻意不想这件事情，却突然发现四师兄的身份应该不简单吧……

岁寒城拥有三界中最大的花楼和赌坊，每日灵石如流水，就算镜朱尘再名动天下，也不至于每年能得那么多的灵石。

沈顾容不想出门，在房中闷了一日。天终于黑了，他躺在榻上，昏昏沉沉睡了不久，慢慢被身体里的燥热弄醒了。

窗外传来一声声轻撞的声音，外面好像下雨了。

沈顾容浑身发烫，茫然地睁开眼睛，看到桌子上的烛火在微微跳动着。他坐起来，半天才意识到这里是四师兄的灵舫。

沈顾容有些头疼地揉了揉眉心。他热得难受，强忍着身躯的酸软掀开被子，打算下床去寻点儿水喝，但是他的脚刚一落地，便膝盖一软直直地摔到了地上。

沈顾容被摔蒙了，呆了半天才扶着床沿想要起来。但他的双手没什么力气，费了半天的劲儿都没能起身。

沈顾容就算再蠢也知道身上应该是出了问题。他正思索着自己到底是怎么了，就听到一旁的门突然被打开了。

沈顾容茫然地抬头看去，镜朱尘举着烛台朝他慢步走来。

镜朱尘看到沈顾容，叹了一口气，道："我就知道。"他将烛台放在一旁，抬手将沈顾容扶起来，淡淡道，"九霄、孤行他们每次靠近我都会用灵力护体，你怎么不学他们？"

沈顾容还是满脸茫然。

镜朱尘笑道："我房里熏的香是特制的，其他修士若是吸入太多，会灵力紊乱，你在那儿待了半日，都没察觉到吗？"

沈顾容完全蒙了。白日他感觉到了身上的异样，只是并未多想。

镜朱尘无奈地道："我用灵力帮你把药引出来，你……唉，让我说你什么好。"

沈顾容讷讷地道："多谢师兄。"

镜朱尘笑了笑，懒懒地应了一句，便开始动作。

沈顾容难受得要命，偏过头闭上眼睛，随他去了。

镜朱尘见他这副反应，更是忍笑忍得不行。他刚准备引出那香，一直在发出撞击声的窗外响得更厉害了。

镜朱尘疑惑道："外面是什么东西？"

沈顾容眼睛都不睁，只想这折磨快点儿过去，随口道："落雨吧。"

镜朱尘奇怪道："但外面并未落雨。"

沈顾容这才有些疑惑地偏头。只是现在他没有心思去管其他的了，直接说："师兄，快把药引出来。"

镜朱尘便继续挥出灵力，但才引到一半，外面的撞击声更大了，大有直接破窗而入的架势。沈顾容还没反应过来，那雕花窗户便被一把凶光外露的剑穿破，一个人踩着窗棂破窗而入。

沈顾容有些愕然地看着逆光而来的高大身影。他为了避免朝九霄找到他，早已经在窗外布了结界，到底是谁能破开他的结界冲进来？

他正要起身，就听到那高大的身形冷冷地唤了一声："师尊。"

沈顾容呆若木鸡，牧……牧谪？

四年未见，牧谪又长高不少，面容已褪去少年人的稚气。他手持九息剑，一身冷厉的戾气，一时间竟然让人瞧不出他的修为。他唤了一声师尊后，借着桌案上的烛火才看清欲对他师尊不利的贼人……是他四师伯。

牧谪浑身的杀气立刻潮水似的退了回去。他有些怔然，反应过来后立刻行礼道："见过四师伯。"

镜朱尘笑着道："几年未见，你的修为精进不少。"

牧谪的眸子微微一动，颔首道："师伯谬赞。"

沈顾容缓慢地起身。方才镜朱尘已经将他身上的药引出去不少，起码不会难受得受不住了。他干咳了一声，说："你怎么会寻到这里来？"

牧谪恭敬道："我本是要给师尊送弟子契，但无意中发现弟子契的方向与往常不同，怕有异样，索性跟来瞧瞧。"

沈顾容"哦"了一声，敢情方才窗外的撞击声是弟……共灵契的动静。

沈顾容的灵力又开始紊乱，脑子仿佛又开始咕嘟嘟烧水，烧得他神志不清。

镜朱尘见药效又发作了，便扶着摇摇欲坠的沈顾容，抬手一挥，对牧谪道："我要帮你师尊解毒，你先出去等着吧。"

牧谪上前一步道："这等事就不必劳烦师伯，牧谪来代劳便可。"

镜朱尘一听这话，道："哦？你会解毒？"

牧谪道："我曾学过一些岐黄之术，一般的毒我都能解。"

镜朱尘勾唇一笑，没再多说什么，举着烛台慢悠悠地离开了房间。

牧谪心想：四师伯，果真很怪。

镜朱尘一走，牧谪就将九息剑收起，快步走到榻边，轻声道："师尊？"

沈顾容并无反应。

牧谪后知后觉，沈顾容现在这副异样恐怕就是镜朱尘所说的中毒了。他叹了一口气，只好释放出一股灵力，凝成一股虚幻的线缓缓地探向沈顾容。

牧谪的灵力和沈顾容的灵力出自同源，无论是沈顾容的结界还是沈顾容的护身灵力，牧谪都能如入无人之境，这股灵力也轻而易举地探入了沈顾容的灵脉。

片刻后，他面无表情地收回灵力，心想：哦，原来是因为闻香引起的。

一直到天光破晓，牧谪才沈顾容身上的余毒去除干净。

沈顾容沉沉睡去后，牧谪前去寻镜朱尘。

镜朱尘正躺在榻上，听到外面的脚步声，打了一声招呼。

牧谪开门见山道："此番孤鸿秘境，我和师尊一同去。"

镜朱尘笑了一声，道："你要带他走？"

牧谪道："对。"

镜朱尘也不在意，毫不客气地卖了师弟，道："行。"

牧谪也没废话，恭敬一礼，转身离开，重新回了房间，带着沈顾容离开了灵舫。

灵舫的结界对于他来说，根本不算什么。

下了灵舫后，牧谪将沈顾容带到街道两边的芥子屋舍。那芥子屋舍一进去，里面的布置竟然和泛绛居分毫不差。

沈顾容此时还未醒，他眉头紧皱，正在嘀咕："不要抄书啊，先生。"

牧谪："……"

翌日一早，沈顾容像是宿醉似的揉着脑袋爬起来，坐在榻上缓了半天才清醒了一些。他一边皱眉揉着脑袋，一边在床头小案上摸索，很快就摸到了叠放得整整齐齐的冰绡。

沈顾容觉得好像哪里不太对劲，但头疼得要命，没来得及多想就将冰绡绑在眼睛上。等看清楚周围的场景后，他才满脸木然地反应过来，这里……好像是泛绛居。无论是身下的床榻，还是一旁的书架摆设，全都同泛绛居一模一样，从窗棂外看过去，外面院子种植的墨竹和桃花竟然也如出一辙。

沈顾容混乱了。他捂着脑袋，茫然地胡思乱想：难道我根本没有来孤鸿城，什么遇到镜朱尘、牧谪全都是梦境？

沈顾容越想越觉得有可能，就在这时，外面传来一阵脚步声。这个时候能来找他的，八成是奚孤行。

沈顾容窝在被子里没动，还在思考为什么昨晚做的梦这么真实，真实得好像他确实经历过一次似的。

门被轻叩两声，沈顾容含糊地说："进来。"

只是他说完后就发现了不对，奚孤行来寻他时不踹门就不错了，怎么可能会敲门？

沈顾容有种不好的预感，猛地一下坐了起来，视线所及之处，一身青衣的牧谪正推门而入。

沈顾容大惊失色，在心中说：那不是梦！

四年时间不见，牧谪的样貌更加英俊了。不知是不是修炼的缘故，他的眼底浮现出一抹细微的红痕，微微抬眸时，气势越发慑人。唯一不变的是，他在师尊面前依然谦逊，将所有的锋芒收得干干净净。

"师尊。"牧谪走过去，颔首一礼，手中捧着干净的衣裳，道，"孤鸿秘境马上开启，我们该动身了。"

沈顾容的嘴唇轻动，似乎是想要说什么，但仿佛被偷走了声音似的，半天都没说出来一个字。

牧谪安安静静地站在那里，等着沈顾容开口。

沈顾容太长时间没见牧谪了，此时瞧见那熟悉又陌生的脸，恍如隔世。他愣了好一会儿才回过神来，察觉到自己昨晚紊乱的灵力已经彻底安稳下来，正要问一问牧谪那香的事儿，牧谪却抢先他一步开口道："师尊又收新徒弟了吗？"

沈顾容被打岔，愣了一下，问："什……什么？什么新徒弟？"

沈顾容生气，沈顾容伤心。他一直对牧谪这个亲徒弟呵护有加，没承想四年过去，徒弟竟然都敢恶人先告状了。

牧谪怔了一下，单膝点地跪在沈顾容面前，一副谦卑的姿态，轻声道："师尊。"

沈顾容偏头冷冷地看了牧谪一眼，毫不客气地斥道："放肆，你还知道我是你师尊？"

牧谪一副逆来顺受的模样，低声道："方才是我冒昧，任凭师尊责罚。"

沈顾容一噎，好一会儿才道："我身上的香是怎么解的？"

牧谪正色道："昨日四师伯有要事离开，是我用灵力为师尊将那毒驱散的。"

沈顾容在心里冷笑一声，心道：你四师伯能有什么要事？

沈顾容自小便是娇生惯养的小少爷，来到这本书里后，除了倒霉些，根本没经历过多少撼动他的大事，心智异常天真。在牧谪又同他说了些其他事情之后，他便晕晕乎乎地忘记了方才被徒弟凶的事儿。

沈顾容将牧谪放在一旁的衣衫换上，随口道："你方才说什么来着，孤……"

孤鸿秘境马上要开启了？

牧谪点头，道："是。"

他带着沈顾容出了芥子屋舍，外面已经聚满了人，此时都在朝远处那座冰山走去。

牧谪将芥子屋舍收起来，举起一把竹骨伞撑在沈顾容头顶。

沈顾容偏头看他，心中疑惑：并未落雨，为什么要打伞？

牧谪解释道："山上雪光太亮，会伤到师尊眼睛。"

沈顾容倒是没注意到这个，一边觉得徒弟真贴心，一边点点头，没做他想。

那把竹骨伞不光有遮光的效用，还有避免旁人窥探的结界，二人撑着伞走在路上，竟然没一人能认出沈顾容。

二人很快就到了孤鸿秘境入口。秘境入口是一个獠牙大张的凶兽模样，那门像是张开血盆大口似的，让人看着极其不舒服。

孤鸿秘境还未完全开启，周围的冰山还没有融化，周围的修士反倒一个个迫不及待，恨不得最先冲进去，拿到最好的机缘。

一旁的门派，是师尊带着弟子过来的。

师尊一身道骨仙风的道袍，对着初来孤鸿秘境的弟子们叮嘱："进入孤鸿秘境后，会是混沌之境，切记不要迷在其中，默念静心咒一路向前便能破境。"

弟子们道："是。"

沈顾容在心中道：原来如此。

牧谪一脸疑惑，他师尊之前……竟然没来过孤鸿秘境吗？可他那些机缘又是如何来的？

沈顾容身上的疑团实在是太多，牧谪早已经学会了见怪不怪，反正无论他师尊是谁，牧谪都不在意。

哪怕是夺舍……

牧谪的眸子突然一颤，一个惊世骇俗的设想骤然浮现在他的脑海中。

若是当年要他强行入道的师尊是真的沈奉雪，那之后便懈怠修行、只知享乐的师尊，会不会真的是夺舍？

可是不对，沈奉雪修为登顶，三界怎么可能会有人可以成功夺舍他？更何况像沈顾容这么懒怠的人，真的有精力去耗费心神夺舍一个大乘期的修士吗？

正是这两个原因，牧谪才从来没往夺舍上想过。但现在的情况，只有夺舍能够解释得了一切了。

牧谪的脑海中翻江倒海，见孤鸿秘境一开，只好强行按捺住所有猜想，专心致志地去寻找突破大乘期的机缘。

沈顾容一无所知，还在仗着修为听不远处的师尊对着弟子不停地叮嘱。

那位师尊道："进入孤鸿秘境后，我们可能会从混沌之境的各个方位出来，到时孤身一人不要妄自行动，在原地候着，师尊会来寻你们。"

弟子道："好，多谢师尊！"

牧谪也在一旁叮嘱道："师尊，进入孤鸿秘境后，若同我失散，不要乱走。待在原地，我去找你。"

沈顾容点头，在心中说：好，多谢徒儿！

牧谪："……"

半刻钟后，天狗食日，覆在孤鸿秘境之上的冰雪在刹那间融化，化为冰水汹涌地朝着四周流淌。

一旁的修士纷纷撑起护身结界，以防被水冲走，只是今年的水势似乎比前些年要大许多，有些修为低的修士一时间招架不住，只好撤身飞往半空，才堪堪躲过那彻骨冷水的袭击。

沈顾容撑着伞，只是抬手一挥，面前的水流瞬间一分为二，从二人身边汩汩穿过，没有溅起一滴水珠。

片刻后，天边骄阳恢复如初，而面前的"血盆大口"也逐渐打开，一股清冽的灵力从秘境中打着卷袭来，带起离得最近的沈顾容一绺白发。

一股熟悉感涌上沈顾容的心头。他微微挑眉，还没细想，牧谪就道："师尊，我们先进去吧。"

沈顾容点头，撑着伞慢条斯理地走了进去。

孤鸿秘境的第一个天赐机缘，十有八九会赐给第一个进入秘境的人，所以无数人争先恐后地想要最先跨入秘境。

沈顾容虽然动作很慢，但胜在他离门很近，很快就将被水冲得乱七八糟的人甩在了身后。

就在沈顾容即将要跨入秘境的石门时，身后突然传来一声蛟龙咆哮。他想也没想就要冲进去，一阵狂风铺天而来，一缕黑色的影子尾巴一甩，将好不容易冲上来的众位修士打出八丈远，抢先冲入了秘境中。

黑影落地后，化为身着黑袍的人形，朝九霄挑衅地看着沈顾容，说道："我先来的。"

沈顾容心道：幼稚。

成熟的沈顾容悄悄抬手，挥出一道灵力打在朝九霄脚下，幼稚的朝九霄一个趔趄扑倒在地。

沈顾容在心中立刻：哈哈哈！

牧谪："……"您更幼稚。

朝九霄怒气冲冲地爬起来，嘴中放着狠话："等着吧，等我从秘境化龙出来，你就死定了，沈十一。"

沈顾容刚要说话，就听到后面被朝九霄一尾巴扫倒的修士怒气冲冲地说："方才那是什么兽？也太狂妄了些！"

有人"哎哟"一声，艰难地爬起来，道："我怎么瞧着像是蛟？"

"嚯！三界不是只剩下一只蛟了吗？正是离人……"

沈顾容一见朝九霄惹了祸，立刻扬声道："岁寒城的朝小五，我等你来杀我。"

朝小五："……"

身后的修士窃窃私语：

"岁寒城的？那八成不是离人峰的那只蛟了，应该只是妖修。"

"嗯，也对。"

"啧，据说岁寒城的城主这次也到了，他可真是不懂得管教手下。"

"……"

不远处坐在轿子上摇扇子的镜朱尘："……"

朝九霄气得半死，无能狂怒了半响，才冷哼了一声，转身化蛟飞入秘境。他打算用实际行动来证明，自己化龙后的第一件事就是弄死师弟。

沈顾容解决了掌教师兄来回叮嘱的危机，也和牧谪一起抬步进去。

5

孤鸿秘境的最外面一层是混沌之境，到处都笼罩着白茫茫的雾气，伸手不见五指。沈顾容和牧谪并肩进去后，没过片刻，身边的人便不见了。

沈顾容做好了准备，只管默念静心咒往前走，也不管方向对不对。

其他修士也陆陆续续进入混沌之境，片刻后，分别从不同的方位进入秘境中。

刚出浓雾，众人还没来得及反应过来，在丛林旁等待已久的无数凶兽狰狞咆哮着扑了上来，没经验的修士险些被一口咬破喉咙，只能挣扎着一路狂奔。

沈顾容听到耳畔逐渐清晰的凄厉叫声，心想：不是我先进混沌之境的吗，怎么有人比我更先进秘境？

思来想去，只有一个理由：旁人都是走直道的，他是走了九曲十八弯。

沈顾容循着声音走了片刻，眼前突然冒出一阵白光，终于走出了混沌之境。和其他人一样，迎接他的依然是虎视眈眈的凶兽。

沈顾容眉头一挑。在这个世界活了这么久，他早已不再像刚来时那样一惊一乍，一点儿小事都能把他吓得一蹦三尺高了。他慢条斯理地将手中的伞合起来，屈指一弹，竹骨伞瞬间化为一把锋利的剑。但就在这时，那些本来面目狰狞的凶兽浑身一颤，就像是瞧见了什么可怕的东西似的，竖瞳骤缩，发着抖盯着沈顾容。

沈顾容一歪头，疑惑地看着它们，心想：不扑上来吗？

他本不是个会主动挑衅别人的人，只有当别人对他产生了威胁，他才会逼不得已出手。看到那些狼似的凶兽一个个吓得四肢都在发抖，他只好将剑一垂，淡淡道："不来吗？"

他这句话像是一个信号，本来僵在原地不动的凶兽像是想起了什么极其可怕的事情，突然"嗷呜"一声，转身拔腿就跑，还有几只凶兽因为四肢发软，逃跑时还险些将四只爪子打上结。

一瞬间，周围的所有凶兽跑得一干二净。

沈顾容满脸疑惑。但没凶兽来咬他，他乐得自在，撑着伞摆出一副世外高人的模样，待在原地，乖乖地等着徒弟来寻他。

牧谪比沈顾容要早出来一刻钟，已经干净利落地收拾好袭击他的凶兽，此时正跟着红色的"弟子契"往前走。在孤鸿秘境最多的便是凶兽，一路走过去根本杀不完，牧谪最后都杀得不耐烦了。

九息迫不及待地冲出去，替牧谪将一群群凶兽悉数吞入腹中。暂时清理完周围的凶兽后，九息化为人形出现在牧谪身边。

四年时间，九息也不知道跟着牧谪吃了什么东西，身形高挑了许多，面容已经是个青年模样了，只是笑起来时还是有一股褪不去的稚气。

"牧谪啊，牧谪。"九息面对着牧谪，一边往后退，一边笑吟吟地说，"我觉得你都不必去寻机缘了，你丹田中的那半个大乘期内丹便是整个三界顶级的机缘。有了这个，你甚至不必去修炼心境，靠着无数灵力就能一步跃为大乘期，啧啧，真想吃了你的元丹。"

牧谪冷冷地道："你挡着我的弟子契了。"

九息只好闪在一旁，转身一步不落地跟着他。九息盯着那红色的弟子契半天，突然道："我还是很奇怪，别人家弟子契不都是黑色的吗？为什么你的和旁人不同？"

牧谪漫不经心地道："应该是因为那半个元丹吧。"

每回牧谪都是这个理由，九息只好撇了撇嘴，没再问了。

"啊，前面又有凶兽啦。"九息像个看到糖的孩子，没等牧谪说话就欢天喜地地冲了上去。

不远处传来一阵凶兽的哀号声，等到牧谪走过去时，发现九息正在对着两个少女说话。

牧谪扫了一眼，脸立刻阴沉了下来，道："九息，回来。"

九息回头看他，笑着道："牧谪，快看，你的老熟人。"

九息口中的老熟人，正是当年在阐微大会上同牧谪比试的宿芳意，以及把虞星河打得满场跑的妙轻风。她们结伴而行，此时有些狼狈，衣摆上都沾了血。

牧谪视线瞥过后就收了回来，没有一点儿兴趣去叙旧，冷淡地道："走了。"

宿芳意手中握着剑，微微咬着牙看着牧谪，说："你……已入化神境了？"

牧谪并不想搭话，揪着九息的小辫子转身就要走，一点儿都不留情面。

"牧谪！"宿芳意唤他。

牧谪不耐烦地看了她一眼，说："什么事？有话快说。"

宿芳意犹豫半天，才讷讷地道："多谢你救了我们。"

四年前，和自己同一水平的人已经从金丹期进入了化神境，而她们却才刚进入元婴期。这种落差感，又哪里是能轻易消除的？

宿芳意回想起当年自己在阐微大会上的挑衅，以及年少时的盛气凌人，脸猛地一下红了，感到羞愤欲死。

牧谪并没有救她们的打算，只是九息贪吃而已，所以并没有揽下这个功劳。

"不关我的事，你向我的剑道谢便好。"牧谪说完扭头就走。

宿芳意的眼泪都要下来了，一向寡言的妙轻风沉默半天，才不太熟练地安慰道："他……你别伤心。"

宿芳意"哇"的一声哭了出来，哽咽道："太过分了！他怎么总是这般过分？难道他就从来不会说人话吗？"

"不行！"宿芳意擦干脸上的泪水，哼了一声，"我不服气，走，跟上去。"

妙轻风面露难色，说："不……不了吧。"

宿芳意一把拉住妙轻风的手，气势汹汹地追上去，说："不，就要去。"

不说人话的牧谪走了一会儿，察觉到后面有人跟着他也没在意，依然自顾自地跟着"弟子契"往前走。九息负责在一旁啃凶兽，啃了一路牙口依然很不错。

前方的凶兽有些多，九息啃了半天还是没啃完，牧谪懒得出手，只好站在原地等。他轻轻地抬起手指，让蝴蝶似的红色契落在他的食指上，盯着那明显很奇怪的契看个不停。

幼时他曾看到过温流冰的弟子契，那是如泼墨似的蝴蝶模样，和这个样式十分相似，但颜色却大相径庭。

起先牧谪以为每个人弟子契的颜色都不一样，但后来无意中撞见过其他人的弟子契，颜色都和温流冰的契是如出一辙的墨黑，他才终于有了些疑虑。只是他的弟子契能和师尊联系上，似乎和其他弟子契没什么不一样，所以他只好归于他体内有一半师尊元丹的原因。

但九息总是在他耳边说个不停，搅得牧谪一时间也有些不太确定了。

牧谪心想，这契实在是太奇怪了。

因为九息的开道，这一路宿芳意和妙轻风都没再遇到什么凶兽，比之前轻松了许多。只是走了一路，原本杀气腾腾的宿芳意彻底收敛了锋芒，觉得她们蹭着牧谪一路的"护送"，再冷脸相对，好像太没有礼数。

宿芳意方才还叫嚣着牧谪不说人话，此时瞧见九息一路无差别地开道，才突然意识到，方才或许牧谪根本没打算救她们，只是顺路罢了，他那句"谢我的剑"也并非有意侮辱。

这么一想，宿芳意的幽怨之气才缓缓地消散。她干咳一声，迈着轻巧的步子走上前，道："方才误会了你，对不住。"

牧谪皱眉，偏头看她，问道："误会我什么？"

宿芳意不好意思地说："误会你冷血无情，不说人话。"

牧谪古怪地看着她，觉得女人真是奇怪，方才还在背后骂他，现在竟然当着面骂他了。

就在这时，九息已经开好了道，牧谪手指轻轻地一抬，"弟子契"往前振翅一飞，继续摇摇晃晃地引路。

牧谪不想和宿芳意多纠缠，快步而行，顷刻将她们甩在了身后。他面无表情地沿着河边往前走，共灵契一路都是直直地朝着一个方向而去，沈顾容应当很听他的话在原地等他，没有半分移动。

牧谪疾行了片刻，终于在一处河岸边看到了撑着伞等他的沈顾容，喊道："师尊！"

他刚走过去，就听到沈顾容在心中念叨着：到底要怎么才能告诉牧谪，我把弟子契结成共灵契了？直说也太丢师尊的面子了吧。

牧谪脚下一个踉跄，险些直接摔倒在地。

沈顾容这才听到动静，微微转身看向牧谪。

沈顾容的白发被风吹动，有一缕拂在眼前，被他抬手轻柔地捋到耳后，谪仙似的。他看到牧谪，眸子里骤然闪现一丝微光，任谁都能听出来他语气中的喜色："牧谪。"

随即，沈顾容就在心中喊道：你终于寻来了！你都不知道，方才有那么多的凶兽要来啃我，全都被我吓跑了。

牧谪怔然看着他，沈顾容歪头道："怎么了？"

牧谪抿了抿唇，低声道："无事。"

共灵契来之古怪，牧谪想了半天，终于想通了。

沈顾容是什么样的人，怎么可能会在自己不知情的情况下和他结共灵契，按照师尊迷糊的性子，将弟子契结错成共灵契，才是最正常的。

牧谪缓慢上前，道："路上有太多凶兽，让师尊久等是牧谪不对。"

牧谪难得服软的语调让沈顾容恍惚觉得自己是个压榨徒弟的恶毒师尊，心道：人家孩子都这么千辛万苦地来找你这个路痴了，你还想怎样？

这么一想，沈顾容保持大人的从容，安抚他："没事，我也没等多久。"他说着，心中呜咽一声：这孩子吃什么长的，为什么比师尊还高？

然后牧谪就感觉他家师尊偷偷摸摸踮了踮脚。

牧谪险些笑出来。这么多年没见，他师尊依然没变。

孤鸿秘境是个圆，无论怎么走都会回到原点，牧笛随意寻了个方向，和沈顾容一起去寻找机缘。但机缘往往伴随着惊险，整个孤鸿秘境对他们来说几乎如履平地，也意味着机缘更难寻到。

二人不紧不慢地并肩而行，因为沈顾容的存在，周围的凶兽根本连靠近都不敢，九息没有用武之地，只好撒着欢儿地跑出去玩，不再跟着他们。

沈顾容大概是闲得无趣，开始在心中编排要如何对牧笛提出解除共灵契的事了。他冥思苦想：要不就说，掌教师兄不满私底下结的契，我们先解了契，然后回到离人峰，办一场风风火火的结契礼再重新结弟子契，如何？

沈顾容想了想，觉得此法行不通，以他的倒霉运气，指不定刚回到离人峰，那些知情的师兄们就把这事捅到牧笛面前了。他才不想让牧笛从别人口中得知自己的糗事。

牧笛在心中回答：我已经知道了。

沈顾容深思熟虑：或者我发怒一场，说要把他逐出师门，解了弟子契后再装作消气了，再把弟子契结回来？

牧笛："……"师尊一天到晚满脑子都在想什么？

沈顾容突然灵光一闪，在心中说：修为呢？牧笛临走时已是元婴期，出门历练四年，应该也没突破吧，否则我在离人峰早就被天雷劈了。嗯，对，他现在还是元婴期，就以"呵，我沈奉雪的徒弟，在外历练四年竟然毫无长进，真是丢了离人峰的脸，你家大师兄就从来不这样懈怠"为理由吧。

牧笛："……"

沈顾容心中美滋滋的，确定好了理由和措辞后，干咳一声，突然说："牧笛，这些年你的修为……"

牧笛脚步一顿，突然冷冷地抬手朝着不远处一只巨大的凶兽挥出一道灵力，轰然一声巨响，整个孤鸿秘境唯一见了沈顾容没有狼狈而逃的凶兽直接在原地化为了粉末，元婴期的兽丹落在一堆灰尘中，微微闪着猩红的光。

巨大凶兽消散带起的风将沈顾容额前的长发吹得往后飘。他满脸木然地看着一只元婴期的凶兽被牧笛轻飘飘地一击就化为齑粉，牧笛手中的残余灵力也扑面而来——是化神境，且还是大圆满，只差一步就能赶上他。

沈顾容满脸呆滞，一时间有些反应不过来。半晌后，他在心中尖叫一声：啊！什……什么情况？我……我那么大一个元婴期凶兽呢？哪……哪儿去了！

他麻木地看着牧笛将兽丹捡起来，随手擦掉上面的齑粉，脑子突然一空。他面无表情地想：啊，真好，原来他已经是化神境了。

他想完后，又开始绝望了，心想：不对啊……从元婴期到化神境不是要经历七七四十九道雷劫吗？为何这四年来我没有被劈……

这时，沈顾容突然想到，四年前，自己被奚孤行稀里糊涂地塞到了玉絮山的闭关洞府，手中还捏着没吃完的杏仁酥。

奚孤行斩钉截铁地说："你想闭关。"

沈顾容茫然道："啊？什么闭关？我不想。"他说着就要从洞府里出来。

奚孤行狞笑着按住他的肩膀往里推，说："你想。"说罢，将洞府结界一封，扬长而去。

沈顾容没办法，只好闭了个关。

半月后，沈顾容从洞府出来，看到洞府外面好像是被雷劈了似的，半片雪花都不见，吓了一跳。

追问时，奚孤行不耐烦地说："前些天落了雷下了暴雨，你那院子里的花草都死得差不多了。"

此言一出，沈顾容也没多想，连忙回去照看他的花草去了。

原来那时……是奚孤行知晓了牧谪要突破化神境，遭受雷劫，所以才事先让他闭关吗？

沈顾容还是凡人的思维，从来不会主动利用修为去探查旁人的修为，所以重逢后也不知道牧谪修为几何。回想一下，方才他竟然还天真地以为，牧谪是沈奉雪收的徒弟中天赋最差的一个。

沈顾容的老脸又开始红了。

牧谪将兽丹捡回来后，眸子微沉，轻声道："师尊，方才您想说什么？"

沈顾容一抖，干巴巴地道："没……没想说什么。"

牧谪见他一副受挫蔫了的模样，心中忍着笑，将手中的兽丹递过去，道："师尊，这是元婴期的兽丹，能作为制作灵器的材料。"

沈顾容愣了一下，问道："给我？"

"是。"牧谪道，"牧谪的东西，便是师尊的东西。"

沈顾容被说得有些不好意思，伸出一根手指将兽丹轻轻地一推，故作淡然地说道："既然是你猎来的，就该你自己拿着，我不缺灵器。"

牧谪又说："也能换得数万灵石。"

沈顾容一把捏着兽丹塞到袖子里，说："师尊帮你收着，等你长大了再给你。"

牧谪："……"

沈顾容总觉得这句话有些奇怪。他仔细想了想才发现，每逢年节，他收到小叔的压岁钱时，娘亲总是用这句话把他的银子骗过去，说长大后再给他。但他长大后，一个铜板都没瞧见。沈顾容突然感觉到了作为家长的快乐。

他干咳一声，满脸慈爱地看着牧谪，道："你做得很好。"

沈顾容在心中说：师尊很满意。

这大概就是他娘亲当时骗他压岁钱的感觉——快乐。

牧谪："……"

二人继续往前走，虽然吓退了不少凶兽，但连个机缘的边角都没瞧见。因为太过无聊，沈顾容只好锲而不舍地想怎么和徒弟解共灵契。

沈顾容陷入沉思：到底要如何发怒，才能顺理成章地将牧谪逐出师门呢？

最后，他微微咬牙，豁出去了，心想：要不让他再犯一次错，我顺水推舟地生气得了。

牧谪："……"

第三章

前因后果

1

　　二人并肩而走，片刻后，牧谪突然抬起手，朝着不远处指去，道："师尊，那好像是五师伯。"

　　沈顾容顺着牧谪指的方向看去，不远处的湖泊中，一只巨大的蛟龙正怒吼着翻江倒海。他身上密密麻麻的都是凶兽，似乎要将他整个蛟身啃噬成骨架。

　　湖泊中的水几乎被他搅和得少了大半，他身上露出些猩红的血珠，混在湖水中，将水都染成了一片浅浅的红色。

　　沈顾容一看，立刻御风上前，凌空停在湖泊上空，向朝九霄喊道："五师兄？您在放'饭'吗？"

　　朝九霄和牧谪都一阵无言。

　　朝九霄咆哮一声："给我滚！"他尾巴一扫，将尾尖上的一只凶兽朝着空中的沈顾容砸了过去。

　　沈顾容漫不经心地抬手挥开，指尖凝出一道灵力，飞快化为林下春的模样，悠然地道："师兄，我来助你。"

　　朝九霄这次直接暴怒了，喊道："滚！沈十一！你若敢出手，你信不信我……"他还没放完狠话，没听到的沈顾容已经一剑挥过去，剑气将朝九霄身上的凶兽都扫了出去。

　　大乘期的威压丝毫不减，反而将伤痕累累的朝九霄拍到了湖泊底下，溅起一道波涛，将岸边的血冲刷得一干二净。

　　沈顾容将所有凶兽清掉后，湖中心缓缓地浮出一个正在逃窜的幽蓝色光团。他一挑眉，心想这大概就是机缘了，索性抬手将光团召到掌心中，打算还给朝九霄。

　　被沈顾容"误伤"的朝九霄这时才化为人形，浑身湿漉漉地从湖中跃上来。他看起来气得不轻，若此时是蛟身，恐怕都得气得圆鼓鼓的。

　　"沈十一！"朝九霄咆哮道，"你找死！"

　　沈顾容有些茫然道："师兄，我是在帮你。"

　　朝九霄骂道："滚！你就是故意抢我的机缘！"

　　沈顾容眨了一下眼睛，无辜地说："我没有。"

　　朝九霄道："你就有！"

　　沈顾容无辜地道："我真的没有。"

　　朝九霄像是和他杠上了，怒道："你就有，你就有！"

朝九霄气得喘了几口气，才冷冷地道："你明明看到我是刻意压制修为引那些凶兽夺机缘，还是出手了。沈十一，你道貌岸然的模样真是一如既往。"

沈顾容一愣，这才意识到，原来方才朝九霄对付不了那些凶兽，是因为想要靠提升难度来夺机缘。他没想到还能这么玩，惊叹了一下，将手中的机缘抛了过去，说："给你。"

朝九霄气得直接将机缘扔了，说道："我才不要你假好心！"他火冒三丈地说完，就气咻咻地转身跑了，大概是想再去寻其他机缘。

沈顾容小声嘀咕，将机缘捡回来，道："怎么这么倔呢，难道白白被啃那么多口吗？"

有时候牧谪都怀疑沈顾容是不是真的故意为之。

沈顾容将机缘随手丢给牧谪，道："拿着吧。"

牧谪接住，却摇头道："突破大乘期，我不能用旁人的机缘。"

"哦。"沈顾容只好将机缘收了回来。他想了想，道，"还能压制自己修为，提升夺机缘难度的吗？这样不是作弊吗？"

牧谪点头道："这是天道默许的。"

沈顾容道："那我们也能这样？"

牧谪道："对。"

若是按照沈顾容和牧谪的修为，几乎能将整个孤鸿秘境杀个寸草不生。机缘伴随着风险，他们连半分危险都没有，机缘更是难拿到，更别说那些凶兽遭遇的风险都比他们更重。

片刻后，他们刻意将修为压制到了金丹期。这样一来，没走几步，成群的凶兽蜂拥而至。牧谪没让师尊出手，自己将九息剑招了回来，飞快上前，在一阵刀光剑影中将凶兽杀得一只不剩。

刀光剑影中，牧谪的脸颊上挂着一点儿血痕，站在一片凶兽尸身中微微侧身朝着沈顾容看去。

那一瞬间，沈顾容突然意识到，当年那身高只到他腰部的团子好像在他不知道的地方终于长大成人了。

最后二人在丛林深处寻到了一个凶兽巢穴，这也意味着机缘更大。

沈顾容茫然了一路，此时往后退了半步，站在一棵不知几百年的参天巨树下，道："你去吧。"

牧谪愣了一下，问："师尊不想要机缘吗？"

师尊当然想，只是并没有那么迫不及待。沈顾容道："等你寻到大乘期的机缘，我再去寻我自己的。"

牧谪的眼睛微微睁大，怔然看了沈顾容许久，脸上浮现感动之色，他沉声道："我去了，等我回来。"

等沈顾容回过神来，牧谪已经拎着剑进了巢穴中。

沈顾容双手拢着袖子，听到巢穴传来好像成百上千只凶兽一起发出的吼叫，十分担忧。凶兽巢穴往往是最危险的地方，牧谪压制了修为，会不会……有危险？

好歹是好不容易救下养大的徒弟，若是出了事，不说沈奉雪，他都无法接受。

沈顾容突然下定了决心：不行。我要进去寻他，哪怕不要机缘了，也不能让牧谪死在里面。

他正要将压制修为的禁制解开，身后突然伸过来了一根藤蔓，猛地卷住他的手腕，将他往后一扯。

沈顾容猝不及防地往后一退，一只手腕被高高拉起，死死束缚在身后巨大的枝干上，动弹不得。他愕然抬头，看到那棵参天大树上竟然隐约露出一张人脸来，他浑身鸡皮疙瘩都要起来了。

人脸树居高临下地看着他，慢吞吞地说："你又来啦。"

沈顾容面无表情，心中却喊道：啊啊啊！它会说话！

虽说早已习惯了这个世界上什么东西都能化为人形，但沈顾容还从来没见过一棵长着人脸且会说话的树，他被这恐怖的场景彻底吓住了。他想也不想地抬起另一只手朝身后的树身狠狠地击了一下。

那树硬生生地挨了他一击，竟然只是浑身一颤，落了几片枯叶而已。

沈顾容这才意识到自己的身上有禁制。他正要解开禁制，就听到那人脸树说："你若进去，机缘会散。"

沈顾容的动作一顿。

人脸树道："里面的机缘，能让他一跃成为大乘期。"

沈顾容僵了半天，察觉到这棵树似乎是好意，也不觉得那张脸有多可怖了。他抬头，疑惑地道："你认得我？"

人脸树犹豫了一下，点了点头。它一点头，树叶就稀里哗啦地往下落，连沈顾容身上都落满了枯黄的叶子。

人脸树已经在孤鸿秘境存在数千年。它不像凶兽，不会被人类修士诛杀，只是安安静静地立在原地，将这些年来发生的所有事看在眼中。

久而久之，它便生了神智。

四十年前，孤鸿秘境，沈奉雪一人一剑孤身冲入秘境中，将所有凶兽屠戮殆尽，最后也是在此拿到了人脸树所说的机缘。

毕竟沈奉雪将作恶多年的魔修离更阑封印在埋骨冢，这是天道降下的恩赐。

人脸树道："天道机缘能让人起死回生。"

"起死回生？"沈顾容愣了一下，才意识到林束和大概就是靠着沈奉雪从孤鸿秘境得来的机缘才活下来的。

想到这里，沈顾容这才意识到自己还被绑着，蹙眉道："你先放开我，我不进去便是。"

里面的凶兽咆哮声依然在继续，只是和方才相比已经弱了许多，想必以牧滴的修为，定不会有生命危险。

人脸树犹豫半天，才慢吞吞地将藤蔓放开了。

沈顾容皱着眉头揉了揉手腕。只是被藤蔓绑了一下，他的手腕就像是被大力勒过似的，浮出一圈瘀青，看着分外扎眼。

大概是为了表达歉意，人面树又伸过来一根藤蔓，上面结了一串鲜红的小果子。它说："给你，给你。"

沈顾容也没客气，他直接摘了下来，却放在一旁，想着等牧滴出来后和他一起吃。

人脸树的性子十分温暾，虽然长相可怖，但说话软绵绵的，一动就树叶狂落，下雨似的。它说："这个可以解疫毒哦。"

沈顾容看了看那果子，也没在意，反正又没人中疫毒，拿来解渴刚好。

人脸树又沉默了一下，才干巴巴地道："你徒弟身上的疫毒也能解。"

沈顾容正盘腿坐在地上等牧滴出来，闻言漫不经心地道："我徒弟没中疫毒。"

"啊？"人脸树说，"可是我没看错呀，他身上的疫毒虽然被强行入道的修为压制下去了，但迟早有一日会要了他的命的。"

沈顾容本来觉得它在胡说八道，但转念一想，这人脸树似乎没打算要害他，否则方才也不会轻易地将他放开了。他回头和人脸树对视一眼，犹疑片刻才问："他什么时候中的疫毒？"

人脸树见他相信自己，眼睛一亮，开心得手舞足蹈，叶子簌簌落下，险些将沈顾容给埋住。

"从出生时就有了。"人脸树道，"他上辈子应该是被疫魔杀死的，魂魄带怨，所以投生时也将疫毒带了过来。"

沈顾容一怔，疫毒……他突然想起刚来到这个世界时，不远千里从幽州朝着离人峰而来的疫魔，他的目标便是牧谪。若牧谪当真是魂魄天生便带疫毒，那当年的古怪之处好像也说得通了。

身负疫毒之体，本就是疫魔最好的夺舍身体，除非那疫毒之体入道修炼。

沈顾容脑海中轰然一声响。他突然彻底明白了，为什么当年沈奉雪宁愿牧谪恨他，也要用无数洗筋伐髓的灵药逼迫牧谪强行入道。

原书中，牧谪就是因为被沈奉雪纵容，一直未能入道，所以才在六岁时被疫魔夺舍身体，杀死离索让帘钩剑重新回到离更阑手中，也间接导致了十年后，离更阑靠着帘钩剑，加上蛊惑虞星河，最终逃出埋骨冢。

沈奉雪应该是知晓此事，所以才会在沈顾容来之前，强行改变了牧谪的命运。

沈奉雪也不再是书中一味纵容牧谪的师尊，而是彻底改变了方式，哪怕剖掉自己半个元丹也要让牧谪强行入道。所以疫魔在夺舍时，才会因为牧谪体内的元丹没能彻底夺舍，而只是单纯地附身。

沈顾容心神激荡，觉得自己仿佛知道了什么不得了的事情。

人脸树不知道他在震惊什么，还在说："吃果子，吃果子。"

沈顾容终于正眼瞧了那其貌不扬的果子一眼，道："这果子……真的能解疫毒？"

人脸树拼命点头，树叶又差点儿将沈顾容埋起来。

沈顾容抬手挥掉一旁的树叶，看了看那鲜艳欲滴的果子一眼，心想：宁可信其有，不可信其无。

他想着，抬手捏了一颗仔细看了看，没察觉到什么毒或者奇怪的灵力，这才放到口中，打算为徒弟试试毒。反正他的修为已是大乘期，什么毒都毒不死他。

那果子轻轻一抿就化成一道清流顺着喉咙缓缓滑下，让他的心神都为之一振。

人脸树孤身在这里待了这么多年，终于寻到人说话了，此时开心得摇头晃脑，沈顾容被埋了许多次，都害怕它把自己给晃秃了。

等了一会儿，那果子都没什么异常，沈顾容也逐渐放下心来。

不远处巢穴里发出的声音也越来越弱，一刻钟后，周围一片死寂，沈顾容直接站了起来，有些忐忑地看向巢穴的入口。

很快，牧谪浑身是血，手握着九息剑，面无表情地从巢穴里走出来，一阵血腥气迎面而来，沈顾容这才微微地松了一口气。

沈顾容后知后觉他还要和牧谪解契，垂眸看到了自己手腕上的一圈瘀青，眼睛突然一亮。他拍了拍人脸树，道："哎，帮我个忙。"

人脸树还从没被人这么需要过，立刻点头如捣蒜。

沈顾容艰难地把自己从枯叶堆里扒拉出来，看到逐渐朝他走来的牧滴，又有些狼狈地垂下了头，心想：不行，还是不能直接看。

牧滴从巢穴中拿到机缘，飞快出来去找师尊。只是当他马上要走到师尊面前时，突然看到师尊身后那棵安安静静的树竟然伸出两根藤蔓，将师尊粗暴地捆在树身上。

牧滴面容冷厉地握着剑冲了上去，一剑砍在了那藤蔓上。只是那藤蔓一点儿损伤都没有，却险些将九息给震得脑袋一阵发蒙。

牧滴一怔，看到沈顾容微微垂着眸子，不知道是不是已经昏过去了。

牧滴反应极快，直接弃剑，冲上前想要将沈顾容救下来。只是他的手才刚触碰到藤蔓，一直缠得死紧的藤蔓竟然彻底松了下来，沈顾容直接掉了下来。

牧滴愣了一下，还没反应过来，就听到沈顾容心中窃喜：得手了！

牧滴暗叫不妙，本该"昏睡"的沈顾容猛地睁开眼睛，眸中闪着要将他逐出师门的怒火。

牧滴没想到师尊竟然算计他！为了解契，竟能做到这一步，他真是小瞧自家师尊的搞事能力了。

沈顾容还没说出早已经准备好的话，牧滴突然双腿一软，直接栽到了地上。好在地面上铺着一层层的枯叶，砸上去也没多疼。

牧滴紧闭双眼，神情痛苦，仿佛是受了重伤，已经昏睡过去了。

沈顾容心中呐喊：我……我还没说完话，你醒醒！

又一次绝佳的机会，被错过了，沈顾容好恨。

等牧滴再次醒来时，感觉自家师尊好像在自己耳畔嘀嘀咕咕，骂骂咧咧。

——早不晕晚不晕，偏要这个时候晕，你到底是不是故意的？

——气死我了！气死我了！

——要是他醒了我再发作，是不是更显得矫情，毕竟人家也是为了救我。

——我……我好像也不对，他都受了伤，我还算计他。

牧滴听到沈顾容三言两语就将过错全都揽到自己身上，一时间哭笑不得。他缓缓地睁开眼睛，撑着手臂坐了起来，发现他们依然在那棵树下。

沈顾容正蹲在一旁闭眼"冥想"，听到声音才睁开眼睛，淡淡地道："醒了？"

牧滴发现自己身上沾了血的衣服已经被换了下来，此时正裹着师尊的白衣。他师尊大概也是怕脏，也换了一身衣服。

牧滴起身，拢了拢衣衫，颔首道："多谢师尊。"

沈顾容心中"哼"了一声。

牧谪："……"

沈顾容也知道自己无理取闹，没多说什么，随手将枯叶包着的果子递给牧谪，道："吃。"

牧谪见状，根本问都不问，接过来捏着一颗果子就往嘴里塞。

沈顾容看到牧谪对自己完全不设防的信任模样，愣了一下。见牧谪飞快地吃完那些果子，他问："你不问我这是什么果子吗？"

牧谪摇头道："师尊不会害我。"

沈顾容干咳了一声，对牧谪解答："这是解疫毒的果子，你知晓自己身上有疫毒吗？"

牧谪一愣，道："不知。"

"我想也是。"沈顾容叹了一口气，道，"你幼时险些被疫魔夺舍的事还记得吗？"

那次牧谪险些杀死离索，自然是记得一清二楚的，便点了点头。

沈顾容道："你天生便身负疫毒，是绝佳的疫魔夺舍之体，要想去除这个隐患，便要入道。"

牧谪愣了许久，脸色突然一白。毕竟连沈顾容都能轻而易举想通的事情，他自然也能想通。

沈奉雪并非故意折磨孩童的古怪性子，他从始至终只是想救牧谪而已。

哪怕牧谪知晓了师尊并非想要加害自己，但此时弄清楚了当时沈奉雪的真实目的，他还是为当年不知真相、一味怨恨沈奉雪的自己觉得羞愧。当年……被自己冷眼相待的师尊，心中到底是什么感想呢？

牧谪突然不敢深想了。

若是他没有那半个元丹，没能听到他师尊的心里话，是不是这辈子都会以为他师尊是个人面兽心的衣冠禽兽？

牧谪突然打了个激灵，还有夺舍之事……

牧谪在原地僵了许久，才迷茫地看向沈顾容，喃喃问他："师尊，您是……夺舍吗？"

沈顾容一呆，接着脸唰的一下白了。

2

沈顾容没想到牧谪竟然会这般猝不及防地问出这个问题，蒙了半刻钟，脑海中一片空白。他本能地想要往后退，但身体就像是僵住了似的，完全动弹不得，只是脸色苍白地惊恐地看着牧谪。

牧谪问完后自己都愣了，而沈顾容这个反应也间接告诉了他答案——他师尊……沈奉雪果真被夺舍了。

一时间，牧谪说不上来是什么感觉。他不知道该怎么面对沈顾容，也不知道到底要怎么做才能弥补当年自己对沈奉雪造成的伤害。

恍惚中，牧谪的脑海突然闪现出一段不甚清明的记忆……

泛绛居中，沈奉雪纤细的手指握住小牧谪的手，喃喃道："你别怕我。"

而被痛苦席卷全身的牧谪却什么都听不到，声音嘶哑到发不出任何声音，只能死死地握住他的手臂狠狠地咬了上去。

血立刻涌了出来，沈奉雪却视若无睹。

二人身上全是鲜血，但仔细看去，那大部分的血却是从沈奉雪腹部流下来的，他硬生生剖去了自己一半元丹。而不及他万分之一痛苦的牧谪却魔怔似的，死死地咬着自己的救命恩人，恨不得将其吞入腹中。

沈奉雪不为所动，垂眸悲伤地看着牧谪。他拼命想要救下的人，却是恨他最深的人。

牧谪的眼眶突然红了起来。

和牧谪完全相反的是，沈顾容害怕得手都在抖。他惊恐地看着牧谪，喉咙中仿佛含着一口血似的，口中全是血腥味。

牧谪……牧谪知道他夺舍的事了……

明明不是他自愿来到这个世界的，明明是沈奉雪将他拖到本不属于他的世界里来，但突然被人拆穿夺舍之事，他还是不可遏制地害怕。

沈顾容从来没觉得时间有这般难熬过，好像自己的每一次呼吸、每一息沉默，都在将自己推入万劫不复之地。

被道明夺舍之事，按理来说不会让沈顾容这般恐慌，反正只有牧谪一人发现，就算告诉奚孤行他们，也肯定不会有人信他的，但沈顾容就是害怕。他怕牧谪以为他是从哪里来的孤魂野鬼，行阴诡之事占据了沈奉雪的身体；他怕牧谪会觉得自己是个不择手段的邪修……

就在沈顾容恐惧得几乎喘不过气来时，耳畔突然传来一声微弱的叹息声。他怔然抬头，发现周遭的场景已经大变样了，人脸树不在，满地的落叶不在……牧谪也不在了。

取而代之的，是一片茫茫大雪，雪中有个身着白衣的男人，他微微偏头，露出一张俊美的脸——是沈奉雪。

沈奉雪未戴冰绡，双眸中有一抹诡异的猩红，面上古井无波，依然是一派清冷仙君的气势。他淡淡地道："别怕。"

沈顾容一愣，继而一喜，心想：沈奉雪终于来救他狗命了！

看到沈奉雪，沈顾容一直紧绷的一口气终于缓缓松懈。他的腿一软，直接瘫坐在地上。

沈奉雪缓步走到他面前，单膝点地跪在他面前，轻声说道："他不会对你做什么的，你不要怕他。"

沈顾容点了点头，终于觉得安心不少。他喘了一会儿气后，才抬头看向沈奉雪，轻声说："我想回家。"

沈奉雪一愣。

沈顾容抬起手拽着沈奉雪雪白的袖子，小声说："牧谪和虞星河的命数已经改变了，你的目的也达到了，我能回家了吗？"

沈奉雪微怔，一时间竟然不知该如何作答。

"我想回家。"沈顾容像是在撒娇似的，话中带着些委屈。

沈顾容原本只是想激起沈奉雪的恻隐之心，好让他顺利将自己送回家，但是说着说着，那股故作的委屈突然变成了彻彻底底的真委屈。

沈顾容初来那一年才十六岁，在这个修士寿命成百上千岁的世界中，还只是个不谙世事的孩子罢了。他孤身一人流落到这陌生的世界中，举目望去全是陌生人，只能靠着这具壳子里的零散记忆艰难地活着，应对着和他根本不熟的各种人。

刚来这里时，沈顾容几乎每天都在恐慌，若是被人发现了该怎么办？这样浑浑噩噩度过了这么多年，他好不容易勉强适应了，却被最亲近的人猝不及防地出言拆穿。

沈顾容毫无征兆地落下两行泪，这么些年来积攒的恐慌和委屈终于在这一瞬间彻底爆发出来。

"我只是想回家。"沈顾容拽着沈奉雪的袖子，哭至哽咽，"求求你，让我回家。你让我做的我全都做了，能不能送我回家？"

他不想再被困在这个陌生的世界中，靠自己芝麻大的胆子来强行伪装成无所不能的三界圣君沈奉雪，不想再过那种提心吊胆的生活。他只是个普通凡人，百年寿命够他活的了，只要能回家，他可以什么都不求。

沈顾容将这些年的委屈彻底发泄，沈奉雪只是垂眸悲伤地看着他。

不知过了多久，沈顾容哭累了，通红的眼睛乞求般地看着沈奉雪，哽咽道：

"让我回家，好不好？"

沈奉雪轻声问他："你为什么那么想回家呢？"

沈顾容孩子似的抽噎着说："我想我爹娘了，还有兄长、妹妹和私塾的先生……"

沈奉雪听到这句话，突然轻笑了一声，那笑容仿佛是嘲讽，又仿佛是怀念。他抬起手轻轻地抚摸了一下沈顾容满是泪痕的脸，道："再等一等。"

正在擦眼泪的沈顾容手一顿，茫然道："等什么？"

沈奉雪道："等到你能舍弃掉这个世界的一切。"

沈顾容听不懂，问道："什么？"

沈奉雪将一个光团放在沈顾容的掌心，让他轻轻地握住，道："若是你能舍弃所有，那捏碎这个，你就能回家了。"

沈顾容呆呆地看着手中的光团，疑惑道："这是什么？"他抬头问道，"我要舍弃什么？这个世界不是你的吗？"

沈奉雪却只是问他："那你能舍弃这个世界吗？"

沈顾容一呆。

沈奉雪道："我就在你心中，你瞒不了我。"

沈顾容终归不是冷血之人。他对这个世界怎么说也是有感情的，不是狠下心就能彻底离开的。

沈奉雪没再说这个，只是将沈顾容拉起来，道："去吧，告诉他，你并非夺舍。"

沈奉雪轻轻地在沈顾容的后背一推。他一个踉跄，周围环境一转，他再次回到了人脸树下。

牧滴依然安安静静地看着他，等待着他的回答。

沈顾容刚才已经平静下来的心又开始猛烈地狂跳。哪怕有沈奉雪的话，他还是害怕。

牧滴轻声道："师尊？"

沈顾容轻轻地闭眸，默念沈奉雪教给他的：我并非夺舍，我并非夺舍，我并非夺舍。

牧滴一愣。

下一瞬，沈顾容睁开眼睛，几乎是愤怒地瞪着牧滴，道："是，我就是夺舍，你奈我何？！"

牧滴："……"

本来牧滴是那个"兴师问罪"拆穿师尊底牌的人，但沈顾容自爆身份竟然自爆出了一种"你好烦,不过就是夺个舍而已,你至于这么大惊小怪吗"的感觉。

牧谪晕晕乎乎的,恍惚间从心里浮出一种"他好像没错,错的是我"的错觉。

沈顾容气势汹汹地说完后就垂下了眼睛,又开始厌了。他只觉得心里一片酸涩,委屈得要命,心想:我又不是故意夺舍的,我只是被逼的,我也不想这样的,为什么要质问我?

沈顾容委屈得眼圈都要红了,在心中说:就算我不是沈奉雪,但我当了你师尊这么些年,你难道不认我吗?白眼狼,小白眼狼,我就该把你逐出师门……

牧谪一时冲动问出那句话后就后悔了。

问出那句话时,牧谪预料到沈顾容会否认,或者会插科打诨糊弄过去,却从未想过他竟然直接承认了,而且承认得这般理直气壮,好像是沈奉雪强行让他夺舍似的。

牧谪被噎住了。他提心吊胆许久,唯恐和师尊出现什么嫌隙,但现在看来,嫌隙什么的,好像根本就不存在于沈顾容的世界中。

只是沈奉雪……

牧谪突然回想起方才自己拼了性命抢回来的机缘,若是将这个机缘用在师尊身上,是不是就能在保留沈顾容的同时,让沈奉雪也回来?

不。这个念头刚一浮上来,就被牧谪否定了。这样太过危险,若是一时不当,恐怕会让沈顾容离开这具壳子。

牧谪本就是个冷血无情的人。他虽然对沈奉雪有愧,但不敢让最敬重的沈顾容涉险。

此事,还需要从长计议。

沈顾容根本不知道牧谪在想什么。他还以为牧谪是在怪罪他,心中委屈得不行,表面上却险险地维持住了沈奉雪高冷的模样。他有些难过地想:我只是不想对你撒谎。

沈顾容本来是打算说"并非夺舍",但在脱口而出时,依然承认了夺舍之事。因为牧谪算是这个世界中自己最亲近的人,他不想对对方撒那种拙劣的谎言。而且撒一个谎就要用无数个谎来圆,他自认自己没有撒谎、圆谎的能力,索性直接摊牌了。

牧谪深吸一口气,快步上前,道:"师尊,对不住,方才是我失言了。"

沈顾容偏头赌气,心道:别叫我师尊,你师尊死了。

牧谪说:"师尊,您不要生我的气。"

沈顾容闷闷地说:"你还认我这个师尊吗?"

牧谪连忙道："自然是认的，无论您是谁，一直都是我师尊。"

沈顾容一直紧悬的心终于落了下来。他悄无声息地松了一口气，微微挑眉看向牧谪。

牧谪突然有种不好的预感。

"但我不认你了。"沈顾容道，"我要将你逐出师门，来，我们把弟子契解了，就现在。"

牧谪："……"

打死他都没想到，都这个时候了，他师尊竟然还不忘解共灵契那一茬儿，当即被噎了一下。

沈顾容终于抓紧机会，气咻咻地想：解契，快解契。解了契，师尊就解气了！

牧谪犹豫半天，才屈辱地使出一招沈顾容最抵挡不住的——装可怜。

他从小就心智成熟，在外历练这么多年更是什么苦都吃过，好几次生命垂危也从没哭过。但面对沈顾容满脸的"快解契"，他没有办法，只好故技重施。

牧谪怯怯地抬头，声音有些沙哑，还故意掐了自己一下，让尾音抖上三抖："师尊，牧谪知错了。"

沈顾容维持无动于衷的表情："多说无益，解契。"

沈顾容心道：少说废话，解了之后我们能再结回来。

牧谪并不想天上掉下来的共灵契换成弟子契。他宛如被人丢弃的小兽，难以置信道："师尊，您不要我了吗？"

沈顾容有气无力地道："你……你不会又要哭了吧？"

"牧姑娘"没吭声，用可怜兮兮的表情回答了这个问题。

沈顾容捂着胸口觉得自己要奄奄一息了。

——结错契本来不是他的错，为什么要这么折腾人家孩子？

——你自己夺舍，人家都不在意，还把你当师尊对待，你还要人家解契，你还是人吗？

——算了，还是下次再说吧，再换个其他法子，要是实在不行，索性直接和牧谪摊牌算了。反正再丢脸的事都被他遇着了，也不差这一回。

牧谪听着师尊自己安抚好了自己，终于打消了要现在解契的打算，这才松了一口气。

沈顾容满脸尴尬地说："咳，你……你别哭，不解契便是。"

牧谪道："多谢师尊。"

沈顾容尴尬得不行，左顾右盼半天，转移话题道："对了，你现在是不是还没有字？"

牧谪愣了一下，才点头。他二十岁及冠时没来得及回离人峰，本来打算从孤鸿秘境出来后就回去一趟的，没想到误打误撞在这里见到了师尊。

沈顾容道："我已经为你将字取好，苴之，你觉得如何？"

沅苴澧兰，倒是个好名字。

牧谪点头，道："多谢师尊。"他犹豫了一下，才小声道，"我还不知道师尊的名字。"

"我嘛，"沈顾容见牧谪真的不在意他夺舍的事，也不再端着沈奉雪的架子，随口道，"沈顾容，我来之时还未及冠，所以还未取字。"

牧谪点头，还未及冠，当时的师尊应该还只是个孩子，怪不得行事说话那般张扬欢脱。

沈顾容又想：不过先生说了等我及冠会亲自为我取字，也定是个好名字。

又是先生，那个先生到底是谁？

大概是知晓沈顾容不会对自己撒谎，牧谪又迟疑了半天，才尝试着问："师尊，您之前提过的先生……是何人？"

沈顾容吓了一跳，险些以为自己方才将那句话脱口而出了。但他见牧谪没问其他的，才松了一口气，道："是自小教我读书的私塾先生。"

他说起先生时，眸中有些怀念的意味。

牧谪追问道："那个先生是个什么样的人？"

沈顾容歪头想了想，突然给了牧谪一个狡黠的眼神，说："长得好看，脾气好，会让我画他。"

牧谪："……"

"只是他总是罚我抄书。"沈顾容小声嘀咕了一句，"我很不喜欢。"

沈顾容被拆穿了身份，在牧谪面前也不再伪装，见他安分了，才问道："机缘拿到了？"

牧谪点头，毫不设防地将机缘捧着递到沈顾容面前。

沈顾容问："那你为何不用？"

牧谪摇头道："暂时不能用。"

若是他突破大乘期，定会招来九九八十一道雷劫，到时他自身难保，更不能分出精力来护沈顾容，只能回到离人峰再说。

沈顾容知道他是个有主意的人，也没干涉他的事，道："好，那我们去其他地方看看。"

牧谪颔首称是。

一旁的人脸树失望地说："啊？这就走了？"

沈顾容点头，说："嗯，你自己玩吧。"

人脸树有些难过，但也很善解人意。它又伸出来一根藤蔓，将一串果子递给沈顾容，道："给你呀。"

沈顾容好奇道："这是什么？"

"能融合心魔的果子。"

"心魔？"沈顾容道，"我没有心魔。"

人脸树坚定地道："你有的。"

沈顾容不明所以，但面对这样的好意还是接了过来，道："多谢你。"

人脸树开心地又开始晃来晃去，道："没事的，这么些年来一直来找我玩的，你是第一个。"

沈顾容一愣，这才意识到人脸树对他无缘无故的好感是从哪里来的了，敢情之前沈奉雪经常来找人脸树玩。他笑了笑，道："下次我还来寻你。"

人脸树点头如捣蒜，头上叶子都要秃了，高兴地说："好的呀，好的呀。"

沈顾容这才走了。

二人压制着修为又寻了一处地方去寻找机缘，但不知道为什么，沈顾容的气运似乎极差，哪怕用金丹期杀了无数凶兽，却连机缘的边角都没见一个。最后他都累了，彻底放弃了。

而且，找不找得到回家的机缘已经不重要了，沈奉雪已经给了他一团光，只要捏碎了就能回家，只是……

沈顾容看了看前方为他引路的牧谪，不知怎么心里突然有些迟疑。明明他这些年来最想要的便是回家，此时终于找到了能回家的路，他却犹豫了。

沈顾容脚步一顿，突然僵在原地。

牧谪疑惑地问道："师尊，怎么了？"

沈顾容摸着心口，心中喃喃：我竟然舍不得牧谪。这难道就是……父爱如山？

牧谪险些一个趔趄扑倒在地。

"沈老父亲"见状忙道："摔着了？摔疼了？来，爹……师尊看看。"

牧谪："……"

3

牧谪几乎咬碎了一口牙，艰难地站稳，从牙缝里挤出来两个字："无事。"

就是被那句"父爱如山"给震到了。

牧谪思考了半晌，在二人马上要走到混沌之境，离开孤鸿秘境之前，突然喊住沈顾容："师尊。"

沈顾容疑惑地回头，问道："嗯？怎么了？不出去吗？"

牧谪已经寻到了机缘，而孤鸿秘境也不知是不是和沈奉雪有仇，怎么都寻不到任何属于他的机缘，二人只好打算先回去再说。

沈顾容只差半步就能走出孤鸿秘境，突然被叫住，十分疑惑，还以为牧谪有什么重要的事没做完。

牧谪定定看着他，又开口了。只是这次，他叫的却是沈顾容的名字。

沈顾容一愣，干巴巴地说："啊？"

牧谪坚定地说："无论您是谁，我都当您是师尊，永远保护您。"

沈顾容愣了一下，才疑惑地皱起眉头，道："什么？你再说一遍。"没听清。

牧谪往前走了几步，一字一板地说道："哪怕付出性命，我也会护着您好好活下去。"

沈顾容呆呆地看着牧谪，听到这句话不知为何脑海中骤然浮现出奇怪的一幕，好像有人浑身是血，死死地护着自己，而自己蜷缩成一团，恍惚感觉到抱着自己的人逐渐失去呼吸和温度。

沈顾容猛地一抖，终于回过神来，神色复杂地看着满脸认真的牧谪。他轻启苍白的唇，喃喃道："为一人而死，那只是少年人一时兴起的虚假承诺罢了，等真正到了危急时刻，没有几个人是真正心甘情愿为旁人付出性命的。"

沈顾容平静到了极点，老气横秋地道："你还小。"

牧谪立刻道："我不小了，我……我真能为您……"

沈顾容却问："我要你的性命做什么？拿来啃着吃吗？"

牧谪没想到在这种时候，沈顾容竟然还有闲情说玩笑。

沈顾容见牧谪不说话，立刻觉得自己一定是说服了他，将他说得哑口无言，不由得心想：果然还是少年心性。

就在此时，那本该能进入的混沌之境不知道触发了什么，一股灵力猛地波动开来，荡漾在整个孤鸿秘境。

沈顾容突然感觉到一阵毛骨悚然，一股不祥的预感涌上心头。而上次有这种感觉，好像是当年牧谪突破元婴期的时候。

与此同时，牧谪突然道："师尊……"

沈顾容回头，就看到牧谪手中拼命握着那团机缘，艰难道："它……不知怎么，自己跑出来了。"

牧谪根本不想在此用机缘，因为他不知道孤鸿秘境里的人是敌是友。最重要的是，一半雷劫会落到沈顾容头上，他根本不想连累师尊。

可当沈顾容走入混沌之境时，那机缘竟然不受控制地从牧谪的储物戒里钻了出来，猛地往他的丹田里扎，看样子是想要融合，强行让他进入大乘期。

沈顾容见状立刻前来，想要帮牧谪将机缘收回去。只是他一靠近，那机缘不知怎么更加亢奋了，挣脱开牧谪的手，一头扎进了牧谪的丹田中。

牧谪的脸苍白如纸，怔然道："师尊，我……"

他的话还未说完，转瞬间，天边聚积了铺天盖地的雷劫之云，很快就到了二人头顶，闷雷轰隆隆地响彻云间——那是大乘期的雷劫。

沈顾容第一反应就是替牧谪欣喜："你要步入大乘期啦？"

牧谪却没他这么乐观，脸色惨白。他想要叫沈顾容快走，但又不知沈顾容能逃去哪里。当年他入化神境时，远在千里，那雷劫都能拐着弯去离人峰对着沈顾容闭关的洞府一阵乱劈，更何况现在沈顾容就在身边。

长这么大，牧谪一直不知道绝望是什么，但此时却真正体会到了，绝望就是明知最糟糕的事情会发生，却无能为力。这种感觉令他痛苦得仿佛心在滴血。

只是再自责，也改变不了天道，牧谪深吸一口气，道："师尊，我体内有您的半个元丹，雷劫落下，您势必会受我牵连。"

沈顾容一愣，突然倒吸了一口凉气，惊讶地问："你……你怎么知道？"

牧谪郑重道："此事之后再说，师尊愿同我一起扛雷劫吗？"

沈顾容呆了半天，茫然地看着头顶已经酝酿得差不多的雷劫，突然有点儿想哭，心想：我还有的选吗？今天到底是怎么了，为什么倒霉的事都被我摊上了？

牧谪犹豫了一下，才在一阵雷鸣声中轻声道："还有一件事……"

轰隆隆一声巨响，第一道雷劫势如破竹般劈下，根本没给二人商议的机会。

轰隆一声，沈顾容的脑海里仿佛也开始电闪雷鸣。

牧谪撑开灵力结界护住二人，将低哑的声音送入沈顾容呆滞的脑海中："我已知晓了我同师尊结的，并非是弟子契。"

孤鸿秘境还是头一回出现这么强的雷劫，化神期修为的人全都看出了那是大乘期的雷劫，立刻前来围观。太多人被困在化神境百年都不得进益，能有幸看到大乘期的雷劫，说不定会对心境有些改变。

镜朱尘头一次没有坐轿子，而是甩下护卫，亲自飞去雷劫旁边。他身上红衣猎猎，脸色却沉得几乎要滴水。

朝九霄咆哮一声，巨大的蛟身从不远处飞来，落在镜朱尘身旁化为人形，黑袍一甩，裹住精瘦的身体。他冷冷地道："沈十一是不是疯了，竟然敢让牧谪在孤鸿秘境突破？"

镜朱尘连扇子都不摇了，眉目间全是彻骨的冷意，道："牧谪知道轻重，应该不是他主动用机缘突破的。"他抬头看了看雷云满布的天幕，低喃道，"这次天道八成是铁了心要沈十一死在这里。"

朝九霄一愣，愕然道："有人说是他擅自动了神器，才会招来天道记恨，这是真的？"

镜朱尘点头，道："大师兄……离更阑应该所言非虚，十一当时确实从他身上夺走了神器，且用在了自己身上，这才招来天道震怒，这些年来不断降下天罚雷劫。"

朝九霄的眉头紧紧皱起，疑惑地道："其他神器被用，也没见得招来雷罚。那件神器到底是什么？"

镜朱尘偏头看他一眼，魅惑的瞳孔更加幽深，诡异阴沉。他启唇，声音几乎淹没在轰隆隆的雷鸣中。

朝九霄听到他说："京世录。能通古今、逆天改命的神器。"

沈顾容根本不知道发生了什么。他被困在雷劫中，逃都没地方逃。

雷劫也不给他任何思考的时间，连个空当儿都没有，噼里啪啦就往下落，很快就已经劈下了十几道雷劫。

仔细想来，牧谪大乘期的机缘似乎来得太轻而易举了，仿佛是天道直接送到他手中似的。

也许，自沈顾容踏进孤鸿秘境那一刻起，天道就已经开始盘算着利用牧谪的大乘期雷劫来劈死沈顾容了。

镜朱尘越看眉头皱得越紧，哪怕是当年沈奉雪的大乘期雷劫，也没有这么不要命的劈法，好像是怀着将二人置于死地的打算，不等他们喘一口气雷霆又连连落下。

镜朱尘道："九霄。"

朝九霄正目不转睛盯着那雷劫，闻言道："嗯？"

"若是他们熬不过八十一道雷劫，你不要出手。"

朝九霄一听，暴躁地道："我才不会自找死路，擅自插手旁人的雷劫会为自己招来因果祸端，我可不想化龙时多蜕几层皮。"

镜朱尘点头，又道："但若是他们扛过了雷劫，天道势必会降下雷罚，就像当年牧谪的元婴期雷劫一样，到时……"

朝九霄暴怒喷火，道："我才不去！我不要去！你去我都不去！"

镜朱尘慢条斯理地瞥他一眼。

朝九霄哼了一声，双手抱胸，气咻咻地扭过头去不理他了。

最前面的雷劫全都是牧谪利用修为和灵器硬生生扛过去的，这么多年过去，沈顾容已经能熟练掌控沈奉雪的壳子，不像当年元婴期雷劫一样只知道一门心思硬抗。

又是一道雷劫劈下，沈顾容赶在牧谪出手前横手一劈，将大乘期的修为悉数用上，竟然将那道雷硬生生地挥着拐了个弯。

不远处的镜朱尘素手一动，猛地将手中扇子打开，挡住朝他扑来的雷劫。

镜朱尘将拐了弯的天雷挥开后，叹了一口气，道："你说十一是不是故意的？"

朝九霄在一旁有一下没一下地点着脚尖，不耐烦地说道："赶紧劈，劈死他了事儿。"

天道赶紧劈，雷劫一道又一道地落下，牧谪的灵力很快便消耗得差不多了。他听着耳畔震耳欲聋的雷鸣声，不知怎的突然笑了出来。

沈顾容怒道："你笑什么？"

沈顾容心中怒骂：马上要死了还笑，笑笑笑！在为含笑九泉做准备吗！

牧谪喃喃道："师尊，我若是今日死在这里，算是为您付出性命吗？"

沈顾容一愣，正要开口骂他，却听牧谪又道："可是我现在还不想死。"

沈顾容一口气没上来，愤愤地说："都什么时候了，你还在胡思乱想！"他微微咬牙，一把揪住牧谪的衣襟，冷冷地道，"你最好有保命的底牌……"

牧谪笑了笑，说："最后的雷劫马上就要到了，师尊不必担心，一切交给我。"

沈顾容愣了一下，这才意识到八十一道雷劫已经落得差不多了。

二人的灵力消耗殆尽，就连最后的一枚灵器也直接被雷劫震碎，而那雷劫的威力竟然还在逐渐增强。

看模样，牧谪是打算一个人扛下最后所有的雷劫。

沈顾容呼吸一顿，讷讷地道："你……你真的能扛住？"

牧谪道："我从不做无把握之事。"

而且此事还关乎师尊。

牧谪幼时曾在离人峰藏书楼借过一本书，名唤《问心》，但小时候学艺不精，匆匆看过一遍将其中的字记住，就还了回去。直到长大后，他回想起当年所记下的字，这才意识到《问心》中曾有一段是关于元丹一分为二，便可听懂对方识海中话语的记载。

而在那本书的最后一页，也写了一小行标注：

共享元丹之人，性命相连。

也就是说，牧谪若是死在雷劫中，沈顾容也不能独活。除非他能突破化神境，晋入大乘期，这样才能和沈顾容分开因果和命数。

在前世的回忆中，沈奉雪孤身在那连绵无边的冰原之上，一边忍受着凌迟般的痛苦，一边强行撑着不肯陨落，就那么强撑了十年，是不是也和这个相关？

牧谪狠狠闭上眼，不敢再想下去。

雷劫依然在一阵疾风骤雨中疯狂落下，很快就到了第七十九道。

牧谪的背后已经被雷劈出了条条血痕，有的伤处深可见骨，但他死死地咬着牙，没有发出一声痛呼。

沈顾容嗅着周围的血腥气，挣扎着想要出来，却被牧谪拼命制住。

"别乱动。"牧谪咬牙，咽下涌上喉中的血，喃喃道，"这本就是我的雷劫。"

沈顾容急道："可是……"

牧谪勉强冲他一笑，道："我没那么轻易地死。"

他见沈顾容还是满脸惊慌，便想挡住沈顾容的视线。

可这时，之前还安安静静的沈顾容突然像是发了疯一样，凄厉地尖叫一声："不要！"他仿佛癫狂似的拂开牧谪的手，浑身发抖，满是抗拒。

牧谪一愣，连忙喊道："师尊？"

沈顾容冰绡下的双瞳都在剧烈地晃动，一会儿猩红一会儿灰茫，仿佛陷入了魔障似的。

"别这样……"沈顾容几乎是乞求地道，声音里全是含着血的悲戚，"我不想什么都看不见，我害怕。"

牧谪愕然地看着他。

与此同时，仿佛裹挟着雷霆万钧的雷劫轰然劈下，直直落向牧谪的背后，而沈顾容神色空洞，不知是不是陷在了梦魇中，突然往前一扑，直接为他挡了一击。

牧谪猝不及防，眼睁睁地看着那道雷劫落在沈顾容身上，带出一阵刺眼的血光。他喊道："师尊！"

沈顾容看起来还没有清醒，冰绡微微垂下，露出一只猩红的眼睛。他的脸上似乎是欢喜，又像是孩子似的邀功，梦呓似的喃喃："你看，我救到你了，你……别挡住我的眼睛。"

牧谪茫然地看着他。

沈顾容说完这句不明所以的话后，便安静了下来，好像在噩梦里奔波数百年，终于到了尽头。

牧谪觉得怪异万分。但这个时候已经不容他想太多，因为第八十道雷劫竟然跟着最后一道雷劫一起落下。

这根本不是历劫，反倒像是受刑。

镜朱尘死死地握住手中的扇子，几乎控制不住地冲上前，却被朝九霄一把抓住怒道："你做什么？方才还要我不准去，你自己倒是坐不住了？"

镜朱尘睁着桃花眸，冰冷地说道："他们会死。"

朝九霄道："修道本就是逆天而行。"

镜朱尘正要甩开他，突然听到不远处传来了一声灵兽咆哮的声音，他们顺势望去，看到原本处在雷劫中心的二人身形已经消失，取而代之的是一只巨大的九尾狐。

九尾狐为陶州大泽自成的灵兽，天生有灵，以灵兽之躯来对抗天道雷劫，再合适不过。

镜朱尘一怔，道："他……牧谪是从哪里得来的九尾狐灵力？"

朝九霄瞥了一眼被九尾狐护在爪下的沈顾容，不着痕迹地松了一口气，才道："妖族有个叫青玉的，是三界为数不多的九尾狐，好像之前觉醒了传承灵脉。牧谪和他一向交好。"

镜朱尘点头，终于展开扇子给自己扇了扇，彻底放下心来。

牧谪把青玉给他的浓郁妖修灵力吸纳入体内，但灵力太多，几乎瞬间就让他妖化成巨大的九尾狐本相，来对抗最后两道雷劫。

两道雷劫轰然劈下，气势之大险些将九尾狐巨大的身躯劈倒在地。

天雷劈下后力道丝毫不减，轰的一声将周遭劈出一圈圈漆黑的焦痕。只是九尾狐的妖相实在是太过霸道，两道雷劫硬挨下来，牧谪竟然还能勉强站稳。

八十一道雷劫终于落完，沈顾容和牧谪依然活蹦乱跳，天道虽然不甘，但还是不情不愿地散去了雷云，可牧谪却还是强撑着不敢恢复人形。据他所知，雷罚天劫马上就要到了，而他也不知自己到底能不能挨过那一道雷罚……

不过，他现在虽然伤痕累累，灵力却在飞快地治愈被雷劈伤的身体，经脉也在不断重组愈合，也算是个半吊子大乘期了，就算他死在天雷下，师尊应该也不会有事。

很快，果然如他所料，天罚雷劫再次猝不及防地凝聚在头顶，根本不给众人反应的时间，当头劈下。

牧谪深吸一口气，直接闭上了眼睛。

下一瞬，耳畔响起一阵蛟龙咆哮，牧谪霍然睁眼抬头看去，一条幽蓝色的蛟龙在空中摆尾，悍然地迎上那道紫银色的天雷。

空中一声巨响，两种颜色悍然相撞，激起一阵猛烈的火光，刺得周围的人眼睛睁都睁不开。朝九霄化为巨大的本相扑向那道紫银色的天雷。强悍的灵兽之体对抗上雷罚，他身体上的鳞片竟然被劈得一片焦黑，转瞬间簌簌往下落。与此同时，新的鳞片转瞬长出，但又在那余威未散的天雷中再次被劈落。

蛟龙的嘶吼咆哮声响彻整个孤鸿秘境，镜朱尘面上不显，手指却几乎要将那把骨扇生生捏碎了。

不知这样来回了多少次，雷劫终于不甘心地彻底退去。空中的朝九霄直直落下，被镜朱尘挥出一道灵力托着险险落地，才没有摔出个好歹来。

不远处，牧谪已经化为了人形，黑发间隐约冒出两个微微抖动的狐耳。他扶起沈顾容飞快上前，疾声道："四师伯！"

镜朱尘一抬手，看着面前仿佛被劈焦了的朝九霄，制止牧谪过来："先带十一离开。"他说着，一直紧皱的眉终于缓缓地舒展开来，"九霄要化龙了。"

牧谪浑身的经脉被灵力盈满，伤势也在逐渐修复。但沈顾容不知什么原因昏睡了过去，他根本没有睡着了也要运转灵力的修士常识，后背上的血止都止不住。

牧谪匆匆和镜朱尘说了一句，便快步进入混沌之境，带着沈顾容离开了这个危险之地。

沈顾容一走，镜朱尘走上前踢了踢地上的朝九霄，说道："好了，别忍了，他走了。"

在地上躺着装死的朝九霄立刻"嗷"的咆哮一声，震怒道："好疼，好疼，好疼！"

镜朱尘："……"

"疼死蛟了！"朝九霄疼得险些在地上翻滚，连蛟尾都蔫蔫的，没力气地说，"疼死了，师兄救命。"

镜朱尘叹息，从袖子里掏出来一杆烟杆，屈指弹出一簇火焰，慢条斯理地吸了一口，吐出一口白雾，淡淡地道："自己挨着，平日里蜕皮也没见你叫得这么惨。"

朝九霄奄奄一息，强行催动灵脉中的灵力，催使自己蜕下最后一层焦皮。他艰难道："我……平时一次也只蜕一层皮，你知道我方才一连蜕了几层吗？"

镜朱尘不甚在意，随口乱猜："两层？"

朝九霄差点儿被气晕过去。蛟龙蜕皮本就痛苦万分，平时蜕皮一次都要蔫上十天半个月，更何况刚才被雷劫劈得硬生生连蜕了好几层，他现在还能清醒着已经算是奇迹了。

朝九霄脾气暴躁，身上一疼就开始骂骂咧咧。他一会儿骂天道，一会儿骂沈顾容，最后呜呜咽咽的似乎疼哭了。

镜朱尘拿烟杆敲了敲他焦黑的鳞片，叹息道："傻子，你还是先蜕皮化龙吧，等你化龙了，修为可和十一——战，到时候去打架总比你在这里打嘴仗好。"

朝九霄十分好哄，一听便立刻铆足了劲儿开始蜕皮化龙。

虽然化龙也需要扛雷劫，但蛟已经算是半条龙，是天道宠儿，自然不会像人类修士的雷劫那般骇人。只要朝九霄能撑过化龙那一步，雷劫就算是可有可无了。

"师兄，到时候雷劫就靠你了。"朝九霄说。

镜朱尘："……"

4

孤鸿秘境的事沈顾容已经什么都不知晓了。他仿佛在做一场没有尽头的噩梦，眼前一片黑暗，里面时不时从露出些许光芒，却蕴含着血色的光，看着诡异万分。

有人在沈顾容的耳畔微微地喘息着，似乎受了伤。他怔怔地听着，突然拼了命地上前，想要从那缝隙中窥看外面的场景。他的鼻息间全是血的气息，以及那人越来越微弱的呼吸声。

沈顾容喃喃地问："你还在吗？"

那人轻笑了一声，柔声道："我还在。"

不知过了多久，沈顾容又问："你还在吗？"

"还在。"

"你……还在吗？"

很久后那人才说："在。"

"你还在吗，你还在吗？"

无人回答，无人回应。

沈顾容突然恐慌起来，他挣扎着拼命往前爬，但双腿像是灌了铅似的根本动不了。他怔然回头一看,发现自己的身后全是面目狰狞的怪物,他们全都咆哮着扑向他,拽着他的脚踝往后拖,仿佛要将他拖到地狱似的。

"啊!"沈顾容猛地尖叫一声,茫然地睁开眼睛,惊魂未定地看着头顶。他仔细辨认半天,才认出面前的人是牧谪。

牧谪轻声安抚道:"别怕,只是噩梦而已,师尊……"

沈顾容茫然地看了牧谪半晌,猛地坐了起来。他大概是真的被吓到了,整个人瑟瑟发抖,好半天才从噩梦中的恐慌中脱离出来。

牧谪轻声问:"师尊做噩梦了吗?"

沈顾容犹豫了一下,才点头闷声道:"嗯。"

牧谪问:"梦到什么了?"

沈顾容在心中说:梦到奇怪的东西拽我的脚腕。

沈顾容干咳一声,故作镇定地道:"梦到你大乘期雷劫没扛过去,我白发人送黑发人……"

牧谪:"……"

沈顾容说完,才后知后觉道:"啊!你现在已是大乘期啦?"

牧谪点头,矜持地道:"是。"

牧谪的气运实在是太好。虽然幼时的无数灵药都没能让他入道,但他却误打误撞获得沈奉雪的元丹一步升天,而孤鸿秘境中顶级的天道机缘也被他轻而易举地拿到,成功晋入大乘期。

自此,三界便有两个大乘期,而且还都是离人峰的。

沈顾容很满意,觉得自己和徒弟简直为离人峰争光,等回去一定要和奚孤行显摆一下自己的徒弟。

他正美滋滋地想着,就听到牧谪道:"师尊,我要离开离人峰。"

沈顾容:"……"

本来已经在设想奚孤行一脸憋屈地夸赞"你徒弟真是天才"的沈顾容立刻如坠冰窖,面无表情地道:"为什么?"

牧谪道:"师尊,若是让旁人知晓你要同我解契,恐怕会认为您要将我逐出师门,到时我……再无颜面待在离人峰了。"

再者,牧谪也有自己的考量。

沈顾容的一半元丹被生生剖给了自己,哪怕他的修为是大乘期但还是对身体有所损伤,若是有了这共灵契,自己的修为就能和师尊共享,也算是补全了那半个元丹,所以牧谪根本不愿意解契。

沈顾容僵了半天，才瞪大眼睛猛地倒吸一口凉气。他都忘了这一茬儿！

牧滴叹息，连这种事他师尊都能忘，也不知道是该说他心大，还是没心没肺了。

"你……"沈顾容艰难地道，"你还是别……别离开离人峰了。"

要是有朝一日他回去了，沈奉雪重回这个身体，看到自己一直宠着护着的徒弟丢了，不得再把他拎过来拼命。

牧滴道："那契……"

沈顾容不自然地把头偏过去，闷声道："那就不让旁人知晓呗，我们私底下将契给解了，然后再光明正大地结弟子契。"

牧滴却固执地说道："那我这次回离人峰便和掌教说离开离人峰之事吧。"

沈顾容心想：这孩子是缺心眼吗，脾气怎么这么倔？

沈顾容只好和他讲道理："牧滴，你听师尊说，就算换成弟子契……"

牧滴像是知道他师尊要说什么，截口道："师尊不想和我结共灵契吗？"

沈顾容还是想要和他讲道理："其实共灵契和弟子契都是一样的。"

牧滴默不作声。

自然是不一样的，共灵契能将自己的灵力给师尊温养灵丹，弟子契却不能。

沈顾容想了半天，"啊"了一声，突然道："有人来寻你了。"

牧滴一愣，顺着他的视线看过去。

他们此时正在芥子泛绛居中，门口下了禁制，外人无法进来，但从里望出去能瞧见外面的场景。

沈顾容昏睡了整整两日，宿芳意和妙轻风已经从孤鸿秘境出来了，此时正站在门口等人，还在窃窃私语。

宿芳意道："我真傻，是真的傻，之前还信誓旦旦地挑衅人家，还被气哭了许多次，仔细想想。唉，我真傻。"

妙轻风冷淡地道："你真傻，我已经知晓了，不必说这么多次。"

宿芳意撇了撇嘴。

妙轻风见她这么颓废，只好说道："你去叫人，不然我们在这里要等到什么时候？"

宿芳意只好扭捏着去敲了敲芥子泛绛居的禁制。

牧滴裹着黑袍，兜帽戴着高高的，遮挡住那双狐耳，露出半张脸。他面无表情地从里面出来，冷淡地道："何事？"

宿芳意羞红了脸，从储物戒中拿出来几个鲜红的灵果递给牧滴。

沈顾容此时正扒着泛绛居的门，偷偷摸摸往外看。因为有禁制，他只能看清楚外面的动作,却听不到二人在说什么。

只见宿芳意将灵果递给牧谪后,牧谪满脸冷漠地说了句什么,宿芳意连忙回了一句,牧谪微怔了一下,脸色这才柔和了许多,抬手将果子接过来。

沈顾容这次眼尖地认出来,他是在说:"多谢。"

沈顾容有些震惊了,没想到他徒弟竟然对外人也能这么温和。

牧谪对师尊大概是有些雏鸟情节。他性子本就凉薄冷淡,对待旁人从来都是不假辞色,只有在师尊面前才会放低姿态,怀有谦卑之心。

沈顾容仔细想想,或许是牧谪喜欢那孩子呢?

等到牧谪拿着果子回来的时候,沈顾容正想得入神。

牧谪道:"师尊?"

沈顾容看到他回头,歪头想了想:牧谪喜欢那孩子是好事,自己作为师尊,该祝福。

牧谪:"……"

沈顾容就这么安慰着自己,露出一个温和的笑容,道:"我们牧茁之可真讨人喜欢,都有人专门过来送灵果了。"

就在这时,泛绛居外突然传来一阵剧烈的灵力波动,整个芥子屋舍都晃动了起来。

牧谪眉头一皱,偏头看过去,就发现一只巨大的龙盘旋在泛绛居门口,此时正在咆哮,似乎是在骂人宣战。

沈顾容终于反应过来,看到外面已经化龙的朝九霄,拿起牧谪的九息剑走了出去。

牧谪忙道:"师尊!"

沈顾容冷冷地道:"别跟过来。"说罢,整个人消失在泛绛居中。

一出泛绛居,朝九霄的声音就冲入他的耳中:"沈十一!滚出来!龙知道你在里面!快滚出来挨揍!龙这次定要将你打哭!"

沈顾容:"……"

朝九霄化龙后,龙鳞优美,头顶上凸起一块小角,应该会在下一次化形的时候长出龙角来。他气势森严冷冽,自称都从"蛟"变成"龙"了,一副杀气腾腾的模样,打算一雪前耻,报自己被打哭好几次的仇。

沈顾容握着九息剑,大乘期灵力猛地运转,刀刃闪过一抹寒光。

半响后,一条青色小龙呼地腾空而飞,但还没飞到半空就被铺天盖地的煞白剑光阻挡住,"哐"的一声栽倒在地。

沈顾容面沉如水地拎剑赶去的时候，朝九霄正在镜朱尘身边，一边忍着眼泪一边怒道："为什么我还是打不过他？"

镜朱尘叹了一口气，看到沈顾容过来，将烟杆收了起来，抚摸着朝九霄的龙头，叹息道："我只说可与他一战，但没说你会赢。你仔细想想，这次打起来，你撑的时间是不是更久一些了？"

朝九霄怒道："我不要撑得久，我要揍他揍得久！"

"十一毕竟大乘期许多年了。"镜朱尘拍了拍他的龙脑袋，道，"你才刚化龙，只是灵力多了些罢了。"

朝九霄更气了。

沈顾容冷冷地走过来，握着手中的剑一指，道："出来，继续打。"

朝九霄咆哮道："继续打就继续打！"虽然这样说着，但他还是待在镜朱尘身边不下来，身体很诚实地说不想挨揍了。

沈顾容道："师兄，把他扔过来。"他说着，偏头咳了一声，大概是不太喜欢镜朱尘身上的烟草香。

镜朱尘熟稔地掐了个诀将身上的烟草气去掉，才拽着朝九霄的尾巴，装作要往外拽，回道："好。"

朝九霄咆哮一声，喊道："师兄！镜朱尘！你竟敢！我是龙！我是三界唯一的一条龙！嗷呜！"

镜朱尘要被他吼聋了，叹息道："你吼我，我更要将你扔过去了。师弟，你怎么就不懂得说点儿好话哄哄人呢？往后若是有道侣了可怎么办？"

朝九霄："……"

朝九霄浑身的青色鳞片都要变成粉色了。他"嗷"了一声，从镜朱尘身上一跃而下，化为人形飞快裹上衣裳，活像是个被流氓欺负的少女。

沈顾容第一次看到朝九霄穿衣服这么快。

镜朱尘笑了一声，才淡淡地道："好了，别闹了，孤行方才和我说，要我带你们回离人峰。"

沈顾容眉头一皱，问："你也一起回去？"

镜朱尘点头道："孤行说是有要事，八成是师尊要出关了。"

此言一出，朝九霄眼泪汪汪的眸子瞬间就灿若明日。他一下子扑到了镜朱尘面前，激动道："真的吗？师尊真的要出关了吗？"

镜朱尘险些被他喷了满脸的龙息，往后退了半步，道："我们回去就知道了，走，上灵舫。"

103

朝九霄"哈"了一声，根本懒得坐人类修士那乌龟爬似的灵舫，直接化为巨大的龙形，道："你们在后面慢慢爬吧，龙就先走一步了！"说罢，他几乎兴奋得要把自己打成结，欢天喜地地腾云驾雾而去。

　　沈顾容回去叫了牧谪，一起坐上镜朱尘的灵舫，往离人峰的方向飞去。

　　牧谪在外人面前一直都戴着宽大的兜帽。到了灵舫的房间，他特意将自己穿了许久的半旧不新的衣裳扔了，换了身袖子衣襟都镶着银边的青衣，鼓捣了半天才去寻沈顾容。

　　沈顾容正在心中盘算南殃君的事，听到敲门声，漫不经心地应："进来。"

　　牧谪道："是。"

　　一听到牧谪的声音，沈顾容立刻回神，连忙道："你别……先别进来！"

　　他现在还没准备要如何处理共灵契。

　　但牧谪已经推开门进来了。

　　沈顾容根本不敢正眼看牧谪，自然也就没注意到牧谪头顶上还未消退下去的狐耳。他脑海里的画面闪来闪去，最后定格在滚滚雷劫中，思绪万千。

　　——唉，还是早点儿把契给解了吧。

　　——我迟早有一日是要回家的。

　　牧谪突然一愣。

　　沈顾容在心中继续说：沈奉雪已经给了我回家的"钥匙"，只要捏碎那团光我就能回去，若是回去前还没把那劳什子的契给解了……沈奉雪回来后怎么自处？

　　沈顾容的眉头都紧紧地皱起来了，心中又想：不行，不能这样。

　　刹那间，沈顾容突然明白了沈奉雪的那句"你能舍弃这个世界吗"的意思。

　　若是能舍弃这个世界，那他就能轻而易举地回家。

　　沈顾容陷入了沉思，沉默了半天才慢吞吞地回过神来。他无意中往牧谪身上一看，眼睛立刻就不动了——他发现了那双狐耳。

　　沈顾容心中尖叫：狐耳，啊啊啊！

　　牧谪险些忘了这茬儿。果然，师尊的思绪他这辈子都跟不上。

　　牧谪装作什么都不知道的样子，看了看沈顾容，问道："师尊，我有什么不对吗？"

　　沈顾容故作镇定，淡淡地道："没事。"心中却喊道：狐耳！

　　沈顾容上次无意中长出来的狐耳是纯白色的，和白发融为一体，他根本瞧不见，只摸了两下就不敢摸了。自己的狐耳不能摸，别人的他倒是看得十分起劲。

　　牧谪一双黑色狐耳顶在发间，配上他冷漠的脸，有种意外的反差感。

沈顾容木然地心想：在这个世界还能看修仙之人长狐耳，我不回家了。

牧滴："……"就这点儿追求吗？

沈顾容本来还挺高兴的，但突然像是想起了什么，神色骤然有些落寞。他垂着眸，喃喃道："可是，我……我迟早有一日是要回家的。"

牧滴怔然看他，好一会才轻声问："师尊的家在哪里，我可以去寻您。"

沈顾容道："我也不知，但不在这里。"

牧滴愕然道："不在这里？"

沈顾容道："嗯，不在这个世界。"

沈顾容将自己费尽心机隐藏的一切全都告诉了牧滴。

"我有我自己的家。"沈顾容盯着自己扭在一起的纤细五指，闷声说，"我太久未归家，兄长肯定会到处寻我。"

牧滴沉默了许久，才低喃道："那师尊现在要离开吗？"

沈顾容一愣，犹豫半天，才轻轻地抚着心口，低声道："还不是时候。"

他的本能告诉他，那"钥匙"不到逼不得已时，不能乱用。

牧滴问道："那什么时候能用？"

沈顾容蹙眉道："我不知道。"

沈顾容见牧滴怔然的神色，别过头，道："你先出去吧。"

牧滴还以为沈顾容已经下定决心要走，鼻间酸涩。他强撑着站在原地，不敢出去。他怕自己一出去，师尊就不打招呼地直接离开了。

沈顾容见他不动，终于无奈地说："还在这儿站着干什么，你就不能让我好好想一想吗？你真当我舍弃父母、兄长和胞妹是一件容易的事？"

牧滴愣了一下，用了半刻钟才理解沈顾容这句话，大悲接着大喜，情绪险些调不过来。他的声音沙哑，细听仿佛是哭腔："师尊……"

沈顾容握拳抵在唇边，咳了一声，道："我只是答应要想一想，并不能保证一定会留在这里。"

牧滴连忙说："好，师尊好好想。"

有一半的可能，对牧滴来说已经是最大的希望了。

沈顾容闷声道："我要想一个月。"

牧滴小声地和他讨价还价："能短一些吗？"

沈顾容特别好讲话，听到这个要求，还认真地歪头想了想，道："好，那二十天吧。"

牧滴的眉头皱了皱，小心翼翼地道："还能……再短一些吗？"

沈顾容看了他一眼，干咳一声，道："那……那就半个月吧，不能再少了，再少我就不想了。"

牧谪本来还想再争取争取，闻言只好没再说话。

看到牧谪这个反应，沈顾容也明白这孩子只是纯属害怕自己会突然离开。这么一想，他的心更软了，说："我既然考虑便会认真考虑，不会突然不打招呼就离开的。"

他在这个世界待了太多年，若是算上那闭关的十年，满打满算竟然有十五年，和他在回溏城的时间差不了多少。

回溏城有他的父母、兄长和胞妹，还有他一直记挂的私塾先生，一下割舍实在困难。只是不知道是不是在这个壳子里待久了，那些回溏城的记忆竟然在一点点地变淡，现在回想起来，他有时候都会一时间分不清楚那些记忆到底是真是假。

沈顾容心中那迫不及待想要回家的念头，在见到沈奉雪的那次痛哭后，淡了大半。

沈奉雪给他的那个回家的"钥匙"，他竟然不敢用，因为本能告诉他，那不是能轻易用的东西。也正因为如此，他才会答应牧谪再想一想。

看着牧谪脸上的迷茫，沈顾容轻轻地叹了一口气，淡淡地道："行了，快走吧。"

就在这时，灵舫顶楼，镜朱尘正沉着脸坐在床榻上，衣衫不整地盯着桌子上的玉髓，脸色难看极了。他抹开玉髓，很快，奚孤行的一抹神识在原地化为幻影。

奚孤行看了看周围的场景，又看了看镜朱尘那模样，眉头蹙起。

看到奚孤行，镜朱尘脸上的冷意才逐渐消退。他姿态优雅地靠在软枕上，漫不经心地绕着垂在肩上的墨发，淡淡地道："说吧，埋骨冢出什么事了？"

奚孤行沉默了半响，才道："十一在你那儿吗？"

镜朱尘挑眉道："他在楼下，现在许是睡了，要我叫醒他吗？"

"不了，不了。"奚孤行连忙摆手。他深吸了一口气，低声道，"此事不能让他知道。"

镜朱尘拿出烟杆，心不在焉地吸了一口，慢悠悠地吐出一口白烟，道："好。"

奚孤行又犹豫半天，才语不惊人死不休地说："离更阑，从埋骨冢逃了。"

镜朱尘持着烟杆的手猛地一紧，险些将那玉制的烟杆捏断。他眉目一敛，厉声道："你们为什么会让他逃了？"

奚孤行劝道："你先听我说……"

镜朱尘平日的云淡风轻彻底消失不见，冷冷地道："当年十一为了杀他险些去了半条命，最后竟然为了那劳什子的神器，只能将他封印。而现在你同我说，他逃了?"

奚孤行头都大了,说:"我先问你,十一前几天是不是又受到天道雷罚了?"

镜朱尘道:"对。"

奚孤行道:"八成是这个原因,'师姐'说因为十一的元丹好像出了问题,导致镇压离更阑的林下春失去灵力,这才让他逃了。现在林下春正在泛绛居哭,已经哭三日了。"

镜朱尘的眉头紧紧皱起。十一的元丹出问题,应该和牧谪大乘期雷劫有关。但是牧谪从受雷劫到步入大乘期,只是片刻罢了,离更阑竟然真的能钻那片刻的空子,直接逃出来吗?

镜朱尘捏着烟杆,任由上面的烟草烧着,他问道:"前几年妖族的灵脉没送来吗?"

说到这个,奚孤行的脸色有些难看,说:"没有,三水几年前去妖族问了,但当时妖族好像出了内乱,根本寻不到妖主在哪里。"

而离更阑被沈顾容所伤,本来以为几年里没有灵脉也能够将他继续镇压,没想到……只是片刻的失误,他竟然逃了。

奚孤行道:"这事先不要告诉十一。"

"我自然知道。"镜朱尘揉了揉眉心,道,"离更阑把他骗得那么惨,若是知晓自己这些年做的努力全都白费了,他指不定又要疯一次。"

奚孤行点头,问:"师尊很快就要出关了,你们什么时候到?"

镜朱尘偏头看了看窗外,群山连绵,直直地蔓延到那漫无边际的冰原,而离人峰,就在脚下。

镜朱尘吐出一口烟雾,慢悠悠地道:"我们已经到了。"

5

扶猷城百里之外。

朝九霄化龙后,所过之处乌云密布。他也不在意,一门心思往离人峰飞,期望可以早些见到师尊。只是还没飞多久,被他镶嵌在爪子上的玉髓猛地发出一道光芒,夹杂在电闪雷鸣之间竟然意外地灼眼。

朝九霄一怔,接着像是想起来什么似的,眼睛霍然睁大。他直接在半空化为人形,裹挟着狂风骤雨轰然落到一处四下无人的郊外,因为灵力强悍,直接将地面砸出几道龟裂的裂纹。

他脸色难看地冷冷地道:"你竟然逃出来了?"

漆黑的四周传来一声轻笑，接着一抹人影捧着一盏小灯出现。那人面容邪异，嘴角含着笑，一身张扬的红袍松松垮垮地披在身上——正是离更阑。

离更阑淡淡地道："九霄，许久不见，你就没有什么想对大师兄说的吗？"

"你不是大师兄。"朝九霄冷声说，"师尊已将你逐出师门了。"

离更阑伸出舌尖舔了舔嘴角，笑得阴邪，说："九霄说得对，被困在埋骨冢这么多年，我险些忘了这一茬儿。"

朝九霄微微一抬手，一把青麟剑跃然掌心，被他紧紧握住。

离更阑一瞧，颇有深意地笑了，说："怎么，你要同我动手？"

朝九霄面无表情道："你不该离开埋骨冢。"

离更阑抬起一只手，宽袖被风灌满。他似笑非笑地道："埋骨冢困不住我，除非你能杀了我。"

"可是你舍得杀我吗？"离更阑仿佛看透了朝九霄似的，幽然道，"你杀了我，谁替你铲除沈十一？"

朝九霄冷笑一声，说："别拿我和你混为一谈。沈十一虽然令我厌恶，但还没有到能让我亲自动手杀他的地步。倒是你……当年做足了戏去欺骗他，末了又亲口告诉他真相，若是他知道你逃出来的消息，定会不择手段地追杀你。"

离更阑却道："我来寻你，不是来听你讲我当年做了多少好事的。"

朝九霄蹙眉，猛地一抬手，青麟剑呼啸而出，刺在离更阑身上时却仿佛触碰到水面倒影，那身影荡漾出一圈波纹，毫发无损。

见状，朝九霄仿佛预料到了似的，面无表情地收了剑。

离更阑好不容易从埋骨冢逃出，此时正是休养生息的时候，怎么可能亲身过来寻他？

朝九霄不耐烦地道："有话就说，师尊要出关了，我急着回去。"

整个离人峰中，朝九霄性子暴烈，是最好骗也是最容易被人拿捏的，离更阑索性开门见山，慢条斯理地道："将我的帘钩送到魔族来。"

朝九霄疑惑道："离索？"

"嗯。"离更阑漫不经心地撩了撩散乱的墨发，柔声道，"我想他了。"

朝九霄立刻露出一副嫌弃的表情，直接拒绝："想要帘钩就自己去拿，别随意指使我。"

"好吧。"离更阑像是在纵容一个不听话的孩子，又道，"那我要另外一个人。"

"谁？"

"夕雾。"

朝九霄一怔，问："谁？"

离更阑抬手轻轻地按住朝九霄的肩膀，柔声道："素洗砚的弟子，沈夕雾。"

离人峰，界灵碑处。

奚孤行正在对着沈顾容上看下看，发现他没被劈出什么好歹来这才松了一口气，没好气地道："九霄早就回来了，此时正在玉絮山盘着等师尊出来。"

沈顾容犹豫了一下，问："师尊要出关了吗？"

奚孤行道："嗯，对，我们都要过去。"

沈顾容扯了扯身上朴素的白衣，道："我要先回泛绛居换身衣裳，很快就好。"

奚孤行一听他要回泛绛居，想起被林下春泪淹了一半的泛绛居，立刻有些心虚。他重重地干咳一声，道："来不及了，师尊马上就出关，我们作为弟子，合该去等着。"没等沈顾容说话，拉着他就跑。

沈顾容只来得及给牧谪一个眼神，就被拽走了。

牧谪孤身离开，还没走到泛绛居，一只灵蝶从草丛中飞来，准确无误地停在他面前——这是妖族的连讯灵蝶。

牧谪抬手让灵蝶落在他手指上，蹙眉道："青玉？"

青玉的声音从灵蝶传来："牧谪！牧谪你都不知道我到底发现了什么？哈哈哈！"

牧谪揉了揉耳朵，不耐烦地道："少说这种废话，你答应我的灵脉到底什么时候送来？"

青玉被噎了一下，沉默半天才扭扭捏捏地道："对不住啊，牧谪大人，灵脉可能暂时……送不来了。"

牧谪冷冷地道："你已经推了三年了，还要继续骗我吗？"

"不敢不敢。"青玉忙说，"主要是我现在终于知道妖主为什么那么忌惮神器了。"

牧谪一愣，才道："仔细说。"

与此同时，远处的玉絮山突然传来一声惊天动地的声响，仿佛雪崩了似的，震得牧谪手指上的灵蝶像无头苍蝇似的乱飞了起来。

牧谪抬头望去，那声音却戛然而止，一股森寒冷冽的威压神识骤然铺开整个离人峰。

牧谪瞳孔一缩。他已是大乘期修为，竟然还能被这股威压震慑住，那南殃君……到底是何种人物？

玉絮山,漫天飞雪。

南殃君门下所有在离人峰的弟子全都在此等候,哪怕心高气傲如奚孤行、朝九霄,此时也神色恭敬,没有半分不耐烦。

沈顾容站在素洗砚身后,虽然在运转灵力阻挡住周围的寒意,但还是拢着衣袖不受控制地微微发抖。

素洗砚看了他一眼,拿出一袭大氅披在沈顾容身上,柔声道:"别害怕。"

沈顾容奇怪地看了他一眼,害怕?为什么害怕?

这些年来沈顾容大概知晓了,沈奉雪和南殃君的关系似乎不怎么好。他歪头想了想,等会儿南殃君出来的时候自己要如何应对。

难道要学沈奉雪冷脸相待吗?但是,南殃君不是手段通天吗?不会一眼就看穿他是夺舍,把他一掌拍死吧?

沈顾容想着想着,更抖了。

就在这时,面前的雪宛如沸水似的剧烈跳动,猝不及防之间,山巅雪崩骤然爆发。

沈顾容面无表情,心想:出……出个关动静这么大的吗?不愧是师尊!

很快,等得不耐烦的朝九霄一甩龙尾,将呼啸而来的雪崩阻挡住。

雪崩停息后,茫茫大雪中,南殃君身着玄衣,手拿长剑,气势凛然地从冰雪筑成的山阶上缓步而下。

朝九霄见状,立刻化为一条细长的小龙,呼啸一声扑了过去:"师尊!"

南殃君面容冷峻,微微一抬手,朝九霄就九曲十八弯地把身子缠在了他的小臂上,一边缠还一边喊师尊,孩子似的。

南殃君看着仿佛就是一块寒冰,没有丝毫人气,哪怕是赞扬弟子,语气神色也古井无波,没有半分起伏:"你化龙了,很好。"

朝九霄点着龙脑袋,道:"嗯嗯!"

沈顾容还在盯着南殃君的脸看。而此时南殃君已经缓步走至众人面前,幽深的眸子冷冷地一扫众人,风雪声从他背后呼啸而起,半响才转身消散。

奚孤行等人齐声道:"恭迎师尊出关。"

众人齐齐单膝跪地,沈顾容慢了半拍,连忙跟着要屈膝下跪。但他刚准备下跪就被一股寒冽的气息包裹住身体,强行让他站起。

沈顾容愕然抬头,就看到南殃君看着他道:"十一不必行礼。"

沈顾容看着周围所有跪着的人,有些尴尬窘迫。奚孤行等人已经习惯了,倒是缠在南殃君手腕上的朝九霄趁着师尊不注意,气势汹汹地朝他龇了龇牙,恨不

110

得咬死他。

沈顾容终于知道沈奉雪为什么会招人恨了。南殃君这么多徒弟，却独独对沈奉雪这般特殊纵容，换位思考要是他也是南殃君的徒弟，八成也要酸得眼发绿。

沈顾容乐得不用行礼，正要说话时，南殃君寒冰似的面容上神色竟然柔和了许多。他轻声道："前些日子听说你受伤了，现在好些了吗？"

沈顾容又是一愣，总觉得奇怪。南殃君这张脸，明明他从来没有见到过，但南殃君一露出这种温和的神情，就给他一种无端的熟悉感。

沈顾容思索半天，到底是哪里熟悉呢？还是说只是沈奉雪残留的意识在作祟？

沈顾容还在沉思，突然听到耳畔响起一声恶龙咆哮。他愕然抬头，就看到朝九霄原地化为巨大本相，巨大的龙瞳死死地盯着沈顾容，浑身上下全是遮掩不住的杀意。

沈顾容心想：嗯？怎么了这是？

朝九霄冷冷地道："沈奉雪，把剑收回去。"

沈顾容不明所以，疑惑地低头，愕然发现自己不知道什么时候已经凝出了一把虚幻的长剑，手正紧紧地抓着，剑身上全是凛冽的灵力。

沈顾容一惊，后知后觉地感知到了自己心口中出现的浓烈杀意，而这杀意……竟然是对着南殃君的！

怪不得朝九霄会这般愤怒，直接化为了本相。

还没等沈顾容把灵力散去，一旁闷不作声的楼不归突然拔剑，冷冷地对着朝九霄说："你先变回去。"

朝九霄咆哮："是他先冒犯师尊！"

楼不归不管，眼睛眨都不眨地说："你变回去。"

朝九霄道："我才不变！他不收回剑我就不变！"

镜朱尘懒洋洋地站着，手持着烟杆吞云吐雾，那烟雾飘到半空，飞快地幻化为一把尖利的长剑，被他操控着飘到楼不归的心口。他懒散地说："楼不归，你先把剑收了再说。"

奚孤行怒道："你们在干什么？当着师尊的面成何体统！都给我把剑收了！"

没人理掌教，就连一旁的"二师姐"也拔出了剑，轻笑着对镜朱尘道："你先收剑。"

镜朱尘道："他收剑我就收剑。"

楼不归道："他变回去我就收剑。"

朝九霄道："嗷呜！"

沈顾容心想：你们离人峰，平时都这么玩的吗？

周围一阵鸡飞狗跳，南殃君的视线却一直落在沈顾容身上。

南殃君最开始出来时，沈顾容带着孩子似的好奇眼神看着他，仿佛对他又陌生又熟悉，接着又无意识地露出那股南殃君见过无数遍的强烈排斥和杀意。只是当沈顾容反应过来后，又对自己手中的剑很是愕然，然后是现在……

沈顾容似乎全然无视南殃君，匆匆忙忙将剑收了回去。他头都大了，说："你们……掌教师兄，你别掺和了，先把剑收了。"

奚孤行暴怒："又不是我先拔的剑！"

沈顾容又尴尬又无措，对同门师兄表露出来的却是难得的熟稔以及全身心的信任。

南殃君眸色微沉。他的小徒儿，已经多久没有露出这副神态了？

以往在沈奉雪的世界中，只有修炼、修行，以及满心的复仇，就连待他最好的奚孤行都得不到他一个眼神。

就在众人闹得不可开交时，南殃君终于开口了："够了。"

只是轻飘飘的两个字，所有人一怔，立刻收剑的收剑，化形的化形，转瞬间又变回了方才那副乖顺温和的好徒弟模样，好像刚才的剑拔弩张未曾有过。

沈顾容叹为观止。

南殃君道："都散了。"

所有人好像被捏住后颈的小兽，恭敬行礼，道："是。"

沈顾容也要跟着师兄们一起走，还没动身就听到南殃君道："十一留下。"

沈顾容一愣，就连奚孤行他们都有些诧异。

沈顾容正要动，奚孤行突然抓住他，勉强笑道："师尊，十一……"

南殃君漠然地看了他一眼，道："你若担心，可留下来陪他。"

奚孤行脸一红，别扭道："我才没有担心。"

话虽如此，他还是留下来了。

南殃君带着二人去了玉絮山上的一座洞府。沈顾容扫了一眼，发现这洞府竟然离自己闭关的地方十分近。

南殃君的洞府十分简陋，只有一张小案，除此之外什么都没有。沈顾容跟着奚孤行坐在南殃君对面，全都低着头，这幅场景无端给沈顾容一种幼时被先生检查功课的错觉。

南殃君抬手招来水，煮了一壶茶，才道："你的元丹呢？"

沈顾容一愣，愕然抬头。

南殃君说完，眸子冷冽，仿佛比那外面的风雪还要冰冷，又问："你和谁结了共灵契？"

南殃君没等他回答，问出最后一个问题："你替谁挡了雷劫，结了因果？"

三个问题下来，不光沈顾容蔫了，就连奚孤行也噤若寒蝉，大气都不敢出。

没等到回答，南殃君没有动怒，语气也没有起伏，却给人一种极强的压迫感："今日，答了这三个问题，才能回去。"

沈顾容根本不知道要怎么回答，只好将求救的目光看向奚孤行。

奚孤行捧起茶，抿了一口，一副"这茶真好喝"的表情。

沈顾容："……"就知道你靠不住！

沈顾容看了南殃君一眼。南殃君琉璃似的眼睛漠然看他，方才那一抹温情像是昙花一现似的，早已寻不到踪迹，但他却松了一口气。他总觉得南殃君那副温和的神情奇奇怪怪的，还是这副"无论你是圣君还是掌教，到了我面前都得给我乖乖叫师尊"的独尊气势最适合了。

沈顾容思考着措辞，先回答了第一个问题："一半元丹……在我徒弟身上。"

南殃君没作声，脸上也看不出是喜是怒。

沈顾容只好继续回答下个问题："共灵契……和我徒弟结的。"

南殃君沉默，只是脸色已经明显阴沉下来了。

沈顾容觉得一股寒意袭来，硬着头皮回答第三个问题："雷劫……是替我徒弟挡的。"

他说完，突然感觉整个洞府似乎更加寒冷了。

沈顾容低着头，不敢再吭声了，心中想道：太可怕了，太可怕了，果然，哪里的师尊、先生都是最可怕的，什么都不说就能让人吓得腿打战。

沈顾容一边想，还一边反思自己：为什么我的徒弟对我就没有这么大的畏惧之心呢？是我修为不够高吗？

南殃君沉默许久，才冷冷地开口："你那个徒弟，叫牧什么……"

沈顾容小声说："牧滴。"

南殃君道："嗯，让他过来。"

沈顾容吓了一跳，忙说："不……"

南殃君看了他一眼，沈顾容立刻说不下去了，但还是强撑着没什么底气地说："不……不了吧。"

南殃君的一举一动，哪怕是一个眼神都威严十足。他道："让他还你元丹，然后将共灵契解了。"

沈顾容一愣。将元丹硬生生剖出来的感觉肯定不会好受，但既然元丹是沈奉雪心甘情愿给出去的，那就没有收回来的道理。

沈顾容垂下头，不敢拒绝，只好用动作表达自己的态度。

南殃君看了他一眼，冷漠地道："你不愿？"

沈顾容不说话。

南殃君手中的玉杯猛地被他捏得粉碎，齑粉簌簌地从他的指缝落下，神色漠然地说："你……"

一直没说话的奚孤行突然道："师尊，他不愿。"

南殃君看他，道："住口。"

奚孤行自小便畏惧南殃君，但此时被呵斥，他竟然面不改色，一把抓住沈顾容的肩膀，正视南殃君的眼神，坚定地道："他自己的东西，给谁都可以；共灵契想和谁结也都行，没有人能够干涉。"

沈顾容愕然地看着奚孤行，恍惚间觉得掌教师兄的形象在他面前前所未有地高大起来。

南殃君冷冷地道："我将他交给你，你就是这般照料他的？元丹丢失，随意同人结了共灵契。奚孤行，你想毁了他一辈子吗？"

奚孤行却嘲讽道："他这一辈子早已经毁了。"

沈顾容满脸茫然，不知道为什么他们突然就吵起来了。他正要开口，一旁的奚孤行突然捂着胸口，嘴角缓缓地流下一抹血痕。

沈顾容惊道："师兄！"

奚孤行艰难地抬起手捂住了嘴，将嘴角的血痕抹去，好像没事人一样，依然看着南殃君。

南殃君没有再看他，只是对沈顾容道："十一，你很容易受人哄骗。"

沈顾容蹙眉，奚孤行只是为自己说了一句话，他至于下这么重的手吗？

南殃君见沈顾容用一种陌生的眼神看着自己，犹豫了一下，正要伸出手，却听到他冷声说："我自己的事，我自己知晓要如何做。"

见他终于开口说话，南殃君将手收了回去，漠然地道："你可知，没了一半元丹、随意同人结下共灵契，你会……"

沈顾容打断他的话："我都知道。"

南殃君一怔，眉头皱了起来，说："什么？你再说一遍。"

"元丹是我心甘情愿给的，共灵契也是我自己要结的。"沈顾容面无表情地道，

"一切都是我主动的，和旁人无关。"

奚孤行没想到他会这么说，彻底没忍住，捂着胸口撕心裂肺地咳了出来。

南殃君用一种复杂的眼神看着沈顾容，直到奚孤行停止了咳嗽，才开口道："让我见见他。"

沈顾容这次学会了强硬："不行。"

他不能保证南殃君见到牧谪后会不会直接出手强行将元丹夺回来，或者将他们的共灵契捏碎。

就连沈奉雪的大乘期修为都探不出南殃君的修为深浅，再加上南殃君身上有一股十分奇特的气势，只是坐在那儿就给人一种自成世界的感觉，看着就好像……好像已经脱离了三界因果。

而只有修为成圣的人，才会真正了断因果。

沈顾容心下骇然，怪不得南殃君给的护身结界竟然能阻挡好几道天道，他竟然已经成圣。

"十一。"南殃君沉声道，"只要我想见一个人，就没人能够阻拦我，这个道理你应该是懂的。"

沈顾容当然懂，但他不能厌。

南殃君如寒霜似的视线让沈顾容如芒在背。他深吸了一口气，却也只能赌一把了。

他赌奚孤行他们所说的都是事实，南殃君对沈奉雪的宠爱毫无底线。

沈顾容强装镇定，道："是，但我就是不想您去见他。"

这句话太过狂妄，就连一旁的奚孤行都屏住了呼吸，担忧地看着他。这些年来，他第一次看到有人敢这么放肆地挑衅南殃君。

奚孤行看向南殃君，但让人意外的是，他的脸上并没有怒色，反而颇有种纵容的无奈。他无声叹息，终于妥协了："好。"

奚孤行捂着自己发疼的胸口，眼睛都要酸得发绿了。这区别对待……胸口更疼了。

南殃君说不找就不找，和沈顾容说了几句，又塞给了他一堆灵药灵器，抬手随意挥了挥，让他们离去。

沈顾容在师尊面前强硬了一会儿，很快就蔫了，见状如蒙大赦，一把拽起奚孤行，飞快跑了。

一离开玉絮山，奚孤行直接甩开沈顾容的手，转过身去，冷哼一声，道："方才我才不是为你说话，你别误会。"

沈顾容："……"都被打成这样了，也难为奚孤行还有心情口是心非。

沈顾容只好说："我没误会，如果不是师兄提醒，我根本没想到你是在为我说话。"

奚孤行气得又要吐血了。

沈顾容忙去扶他，奚孤行气得一下拍开他的手，气咻咻地转身就走，扔下一句："以后我再也不管你了，去死吧！"

沈顾容喊道："师兄？师兄！"

师兄跑得更快，一溜烟儿就不见了。

见奚孤行还活蹦乱跳的，南殃君下手应该没那么重，沈顾容这才放下心来。

不过，又有另外一个问题要解决。

沈顾容看了看周围，面无表情地道："我怎么回去？"

该死的奚孤行，又把他丢半道上了。好在，他现在知道怎么用共灵契了。

第四章

奉雪圣君

1

　　玉絮山吹来的风依然裹挟着一股冷意，沈顾容拢着大氅漫不经心地寻了条路往前走，肩上的红蝶缓缓地扑扇着翅膀。

　　片刻后，牧谪跟随着共灵契从不远处的小道上快步而来，喊道："师尊。"

　　沈顾容一看到他，微微地松了一口气。

　　牧谪还没走近，就听到他师尊在心中"哇"了一声，还说：师尊真可怕，太可怕了，和先生一样可怕！我都怕他会罚我抄书！

　　牧谪心想：师尊？是说南殃君？

　　牧谪还没想完，就已经走到了沈顾容面前，犹豫了一下，才道："师尊，我来接您回去了。"

　　牧谪说完后，发现沈顾容正用一种一言难尽的表情看着他。

　　自己说错话了？牧谪担忧地想。

　　就在这时，牧谪听到沈顾容在心中道：混账小崽子，就这么不会看师尊的脸色吗？

　　牧谪一僵，茫然地看向沈顾容的脸，却看不出对方什么神情。

　　沈顾容等了半天都没等到，脸上全是隐忍的怒气，在心中说：愣着干什么，安慰安慰师尊！看不出来我被吓到了吗？

　　牧谪："……"

　　如果不是能读心，牧谪想破脑袋也想不出来，师尊现在的脸色竟然是要安慰？

　　见沈顾容已经气得转身要走了，牧谪上前一步，安慰他："师尊没事吧？"

　　沈顾容脚步一停，欲拒还迎道："什么没事吧？"

　　牧谪柔声道："只是觉得您好像有些……"他想要说"您好像被吓到了"，但总觉得一说出来沈顾容肯定又要发火，只好说，"好像有些心情不好。"

　　沈顾容冷哼了一声，别扭半天才小声嘀咕："其实也没事。"

　　牧谪如愿安慰了他一会，二人才一起回泛绛居。

　　刚推开门，沈顾容就明显察觉到泛绛居房中有人在，而且似乎还不止一个。

　　沈顾容蹙眉问："有谁来了吗？"

　　牧谪也才刚回来，摇了摇头表示不知。

　　沈顾容快步上前一把推开了房门。等看清房中的场景，他突然愣住了。

　　只见偌大的房间里一片狼藉，地面上全是清澈的水痕，瞧着已经没过了脚踝，不知是雨灌进来了，还是被人泼来的水。而在这一汪水中，有三把剑正纠缠在一起，锵锵锵一阵乱响，剑柄上的绸子穗都相互缠在一起，分不清是谁的。

沈顾容仔细辨认了一下，那几把剑好像分别是奚孤行的短景剑、朝九霄的青麟剑。另外一把，看着分外熟悉，剑身上正在缓缓地冒着水痕，被其他两把剑压在最下面，扑腾个不停。

沈顾容一时间分不清这到底是个什么情况，只好将神识铺了出去。很快，那几把剑的动静顺着神识传回沈顾容的脑海中。

奚孤行和朝九霄的修为都不低，佩戴的剑自然也已生了神智，此时正在分别薅着林下春的剑穗，将它拼命地往窗外扯。

短景剑道："快点儿！把它拖出去毁尸灭迹！不能让圣君知晓它从埋骨冢出来了，否则离更阑逃出埋骨冢的事也瞒不住了！"

青麟剑道："我知道！你别指使我！它到底是什么铸的，怎么这么沉？我的剑穗都要断了还掰不过它。"

短景剑道："管它呢，先拖出去再说。"

青麟剑道："嗯。"

林下春一句话都不说，默默流泪，默默挣扎。

沈顾容沉默了。

牧谪也听到了两把剑所说的话。他微愣了一下，才猛地反应过来，离更阑从埋骨冢逃了？！

他赶忙去看沈顾容，却发现沈顾容面无表情地站在原地，脸上的温和已经消散得一干二净。

牧谪讷讷地道："师尊？"

沈顾容抬起手来，宽袖里露出一只骨节分明的手掌。他轻启唇，漠然地道："林下春。"

这一声彻底唤醒了正打得热火朝天的三把剑，短景剑和青麟剑全都愣了一下，接着整个剑身都在微弱地颤抖着。

林下春依然在落泪，水珠一点点从剑身上滑落下去——看来整个泛绛居的水都是被它哭出来的。

短景剑和青麟剑活像见了鬼似的，猛地松开林下春，三剑的剑穗绕了半天才解开，接着这两把剑二话不说就从窗棂逃蹿出去，回到了主人身边。

沈顾容没有拦他们，依然张着手，任由林下春浑身湿淋淋地回到他手中。

牧谪的心中一时间无端恐慌起来，又急切地唤了一句："师尊！"

师尊回头，灰色无神的眸子漠然地看了牧谪一眼，令他骤然如坠冰窖。只是一眼，就让他认出来了，面前之人不是他的小师尊，而是真正的沈奉雪。

沈奉雪只是神色冷漠地瞥他一眼，便握着林下春大步流星地离开，其间没有和他说一句话。

牧谪茫然地看着他的背影，在原地僵了许久，才彻底反应过来，连忙冲出去要跟上去。

只是刚出泛绛居，就看到沈奉雪面无表情地从一旁的小道上走来。

牧谪犹豫地看着他走到自己面前，声音没有半分温度，说道："带我去寻奚孤行。"

牧谪："……"哦，又迷路了。

牧谪点头，主动去前方带路，顺便收拾一下乱成一团的思绪。面前的人无疑是真正的沈奉雪，但他为何会突然出现？他……小师尊呢？难道说已经离开了？

牧谪想到这里，浑身一个激灵，立刻不敢多想了。沈顾容才不会招呼都不打一声就离开，他坚信。

或许是猜中了牧谪心中所想，沈奉雪突然开口道："他没走。"

牧谪一怔，有些庆幸地松了一口气。

沈顾容在这副壳子里时，牧谪见他做什么都不会觉得害怕，但真正的沈奉雪出现，那古井无波的气势却让牧谪生出熟悉的恐惧和敬畏来。

幼时和沈奉雪相处，牧谪当时心智不太成熟，只觉得他的师尊真是冷心冷面坏透了，怎么会有这般强势又冷漠的人。而现在细想下来，沈奉雪并非是冷，他由内而外表现出来的只是浓烈的消极厌世和哀莫大于心死的绝望。也不知他遭遇了什么，灰色眸中空无一物，好像世界崩塌也不能引起他的丝毫注意。但只是看着那双眼睛，就仿佛能对他的痛苦和绝望感同身受。

牧谪不知道沈奉雪遭遇过什么，但在这一刻，对上沈奉雪那双无神的眼眸，他突然半个字都说不出来了。明明之前设想过，若是有机会再见沈奉雪一眼，他定会为幼时的错事道歉，但现在……

牧谪默不作声地将沈奉雪带到了奚孤行的住所。他拎着剑，披头散发也挡不住浑身的杀意。

奚孤行已经从短景剑口中知晓了沈奉雪已经听闻了离更阑出逃的事，正头大着，就看到沈奉雪一剑劈开他的门，逆光而来。

"奚孤行。"沈奉雪面无表情地道，"他在哪儿？"

奚孤行忙站起来，道："十一，你先冷静一下，我仔细同你说。"

楼不归正在为奚孤行疗伤，看到沈奉雪，眼睛突然一亮，说道："十一，你回来啦。"

沈奉雪根本没看他，手中林下春猛地落在奚孤行的脖颈上，吐字如冰："我问，他在哪里。"

奚孤行似乎早就料到他的反应，也没动怒，如实地道："他已经回咸州了。"

沈奉雪将剑一收，转身就走。

奚孤行立刻问："你要去哪儿？"

沈奉雪根本没听奚孤行在说什么，他脸色阴沉不已，拔腿就快步往外走，拦都拦不住。

"站住！"奚孤行一把上前挡住了他的去路，怒喝道，"你现在去咸州能做什么？把他揪出来杀掉吗？咸州地处天险，哪怕是你也不能轻易闯进去。你先冷静一下，我们去寻师尊，师尊定会帮你的。"

沈奉雪冷若寒霜，漠然地道："我不信你，也不信他。"

奚孤行一愣。

沈奉雪手中握着林下春，仿佛握住了他在这世间唯一的救命稻草。他往后退了半步，冷冷地道："我不信你们任何一人，我只信我的剑。你若拦我，我连同你一起杀了便是。"

奚孤行怔然看着沈奉雪，本能地想要抬手去拉他。

沈奉雪却眼睛眨都不眨地挥出一剑，如果不是短景剑出来飞快地挡住了，奚孤行的手腕恐怕就会被齐根斩断。

沈奉雪一剑过后，看也不看地转身就要走。

奚孤行突然厉声道："那他呢？"

沈奉雪脚步一顿。

奚孤行发着抖，指着站在不远处满脸茫然的牧谪，声音几乎是从齿缝里飘出来的："他呢？你不管他了吗？"奚孤行重伤未愈，嘴角又被逼出了一丝血痕，喘息着艰难道，"你修道这么多年，受了这么多苦，不就是为了让他活着？现在他还活着，你就要去咸州送死吗？"

牧谪本来是打算上前的，听到这句话脑子突然一蒙，脚像是生根似的，动弹不得，耳畔一阵嗡鸣。什么叫……修道这么多年，就是为了他活着？

——那个他，是指我吗？

沈奉雪转身，神色阴鸷地看了奚孤行一眼，道："你怎么知道我去咸州是去送死？"

他快步走到奚孤行面前，一把抓住奚孤行的衣襟，冰冷的面容逼近奚孤行，神色阴沉地说："我这次定会杀了他，谁也拦我不得，就连离南殃也不行。除非你们一起出手，即刻将我困杀在离人峰，否则只要我活着一日，必杀离更阑。"

奚孤行暴怒道："你以为我拦着你，是为了救离更阑？沈十一，你还有没有良心，这些年我们待你如何，你难道真的看不清吗？"

沈奉雪却冷笑一声，道："看不清，我的眼睛早在百年前就瞎了。"他说罢，一把甩开奚孤行，仿佛是逃避似的不去看牧谪，飞快御风而行。

奚孤行喊道："沈十一！"他本想追上去，但一催动灵力又是一口血呕出，只好朝着不知为何突然泪流满面的楼不归和发呆的牧谪怒道："还愣着干什么？还不快去追！"

楼不归后知后觉，而牧谪已经凌空而起，飞快追了上去。只是他还没追上，就看到不远处的沈奉雪像是被什么阻拦住了似的，整个人摇摇晃晃了两下，陡然从半空中落了下来。

牧谪立刻上前，一把将沈奉雪接住。沈奉雪已经昏睡了过去，长长的羽睫轻轻地颤着，似乎在拼命地想要清醒。

牧谪扶着他落了地，耳畔传来一声传音："扶他回去。"

牧谪猛地抬头，四周空无一人，但那个声音……应该就是沈奉雪的师尊，南殃君。

沈奉雪已经失去了意识，手腕上平白多出了两根红绳，封住他的所有灵力。

回到泛绛居之后，奚孤行和镜朱尘也匆匆赶了过来，看到床榻上被困灵索捆上了的沈奉雪，面面相觑。

沈奉雪很快就清醒了过来。当看到手腕上的困灵索时，他嗤笑一声，一把握住一旁的林下春，眼睛眨都不眨地朝着自己的手腕砍去，似乎是打算将困灵索和手腕一起斩断。

镜朱尘猛地抬手，手中烟雾拼命阻挡住下落的林下春。他冷冷地道："你先清醒一点儿。"

沈奉雪的力道丝毫未收，冷淡地道："我一直很清醒。"

镜朱尘一敲烟杆，无数白雾从中冒出，将沈奉雪的双手死死地困住。

"你所说的清醒，就是伤害同门、不惜自残吗？"镜朱尘的脸上是前所未有地的阴沉，"咸州地险，且都是魔修的地盘，你虽然修为高，但失了半个元丹，去了咸州会极其危险。"

沈奉雪挣扎了两下，知道自己失了灵力无法挣脱镜朱尘的束缚，反而勾唇冷然一笑，淡淡地道："那我就是想要杀了离更阑呢？"

镜朱尘见他似乎冷静下来了，也缓下语气，柔声说道："我们一同想法子，成不成？这次定不会让他逃了。"

沈奉雪突然又笑了，低声道："当年离更阑也是这般骗我的。"

镜朱尘一怔。

"他对我说，会为我寻出杀我至亲之人的凶手。"沈奉雪的眸子里全是冷厉的杀意，"我信了。到最后他却亲口告诉我，害我至亲惨死的罪魁祸首，就是他自己。"

镜朱尘的脸色瞬间有些难看。

沈奉雪看着他道："现在，你和他说同样的话，你觉得我会再信你们吗？"

沈奉雪油盐不进，无论镜朱尘和奚孤行说什么他都抱有敌意，和当年被骗后的反应一模一样。最后他们实在没法子了，只好将希望寄托在了牧谪身上。

牧谪被二人推进房间时，沈奉雪本能地握紧剑，但当视线落到牧谪身上时，他身上的敌意和警惕顿时消散得一干二净。他将剑一扔，偏过头去不再看牧谪。

牧谪走过去，默不作声地将又开始哭泣的林下春捡起来，双手捧到沈奉雪面前，低声道："圣君。"

这句圣君，让沈奉雪手一抖，却没有看他，只是低声道："等我杀了离更阑，他会回来的。"

牧谪沉默半天，盯着沈奉雪相互交缠在一起的修长十指，半晌才轻声问："您和沈顾容是什么关系？"

沈奉雪手指一僵，终于偏过头怔然地看他。

牧谪低头，轻声道："沈顾容……从来不记得路，您也是；他一紧张便喜欢交缠十指，半个掌心相贴，您……现在也是。"

话音刚落，沈奉雪仿佛受惊似的，猛地将交缠的十指分开，脸色一片惨白。

牧谪本是打算试探一番，但看到沈奉雪这番反应，心中有了估算。他低声道了一句"牧谪失礼"，抬起手朝着沈奉雪眸间的冰绡探去。

这个普通的动作，却让沈奉雪仿佛受惊似的往后一撤，愕然地道："放肆！"

沈顾容平日作威作福地说"放肆"时，牧谪从来不觉得害怕，但是沈奉雪一声轻喝，牧谪的手便僵在了原地，不敢往前再探。

沈奉雪说完才惊觉自己失言。他偏过头，低声问道："牧谪，你想做什么？"

牧谪如实回答道:"我想看看您的眼睛。"

沈奉雪猛地合上了羽睫,道:"眼盲之人的眼睛,有什么可看的?"

他实在太过抗拒,牧谪只好将手缩回来,轻声说:"牧谪冒犯了,圣君恕罪。"

这声"圣君"仿佛重击般落在沈奉雪的身上。他的身体微微晃了晃,哑声道:"够了……"

他的声音太小,牧谪没听清。他恭敬地站在沈奉雪身后,道:"掌教和师伯并没有说错,咸州是魔修的地盘,虽然您的修为只差半步成圣,但咸州外天险处的雾障却能将人修为吞噬,稍有不慎,连咸州都进不去便死在雾障里了。"

方才奚孤行和镜朱尘怎么劝沈奉雪都不听,但同样的话从牧谪口中说出来,沈奉雪眸光一动,仿佛是听进去了。他微微偏头,眸子低垂着,许是不想让牧谪看到他的眼睛,说:"我只是想要……"

"我知道。"牧谪轻声道,"离更阑的确该杀,但他不值得您冒这般大的险。"

沈奉雪的羽睫微微一颤。牧谪走上前,单膝点地跪在他面前,微微仰着头,放轻了声音:"圣君……"

许是察觉到沈奉雪不喜欢他唤圣君,牧谪犹豫了一下,才改了口:"师尊若是信我,便交给我,可以吗?"

沈奉雪一愣,怔然地道:"你要去咸州?"

牧谪点头道:"是,我会为您杀了离更阑。"

"不可。"沈奉雪立刻阻止道,"咸州地险,离更阑心思诡谲,你根本不是他的对手。"

牧谪闻言低声笑了笑,才道:"那我为您寻能进咸州的法子,到时我们一同去,由您出手对付他,行吗?"

沈奉雪还是不想把他牵扯进来,强硬地道:"不可。"

牧谪缓缓道:"师尊,我已经不是孩子了。"

沈奉雪性子固执,任牧谪怎么说依然不肯松口。最后,牧谪犹疑半天,突然开口问道:"师尊,您对我这般好,是因为我是您故人的转世吗?"

此言一出,沈奉雪罕见地一呆。

"我上辈子应该是中了疫毒而死。"牧谪道,"而在幼时您又无缘无故对我这般好,是不是因为……"

"不是。"沈奉雪突然道。

牧谪一愣。

沈奉雪的嘴唇都在发抖,喃喃地道:"不是,我没有想要赎罪……我只是想救他……"

"天道……京世录……"沈奉雪说着让牧谪不明所以的话，语调越来越低，直到最后细若蚊蚋。

牧谪犹豫了一下，正要开口，就看到沈奉雪的身体微微晃了两下，突然往前栽去。牧谪吓了一跳，连忙伸手一把将他扶住。

牧谪将沈奉雪移到床榻上，走出泛绛居，而在外等着的奚孤行和镜朱尘一同朝他看来。

奚孤行急急道："怎么样？他……他怎么说？"

牧谪道："他睡过去了。"

奚孤行一愣，道："睡了？"

镜朱尘若有所思道："是已经恢复神智了吗？这样也好。"

牧谪不太确定，但奚孤行就算看他再不爽，也只能不情不愿地捏着鼻子让他在此伺候。

牧谪点头应了。

2

天幕下了淅淅沥沥的雨珠，很快屋檐上的雨就宛如断线的珠子顺着檐边往下落。牧谪坐在长廊上的木椅上，一边摩挲着手中的木槵珠子，一边盯着雨幕出神。沈奉雪这般排斥别人碰冰绡，是不是在借冰绡遮掩什么？比如……心魔的魔瞳？

小师尊毫无心机城府，可能到现在都不知道自己为何会来到这个世界，而且他所说的……沈奉雪会送他回家，也根本不知是真是假。

牧谪正胡思乱想着，房中突然传来一声："别打啦，别打啦！"

只是听到声音，他就瞬间听出来是他的小师尊回来了。

牧谪连门都不想走，直接从窗户翻了进去，喊道："师尊？！"

沈顾容还没睡醒，还在闭着眼睛喊："有话好好说，别打架。"

牧谪本来眼眶有些酸涩，闻言险些笑出来。

沈顾容喊了一会儿，才后知后觉地清醒过来。他揉了揉眼睛，茫然地看着牧谪，含糊地道："牧谪？"

牧谪点头道："嗯，是我。"

沈顾容道："方才是怎么回事？三把剑在打架？"

牧谪笑了笑，敢情方才沈顾容的"别打啦"是在说林下春它们。他点头道："嗯，短景剑和青麟剑在打林下春。"

沈顾容歪头想了想，愕然地道："林下春？它从埋骨冢出来了？"那也就意味着……离更阑也出来了？

沈顾容连忙道："离更阑也跑了吗？"

牧谪点头，看到沈奉雪似乎没有再打算不管不顾地冲去咸州，这才悄无声息地松了一口气。只是这口气还没松下来，沈顾容将他手中的外袍一夺，衣摆在空中划过弧度，匆匆披在自己单薄的肩上。

沈顾容催促道："愣着干什么？赶紧去咸州宰了那只蠢贼兽。"

牧谪："……"他小师尊骂人的话，依然是那么脱俗。

牧谪无奈地叹了一口气，道："咸州不是轻而易举能进去的。"

沈顾容疑惑地道："所以？"

牧谪耐着性子回答他："所以我们暂时不能去。"

沈顾容奇怪地看着他，问道："可是留在离人峰等着，之后就能轻易进入咸州了吗？"

牧谪被他噎了一下。

"在这里干瞪眼说进不去咸州有什么用？"沈顾容草草地系上衣襟，随口道，"进不进得去，得去咸州才能知晓吧。"

牧谪骇然，因为他突然觉得师尊说得竟然很有道理！

沈顾容穿戴整齐，挑眉道："去吗？"

牧谪立刻忘记了奚孤行要他阻拦师尊去咸州的任务，点头道："去。"

奚孤行知道的时候，险些又喷了一口血出来。他咆哮道："不许去！我说了多少遍了？还有你，牧谪！我让你拦住他，你怎么也和他一起胡闹！"

沈顾容被奚孤行骂得尿若鹌鹑，牧谪倒是很淡定，他平静地道："师尊说得很有道理，我们就算待在离人峰，咸州那边也不会有任何改变，反而给了离更阑养精蓄锐的机会，这样不妥。"

听到有人赞同他，沈顾容故作镇定，淡淡地道："正是如此。"

奚孤行才不信他们，道："你们肯定是过去送死的！不许去！"

沈顾容古怪地看着奚孤行说："师兄，我又不傻，怎么可能明知危险就冲上去送死。"

奚孤行愣了一下，才蹙眉道："你叫我什么？"

沈顾容连"哦"了几声，道："掌教。"

奚孤行："滚！"

奚孤行知晓沈十一一遇到离更阑的事情就会暴怒成另外一个人，此时见他又开始和平时一样，这才放下心来。

奚孤行强硬地说道："反正不能去，你已经被师尊束缚了灵力，连离人峰都出不去。"

沈顾容扯了扯自己手腕间的红绳，淡淡地道："叫师尊解了不就成了？"

奚孤行嗤笑一声，说："你以为师尊会随便被你说动？"

片刻后，奚孤行面无表情，险些嫉妒得一口血喷出来——南殃君竟然真的帮沈顾容把困灵索解了！

奚孤行不甘地道："师尊！您之前还说……"

南殃君却道："他已恢复理智，不会主动送死。"

奚孤行皱眉道："可是……"

"让他去吧。"南殃君轻声道，"这么些年，该做个了结了。"

沈顾容才刚回来离人峰没一天，就又要动身去咸州，好在修士日行千里，不会像凡人那样来回奔波，倒也没什么疲惫之感。

沈顾容准备离开时，楼不归终于反应过来。他拽着不明所以的沈顾容跑去了满是毒雾的风雨潭，像是献宝的孩子似的，满脸兴奋地道："看，十一，看，十一看。"

十一看，举目却依然是那漫天的离魂毒雾。

沈顾容无奈地道："师兄，你又研究离魂了？若是被掌教师兄知道，他肯定会骂你的。"

楼不归的眼睛都在发光，高兴地说："我不怕骂，十一，离魂终于能用了，十一，十一。"他看起来分外激动，总是不自觉地喊着十一。

沈顾容知道楼不归脑子不怎么好使，只好先敷衍一顿，等从咸州回来再说。于是他说："好，师兄真厉害，研究这么多年终于把离魂研究得能用了。"

楼不归听不出来这是敷衍，还以为沈顾容是在真心实意地夸他，眼睛更亮了。他拽着沈顾容的袖子，催促道："十一用。"

"用？"沈顾容有些尴尬，"不……不了还是，我可不想再傻三天。"

楼不归急急道："不……不会傻的，我已经研究透彻了，离魂能将你的心魔剥离出来。"

"心魔？"沈顾容蹙眉，"我没有心魔。"

楼不归急得都要哭了，干巴巴地说："十一，你用。"

沈顾容终于察觉到楼不归的不对了，自从十年前，楼不归似乎就对研究离魂十分着迷，总是急切地想把他往离魂里扔，而现在……

沈顾容尝试着问:"师兄,你到底怎么了?为什么这么执着于离魂?"

楼不归抬眸茫然地看沈顾容,两行清泪缓缓地从眸中滑落下来。他急切地催着:"十一用了离魂,就能彻底变回原来的十一了,师兄……师兄不想你有心魔,离魂能将你的心魔剥离开,是真的,我研究了百年……"

楼不归说着,这才意识到自己掉泪了。他疑惑地抚了抚脸庞,看着自己指尖的眼泪,问沈顾容:"这是什么?"

楼不归傻到连自己的眼泪都不知道是什么,却依然惦记着离魂。百年,真的有人会为了无用的东西耗费百年光阴吗?

沈顾容的心突然狂跳了起来。他握住楼不归的手,轻声问:"师兄,你所说的心魔,到底是什么?"

楼不归茫然地看着他,却问:"你不用吗?"

沈顾容摇头道:"我没有心魔,用了这个也是白费。"

楼不归怔然道:"你还在怪我?"

沈顾容失笑,这话又是从何而来?

楼不归的脑子也不知是不是被毒傻的,平日里就很难交流了,现在他说话颠三倒四的,更加让人听不懂他想说什么。

共灵契从不远处飞来,落在沈顾容肩上,牧滴在催促了。沈顾容只好拍了楼不归的肩膀一下,道:"师兄,我先去咸州一趟,回来再说,好不好?"

楼不归呆呆地看着他,本能地点头。

沈顾容这才笑了一下,正要转身离开时,楼不归像是反应过来似的,突然说:"十一。"

沈顾容回头道:"嗯?"

"我不知……"楼不归喃声道。

沈顾容没听清,问道:"什么?"

楼不归仿佛魔怔似的,眼泪簌簌地往下落,说:"我不知那是疫毒。"

沈顾容一愣,疫毒?

楼不归喃喃地道:"大师兄拿那毒让我帮他制,我不知那是幽州的疫毒。"

沈顾容微微歪头,大师兄?疫毒?楼不归在说什么?

楼不归说着,抬起手用尽身上所有的灵力将萦绕在风雨潭持续了十几年的毒雾上,灵力裹挟着毒雾缓缓地压缩,最后逐渐凝成指节大小的黑色珠子。他捧着珠子递给沈顾容,还带着水雾如同稚子的眸子满是期待地看着沈顾容。

"给你。"楼不归说,"没了心魔,十一还是从前的十一,好不好?"他微微一眨眼，又是两行泪落下来。

　　牧谪找到沈顾容的时候，他满脸魂不守舍，手中还捏着一个琉璃似的珠子。
　　牧谪道："师尊？怎么了？"
　　沈顾容蹙眉道："你十师伯，好奇怪。"
　　"嗯？"牧谪道，"哪里奇怪了？"他说着，一抬头就瞧见原本满是毒雾的风雨潭已经恢复原状，一片纯净，连一丝毒雾都不见了。
　　沈顾容摇着头，道："我也说不上来，说的话好奇怪。"
　　大师兄，疫毒，还有心魔。
　　不知道为什么，沈顾容不敢往下细想，一多想心就惶恐得仿佛要跳出来，仿佛本能地不愿意接受……某种他现在还承受不起的东西。
　　他丢弃这些杂念，正要和牧谪一起离开风雨潭时，空中突然飞来一条青龙，长吟一声，一头扎进了风雨潭中，溅起了瓢泼大雨。
　　牧谪面不改色地挥出一道灵力，将天幕中的水珠遮挡住。无垠水激荡一瞬后，重归平静，再也激不起半滴水花。
　　朝九霄在风雨潭翻江倒海了一番，才将巨大的龙头伸出水面，朝着沈顾容喷了一口龙息，冷哼一声，道："你怎么还不走？"
　　沈顾容瞥他一眼，道："等着和师兄道别。"
　　朝九霄没好气地说："永别吧。"
　　沈顾容幽幽道："你再说这种不吉利的话，我就让我徒弟揍你一顿。"
　　牧谪："……"
　　朝九霄还没被这么挑衅过，直接暴跳如雷："来！看看谁揍谁！"
　　沈顾容得意地说："我徒弟已是大乘期了。"
　　朝九霄咆哮："我是龙！龙！"
　　沈顾容抬手抚了抚额头，慢吞吞地说："还没有长出角的龙。"
　　朝九霄："……"龙要被气死了！
　　最后，还是牧谪害怕他们真的打起来，拽着他师尊赶紧跑了，这才制止了一场孩子拌嘴似的恶战。
　　都出了离人峰，沈顾容还在心里念叨：朝九霄就是不说人话，要是我是他的师尊，早就罚他抄书了。
　　牧谪笑了笑。
　　沈顾容还在气头上，看到他笑顿时在心中骂道：笑什么笑？最该罚的人是你！

祸从天降，牧谪不敢笑了。

沈顾容气呼呼地心想：要是罚得你和我一样，听到先生这两个字手腕就抖，看你还敢不敢大逆不道？你就是小时候罚抄罚少了。

和正在生气中的人是无法讲道理的，牧谪只好默默低头，任打任骂。

沈顾容和牧谪从离人峰离开后，镜朱尘沉着脸去玉絮山寻南殃君："师尊。"

南殃君在洞府中闭着眸，冷淡地应了一声："何事？"

镜朱尘道："让十一和一个小毛孩子去咸州，当真好吗？"

南殃君没应声。

镜朱尘眉头紧皱，说："那咸州……可是离烽都近得很，满城的魂魄……"

"他已是大乘期了，怕什么。"南殃君道，"再说，让那个牧……"

镜朱尘提醒道："牧谪。"

南殃君道："跟去已够了。"

南殃君已修为成圣，不可干涉三界之事结下因果。他微微闭眸，说道："你若担忧，可让三水去咸州一趟。"

镜朱尘犹豫了一下，才领首称是。

扶献城，沈顾容已经和牧谪上了灵舫。

沈顾容带了一份离人峰书阁的坤舆图，此时正盘膝坐在榻上研究咸州。

牧谪煮好了茶，端过去递给沈顾容，沈顾容却摆手不要，抬起纤细的手指一点咸州，说："咸州旁边这一大块，全是雾障吗？"

牧谪只好自己喝茶，点头道："嗯，那些雾障全是剧毒，能吞噬修士的灵力，一旦沾染上，根本无解。"

沈顾容"哦"了一声，说："那可不能轻易靠近。"

沈顾容比沈奉雪更理智，或许是因为二人对离更阑的恨意不同。

看了一会儿，沈顾容又问："咸州这边是什么？怎么瞧着这么奇怪？"

牧谪凑上前帮沈顾容看，说："这里，好像是烽都。"

沈顾容歪头，问道："烽都？"

牧谪解释道："那座城池本就是邪修酿成的大祸，里面全是被困的凡人，最开始时还有邪修进去吞噬魂魄修炼，后来好像就没有修士敢去那里了。"

沈顾容问道："为什么？"

牧谪也不清楚，只说："离人峰早课关于邪修的书上是这般写的。"

沈顾容若有所思，也没在意，道："我们一定要绕过这里。"

牧谪知道他师尊怕一些稀奇古怪的东西，忍笑着点头。

咸州和离人峰所在的京州距离甚远，灵舫行了半日才终于到了咸州之地。

咸州数百年被魔修占据，和陶州大泽一样，已经被三界众人默许是魔修聚集之地。魔修的脾性千奇百怪，喜好阴郁森寒之地，灵舫刚过咸州边境，沈顾容就不着痕迹打了个寒战。他眉头紧皱，推开灵舫的门走到甲板上，往下面灰黑的雾气扫了一眼，那周遭的灰雾令他十分不适。

牧谪跟上来，往他肩上披上鹤氅，解释道："这里离咸州城还很远，但瘴气已经弥漫了，师尊忍一忍，适应了就好。"

沈顾容点头，看了看灵舫上的法阵，蹙眉道："灵舫能在这雾气中寻到准确的路吗？"

牧谪道："能，那法阵是根据灵舫阁在咸州刻下的固定法阵而行的，只要不被破坏，哪怕在黑暗中也能准确寻到路。"

沈顾容这才放下心来。

下一刻，面前的灰雾突然冒出一柄重锤，直直地砸在灵舫顶端的灵盘上，发出"轰"的一声响，法阵顿时四分五裂，簌簌落在木板上。

有人袭击，沈顾容和牧谪立刻严肃起来。

沈顾容抬起手阻挡住朝他袭来的重锤，满脸木然，不怀希望地问牧谪："没了法阵，灵舫还能……"

牧谪如实说："不能了。"

沈顾容："……"

牧谪猛地拔出九息剑，横剑一扫，那在半空的重锤直接被他挑飞出去，轰然一声砸向不远处的浓雾中。

咸州地险，除了魔修几乎没有人会出现在这种荒郊野岭，还在高空准确地砸中他们的灵盘。

"是魔修。"牧谪道，"八成是离更阑知晓我们要过来了。"

沈顾容已经蔫了，什么魔修邪修妖修都提不起他的兴趣。他转身，如丧考妣地往灵舫里走，蔫蔫地道："交给你了。"

牧谪无奈地道："是。"

沈顾容满脸木然地加了一句："把他的头给我拧下来。"

牧谪："……"

沈顾容"砰"的一声关了门，觉得此番真是出师不利。看来要想轻而易举地杀死离更阑，还需要花费好大的力气，但他最烦的就是麻烦。

魔修十分擅长在灰雾中隐匿身形，否则按照沈顾容和牧谪的修为，不可能察觉不出周遭有人。

牧谪和那魔修的重锤过了几招，终于在一片浓雾中将其打成重伤，拎着翅膀回到了灵舫。他进房后，将一只五彩斑斓的鸟扔在木板上，淡淡地道："师尊，抓住了。"

沈顾容正满脸绝望地看坤舆图，闻言一抬头，就和地上的鸟打了个照面。他诧异地道："还真是一只鸟。"

牧谪抬手将那只鸟身上的黑布扯掉，露出它的全身，随着黑布落下，散发出来的竟然是妖修的气息。那妖修只有人的半条手臂大小，翅膀险些被牧谪拔秃了，此时正一边呕血一边瞪着沈顾容。

沈顾容交叠着双腿，来了兴致，问："妖修为何要来杀我，谁派你来的？离更阑？"

妖修不说话，反而张嘴吐出一簇火苗喷向沈顾容，被沈顾容抬手一招就灭了。沈顾容挑眉，对牧谪道："不说就算了，把他放了吧。"

牧谪犹豫了一下，妖修反而冷笑一声，似乎在嘲讽他的心慈手软。

沈顾容又加了一句："把他翅膀绑起来，从灵舫上扔下去放了。"

妖修：啊啊啊……

有翅膀的鸟类，竟然是从空中坠落摔死的，这死法怎么想怎么觉得可笑。

妖修眸光微动，似乎有些迟疑。沈顾容见威胁有用，才似笑非笑道："我再给你最后一次机会，谁让你来杀我的？"

妖修的尖喙轻轻地动了动，挣扎片刻，才艰难地道："妖主。"

沈顾容淡淡地道："我和妖主无冤无仇，他为何要杀我？"

妖修狠狠地看着他说："妖主只是下令，并未告诉我等缘由。"

沈顾容看向牧谪。但是牧谪没有当着妖修的面多说，反而抬手将妖修拎出了灵舫，面色阴鸷地盯着妖修的眼睛，冷冷地道："回去告诉那只杂毛凤凰，别再过来随意招惹我。"

妖修怒道："你竟敢说吾主是……"

牧谪没等他骂人，随手把他扔了下去，洗干净手才走进灵舫。

沈顾容正在窗棂旁看着下方的灰雾，灵舫没了寻路的法阵，依然在很平缓地飞行着，但不确定是不是在原地打转。

在咸州的地盘，沈顾容不能随意将灵舫乱停，还是先和牧谪商议商议再说。

沈顾容看到他过来，道："问出什么来了吗？"

牧谪犹豫了一下，才道："师尊，您知道……圣君的神器到底是什么吗？"

沈顾容一愣，问道："怎么突然问这个？难道和妖主有关？"

牧谪点头道："若是我未猜错的话，那第四件神器应该是存在的，而且正在圣君手中。"

"啊？"沈顾容疑惑地道，"你知道是什么？"

牧谪道："不太确定，只是大概知晓，那神器八成是有通晓三界之能。"

沈顾容一怔，问道："那妖主……"

"今日，青玉告诉我，他知晓了妖主一个隐瞒多年的秘密。"牧谪低声道，"而这件事，或许记录在那神器之上。"

沈顾容蹙眉道："什么秘密？"

牧谪抿唇道："妖主，并非凤凰。"

沈顾容一怔，无法理解，问道："可雪满妆不是凤凰吗，当年那凤凰灵力……"他说着，大概是想起了自己的丢人事，咳了一声才含糊地道，"确实是凤凰的灵力。"

牧谪却道："雪满妆的确是凤凰，但妖主不是。"

沈顾容沉思了一下，"噢"了一声，才说："妖主头顶一片草原？"

牧谪："……"他师尊的脑子到底是怎么长的？

牧谪无奈地道："不是，也许是他鸠占鹊巢，占了雪满妆生父的身份。"

沈顾容这才反应过来，又咳了一声，道："原来是这样。"

青玉知晓了妖主的真实身份，妖主却认为是沈奉雪身上的神器泄露出去的，所以才会派人来追杀他。

沈顾容冤枉，林下春听了都要泪淹咸州城。

就在这时，灵舫像是撞到了什么东西似的，发出一声巨响，舫身剧烈地颤动了一下。

二人飞快从灵舫里走出，发现灵舫大概是寻错了地方，已经晃晃悠悠地落了地。而在不远处，灰雾包围中，一座城池仿佛地府大门般大开着，幽蓝色的磷光倾泻而出，阴冷的泣声打着旋地灌入沈顾容的耳畔。

城池上方，有一处牌匾，上面写着两个大字——烽都。

沈顾容眼前一黑。

3

离人峰。

朝九霄从未觉得空气如此清甜,现在风雨潭的毒雾散去,连最讨人厌的沈十一也下了山,猴年马月才能回来。

双喜临门,朝九霄打算找"师姐"庆祝一下。只是到了白商山,他却瞧见素洗砚正在眉头紧锁地摆弄弟子契。

朝九霄喊道:"'师姐'?"

素洗砚看到他,勉强一笑,道:"九霄,好好穿衣服。"

朝九霄不甚在意地将大敞的衣襟胡乱理了理,道:"你在看弟子契?你那徒弟怎么了?"

素洗砚叹息道:"丢了。"

朝九霄心想:我可没决定要帮离更阑下手,怎么这么快就丢了?

他忙问:"丢到哪儿了?"

素洗砚皱着眉道:"好像是偷偷跟着十一去咸州了。"

朝九霄沉默半天,才干巴巴地说:"不……不关我的事,我可没……"

素洗砚抬头问道:"什么?"

朝九霄犹豫半天,将离更阑找他的事一一说了。

素洗砚蹙眉道:"当真不是你做的?"

"才不是!"朝九霄嗷呜一声,脸都气红了,"我就算再讨厌沈奉雪,也用不着使这种法子算计他!"

素洗砚狐疑地看着他。

朝九霄气得半死,喊道:"'师姐'!"

素洗砚叹了一口气,有些担忧地道:"我不是不信你,只是那咸州可是离烽都极近,若是十一和夕雾误入了烽都……"

天边再次下起了小雨,雨雾笼罩整个离人峰,莲花湖旁的巨大菩提树仿佛有灵性似的缓缓地吸纳雾气。

此时已经在烽都的沈顾容双腿都在发软。他艰难道:"我……我们……不……我们不会……"他吞咽了一下口水,才强装镇定地道,"我们不会要进去吧?"

牧谪见沈顾容吓成这样还在强装着师尊的镇定自若,闷笑了一声,道:"不进去。"他取出坤舆图来,随意点了点,"咸州城在烽都南边,我们到了烽都,说明咸州也不远了。"

牧谪抬手指了一个方向,说道:"我们只要直直往前走,就能到咸州外围的雾障。"

沈顾容对"直直往前走"有点儿心虚,干咳一声,道:"那就交给你了。"

牧谪称是。

烽都的门依然大开着,算了算时间此时约莫要到子时了,沈顾容不敢再留,正要和牧谪一起钻进灵舫中时,不远处的大门里突然传来一道求救声:"救……救命!"

沈顾容面无表情地问牧谪:"你听到什么了吗?"心中却道:没听到没听到,赶紧走赶紧走。

牧谪只好说:"我什么都没听到。"

沈顾容闻言,也有些沉默了,小声说:"我们还真是没有良心。"

牧谪:"……"

沈顾容偷偷往烽都门口瞥了一眼,发现好像真的有一个人影正在疯狂地朝外跑来,只是不知道为什么,他哪怕用尽了全力,却依然在原地打转,好像怎么都跑不出近在咫尺的大门。

沈顾容又被吓到了。

牧谪比他的胆子大太多了,扫了一眼,道:"那的确是生人。"

"啊?"沈顾容一愣,"真人?"

牧谪点头。

沈顾容见状更想走了,若是他们进去了出不来怎么办,难道要被困死在那座城里?

沈顾容不想,沈顾容不敢。但那求救声已经越来越弱,似乎是被人捂住了嘴,拼命往里拖,只能发出一声声的呜咽。

沈顾容在心中说:我才不要冒着生命危险去救人,那是善人才会做的事。

沈顾容面无表情地看向牧谪,道:"徒儿,去救人,师尊在这里等你。"

牧谪低头闷笑了一声。

沈顾容无端脸热,抬手招出共灵契停在肩膀上,低声道:"快去,我在这里等你。"

牧谪笑了笑,道:"是。"说罢,转身走向烽都大门。

沈顾容抬眼看去,刚刚那求救的人已经不见了,不知道是不是被拖走了。他彻底冷静下来之后,才觉得有些奇怪,方才那道求救声……怎么那么熟悉?

牧谪已经大步流星地进了烽都,很快就没了踪迹。

沈顾容窝在灵舫里,透过窗户往外看,小声嘀咕:"牧谪都不晓得害怕的吗?就这么直接进去,不再观望观望?"

他胆小如鼠，完全无法理解牧谪那种胆子大的，为什么就不怕知道害怕呢？

但仔细想想，牧谪在外游历这么多年，早就杀过不知多少邪修，怎么可能怕那只一点儿威胁都没有的魂灵？

沈顾容等啊等，觉得自己已经等到天荒地老了，实际上才过去不到半个时辰。他屈指逗了逗停在肩上的共灵契，自言自语地道："你说他什么时候回来？"

共灵契并不会说话，但扇了扇一对翅膀表示回应。

沈顾容只好继续等。结果又等了半个时辰，没等到牧谪，反而等到了他最怕的东西。

沈顾容正趴在窗棂上盯着烽都门口发呆，一阵阴风吹来，突然感觉到耳畔似乎有婴孩啼笑的声音。沈顾容猛地打了个寒战，彻底清醒了。他往四周看了看，发现偌大个灵舫空无一人，连床底下都没有半个影子。

沈顾容这才松了一口气，觉得是自己紧张过了头，错把风声听成哭泣声了。他故作轻松地笑了笑，然后……将木榍和林下春都召了出来。

木榍恭敬地站在他身旁，道："圣君。"

沈顾容正拎着林下春晃来晃去，道："你快出来，你出来。"

林下春是三界凶器榜的榜首，人挡杀人，佛挡杀佛——当然，这只是外界的传言，实际上的林下春虽然是第一凶剑，同人交手从无败绩，但它的本性却极其怕人，只想窝在一个小角落里度过余生，谁也不理。

林下春不想出来，它只想安安静静地待着。

沈顾容怎么叫林下春都不敢出来，只好放弃了。他对着木榍道："周围有魂灵的气息吗？"

木榍探了一下，如实地道："不光周围有，整个灵舫都有。"

沈顾容害怕地抱紧了自己的剑，讷讷地道："灵舫……不是有结界吗？"

木榍平静地道："结界随着灵盘一起碎了，现在画舫与寻常的画舫并无差别。"

沈顾容彻底蔫了。

与此同时，耳畔再次传来了一声婴儿的笑声，那声音似乎从四面八方传来，惊得沈顾容寒毛直立，险些把林下春扔出去。

"不要怕，不要怕。"沈顾容小声安慰自己，"你是圣君，你是三界第一人，你修为惊天动地，无人敢与你正面对抗……"

沈顾容刚念叨完，一张奇怪的脸突然倒挂着直直地出现在面前，朝他"哇"了一声。他面无表情地往后倒去，被木榍一把扶稳了。

那吓到沈顾容的只是一只不到沈顾容膝盖的婴孩魂灵。他双瞳阴诡，身上穿了件灰色小褂，扒着窗棂正在冲沈顾容笑。

沈顾容道："我……我……我……"他险些要晕过去。

木樨却疑惑地说："圣君，只是一个没有灵力的孩子，不会伤到您的。"

沈顾容心中咆哮：可是他很可怕！只要是邪修都可怕！啊啊啊！牧滴，牧滴到哪里去了？怎么还不回来？！

他抖着手挥出了一道灵力，想用轻柔的、不触怒这古怪魂灵的力道把对方赶出灵舫，但他的灵力才刚挥出去，那孩子却直接张开嘴，一口将他的灵力吞下去了。

沈顾容差点儿又往后倒去，木樨已经习惯地站在他背后，一把扶住他的肩膀，把他稳稳地扶坐在地上。

那孩子将沈顾容的灵力吞完后，突然咯咯笑了一声，朝着沈顾容扑了过来，嘴里还喊着："爹爹！"

沈顾容："……"

下一瞬，整个灵舫被沈顾容暴走的灵力炸得木屑四散，稀里哗啦落在地上。他瞳孔剧缩，喘息着握紧了林下春，喃喃地道："他走了吗？走了吗，走了吗？！"

木樨站在他身后，说："没走。"

沈顾容再次握紧了剑，声音都有些哭腔了："在哪儿？他在哪儿？"

木樨说："在您脚下。"

沈顾容浑身僵硬，木然地一点点低头往下看，正好和抱着他小腿的小魂灵对上了视线。

沈顾容在心中喊道：啊啊啊，牧滴！

他都要流泪了，哪怕和当年的疫魔对上，也没被这么近地被抱过腿。他险些晕过去，强行撑着最后一口气，奄奄一息地道："木樨，快把他拎走。"

木樨不明白一个没什么灵力的小魂灵有什么可怕的，但沈顾容的要求，它还是照做。

木樨将小魂灵从沈顾容腿上拿开后，沈顾容紧绷的身体才缓缓地放松。他软着腿往后退了几步，按着胸口喘着粗气，差点儿背过气去。

沈顾容心想：好可怕好可怕！为什么我要让牧滴去救人？！直接走了不就成了吗！

那孩子被木樨拎着，还在拼命朝他扑腾着，眼泪汪汪地喊道："爹爹，爹爹的味道。"

离得远了，沈顾容才有了底气。他深吸一口气，企图在木樨面前挽回他摇摇欲坠的圣君形象，一甩宽袖，故作镇定地道："你认错人了，我不是你爹。"

他要是有这样一个儿子，迟早被吓死。

那孩子一怔，接着"哇"的一声就哭了起来，喊道："爹爹！我要爹爹！"

他哭，沈顾容更想哭。

不过，沈顾容突然想到一个问题，谨慎地道："你能从烽都出来？"

孩子见他和自己说话了，连忙破涕为笑，咯咯笑着朝他张开手要抱抱，道："爹爹，望兰饿。"

见他不追着自己了，沈顾容逐渐放下心来，但还是离着很远的距离，问："你叫望兰？"

望兰点头。

沈顾容觉得这个名字有点儿熟悉，但不记得在哪里听过了。他正在沉思时，木樨突然道："圣君。"

沈顾容道："嗯？"

木樨示意他往烽都门口望去，沈顾容便疑惑地看过去，就发现烽都的门大开着，已经有无数魂灵从城中走了出来。

沈顾容："……"

此时，望兰突然奶声奶气地道："生人是要被抓去成亲的。"

沈顾容木然地看他，问道："成亲？"

望兰点头道："嗯嗯！成亲！昨天有生人误入，已经被抓去啦，今晚就成亲。"

沈顾容心想：你们的爱好还真特别。

此时定下心来，沈顾容才发现望兰的脸上似乎贴着一张纸，五官是用墨汁画上去的，风一吹掀起纸的一角，隐约能瞧见下面什么都没有的脸庞。

沈顾容恨不得戳瞎自己的眼睛。

哦对，已经瞎了。

望兰挣扎着将自己脸上的纸拿下来，露出一张模糊的脸。他伸长了小胳膊将纸递给沈顾容，奶声道："贴上这个，就不用担心被抓去啦！"

沈顾容对那张纸排斥极了，不愿意去接。但他对这孩子又下不了手，又不想被抓去成亲……

等等！成亲！牧谪进去这么久还没出来，是不是已经被抓去成亲了？！

虽然知晓以牧谪的修为不可能，但沈顾容还是担心。他突然就有了勇气，快步上前一把接住那张纸贴在脸上，正色道："望兰，我是你爹，带我进城去找人。"

木樨："……"

望兰一愣，立刻欢呼一声："好哎！爹爹，爹爹回家！"

就在这时，木槿的眼睛突然一动，声音转瞬间变成了林束和的："十一。"

沈顾容愣了愣，道："六师兄？"

"嗯，许久不见。"林束和严肃地道，"和你说个事。"

沈顾容习惯了林束和做什么事都慢吞吞的架势，还没见过他这么着急，蹙眉问道："什么事？"

林束和开门见山："你小徒弟，丢了。"

沈顾容一脸疑惑。

同一时间，烽都内的牧谪脸上贴着一张抢来的纸，悄无声息地跟着呼救声落到了一处偏僻的院落。

这家似乎有喜事，宅子里张灯结彩，喜堂的桌案上一边燃着红蜡烛，另一边却燃着白蜡烛。整个府宅中有无数贴着纸画的五官的魂灵在忙来忙去，喜堂后院依然有呜咽声传来。牧谪没有久留，飞快地跃入后院，潜入了关押生人的房间中。

那生人身形瘦弱，双手被绑缚在腰后，正在榻上使劲地挣扎，嘴中被塞了帕子，只能发出呜呜的声音，看着着实可怜。

牧谪蹙着眉，觉得榻上的人似乎极其眼熟。他试探着走过去，将那人头上的布掀开，露出一张熟悉的脸庞。

牧谪："……"

虞星河满脸泪痕，正在满脸绝望之际突然被人掀了蒙头的布，嘴里的帕子也被拿掉了，他茫然地抬头，半天才认出来是牧谪。他呆了一瞬，突然"哇"的一声号啕大哭。

"小师兄！小师兄！"虞星河哭得像是要把烽都所有邪修都引来，哭天喊地，惊天动地，"小师兄你来救我了，呜呜！"

牧谪面无表情地把帕子塞回他嘴里，蒙头的布也盖了回去。

虞星河："唔唔唔！"小师兄？

虞星河安静后终于重获自由，捏着衣角擦拭眼泪，抽噎道："小师兄你真好，我往后再也不说你坏话了。"

牧谪想起在虞州城时虞星河曾放话下次相见他必成为力能扛鼎的彪形大汉，于是不由面无表情地道："彪形大汉？"

虞星河被噎了一下，才立刻将眼泪擦干，换成一副成熟稳重的模样，干咳一声，道："多谢小师兄救命之恩。"

牧谪冷冷地瞥了他一眼，四年过去，这小废物半点儿长进都没有，身体没长进，脑子更是倒退了。

牧谪看了看外面，暂时没人会过来，才冷淡地道："你怎么在这里？"

虞星河委屈地说："我这些年一直都在调查那十三只疫魔之事，前些日子终于有了些线索，我就按照风露城给的线索赶了过来，没想到这座城这么古怪。"

身上红火的喜服怎么扯都扯不掉，他只好放弃了，他撇了撇嘴，道："我刚一进来，他们就说什么生人，要将我打死同人成亲。呜呜，小师兄，我不想成亲，成亲好可怕。"

牧谪被虞星河哭得烦了，眉头紧皱："你就不能有点儿出息？之前哭，现在还哭。"

虞星河已经长进不少了，若是在之前，他误入满是邪修的城池，早就吓晕过去了，现在还强撑着，已经是受他阿姐这些年"蹂躏"的结果了。

虞星河委委屈屈地不说话了。

牧谪冷冷地心想，他最厌恶哭起来没完的男人了。

就在这时，外面突然传来一阵唢呐迎亲的声响，牧谪抬手将从那妖修身上取下来的黑布罩在虞星河身上，隐藏起虞星河的生人气息，说："跟我走。"

虞星河掀开黑布一角，怯怯地道："去哪里？"

牧谪道："去找人给你画张脸。"

虞星河一脸疑问。

这城池已经存在百年，再加上是一座凡人的城池，其中的魂灵在这百年蹉跎中已经忘记了自己的名字和脸，甚至有些人都不觉得自己是魂灵，还像常人一样正常生活在这座避世的城池中。

魂灵乃是由心的模样而生，因为记忆模糊导致脸庞也逐渐模糊，为了好辨认，这城池的大部分人都会去寻人为自己画一张脸。

牧谪将虞星河带到了一条花灯街，那一条长街上全是亮着的花灯，只是寻常的花灯是用烛火点燃，这里的花灯里却是燃着幽蓝的火，站在巷口放眼望去，仿佛黄泉路一般，阴森诡异。

虞星河小声地道："他们不会发现我们吧？"

牧谪面无表情地道："你只要不把那黑布摘下来，就不会有人发现。"

虞星河这才放下心来，跟着牧谪一起穿过熙熙攘攘的长街。

旁边的人都在热热闹闹地看花灯，有的花灯上还有一些不明所以的谜面，虞星河随意瞥了一眼，发现花灯的谜底不是魑魅就是魍魉，立刻吓得往牧谪身边缩。

牧谪讨厌别人靠近他，蹙眉道："别乱动。"

虞星河点了点头，跟着牧谪往前走，问："你来了，师尊也来了吗？"

牧谪点头，随口应了一声。

"真好。"虞星河开心地说，"我已经许久没见师尊，想他了。"

牧谪冷酷地心想，可惜师尊不想你。

二人穿过长街，最后在一处角落的小摊处停下。那有一个小案，一个脸上贴着笑脸的宽袖男人盘膝坐在那儿，手中捏着笔正在桌案上的纸上画着什么。

牧谪走过去，面无表情地道："给我一张脸。"

"画先生"抬起头，那双画上去的眼瞳看了牧谪一眼，突然笑道："客方才不是已经画过一张了吗？"

牧谪道："那张不喜欢，再画一张。"

"画先生"笑道："那是另外的价钱。"

牧谪道："可。"

"画先生"也没有追问二人的来历，眯着眼睛开始在纸上挥毫。

虞星河凑上前，小声说："小师兄你真好。"

小师兄冷酷无情地说："记得把钱送去离人峰。"

虞星河："……"

片刻后，"画先生"将脸画好，笑眯眯地递给牧谪。

牧谪像是贴符似的，直接一巴掌将纸贴在虞星河的脑门上，接着掏出一枚灵石，当着"画先生"的面直接捏了个粉碎，火焰一烧，灵石化为斑斑点点的碎光，融入"画先生"的掌心。

"画先生"笑道："多谢惠顾。"

牧谪微微一颔首，这才拽着东张西望的虞星河往城门口走。

虞星河疑惑地问："我们这是去哪里？"

牧谪道："先出城去寻师尊。"

虞星河愣了一下，忙说："不……不成的呀，这个城池里好像有什么结界，按照你我的修为是根本出不去的，除非师尊亲至……"

牧谪抬手，直接挥出一道灵力，大乘期的威压压在虞星河头顶，冷冷地道："你说谁的修为出不去？"

虞星河呆滞半天，突然扑上前抱住牧谪的腿，大声道："师兄！师兄你就是我异父异母的亲师兄！"

牧谪瞥他一眼，带着他继续往城门口走。

虞星河激动得不行，还在那儿说个不停："真好，我这些年每日修行，也没到元婴期，没想到师兄你都大乘期了。呜呜，我真是个废物，也不知道师尊见了我会不会嫌弃我。"

牧谪最烦他哭，狠狠地道："闭嘴，别哭了。"

虞星河只好收了神通，开始说正事："这座城池有古怪，十三疫魔之事肯定藏在这里，我养精蓄锐一晚上，一定要再进来！"

牧谪冷冷地道："再进来被人抓去成亲？"

"才不是。"虞星河"嗷"了一声，脸都憋红了，"我起先又不知道这座城里全是邪修，而且我是被人硬拖进去的，根本没时间准备伪装。"

牧谪脚步一顿，问："被人硬拖进去的？"

虞星河点头。

牧谪隐约觉得不太妙，这怎么像是有人要故意引沈顾容来这座城池？无论是那刚到咸州就冲上来的妖修，还是摇摇晃晃停在烽都门口的灵舫，还有虞星河……

牧谪脸色难看极了，一把拽住虞星河，飞快破开烽都的结界冲了出去。等二人回到灵舫上之后，果然不见沈顾容的影子。

牧谪满脸阴鸷，冷冷地道："你在这里等着，我去寻师尊。"

虞星河道："可是……"

牧谪没等他废话，只说："别乱动，我不想再分心找你。"

虞星河一听，立刻眼泪汪汪地说："好的，师兄，我肯定寸步不动。"

牧谪想了想，还是对这个废物不太放心，如果照顾不好虞星河，师尊知晓肯定会怪罪自己，只好捏着鼻子将自己的九息剑扔过去，留着保护虞星河，转身再次进入了烽都。

4

花灯街上，沈顾容正紧抱着林下春，跟着望兰慢吞吞地往前走。他眼睛所见、身边所过，全部是他最恐惧的怪物魂灵，如果不是有木樨和林下春在，他指不定站都站不稳了。

木樨安抚他："圣君，这里的魂灵不堪一击，不会伤害到你分毫的。"

沈顾容强装镇定："我……我知道。"

在回溏城中，他听过一些诡异之事，哪怕知道是假的，他晚上都不敢一个人起夜，更何况是现在是"活生生"的魂灵了。

沈顾容起了一身的鸡皮疙瘩，越看越觉得害怕。他鼻子酸涩，连手臂都开始微微发抖。

木樨察觉到他的异样，问道："圣君？"

沈顾容越在这条街上走就越觉得害怕，那种从心里油然而生的恐惧像是一只大手缓缓地握住他的心脏，让他险些不能呼吸。他浑身止不住地发抖，到最后都迈不动步子了，站在繁华的长街上，茫然地道："我害怕。"

木樨问道："圣君，您说什么？"

沈顾容手中的林下春直接落了地。他死死地抱住双臂，想要将自己藏起来，周围的阵阵喧闹声在他看来仿佛是遍布的哭泣哀号，那花灯上的点点幽火在他眼中却是漫天的火光，直冲云霄。他缓缓地抱着双臂蹲了下来，最后受不住地捂住了耳朵，呜咽道："我好怕，我怕。"

沈顾容从来没觉得这么恐惧过，周围的魂灵于他而言，不过随手就能散去。只要他想，他大乘期的修为能将满城的魂灵屠杀殆尽，让他们永世不得超生，但他还是觉得害怕。

恐惧夺取了他的神智，将周围的喧闹转变成无穷无尽的惨叫。就在他崩溃至极的时候，一只手突然搭在了他的肩上。

沈顾容愕然回头，双眸中的眼泪猛地落了下来。身后是一个身穿青衣的男人，他的手中提着一盏小灯，脸上贴着纸，那张脸也不知是谁画的，和周围仿佛格格不入，但看着让人格外安心。

沈顾容无端地不怕这人，濒临崩溃的心反而舒缓了一些。他的嘴唇轻轻地动了动，却不知该说什么。

男人的声音轻柔，担忧地看着他问："你不舒服吗？"

纸画的脸贴在脸上时，能代替魂灵的神情，乍看和平常的脸并无二致，细看才能发现区别。

沈顾容茫然地看着他，讷讷地道："我找不到路了。"

男人笑了笑，朝他伸出手。

沈顾容犹豫了一瞬，缓慢将手递了过去。

好冰，让他不自觉地打了个寒战。这就是魂灵的手吗？没有温度，冷得像从黄泉地狱爬上来的似的。

男人扶着沈顾容让他站起来，突然叹了一口气，说："别哭。"那人温柔得不得了，"哭了脸就要花了。"

沈顾容都没发现自己在流泪，闻言愣了一下，突然觉得有些丢人。他胡乱擦了擦脸,却蹭了一手的墨迹,这是真的花了脸。

男人轻笑一声,却并未有取笑之意。他带着沈顾容往前走了几步,停在了一处摊位旁,说:"画先生,劳烦画一张脸。"

牧谪那一单已经让"画先生"赚得盆满钵满,此时他正在懒洋洋地把玩着手中的灵石。他瞥了一眼沈顾容,才笑道:"第二张脸可是另外的价钱。"

男人道:"好。"

"画先生"这才开始继续画起来。

沈顾容乖乖地坐在男人身边,仰头呆呆地看着他。但当他转头看沈顾容时,沈顾容又立刻将视线移开。

沈顾容干咳一声,总觉得平白受了别人照拂,似乎哪里不太对。但他现在又不愿意多想,一想别的他就害怕得不行。

就在这时,走在前面的望兰突然跑了回来,奶声奶气地说道:"爹爹!你怎么……"他跑回来,看了一眼沈顾容,又看了一眼沈顾容身边的男人,愣了一下,咬着手指疑惑道,"嗯?两个爹爹?"

男人笑了笑,朝他招手,道:"望兰,过来,你今日又将谁认成了爹爹?"

望兰看了他半天,才欢呼一声,终于认出来了亲爹。他扑过去,大声道:"爹爹!"

男人一把抱住了他,望兰在男人的怀里扑腾,软声道:"还不是因为爹爹总是离家,去寻什么人,望兰都要怀疑您是不是要背着娘亲去干坏事了。"

男人轻斥道:"胡说八道。"

望兰也不怕他,撒娇道:"您如果再不回去,我就真不记得您长什么样子啦。"

男人温和地笑,看起来十分纵容,说:"我这才离家半日而已。"

望兰不听,还哼了一声。

男人无奈地道:"反倒是你,出来玩告诉娘亲了吗?"

望兰心虚地将视线往旁边一移,努着嘴撒谎道:"告诉了。"

男人拆穿道:"肯定没告诉。"

望兰不说话了。

男人捏着他的下巴看了看,问道:"你的脸呢?"

望兰一指旁边的沈顾容,道:"给这位爹爹啦。"

男人古怪道:"该不会我离家这半日,你都在外面到处认爹吧。"

"沈爹":"……"

沈顾容本来觉得害怕,但是仔细听来,又觉得这些魂灵没有他想象中的那么可怕。他们看着就像是生活在这里的凡人一样，只是习性和身体与旁人不一样，其余的没有多少违和。

这时，"画先生"已经画好了，将纸递给沈顾容。沈顾容默不作声地将脸上的纸替换下来，在纸撕下来的空余，生人的气息散发了出来，不过只是一瞬就又被隐藏下去了。

男人和"画先生"皆是脸色一变。

男人犹豫半天，将怀中的两颗灵石拿出来，递给"画先生"。

"画先生"愣了一下，说："只需要一颗。"

男人眸子微沉，却执意给他两颗。"画先生"知晓男人是在堵自己的嘴，想了想便收下了两颗，表示自己会守口如瓶。

男人松了一口气，带着沈顾容往前走。

沈顾容茫然地道："去哪里？这是出城的路，我暂时不要出去……"

若是换了其他的魂灵或邪修，沈顾容早就白发爹起来、不管不顾地挥出去灵力了。但被男人这么温柔地对待，他却兴不起任何反抗的念头。

男人快步将他带到了烽都门口，低声道："快些走，这里并不欢迎生人。"

沈顾容愣了一下，才意识到这人竟然认出了自己是生人，却没有戳穿他，还好心地把他送到门口。

沈顾容无端眼眶一红，软声道："我……我在找我徒弟，找到他我就走……"

男人蹙眉道："你徒弟，也是生人？"

沈顾容点头。

"那可不太好。"男人沉思道，"昨日抓来一个生人，现在已经要拜堂成亲了，若那是你徒弟，现在可能……"

沈顾容道："不，我徒弟是方才进来，不过他是打算去救昨日那个生人的。"

男人想了想，突然问他："你还害怕吗？"

沈顾容愣了一下，才意识到方才他丢脸地走不动路，一边哭一边喊"我害怕"的事情竟然被这个男人瞧见了。他的脸一红，讷讷地道："不害怕了。"

好像有他在，自己就什么都不害怕了。

男人笑了一下，道："那我带你去喜堂，你跟紧我，脸上的纸无论发生什么都不能拿下来，好吗？"

沈顾容点头，软软地说："好呀。"

男人看到他这副模样，愣了一下，鬼使神差地伸出手，轻柔地拍了一下沈顾容的头。

沈顾容茫然地抬头看他，就听男人柔声道："真乖。"

沈顾容……沈顾容老脸一红。他已经多少年没被人这样当成孩子对待过了。

大概是担心被人发现沈顾容是生人的事，男人带着他从护城河的河堤上走。

路过一个天桥洞时，沈顾容无意中一瞥，发现有个穿着白衣的男人正坐在那儿，津津有味地给周围的魂灵说书。

沈顾容细听，发现他正在讲《半面妆》。

沈顾容没忍住，笑了一下，心想：真有趣，魂灵给魂灵讲魂灵的故事。

沈顾容跟着男人到了喜堂的时候，整个宅子乱糟糟的，到处都飘着魂灵，似乎着急忙慌地在寻什么东西。

男人走上前问了问，很快回来，蹙眉道："那个生人凭空不见了，他们在各处寻找。"

"不见了？"沈顾容想了想，八成是牧谪到此将那人救了出去，否则不可能在拜堂前突然不见了。

想到这里，沈顾容松了一口气。他点点头，道："多谢你，那我先回去了。"

男人牵着望兰，笑着看他，道："好，我送你出城。"

沈顾容摇头道："不必了，我认得出城的路。"他说完后，心突然一阵猛烈地跳动。

沈顾容呆呆地站在原地，满脸茫然，认得出城的路？这里只是一座陌生的城池，他……为什么会认得路？从小到大，他什么时候有过只走了一遍就能记得路的时候？

沈顾容突然觉得恐惧，连瞳孔都在剧烈晃动。他脸色苍白地道："我……我不认得，我什么路都记不得，劳烦您……送我出去。"

男人担忧地看着他，点头道："好。"

沈顾容默不作声地往前走，在内心默念：往前走过两条街口，再往北转，走入主道，便是花灯街，穿过长街就是城门口。

男人带着他走了两条街口，接着就是往北转。

沈顾容见状，脚步一顿。他站在街口，茫然地看着男人。

男人正在和望兰笑着说些什么，没听到脚步声，回头看去，见沈顾容愣愣地站在那，便笑着问："怎么了？"

沈顾容呆呆地说："你……是不是走错了？"

他不该记得路，也不该记对路。

男人笑着说:"没有走错,咱们穿过花灯街便是城门口了,很容易认路的。"

沈顾容瞳孔骤缩,跟跄着往后退了几步,仿佛要说服自己:"不对,不对。"他嘴里念叨着不对,转身就往回跑。

不对,什么都不对,哪里都不对。

这是他只来过一次的城池,他不该对这里的路了如指掌,就好像……他在这里生活过许久似的。

沈顾容完全不顾身后男人的叫声,闷头往前走,很快就回到了那吵闹的喜堂。宅子里的主人正在皱眉谩骂着那该死的生人,一旁穿着喜服的人眉头紧蹙,似乎十分遗憾。

沈顾容呆呆地看着,心想这样才是对的。

陌生的府宅,陌生的魂灵,陌生的……古怪习俗,他和这里的一切格格不入,这样才是最正确的。

他站在路中央看着正前方的宅子,用魂灵企图逼迫生人殒命这样的残忍之事来强迫自己接受、承认,这里根本不是他所熟悉的地方。

直到男人快步追了上来。

虽然这个男人看着温温和和的,但动起怒来无端让人畏惧。他厉声道:"你跑来这里做什么?不是告诉你了,这里并没有你要寻的生人吗?你怎么说不听?"

沈顾容满脸害怕,双眼无神地看着他,一句话都说不出。

男人发现已经有人在奇怪地看向他们了,于是沉着脸拽住沈顾容往前走,企图在众人发现之前把沈顾容送走。

沈顾容愣怔着任由他带着往前走,只是还没走几步,身后突然传来一声:"等一等。"

男人不听,依然要拽着沈顾容跑。但很快,就有人追上他们,无数魂灵将他们团团围住。

沈顾容的眼睛猛地睁大。他跟跄了一下,躲到男人身后,死死地抓着男人的衣服,浑身发抖,喊道:"救救我……"他呜咽出声,"我害怕……"

沈顾容前所未有地害怕。但这次害怕的,却不是周围围绕着他的魂灵,而是某种……在他心中呼之欲出的事实。

男人还以为他是被这种场面吓到了,连忙把他护在身后,挡住他的脸,不让他去看那些面目狰狞的恶灵。

男人冷冷地看向面前的魂灵,道:"你们想做什么?"

宅子里的主人身穿着漆黑的寿衣,纸上的五官凶狠地瞪着男人,毫不示弱地说道："你怀里那个，是我们府里逃跑的生人吧？"

男人眉头紧皱，厉声道："不是，你们认错了。"

宅子主人却冷笑一声，说："我在烽都这么多年，还从未见过有他这号人物，而刚好我们府里丢了生人，你说哪有这么巧的事？"

男人一点儿也不想和他们废话，只想带着沈顾容离开。可几个穿着小厮衣裳的魂灵飘到了他们面前，拦住了去路。

沈顾容浑身一抖，死死地抓着男人的衣服不敢松手，也不敢去看那诡异的人脸。

宅子主人见他这么护着那生人，冷冷地道："你若说他不是生人，那就将他的脸撕下来给我瞧瞧，我们烽都这么多年，早已无人记得自己的名字、面容，甚至记忆。他那张'脸'下如果有真正的脸，那便是我府里走失的生人，你要将他交由我。"

其实根本不用看脸，只要那纸画的脸一撕下来，沈顾容身上的生人气息就会弥漫开来，一眼就能认出是否是生人。

沈顾容的腿越来越软。他死死地拽着男人的衣服，茫然地睁大双眼，眸光失神，眼泪簌簌往下掉，将他脸上的五官打湿，生人的泪将生人气息一点点散发出去。

只是一瞬，那些魂灵就彻底围了上来，势必要将逃脱的"新人"抓回去。

沈顾容什么都看不见，只觉得眼前一阵混乱，似乎有人在拼命撕扯他的衣裳，耳畔传来阵阵哀号声，仿佛在一点点拉他坠入深渊。在这混乱之间，依然有人紧紧地抓着他的手臂，虽然冰凉的触感传遍全身，但也将自己一点点从绝望的沼泽里拖出。

不知挣扎混乱了多久，浑浑噩噩的他终于被人拽着逃出了炼狱。他的耳边依然是凄厉的惨叫，以及夹杂着稚嫩的哭腔："求求你，不要。他们都死了……"

沈顾容猛地睁开了眼睛，半天才回过神来。

男人浑身狼狈，已经带着他跑到了烽都的入口。男人气喘吁吁，推着他往门口走，道："快走，快……快走。"

不远处，望兰正凶狠地阻拦着想要跟上来的魂灵，婴孩的惊泣声响彻沈顾容的耳畔。他茫然地看着面前紧张地盯着他的男人，突然开口问："你认得我吗？"

男人愣了一下，才道："我死了一百多年，早已不认得生人。"就算认得，他也不记得。

沈顾容依然失神地看着他，又一次开口："你认得我吗？"

男人奇怪地看着沈顾容，眼看着那些魂灵就要追上来，他赶忙催促道："你还是先离开再说吧，这里很危险。"

　　沈顾容呆呆地问："我若是走了，他们会怎么待你？"

　　好像自从他意识到自己认得这城池的路后，他就处于一种浑浑噩噩的状态，仿佛在做梦，又仿佛是在极其清醒地逃避现实。他在梦境和现实中来回摇摆，最后拉扯得太过激烈，他的脑子彻底被搅成了一摊浑水。

　　男人很意外他会问出这句话，愣了一下才笑着道："我不会有事的。"

　　也对，魂灵是已死之人，自然不可能再死一次。

　　男人似乎很爱笑，但脸色沉下来时却能吓得沈顾容腿肚子发软。可那些连生人都给杀了成亲的魂灵，怎么可能是善茬，男人若是留在这里……不知要被如何对待。

　　沈顾容愣怔半天。就在男人要催他赶紧离开时，他突然轻轻地一抬手，不远处挣扎着朝他扑来的魂灵似乎像受到了什么压迫似的，直接栽倒在地，怎么挣扎都爬不起来。

　　男人诧异地回头看去，沈顾容看着他那张纸画的脸，连声音都在发抖，但依然怀着最后一丝希望，涩声道："你救了我，我可以为你做任何事。"

　　男人愕然看他，似乎没料到方才还哭着说害怕的人竟然是一个修为极高的修士。在知道他不会强行被人抓去成亲后，男人终于松了一口气，将望兰喊回来，理了理身上凌乱的衣衫，带着一点儿期待地看着沈顾容："什么都可以吗？"

　　沈顾容点头，男人纸画的眼瞳仿佛闪着光亮，好像在绝望中挣扎了多年，终于寻到了一根救命稻草。他犹豫了一下，却又觉得自己什么都没做，别人又不需要自己救，这样无功受禄太过不知羞耻。

　　他正要拒绝，一旁的望兰就直接开口道："我爹爹在寻我小叔叔呢。"

　　望兰的身形比一般婴孩还要弱小，仿佛是还未满月份便强行降生的孩子。

　　沈顾容突然想到了自己怀有七个月身孕的嫂嫂，抖着唇问："小叔叔？"

　　望兰期待地看着自家爹爹，踮着脚尖牵着他的手，晃来晃去，奶声奶气地道："爹爹，你快说呀，你不是一直都想要出烽都去找小叔叔吗？"

　　沈顾容迷茫地看着望兰。只见男人无奈地叹了一口气，屈指弹了望兰的眉心一下，笑着道："胡闹，怎可胡乱给旁人添麻烦？"

　　望兰委屈地用小短手抱着脑袋，说："可是他说什么事都能做的。"

　　男人朝沈顾容歉意地笑了笑，道："若是不给您添麻烦的话，我倒是有一事想要拜托您。"

　　沈顾容的嘴唇张张合合，似乎料到了什么，却开不了口。不知过了许久，他才用沙哑的声音艰难地问道:"什么事?"

男人平和道:"我一直在寻我的阿弟和妹妹,他们去花灯街看花灯了。"

他不记得自己的名字,没有生前的记忆,就连现在的记忆也是混乱的,却不知从哪里来的执念,依然记得走丢的一直没回家的弟弟和妹妹。

他只记得自己的弟弟、妹妹没有回家,从未想过他们是死了或者是早已逃离烽都,每日都会拎着一盏小灯,一条街一条街地去寻,想要为不认路的弟弟、妹妹照亮回家的路。

一日复一日,一年又一年,他从始至终只是想要寻弟弟和妹妹回家而已。

"我阿弟名唤沈顾容,妹妹沈夕雾。"男人……沈扶霁温温柔柔地说,似乎觉得有些不好意思,"对不住,我……我不记得他们长什么模样了,所以寻起来可能有些麻烦。"

沈顾容的脑子空白了许久,满脸木然地看着他。

沈扶霁礼貌又疏离地注视着沈顾容,眸中全是掩饰不住的欢喜和感激,说:"若是你可以帮我寻到他们,我可以为仙君做任何事。"

沈顾容呆呆地看着沈扶霁半天,突然转身就逃。他仓皇失措,直接出了烽都,头也不回地跑了。

沈扶霁和沈望兰面面相觑。

沈望兰小声嘀咕道:"他这是不打算帮吗?"

沈扶霁揉了揉他的小脑袋,也不觉得气馁,只是眸中的光黯淡了几分。他柔声道:"别人帮是情分,不帮是本分,不能心生不满。"

望兰也很听话,点了点头,抬起手握着爹爹的手指,奶声奶气地安慰道:"等望兰长大了,就帮爹爹找小叔叔,肯定会找到他的。"

沈扶霁欣慰地点了点头,牵着他的手拎着那盏小灯路过依然被压得站不起身的魂灵,慢悠悠地回家了。

5

沈顾容慌不择路,直接闯入了灰雾中。他的脑子一片空白,本来是疯了似的逃着,到最后他的双腿越来越软,步子越来越慢,然后踉跄着倒在一处无边无际的荒郊。

沈顾容双膝发软地跪在地上,手撑着地,几乎将五指都深深陷入了地面,他大口喘息着,眸光涣散地盯着自己的五指,沈扶霁的话仿佛擂鼓般险些震裂他的耳膜。

"我阿弟名唤沈顾容，妹妹沈夕雾。

"我一直在寻我的阿弟和妹妹，他们去花灯街看花灯了。

"对不住，我不记得他们长什么模样了。"

沈顾容的瞳孔剧烈颤抖，眼泪大颗大颗地从眼眶中滚落，顷刻就打湿了冰绡，湿润地贴在双眼和脸颊上。

沈顾容木然掉泪许久，才缓缓地伸出手将双眼上的冰绡扯了下来，扔在一旁。

他哆嗦着捂住了双眼，喃喃地道："我什么都没看见……"他捂住双眼，在视线彻底陷入黑暗时，却又仿佛再次听到了那些城池的惨叫声，以及耳边微弱的喘息声。

"顾容……"恍惚中似乎有人抬手挡住了他的眼，微弱的书卷香和不知从哪里带出来的檀香萦绕在鼻息间，"别看，你睡一觉就好了，别……看。"

沈顾容的眼睛惊恐地睁大，惨叫一声，将挡住自己眼睛的手猛地放下来，接着又拼命捂住了耳朵，道："我什么都没听见。"

好像不看、不听，他就依然是那个满心期待着回家的沈家小少爷。

"我只是想回家。"他小声哭着，仿佛在朝什么人乞求，"这里不是我的世界，我、我只是想回家……"

半梦半醒间，沈顾容突然浑身一僵，似乎想起了什么。

回家？沈奉雪曾给过他回家的"钥匙"……那个光团！

沈顾容发着抖在身上去寻找那个光团，最后终于在一团混沌中寻到了沈奉雪给他的光团。

光团似乎是个半圆，散发着暖色的光芒，微微照亮沈顾容的视线。他抬起手，一把握住了光团，像是握住了最后一丝希望。

只要捏碎了这团光，他就能回家，回到回溏城，回到爹娘和兄长身边。他会回到花灯节那日，牵着妹妹逛完花灯街，然后平平安安地回到家。兄长在府宅门口拎着小灯，为他照亮回家的路，笑着骂他往后不许这么晚回家了。

他会回家的，沈顾容这么坚信着。他此时好像回溏城那个依赖寒石散的瘾君子，手中紧紧握着那光团，眸中全是迫切和无端的兴奋，宛如在看最后一丝生的希望。

只要他捏碎了光团，就能证明他这日所见所闻不过是一场荒诞的戏文。不，他在这个世界的十几年，全都是话本中的虚幻世界，只有回溏城才是真实的。

沈顾容指节发白，死死地握着那光团。可就在他即将捏碎的一刹那，沈奉雪之前的话突然响彻耳畔："你能舍弃吗？你能舍弃这个世界的一切吗？"

一瞬间，沈顾容仿佛入魔似的眼睛清明了一瞬。他跪坐在地上，茫然地盯着手中的光团许久，终于认出了那光团到底是什么。

沈顾容突然就崩溃了。他痛哭一声，死死地按着仿佛被钝刀刮成碎末的五脏六腑，疼得眼泪不停地往下掉。

他手中的光团，根本不是能回家的"钥匙"，而是沈奉雪体内的那半个元丹。捏碎了元丹，便是杀了沈奉雪这个人。

怪不得沈奉雪给他时，会问他能舍弃一切吗？

若是他能舍弃掉这个世界的一切，也就等同于舍弃掉自己的生命。

沈顾容满脸泪痕，微微吸着气，仿佛快要疼晕过去。他想要号啕大哭，却只能发出哽咽的低泣；想要大喊，喉咙却只能发出濒死的呜咽。他握着元丹的手在微微发抖，指节发白，却不敢再用力了。

"沈奉雪……"沈顾容像一只濒死的小兽，握着元丹深深弯下腰，几乎将额头都抵在脏污的泥土中。他发了疯似的呢喃着沈奉雪的名字，除此之外再也说不出其他的话。

不知过了多久，有人在他耳畔轻轻地叹息了一声。沈顾容满脸泪痕地抬头，就见沈奉雪身着青衣，站在他面前，垂着眸，满是怜悯地看着他。

沈顾容满脸木然地落着泪，却还是挣扎地起身，快步冲到沈奉雪面前，伸出手死死地掐住了他的脖子，将他狠狠地按在了地上。

二人跌在泥土中，灰尘沾染了二人的白发青衣。沈顾容面无表情地掉着泪，整个人压在沈奉雪身上，十指掐着他的脖颈，却发着抖不敢用力。沈顾容死死地咬着牙，下颌崩得死紧，发着狠地冷声道："你骗了我。"

沈奉雪的白发披散着铺在地面上，脸上依然是怜悯和看透一切的悲怆。

沈顾容的声音都在颤抖，脸上却异常平静，道："你答应过我，救了虞星河和牧滴，就送我离开这个世界。"

沈奉雪突然就笑了，就算被掐住命门也不觉得害怕。他无神的眸子轻轻一动，反问："我何时答应过你？"

沈顾容一愣。他自以为来到这个世界后，所行所作全都缘于他做的那个梦。

梦中，沈奉雪一身血衣，朝他道："一定要救下他。沈顾容，救下……奉雪。"

沈顾容呆呆地看着和自己长得一模一样的人，脑海中一片空白，眼泪一颗一颗地砸在沈奉雪苍白的脸上。他嘴唇发抖，喃喃："我记得，是你让我救下……救下什么人。是了，奉雪，沈奉雪，你让我救你，我……我救了，我明明改变了你的命数。"

改变牧谪和虞星河的命数，沈奉雪的命运也会随之改变。

"我……我完成了……"沈顾容几乎绝望地看着他说，"我救了你，你看……"

沈奉雪默不作声地看着他。

沈顾容手中的力道更松了。他满脸迷茫，轻轻地摇头，几绺白发贴在惨白如纸的脸上。他说："我不是你。"他拼命说服自己，"我是沈顾容，你是沈奉雪，我们不是同一个人，我是被你强行拉来这个世界的……"

"那里……"沈顾容抬起手胡乱指了个方向，语无伦次地道，"那里也不是回溏城！我看到那牌匾上的字了，那是烽都！烽都！怎么可能是回溏城呢？"

他说着，越来越害怕，最后彻底崩溃，呜咽了一声，喊道："烽都不是回溏城，我也不是你……"那个魂灵也不是他的兄长……

沈奉雪抬起手，轻柔地将沈顾容脸上浸了泪的白发绾到耳后，轻声道："我之前就说过，你并非夺舍，我一直在你心中。"

沈顾容满脸绝望，听到这句话突然就发了狠。他扼住沈奉雪脖子的手再次用了些力道，又心狠又惊恐地颤声道："你才不是我，你是沈奉雪。奉雪……不……不是我的字，我还未及冠，爹娘和先生并未为我取字……"并未取字，那沈奉雪就是和他完全不相同的人。

沈顾容企图用一个根本代表不了什么的名字来自欺欺人。

沈奉雪可悲地看着他，抬起手轻轻地摸着他的脸，说道："为什么就不能接受呢？"

沈顾容的眼泪簌簌地往下落，哽咽道："你说，你告诉我，这一切都是假的。你说我便信……"

沈奉雪平静地说："就算我告诉你是假的，你真的信吗？"他并不相信沈顾容已经窥知了事情真相，还能够心甘情愿地欺骗自己这是虚假的。

沈顾容愣了一下，然后故作凶狠地看着沈奉雪。实际上他的内心早已脆弱得一碰就碎，他只能用狰狞的神情做出这副凶悍的模样。好像他不承认，事实就会不存在一样。

沈奉雪完全不顾脖颈间颤抖的手，轻轻地欺身，凑到沈顾容的耳畔，低声道："你当年未及冠，的确没有字。"

沈顾容一怔，隐约有种不好的预感。他正要松开手，沈奉雪的双手却微微施力，几乎将他护在怀里。沈奉雪轻轻地抱着他的肩，似乎是不想让他逃避，一板一眼地道："奉雪。"

沈顾容鬼使神差地想起了一直被他带在身边的竹篾，竹篾之上，便有两个字——奉雪。

沈奉雪轻声道："你从不知晓先生的名字叫什么，成日只知道先生、先生地唤他，今日我来告诉你，他叫什么。"

沈顾容突然惊恐起来，死死地掐住沈奉雪的脖颈，仿佛要在他说出那个名字之前就将他掐死，让他再也说不出来半个字来。

但沈奉雪却丝毫不受影响，哪怕沈顾容已经用尽了全力，却依然能听到沈奉雪在他耳畔残忍地开口。

"他姓牧。""沈顾容"说，"名唤牧奉雪。"

沈顾容呆住了。

"你叫这个名字，只是在赎罪罢了。你换上青衣，也不过是在欺骗自己代替他活着。"

"沈顾容"没有给他逃脱的机会，字字如刀，一刀刀落在沈顾容身上，强行剥开他为自己编织的无数谎言，将事情的真相刺入他鲜血淋漓的骨血中。

"当年回溏城满城被十三只疫魔屠戮，全城一千一百三十九人，只有你一人活下来了。

"牧奉雪为救你惨死，你疯了很久。我是疯了的你，亦是你多年执念而逐渐生出的心魔。我能为你做所有你不想做的事，承受所有你妄想逃避之事，也能替你屠尽天下邪修。

"你在梦中所听到的'救下他'，指的不是我，不是牧谪，更不是虞星河，而是早已死去的牧奉雪。我虽能为你做任何事，可唯一不能做到的，便是让人起死回生。

"京世录也不能。"

心魔"沈顾容"面无表情地看着他，猩红的眼瞳微缩，漂亮的眼中缓缓地流下两行泪，恍惚间和沈顾容脸上的泪痕重合了。

沈顾容突然尖声惨叫，用尽全力握住了面前人的脖颈，几乎是发疯似的嘶叫道："住口！你住口！"

他的喉间突然一哽。

一阵狂风裹着灰雾忽然吹来，沈顾容孤身跪坐在一片灰雾中，衣衫凌乱，白发铺了满地，身边哪里有什么沈奉雪。

他茫然了许久，才突然意识到，自己双手掐着的并不是沈奉雪的脖子，而是他自己的。他正双手用力，骨节发白，死死地扼住自己的脖颈。

沈顾容茫然了一瞬，明白眼前的情况后，非但没有松手，反而彻底崩溃地惨笑一声，接着将手越收越紧，仿佛要将自己活生生扼死在这荒郊野岭之中。

沈顾容的眼泪仿佛断了线的珠子不停地往下滑。他将自己掐得无法喘息，但一直仿佛被钝刀狠狠刮着的心口却突然一丝感觉都没有了，他一点儿都不痛了。

无论是捏碎元丹，还是自扼而亡……不都是回家吗？

清冽的寒意裹挟着露珠的气息迎面而来，无数只鲜红的共灵契破开沈顾容周身浓烈的灰雾展翅飞来。

下一瞬，牧谪快步冲来，共灵契化为的灵蝶在灰雾中翩然起舞，缓缓地落在沈顾容的白发上，其他的全都飞在半空，将浓烈的雾气慢慢驱散。

牧谪抓住沈顾容还在不断施力的手，妄图让他松开企图自戕的十指。牧谪的脸上全是后怕，声音还带着些颤抖的哭音，一边想要分开沈顾容的手，一边仿佛在乞求似的喃声：“师尊，我来了。”

牧谪微微施力，沈顾容的手依然没有丝毫松力。他似乎是铁了心要回家，要将自己扼死在这里。

牧谪无论怎么用力都无法掰开沈顾容的手，终于害怕道：“师尊！师尊……”

最后，他没有办法，只能强行利用修为探入沈顾容的神识。沈顾容猛地一震，眼神瞬间涣散，彻底没了意识。

牧谪一把扶住沈顾容，随后铺天盖地的后怕险些将他吞没。若是他再晚到一步，他的师尊会不会真的将自己活生生扼死在这脏污的荒郊？师尊到底在烽都遭遇了什么，才会对自己下这般狠手？

共灵契分散在四周，缓缓引出一条通往灵舫的路。

好在沈顾容并未离开烽都太远，很快牧谪就将他带回了灵舫。

虞星河正在那儿等，看到二人回来立刻开心地招手，道：“师尊，师兄……嗯？师尊怎么啦？”他连忙从灵舫上跳下来，快步走了过来。

牧谪脸色阴沉，冷冷地看了一眼烽都的大门，道：“烽都有问题，明日我随你一同去看看。”

虞星河点头，担忧地看了沈顾容一眼，道：“师尊他……”

牧谪没多说，抬手将芥子甩出，原地化为偌大的泛绛居，说：“师尊需要休息，不要来扰他。”

虞星河很乖，道：“好。”

牧谪把沈顾容带进了芥子中，沈顾容昏睡了整整一夜。

在寻沈顾容时，牧谪一开始是跟着共灵契往烽都走，但是才刚走进去没多久，共灵契突然像是疯了一般往城外飞去，最后停在一处荒郊。牧谪抬头望去，就见白发青衣的沈顾容在一边流泪一边扼住自己的脖颈。

牧谪并不知道沈顾容到底发生了什么，但是他可以确定，一向张扬欢脱的小师尊竟然能对自己狠下心来，硬生生用最痛苦最挣扎的法子来了结自己的生命，肯定跟烽都脱不开关系。

牧谪突然有种奇怪的预感，之前那个插科打诨、张扬似火的小师尊……可能不会再回来了。

牧谪就这么安静地陪了一夜，等到天亮后，泛绛居外突然传来虞星河的一声惊呼。牧谪犹豫了一下，转身走出了泛绛居。

虞星河正在画舫上，大概是刚起，此时正衣冠不整地揉着眼睛。

牧谪道："怎么了？"

虞星河抖着手指着不远处的烽都，眸中全是惊恐，道："师兄，烽都……"

牧谪抬头望去，瞳孔突然一缩。

昨晚还是个正常城池模样的烽都，在破晓的天光笼罩下，仿佛被水洗去了一层幻境，露出了原本的模样。

整个城池像被火焚烧过一般，四处都是漆黑的焦痕，废墟遍地，就连城门都塌了半边，隐约能瞧见里面被烧成废墟的长街。而在那毁了半边的城池之上，露出被烧毁大半的城匾，上面能看清楚两个字。

虞星河呢喃道："回溏……"

下一瞬，天边突然凭空落下一道天雷，似乎是在震慑什么。

虞星河吓得险些蹦了起来，愕然道："怎么了怎么了？"

牧谪脸色阴沉地看了一眼万里无云的天幕，冷冷地道："没什么，只是不知惊扰了哪位圣人。"

虞星河满脸茫然地问："啊？什么？"

牧谪却没再说话。他现在已是大乘期，在那道天雷响起时就分辨出了那到底是圣人的震慑，还是来自天道的雷罚。

天道雷罚往往是又快又狠，不给人任何反应的机会便将天雷劈下。而方才这道天雷，却是修士之力。显然是有得道圣人在窥视三界，不许任何人提到"回溏城"三个字。

在三界中，修为成圣、能断绝因果之人，就只有离人峰的南殃君——离南殃。

虞星河只是说出"回溏"两个字，就能让远在千里之外的南殃君降下天雷警示，他……是不是在掩藏什么东西？他明明早已成圣多年，却一直留在三界之中，是不是也是因为有什么东西已成执念，无法放下？

牧谪隐约知晓自己似乎发现了什么不得了的东西，却不敢细想。

二人走进回溏城中，见四处都是被焚烧的痕迹，只是看着那些痕迹就能知晓当年起了多大的火，竟然能将整个城池都烧成这样。

满城的魂灵，不见踪迹。

虞星河觉得有些害怕，讷讷地道："这里……白日里似乎寻不到什么线索。"

也许只有夜晚城门大开的时候，他们才能从那些魂灵的口中得知十三只疫魔的线索。

牧谪沉思半晌，才点头道："好，晚上我们再来。"

牧谪实在是太有安全感，虞星河本来怕这座城池怕得不行，闻言眼睛都亮了，拼命点头道："嗯嗯！"

牧谪心不在焉地出了回溏城，和虞星河叮嘱了几句，便进了泛绛居。

第 五 章

满城烈火

1

沈顾容已经醒了过来，此时正跪坐在小案旁，执着笔垂眸在纸上写些什么。他的情绪看起来十分平稳，神色放松，一头白发用发带高高竖起，披着牧谪的青衣外袍，一只手撑着下颌，另外一只手在漫不经心地在纸上写着东西。

此时的他看起来散漫又有朝气，嘴角还带着笑，一直往窗外瞥，似乎在打主意想要溜出去玩。既没有了作为沈奉雪的故作冷静，也没有了昨日那歇斯底里想要将自己扼死的绝望。

若不是师尊的脖颈上那灼眼的瘀青掐痕还在，牧谪几乎认为昨晚的场景只是他做的一场噩梦。

不过，看到沈顾容已恢复正常，牧谪不着痕迹地松了一口气。他走过去，跪坐在沈顾容对面，轻声道："师尊。"

沈顾容似乎没瞧见他，依然在纸上写着什么。

牧谪没发现不对，凑上前扫了一眼，发现沈顾容的笔迹竟然和前世沈奉雪教他的一模一样，顿时愣了一下。

这一世，沈奉雪的字迹和上一世完全不一样，仿佛是刻意将字迹改变。而沈顾容伪装成沈奉雪后，似乎也在故意学着沈奉雪的笔迹，避免被人发现是"夺舍"，所以牧谪一时间根本没注意到这字迹的变化，但现在……

牧谪轻轻地吸了一口气，勉强一笑，轻声道："师尊在抄什么？"

沈顾容置若罔闻，一只手胡乱绕着垂在肩上的一绺白发。大概是抄得太烦，他将那绺发叼在口中，泄愤似的轻轻地咬了咬，嘴中含糊地道："我不想抄书。"

牧谪一呆。

沈顾容一边苦恼地抄书，一边含糊地抱怨着："我想出去玩，不想抄书。"

牧谪终于察觉到哪里不对了。他哑然片刻，艰难地道："师尊？"

沈顾容冰绡下的眼睛空茫无神地看了他一眼，却根本没有落到实处就收了回去，继续苦恼地埋头抄着那烦人的书。

牧谪胆战心惊地坐在一旁看着他。

沈顾容在抄的是《弟子记》和《学规》。他的字迹铁画银钩，刚开始还抄得十分工整，但越抄他就越烦躁，玩心也越重。他咬着笔想了想，小声嘀咕道："让我出去玩，才是最适当的教书法子吧。"他说着，偷偷在纸张的右下角，一笔一画地写了个"玩"字。

牧谪的心提到嗓子眼了。他艰难上前，喃喃道："师尊，您……你认得我是谁吗？"

沈顾容好半天才转过头去，二人的视线终于相汇在一起。

沈顾容呆呆地看了他许久，突然"啊"了一声，疑惑地说："你是来替我抄书的吗？"

牧谪一呆。

沈顾容狡黠地看了看外面，似乎在担心先生会突然过来，催促牧谪："是不是呀？"

牧谪不知要如何回答，对上沈顾容陌生的视线，半晌才艰难点头，道："是。"

沈顾容一喜，连忙把他拉到桌案前，将笔递给他，指着《学规》上的一行，道："喏，从这里开始抄，字迹要学得像一些呀。"

牧谪浑浑噩噩地被塞了一支笔，茫然地抬头看去，沈顾容正撑着下颌冲他笑，道："不要被先生发现啦。"

沈顾容说着，笑吟吟地从窗棂处翻了出去，猫着腰偷溜出去玩了。

牧谪呆愣了半天，才猛地把笔一扔，满脸惊恐地追了上去。

泛绛居极大，沈顾容在里面逛了好几圈，都没能找到好玩的，便到了偏院的梧桐树旁，干净利落地爬了上去。他坐在枝干上晃悠着修长的双腿，从怀里掏出了一把小刀，开始雕手中的木偶。

牧谪现在已经回过神来，他小师尊必然是受了刺激，否则行为举止不会这般奇怪，就好像……在刻意逃避些什么。他轻飘飘地上了树，坐在沈顾容身边，目不转睛地盯着师尊。

沈顾容又开始无视牧谪，一边用小刀刻着手中木偶的五官，一边小声地哼着小曲。

牧谪仔细听了听，发现他在哼一首凡世流传甚广的戏曲，唱得倒是有模有样，就是那戏文的词完全是文绉绉的骂人话，还不带一个脏字。

沈顾容手中的木偶就是林束和赠予的那只，当时林束和只是刻了个模糊的五官，现在沈顾容拿着小刀随意雕刻了一会儿，那木偶的五官便彻底成了型。

牧谪凑过去看了看，瞳孔突然一缩，那木偶的五官正是自己的模样。可他细看片刻，才发觉那并不是自己，只是和自己很像而已。

木偶只有巴掌大小，五官刻得极其生动，还有一根碧绿的小簪子将黑色的发绾起一半，剩下的悉数披散在背后。

温柔似水，温润如玉。

那木偶像牧谪，却又不是牧谪。

果不其然，雕刻完五官后，沈顾容又在木偶的背后一笔一画刻了两个字——奉雪，和竹篾上的笔迹一模一样。

刻完字，沈顾容满意地左看右看。因为十分愉悦，他的脚尖绷着，双腿晃悠着交替踢来踢去，层层衣摆仿佛灵蝶般要飞起来，眉目间全是欢喜之色。他抬手将衣服上的木屑扫掉，开开心心地捏着木偶，说："先生，我做好先生啦。"

牧谪的脸色猛地一白。

沈顾容拿着做好的先生木偶，欢天喜地地往树下蹦。但是他此时根本没用灵力，梧桐树又高，这样不管不顾往下跳会受伤的。牧谪赶紧施了一道灵力在他的脚下。

沈顾容衣摆翻飞，落地后看也不看牧谪，捧着木偶就跑，喊道："先生？"他在泛绛居胡乱跑着，好像是在找人，"先生，先生！"

牧谪脸色惨白地追上去，却不敢再叫。他怕自己被记忆错乱的沈顾容当成……那位面容和他一模一样的先生。

沈顾容跑了一圈也没找到他的先生，只好回到了泛绛居，捏着那木偶摆弄，眼尾低垂，长长的羽睫仿佛栖息的蝴蝶，微微颤抖着。他的指腹轻轻地点着木偶的脸，有些垂头丧气，小声说："先生，先生肯定会喜欢这个木偶的。"

牧谪小心翼翼地坐在沈顾容对面，目不转睛地看着师尊。他不知沈顾容是怎么了，更不知该如何将师尊唤醒，只能这样徒劳无功地看着。

牧谪看着沈顾容涣散的眸子，有些绝望地想着：若自己是个医师便好了……

医师？

牧谪愣了一下，猛地起身出了泛绛居，将灵舫上的木榭带了过来。片刻后，木榭的瞳孔微微一缩，神态骤然变得有些慵懒。

林束和打了个哈欠，挑眉道："疯了？平白无故的怎么会疯了？"

牧谪却脸色难看地道："他没疯，只是记忆有些错乱。"

林束和笑了一声，也没在意，心想就算再错乱，能错乱到哪里去。

只是看到玩木偶的沈顾容后，林束和的笑容僵在脸上。

真……真错乱了！

林束和小心翼翼地走过去，抬起木头的手握住沈顾容，低声道："十一？"

沈顾容茫然地抬起头，视线依然未落到实处，好像根本看不到面前有人。

林束和抬起手又在他面前挥了挥，可他的瞳孔动都没动，仿佛瞎了眼。不对，他本身也瞎了眼。

林束和的神色有些肃然，对牧谪发问："他这样多久了？"

161

牧谪回道："已经半日了。"

林束和沉吟片刻，又抬手探了探沈顾容的灵脉，半晌才道："他八成是灵障又发作了。"

牧谪愣了一下，问道："灵障？"

他从未听说过这种病，而且，什么叫又发作了？

林束和干净利落地将沈顾容双眼上的冰绡取了下来。沈顾容微微一歪头，似乎很奇怪，但他手中握着先生的木偶，仿佛就什么都不害怕了。

林束和捏着他的下巴，仔仔细细看了看他的双眼。

沈顾容十分乖顺，一点儿都不扑腾。

牧谪忙问道："什么是灵障？"

林束和想了想，道："当年你的师尊……应该是瞧见了不好的东西，受到了刺激，身体自我逃避，产生了灵障，自此之后，眼睛就瞧不见了。"

牧谪一愣，这才意识到了林束和当年说的"他眼睛又未曾受过伤"到底是什么意思了。

可瞧见过……不好的东西？什么东西能让他受这么大刺激，心甘情愿将眼睛封闭，再也看不见任何光亮？

牧谪讷讷地道："他……看见过什么东西？"

林束和已经检查好，正在把冰绡往沈顾容双眼上绑，闻言愣了一下，才有些不自然地道："我也不知道。"

牧谪了然地心想：说谎。

牧谪从之前便觉得，整个离人峰上下对他师尊前所未有地好，哪怕是厌恶沈奉雪的朝九霄，每次遇到危险也定会拼尽性命去护师尊。

起先牧谪还以为是离人峰师门和睦，师兄们全都对最小的师弟关爱有加。但细想之后他又觉得不对，离人峰之人，个个都是人中龙凤，各有各的古怪秉性，他们出身不同、喜好不同，及冠后各奔东西，就连身处的地方都不同，没有道理会不约而同地对沈奉雪这般好。

能让这么多人保持统一，要么就是沈奉雪真的值得这般好，要么就是……他们所有人都有对沈奉雪好的理由。

可是沈奉雪秉性并非招所有人喜爱，那便是有其他缘由。而那个理由，并非喜爱，并非身世，也并非地位权势……那只有可能是愧疚。

愧疚这种东西，就像一把悬在心尖上的钝刀，又如跗骨之疽，根本挥之不去，只能竭尽全力来补偿，来填补愧疚造成的空洞。而善意，是最能填补空洞却也能随意施舍的东西。

林束和为沈顾容草草检查好，道："他现在在无意识地逃避所有人，根本看不到有人在他身边，你……"

林束和还没说完，牧谪就接口道："不对。"

林束和道："什么不对？"因为一旦有了灵障，哪怕是自己都无法将其驱散，怎么可能……

牧谪认真地道："方才他看到我了。"

林束和一僵，愕然地看着他，抿了一下唇，问道："他瞧见你，认出了吗？"

牧谪摇头道："不太确定，他说让我帮他抄书。"

林束和犹豫了一下，才道："那你继续陪在他身边，多和他说话，八成对驱散灵障有益处。"他说着，似乎是想起此人之前的无礼，但顾及此时沈顾容的状况，他又不好开骂，只能捏着鼻子不情不愿地将沈顾容交给牧谪，扭头走了。

牧谪坐在沈顾容对面，尝试着和他说话："师尊？"

沈顾容刚开始根本没听到，牧谪只好试探着像刚才那样强迫他和自己对视。

很快，沈顾容迷迷瞪瞪地和牧谪对上了视线。他赶忙抓紧机会露出一个温和的笑容，道："师尊，我……"

他还没说完，沈顾容就歪着头问他："你替我抄好书了吗？"

牧谪一愣，连忙将桌案上的纸拿出来，说："看，抄好了。"

沈顾容根本没有判断能力，他随意地看了看纸，就冲牧谪露出一个笑容，说："你真好。"

牧谪被他夸得一愣，连忙强颜欢笑道："我……我替师尊抄了书，师尊打算怎么奖赏我？"

"奖赏？"沈顾容歪头看着他，半响才突然一笑。

林束和说，无意识忽视所有人的灵障一旦染上，是不可解的，但沈顾容还能看见自己，应该是并未完全丧失对外的五感，牧谪一直紧悬的心缓缓地松懈下来。

沈顾容索性爬到桌案上，含糊地说："牧谪。"

牧谪一怔，有些欢喜道："师尊，您认得我？"

沈顾容笑了起来，道："我自然是认得你……"他刚说完，自己也一愣。

认得？牧谪？沈顾容僵在原地，迷迷瞪瞪地陷入了沉思。

牧谪怕他再乱想，又将自己弄魔怔了，小声道："没事的，什么事都没有。"

沈顾容还是一门心思抄书。明明牧谪已经糊弄过他书已经抄好了，但没过一会儿，他又端端正正地坐在桌案前，拧着眉头奋笔疾书，这次抄的是《弟子记》。

牧谪从最开始的满心慌乱，后来逐渐变得安静。沈顾容不明不白地突然疯了，他不能再乱了阵脚。这晚他定要去烽都，寻找沈顾容变成这样的原因，只要寻到缘由，那事情自然就好办了。

沈顾容抄了一天的书，最后手腕都在发抖了，依然不停，仿佛自虐似的。最后还是牧谪劝说了许久，他才茫然地停下笔，呆呆地道："可是先生说要抄五遍。"

牧谪愣了一下，沈顾容这天抄的书已经不止五遍了。

知晓现在不能按照寻常的逻辑来判断沈顾容的行为，牧谪只好骗他："等明天再抄，现在已经很晚了。"

沈顾容疑惑地看向外面。

泛绛居自成小天地，常年白昼，牧谪见状立刻一挥手，外面顿时变成暗黑的夜幕。于是沈顾容顺利地被糊弄住了，还笑着问："入夜了，是不是有花灯看呀？"

牧谪道："您想看花灯？"

"嗯！"沈顾容点头，重复道，"看花灯去。"

牧谪并不知晓沈顾容的心结是什么，见他这样欢喜，便点了点头答应了。反正都要去烽都一趟，带师尊过去也可以。

沈顾容知道要去看花灯，欢天喜地地去泛绛居的箱子里东翻西翻，似乎在寻找衣裳。只是这箱子中的衣服都是牧谪为他置办的，除了白色便是青色，他一点儿都不喜欢，鼓着脸颊，翻了个底朝天都没寻到合意的衣裳。

牧谪想了想，试探着拿出之前素洗砚送给沈顾容的红衣。

沈顾容一看，欢喜地接过去，开开心心地换上了。

牧谪带着沈顾容出了泛绛居。

虞星河正在瑟瑟发抖地看着不远处缓缓打开的烽都城门。他看到牧谪和沈顾容出来，眼睛顿时一亮，急忙从灵舫上跳下来，喊道："师尊！"

虞星河行了个礼，眼睛亮晶晶地看着沈顾容，想像之前那样让师尊摸摸头。但沈顾容眼神涣散，牵着牧谪的袖子，似乎根本没看见他。

虞星河左等右等，没等到师尊摸头，委屈地抬起头，问道："师尊？"

牧谪没让虞星河继续骚扰师尊，道："烽都如何了？"

虞星河连忙收起自己撒娇的小心思，道："入夜后，城门便开了。"

而那被烧出焦痕的废墟，也在黄昏时瞬间变成了这番热闹的城池模样。

牧谪点头，带着沈顾容往烽都走，虞星河错开几步在后面跟着。

三人戴着画的纸脸混入了烽都。

由于灵障作祟，沈顾容除了牧谪什么都看不见。在他眼中，他们正走在一片荒芜的废墟中，周围全是倒塌烧焦的废墟，脚底下是层层腐朽的落叶，天边一轮弯月，更将周遭照得诡异发亮。

　　沈顾容走了一会儿，才好奇地问："不是去看花灯吗？"

　　牧谪愣了一下，这才意识到沈顾容连这条长街都瞧不见。

　　"嗯。"牧谪道，"我们很快就到了。"

　　沈顾容不知道这种废墟之中有什么花灯可看，但牧谪给他的安全感实在是太足太重，他只好点了点头，乖顺地跟着继续往前走。

　　耳畔风声吹过，仿佛鬼泣。沈顾容仔细地听了听，恍惚间耳边的声音似乎是竹篾之声，空旷幽深。

　　沈顾容眼睛一亮，在心中说：是先生！他循着声音一回头，视线流转间，背后走过的路，原本是空无一人的废墟之地，此时却陡然变成了熙熙攘攘的热闹长街，千盏万盏花灯将回溯城整条街照亮，一路蔓延到城门口。

　　沈顾容"啊"了一声，眸中闪现欣喜之色。

　　"兄长！"听到有人喊自己，沈顾容一愣，低头看去，发现沈夕雾正牵着自己的手，眨着眼睛甜笑着看自己。

　　沈顾容茫然地道："夕雾？"

　　沈夕雾点了点小脑袋，手中捏着糖人，担忧地问道："兄长怎么啦？突然发起呆来。"她踮着脚将糖人递给哥哥，笑着说，"夕雾的糖人给兄长吃一口呀。"

　　沈顾容垂眸看着一身暖黄色衣裙的沈夕雾，呆了许久，才再次缓缓回头——在他的身后，依然是那一望无际的焦黑废墟。

　　牧谪站在他身边，诧异地道："师尊？"

　　沈顾容突然就迷茫了。他仿佛站在一条分界线之上，左边是满是焦痕的废城，只有牧谪一人；右边则是满城花灯，喧闹凡世。

　　牧谪看到沈顾容突然陷入迷蒙的状态，本能地有种不好的预感，喊道："师尊……"

　　沈顾容茫然地看着牧谪，冰绡缓缓地垂下来，灰色的眸中倒映着他的影子。

　　牧谪突然前所未有地恐慌。因为他眼睁睁地看着沈顾容的眸中，自己的影子变得越来越淡，越来越虚。

　　牧谪抓着沈顾容的肩膀，强行让他看向自己，说道："师尊，您看着我，我是牧谪。我……我这就带您去看花灯，您看着我！"

　　沈顾容似乎根本没听到他在说什么，那浅色的眸中最终一片空寂——他再也看不见其他人了。

一刹那，沈顾容微微启唇，似乎对牧谪说了句什么。

牧谪愕然看着他，依然死死地抓着他的衣袖。

被灵障蒙蔽的沈顾容根本不知道是谁在抓他，他剧烈地挣扎着，一寸寸掰开对方的手，仿佛傀儡般缓缓地往后退了半步。

他选了最想看的花灯，他想回家。

2

在沈顾容的世界中，他握紧沈夕雾的手，笑着奔跑在人山人海的花灯街。他看到了和他一起"同流合污"总是画美人画的书生，他路过天桥下正在津津有味讲着《半面妆》的说书先生。回溏城的满城花灯和他擦肩而过，照亮他灰色的眼眸。

最后，他停在放花灯的河边。青石板台阶上，一身青衣的先生正坐在那儿，微微垂眸，抚摸着手中的竹篪。

一曲终了，河岸边未出阁的少女捂着羞红的脸，偷偷摸摸地看着那先生。

沈顾容牵着夕雾走过去，想要偷偷地吓先生一跳。但他踮着脚尖还没靠近，先生就轻轻地叹了一口气，头也不回道："顾容，这都是孩子玩的把戏了……"

沈顾容一僵，就见先生微微侧头，如玉的脸庞俊美异常。他淡淡地道："你还是孩子吗？"

沈顾容被拆穿了也不觉得尴尬。他牵着夕雾跑过去，挨着先生坐下，支颐笑吟吟地道："先生再教我吹竹篪吧。"

先生俊美的脸僵了一下，轻轻地抚摸着手中的竹篪，袖口微微一垂。

沈顾容恍惚中嗅到了一股檀香的气息，喊道："先生？"

先生淡淡地道："竹篪并非一朝一夕便能学成的，顾容得多些耐心才成。"

沈顾容撇嘴道："我已经很有耐心了。"我罚抄的时候可有耐心了。

先生没说话。

沈顾容左右看了看依然没散去的少女们，凑上前在先生耳畔说出自己的真正目的："先生每回吹竹篪，那些姑娘都在看你，我也想让姑娘们看我。"

先生突然笑了，沈顾容鼓着脸颊，说："我说的是真的。"

先生还是笑，沈夕雾在一旁乖乖地吃完了糖人，闻言帮兄长搭腔："兄长说的是真的，他每回瞧见大哥和嫂嫂恩爱，也想要寻个美人成亲呢。"

沈顾容的脸立刻就红了，他小声说道："夕雾别胡乱拆哥哥的台，我没有想要成亲，我只是想要看美人。"

沈夕雾似懂非懂地点了点头，说："那哥哥可要找很多很多的美人成亲呀。"

沈顾容："……"

察觉到先生"顾容你是禽兽吗"的视线，沈顾容的脸更红了。

先生叹了一口气，抬手摸了摸沈顾容的脑袋，无奈地道："还想听什么曲子？"

沈顾容眼睛一亮，连忙道："《小寡妇上坟》。"

先生险些咳出来，偏头瞪了他一眼。

沈顾容笑得不行，说："不闹先生啦，那顾容就要一曲《白头吟》。"

先生的脾气太好，若是换个人在此，肯定会拿着竹箫将他的脑袋打成一曲《白头吟》。

沈顾容笑眯眯地支颐，看着先生将竹箫放在唇边，可背后突然传来一阵火灼的热度，接着便是一声凄厉的惨叫。他一愣，愕然回头看去，只见繁华热闹的花灯街，不知何时已是一片火海。

沈顾容瞳孔一缩，本能地回头去看先生，只是一回头，却发现身边坐着的是沈奉雪，先生早已不见。

沈奉雪对身后的火海置若罔闻，垂眸摩挲着手中竹箫，沈顾容迷茫地看他。

沈奉雪怀念地握着竹箫许久，才起身走到台阶之上，居高临下地看着坐在最下面台阶的沈顾容道："沈顾容。"

沈顾容茫然地站了起来，神色恍惚地拾级而上，似乎想要和沈奉雪并肩而立。但在即将踏上最后一层台阶时，沈奉雪却制止了他："想清楚再上来。"

沈奉雪淡淡地道："你若上前一步，便是你逃避百年的炼狱。"

沈顾容的脚步一顿，落后一节台阶，仰头看着沈奉雪。

沈奉雪抬起双手，缓缓摊开掌心，露出两个东西来。左手里，是孤鸿秘境中人脸树所赠的灵果，能融合心魔；右手里，是楼不归研究了百年才堪堪做出来的离魂，能将心魔沈奉雪完全剥离出灵体。

沈顾容不明所以。

沈奉雪淡淡地道："你百年的记忆都在我这里，你若想要接受现实，便选灵果；你若想就这么浑浑噩噩一无所知地活下去，便用离魂。"

沈顾容瞳孔一缩，混沌的思绪瞬间清醒了。

沈奉雪平淡地道："选吧。"

沈顾容微仰着头看着那两样东西许久，才尝试着伸手去够离魂。只要将沈奉雪这个心魔剥离，那他……依然是百年前的小少爷沈顾容，那些苦难他会悉数忘却。但忘却，并不代表没有发生过。

沈顾容的手犹豫了一下。半晌后，他又将手移向灵果。

无论沈顾容选择哪一个，沈奉雪的神色没有一丝变化，仿佛被融合抑或是被剥离对他来说都没什么分别。他仿佛是悲天悯人的神明，可悲又可笑地看着陷入两难的沈顾容，眸中又怜悯又嘲讽。

不知过了多久，沈顾容的手突然缩了回来，喃喃地道："不对。"

沈奉雪淡淡地说："哪里不对？"

沈顾容只是摇头。

沈奉雪又问："什么不对？"

沈顾容茫然道："我不对。"

沈奉雪道："什么？"

"我的记忆不对。"沈顾容往后退了一层台阶，垂下眸子，轻声地道，"我不该是那样的人。"

一直高高在上等着沈顾容选择的沈奉雪，此时却踩着台阶下来，目光灼灼地看着他，低声道："哪样的人？"

沈顾容的手指都在发抖，道："那种……因为仇恨，因为无法接受现实，而甘愿封闭自己的人。"

沈奉雪默不作声。

沈顾容抬起手，看了看自己修长的双手，低声说："牧……牧谪六岁那年，我误以为自己十六岁，错将真实的世界当成书中的镜花水月，那便说明我是从花灯节那日便封闭了自我……可那不对，不可能。"

他说着，慢慢抬起头，原本灰色的眸子缓缓地闪过一丝血光，竟然和心魔沈奉雪一模一样。

沈顾容面无表情地道："我的记忆并非是百年前便被封印，而是十五年前因为某些原因……"他冷冷地注视着沈奉雪，"被你夺走了。"

"我？"沈奉雪笑了，"我夺你记忆做什么？"

沈顾容点出关键："因为我看了京世录。"

所有的一切都串联起来了。

沈顾容浑浑噩噩了一整日，此时前所未有地清醒："我封印离更阑后，获得神器京世录，但一直未曾用过。"他冷声说，"直到我遇到了牧谪……"

那个浑身散发着疫魔气息的牧谪，那个前世为他惨死的……先生的转世。

疫毒在牧谪的神魂之中，哪怕是人脸树的灵果也不能完全将之祛除，当年的沈顾容更是无能为力。他的本能告诉他，要尽快为牧谪寻找活下去的法子，却因为牧谪是先生的转世,而无法狠下心来让他强行入道。

陷入两难的沈顾容,想到了京世录。

京世录可通古今,沈顾容看到了往后数十年的未来。若是他再不解除牧谪身上疫魔的气息,那之后的结局必定是自己惨死,牧谪和虞星河反目成仇。

京世录告诉了沈顾容一切,但是天道不允许有人窥探几十年后甚至几百年后的天机。所以天道在知晓他窥探京世录后,便降下天罚雷劫,要夺回他所知晓的一切。

沈顾容将自己知晓的细节串连起来,猜了个大概。他目不转睛地盯着沈奉雪,不肯放过他眸中一丝情绪,说:"你就是我,但我却不是你。"

瞬间,沈奉雪的瞳孔一缩,沈顾容见到他这个反应……猛地睁大眼睛,知道自己猜对了。

于是沈顾容快步踏上一级台阶,一把抓住沈奉雪的衣襟,冷冷地逼近他,道:"你只是被天道雷劫从我灵体里分离出去的记忆罢了,我就算有心魔,也不会让心魔脱离我的掌控。"

而沈奉雪……这段被分离出去的记忆,虽然还在沈顾容身体中,但显然已经脱离了沈顾容的控制。

因为沈奉雪已被天道雷劫控制,所行之事虽然表面上是处处在为沈顾容着想,但仔细想来却又觉得不对,哪里会有心魔不想着去侵占本体,而是哄骗着他去捏碎元丹,一起魂飞魄散呢?

沈顾容道:"天道想杀我,想要我主动击散在京世录所看到的一切。"他说着,突然勾唇一笑,一把抓住沈奉雪放着"离魂"的手。

风乍起,沈顾容站在台阶之下,一袭红衫仿佛浴血般飞起,白发飞舞,气势是前所未有地冷厉。他一口将"离魂"吞入口中,盯着沈奉雪骤然收缩的瞳孔,再次笑了。

"可我偏不。"他说。

天道说这是错的,那便是错的吗?他偏不信。

沈奉雪愣怔许久,似乎从来没有认识过沈顾容这个人一样。他沉默半天,突然放声大笑。

沈奉雪笑着笑着,两行泪从他的眼底缓缓地滑落。他轻轻地用两指捏了捏安安静静躺在掌心的灵果,白光微闪,伪装散去后,正是离魂。而沈顾容方才吞下的,便是能融合记忆心魔的灵果。沈顾容选对了。

沈奉雪满脸泪痕,抬手轻轻地抚着沈顾容的白发,喃喃地道:"你是对的。"

沈顾容没说话。

沈奉雪一边笑一边落泪，道："只是有一点，你错了。"

沈顾容所知的事情并不多，大部分都是他凭借着多年来看话本的经验大胆推理出来的，简直能算得上是瞎猫撞上死耗子。

此时沈顾容听到这句话，故作镇定，冷漠地道："我不会有错。"

沈奉雪笑了起来，说："我就是你。"

他只是被天道植入了让沈顾容亲手毁掉自己记忆的命令，但归根结底，他依然是沈顾容，依然是沈顾容那空缺的、遭遇过炼狱的百年记忆。

沈奉雪慢慢地走下台阶，终于和沈顾容并肩站在同一层台阶之上。他缓缓地靠近沈顾容，低声喃喃："你并非看到了京世录。"

沈顾容一愣，问道："什么？"

沈奉雪的声音越来越弱，身形也越来越淡，无力地说："你是进入了京世录中，亲身经历了那一世。"

强行逆天改命，所以天道才会如此震怒。

沈奉雪留下最后一句话："京世录隐世千百年，世间只有天道认可之人才有资格打开，而你并非那人，沈顾容。"

沈顾容浑身一僵。

沈奉雪说完后，身形化为齑粉瞬间散去，而与此同时，沈顾容的脑海中一直缺失的那一块仿佛被无数东西填满，正是那空缺了半年的记忆。

沈顾容猛地捂住头，踉踉跄跄险些一头栽下。在失重的一刹那，一双手突然扶住了他。

沈顾容忍着剧痛勉强睁开眼睛，视线对焦后，看到牧谪那张满是泪痕的脸，问道："哭什么？"他勉强一笑，喃喃，"我不是说过会回来吗？"说罢，那记忆再次汹涌扑来，转瞬便将他淹没到了更深的意识沼泽中。

"师尊！"牧谪的声音仿佛隔着无数层结界传来，那声音带着哭腔，沈顾容也有些不好受，但此时已经无暇顾忌了。

被天道强行剥离出去的记忆重新归位，沈顾容头痛欲裂，恨不得直接去死。但他此时浑身动都不能动，只能强行忍着那如凌迟般的痛苦，一点点将纷乱的记忆捋顺。

记忆深处，花灯街。

十三只疫魔屠城，回溏城一片火海，四处都是凄厉的惨叫和遍地的尸身。

沈顾容被吓呆了。他的手中还捏着先生给他的糖葫芦，呆呆地站在台阶上。

这场灾难仿佛是狂风过境，转瞬之间熟悉的地方就成了这番模样，短促得沈顾容根本就没反应过来。

沈夕雾尖叫一声，瞬间将沈顾容的神智唤醒了。他一把冲上前将沈夕雾抱在怀里，声音颤抖地道："别怕，夕雾别怕，哥哥在。"

沈夕雾哽咽道："哥哥，他们到底怎么了？"

沈顾容也不知道，只能一把将沈夕雾抱起来，想要不顾一切地往家里跑。但他刚上台阶，就被先生拦住了。

沈顾容茫然地道："先生？"

先生一身青衣，手握着竹箧，悲悯地道："顾容，你回不去了。"

沈顾容蒙了一下，头一次觉得自己脑子不够用，听不懂旁人的话，问："啊？什么？"

先生抬起竹箧，轻轻一指火烧过来的地方，说道："疫火是从外围蔓延到花灯街的，火过之处，疫魔已将所有生灵屠杀殆尽。"

沈顾容没听懂，还干巴巴地说："先生，这是什么新的话本片段吗？"

可他没时间也没心情听话本，抱起妹妹不管不顾地要回家，还心想，爹娘、兄长和嫂嫂还在家中等他们回去呢。

沈顾容心中虽然已经隐约有了猜想，但还是不肯相信，不能接受。

明明……方才还好好的。

一年一次的花灯街，明明一切都和往年一样，再过半个时辰就要放焰火了，看完焰火后他们才会回家，才会如往常一样上榻睡觉，去做各种各样、奇奇怪怪的梦。而不是现在……火灼烧在身上，明明不是在做梦，眼前却比噩梦还要可怕。

沈顾容不敢去看那满地的尸身，哪怕到了这个时候他也极其聪明，浑身发抖着往惨叫声极少的地方跑。只是跑着跑着，他便在那一条条深深的巷子里走丢了。

沈顾容不想让妹妹害怕，故作沉稳可靠，道："夕雾，你……你记得怎么回家吗？"

沈夕雾从他怀里抬起头，看了看周围，茫然地摇了摇头。

沈顾容脸上淡定，内心却慌乱得不行。他想要再次将妹妹抱起来，但抱着跑了这么久，他双臂酸软，只好将沈夕雾背起来，随便选了条巷子跑了过去。

但就连巷子中也时不时有面目全非的尸体，沈顾容看也不看地跑过去，声音有些颤抖地说："夕雾，闭上眼睛。"

沈夕雾忙紧闭眼睛，沈顾容安抚她："等你再次睁开眼时，哥哥就带着你回家啦。"

沈夕雾点头道："好，夕雾信哥哥。"

沈顾容勉强一笑。他的脑子一片纷乱，感觉自己好像在做一场荒唐大梦，怎么跑都醒不过来。

回溏城安稳了数千年，怎么可能一朝就遭此大难呢？

沈顾容不想相信，不敢相信。他拼命说服着自己，又跑了许久，久到整座城池的惨叫声越来越小。

冲入一条巷子后，沈顾容茫然地看着四周的火海——他又回到了原来的地方。

花灯漂浮在河面上，将河水照得波光粼粼，一片岁月静好，在岸上的炼狱场的衬托之下，越发让人毛骨悚然。

沈顾容不肯相信，正要离开，却听到不远处的河面上传来一声破水而出的声音。他呆呆地看过去，只见河面上，一人站在一艘小船上，面色木然地看着仿佛炼狱的回溏城，而那人的身子……竟然是半透明的。

沈顾容险些直接晕过去。先生不知何时站在了他的身后，捂住他的眼睛，淡淡地道："那是邪修。"

沈顾容仿佛寻到了安全感，呜咽一声捂住先生的手，颤抖着声音道："先生不是说……这个世界上并无魑魅魍魉吗？"

先生似乎笑了笑，他淡淡地道："只是回溏城没有。"他将沈顾容和沈奉雪护在身后，叮嘱道，"在我身后，别乱跑。"

沈顾容仍不甘心地追问道："可是我爹娘、兄长……"

先生叹了一口气，道："他们全都死了。"

沈顾容一愣，一瞬间还以为先生在开玩笑。

什么时候，那满口全是圣贤之词的先生口中，竟然也能古井无波地吐出这般残忍的话了？

"死……死了？"沈顾容整个人愣在原地，就连沈夕雾都忘记了哭。

那水妖的船靠不了岸，只能远远看着，他手中还有刚刚发动"养疫魔"的法阵痕迹。

"天选之人，报上你的名字。"他朝着先生开口，声音嘶哑，仿佛含着砾石。

先生偏头看他，温柔地笑了笑，道："不足挂齿。"

"也是。今日已过，世上便再无守护京世录之人，不知名讳也罢。"水妖阴鸷地盯着先生继续道，"回溏城之人皆会被疫魔屠戮殆尽，你就算有修为在身也不可插手凡间因果，否则必会招来天道责罚。"

沈顾容满脸呆滞，根本不知道他们在说什么。

水妖抬起尖利的爪子，冷冷地道："将京世录交出来，我便留你一命。"

先生笑了，握着手中的竹篾，随手挽了个剑花，宽袖翻飞，带起一阵微弱清冽的檀香。

"京世录就在这儿。"先生道，"你来拿。"

那是沈顾容的记忆中，第一次看见违背自己平生所认知一切的画面——他的背后是熊熊燃烧的大火，断绝了他的所有生路；他的前方，则是超乎他认知的修士与邪修之战。

先生一袭青衣，手持竹篾，足尖点在河面上，面沉如水，一招一式全是凌厉的杀招。那水妖翻手为云覆手为雨，河中的水裹着花灯铺天盖地落了下来，仿佛落了一场大雨。而那花灯落地后，火苗竟然没有半分晃动，依然灼灼燃烧着。

沈顾容死死地抱着沈夕雾，沈夕雾还在闭着眼睛，听到耳畔那陌生的声音，害怕地说："哥哥，我能睁开眼睛了吗？"

沈顾容脸色惨白，嘴唇都在发抖，闻言愣了半天，才点了点头道："好。"

沈夕雾这才睁开眼睛扑到他怀里，哽咽着道："哥哥我害怕，我们什么时候能回家？"

沈顾容茫然地看着她，耳畔响起方才先生的那句话："他们全都死了。"

全都死了……死了？

沈顾容耳畔一声剧烈的嗡响。他活了十六年，这一生见过最猛烈的雷鸣也比不上此时耳畔声响的万分之一。他的心口仿佛空了一块，寒风从后心拂过，穿过身体再从心口刮过来，冷风灌进四肢百骸。

他拼命想要说服自己这是在做梦，但梦里哪有这么真切的实感，夕雾的手还在死死地抱着他，仿佛自己是她唯一的依靠。而他……也真的只是妹妹最后的依靠了。

沈顾容突然诡异地平静了下来，一直在发抖的身体镇定了。他方才还在拼命地说服自己不要相信眼前发生的一切，现在却说服自己快些接受这一切，想快一点儿接受，慢一点儿崩溃。

他握着沈夕雾的手，仿佛在握着最后一丝理智。他现在不能疯，不能逃避，因为他还要护着沈夕雾。若是连他也死了，那夕雾更是没人护着了。

沈顾容强行将自己的恐惧和悲伤压在心里。本来他觉得不可能的事，竟然在那一瞬间神奇地做到了。

水妖甩起的水渍将沈顾容浑身打湿了，他胡乱抚了抚贴在脸颊的黑发，面无表情地抱着沈夕雾躲在了一旁的桥洞下。

那经常在天桥下讲《半面妆》的说书先生此时已经面目全非地倒在河边，半个身子浸在河里，血染红了一片河水。

沈顾容强行忍住呕吐，抱着夕雾寻了一处极其黑暗的地方躲了进去。

先生依然在和那只水妖过招，而整个回溏城也逐渐没了动静，只有那烈火灼灼燃烧的声音响彻耳畔，且夹杂着……野兽似的低吼。

沈顾容猛地掩住了沈夕雾的耳朵。沈夕雾很乖，大概知道了什么，连呼吸都屏住了，全身心地信赖着兄长。

沈顾容放轻呼吸，耳畔缓缓地传来沉重的脚步声。

声音很快从头顶响起，沈顾容微微抬头，发觉头顶的桥在微弱地颤动。可他不敢出去，因为不能确定外面的到底是不是人。

满城已是这般惨状，他不敢再对这个世界抱有任何天真的想法。

果不其然，桥上的东西很快就走了过去，它似乎是嗅到了人的气息，脚步逐渐朝着桥洞处过来。

当沈顾容看到那疫魔的模样，呼吸都险些停止了。

疫魔满脸红痕，瞧着好像是大片大片的胎记，它的面容实在是太过丑陋，獠牙大张，目光森然，哪怕沈顾容已经将自己彻底躲在了黑暗中，但还是被它一眼看到了。

沈顾容本来还觉得隐藏起来是一个很好的想法，但现在顿时变得可笑起来。他一下从桥洞跳了起来，抱着夕雾就往前跑。

那疫魔眼睛眨都不眨地跟了上来。它的双腿似乎还戴着镣铐，一走便会发出沉重的铁链相撞的声音，那声音跟在身后，听着分外瘆人。不过也多亏了镣铐，疫魔走路十分缓慢。

沈顾容趁着机会沿着河边，飞快跑到了护城河。他记得那里有一条通往城外的羊肠小路，之前他为了逃避抄书的责罚，和伙伴们偷偷地顺着那条小道跑出城玩过。

沈顾容本来觉得自己已经把情绪控制得足够冷静了，但跑着跑着，脸上还是布满了泪痕。他流着泪，牵着夕雾快步跑向石头垒成的羊肠小道。

虽然说是小道，但实际上就是在水面上每隔几步垫几块石头罢了，连路都算不上。护城河河流湍急，河水从河道穿过去，仿佛能将石头冲散。

沈顾容抱着夕雾踏上去，但才刚走到一半，脚底下的石头大概是支撑不住二人的重量，二人猛地一滑。沈顾容瞳孔一缩，千钧一发之际用尽全力将沈夕雾扔到下一块石头上，而自己则轰然落进了湍急的河水中。

沈夕雾尖叫一声："哥哥！"

沈顾容狼狈地浸在河水中，还未开春的河水冰冷彻骨，他只通一点儿水性，挣扎着不想让自己被水淹死。但那河水实在是太过急促，加上接连撞在河里的石头上，将他撞得浑身剧痛，仓促间喝了不知道多少水。

也不知挣扎了多久，一只手突然伸过来一把将他从冰冷的河水里拎了出来。

沈顾容此时已经奄奄一息，险些淹死。他气若游丝，回过神后的第一件事就是死死地抓着那人的手臂，艰难地道："夕雾……"

救他的人正是先生。

先生握着沈顾容的手也不知做了什么，他剧痛的身体仿佛被什么温柔抚摸过一般，困乏无力的感觉也转瞬消失不见。

沈顾容眨了眨湿润的羽睫，讷讷地道："先生？"

先生将他扶了起来，低声道："我不能插手三界因果之事，抱歉。"

沈顾容茫然看着他，想问：那你为什么要救我呢？难道救人不是结下因果吗？

只是此时他已顾不得多想，匆匆和先生道了一声谢，便着急地往那护城河的小道上走。所幸，夕雾还在那石头上站着，背对着他，肩膀微微发抖，看起来是吓得不行。

沈顾容的心都软了，双腿酸软地走过去，柔声安抚道："夕雾，别怕，哥哥马上到你身边。"

这是沈夕雾此生听到的最后一句话。

3

沈顾容还差一块石头就要走近沈夕雾时，先生却踩着水面缓缓而来，站在沈顾容前方的石头上，阻止了他的前进。

沈顾容还以为他是来帮自己接夕雾的，勉强一笑，道："先生，把夕雾抱给我就好。"

他妹妹性子软糯，胆小体弱，这么一会儿工夫不见，她肯定会极其害怕。不过只要他好好安抚一顿，再给她一颗圆滚滚的珠子，她就不害怕了，毕竟他的妹妹一向懂事又好哄。

沈顾容正想着，就听到先生再次用那种古井无波的语调淡淡道："她已经不是你的妹妹了。"

沈顾容的嘴角一僵，就见先生微微侧身，露出浑身抖动的沈夕雾。她一点点地回过头来，缓缓地露出一双阴森的眼瞳。

沈顾容呆住了，茫然地喊："夕雾？"

先生道："她已沾染上了疫毒，若是熬不过去，就会死。"

沈顾容仿佛是提线木偶般呆呆地看着自家面目狰狞的妹妹，跟着先生的话本能道："若是熬过去呢？"

"熬过去，她便是下一个疫魔，另外十三只疫魔会过来吞噬掉她。"

沈顾容看着先生，面无表情地道："我听不懂。"

先生道："顾容……"

"我听不懂你在说什么。"沈顾容抬手指着沈夕雾。这个时候，他的手却诡异得稳如磐石，"夕雾，不是在那儿吗？"

先生怜悯地看着他。

沈顾容歪歪头，呆滞地道："她就离我一步。"

只要再往前一步，他就能接妹妹回家。

他说着，仿佛看不见先生在那块石头上，抬步就要走向妹妹。可他的脚刚踩到那石头的边，他就被先生拦住了。

这一下，仿佛将沈顾容身上不存在的傀儡线悉数斩断。他彻底崩溃，发了疯似的想要扑向沈夕雾，喊道："夕雾！放开我！她是我妹妹，我马上就能碰到她了！"

"夕雾！"他撕心裂肺地叫着，绾发的发带早已被水冲走，此时墨发胡乱披散，看着仿佛是个疯子，和被先生困住的夕雾相比，也不知谁更像怪物。

先生死死地拦住沈顾容，不让他发疯，但他理智的最后一根弦断在了沈夕雾身上，之前被他强压下去的恐惧和悲伤潮水般涌了出来。他的心在痛，头在痛，浑身上下仿佛被针细细密密扎着似的痛。

沈顾容锦衣玉食这么多年，从来没这么痛过。

最后，先生抬手朝着沈夕雾一挥，本来还在狰狞挣扎的沈夕雾像是被瞬间断绝了呼吸，浑身一颤，软软地瘫倒在那块小小的石头上。

这是最好的解脱。

沈顾容的声音在沈夕雾倒下时戛然而止。他茫然地瞪大眼睛，拼命往前伸的手陡然垂了下来。

沈顾容浑身瘫软，仿佛被抽取了所有的力道，软软地倒在先生怀里。先生将他抱了起来，一步一步地踩着石头离开。

沈顾容愣了许久，突然用尽全身的力气，扑上前抱住先生的脖颈，用尽全力死死地咬在先生的肩膀上。一口便出了血，将那袭青衫瞬间染红一片。

先生面不改色地抱着沈顾容继续往前走，似乎那点儿疼痛根本不算什么。他抱着沈顾容踏过遍地横尸，满城火光。那十三只疫魔已经察觉不到回溏城任何活人的气息，此时正在尸海中自相残杀。

沈顾容一边流泪，一边木然地咬着先生的肩膀，力道之大，连他的嘴角都渗出了些许血痕。

先生将他抱到了自己的芥子中，那屋舍坐落在山清水秀之地，四周都是烟雾缭绕，小院的匾上隐约可见三个字——泛绛居。

先生将沈顾容放在软椅中，轻轻地抚着他乱糟糟的发，道："顾容，我只能救你一人。"

沈顾容的身上和脸上都是血。他木然地看着先生，看着看着，突然一笑，道："救我一人？"

沈顾容睁大眼睛，眸光呆滞，整个人仿佛魔怔了似的，声音却前所未有地软，像是平日里不想抄书，向先生撒娇时那样说："可是我没想活着。"

先生的眼中浮现一抹复杂的神色，迟疑道："顾容……"

沈顾容呆滞地看着他，似乎无法理解。他像平日里询问不懂的难题时一样，轻声细语地问道："为什么要救下一人呢？为什么非得是我活着？你的目的是什么？"

沈顾容仿佛在一夜之间长大，对世间一切的天真妄想悉数消散。

世间没有无缘无故的好意，他自认不是什么极好的人，活了这么多年，插科打诨一事无成。回溏城有这么多比他好的人，他的兄长、他的妹妹，以及私塾中更优秀的少年，为什么活着的人偏偏是他。

先生盯着沈顾容如死灰般无神的眸子看了许久，抬手想要抚摸他的头，却被他微微一偏头，躲了过去。

"别碰我。"沈顾容冷冷地说。

先生只好将手收了回来，轻轻地叹息道："我的确是有目的。"

沈顾容没说话，木然地看着先生。他在短短几个时辰内经历的事情太多，多到他的脸已经做不出其他神情了，好像什么表情都是错。

"现在整个回溏城被阵法笼罩，除非十三只疫魔将活人屠戮殆尽，只剩最后一只疫魔存活，阵法才可解。"先生道，"而我是守护神器之人，无法和三界结下因果，否则必受天罚。"

"嗯。"沈顾容满脸麻木地说，"所以仙人是打算让那十三只疫魔自相残杀后，让我成为新的疫魔，独自活着，是吗？"

听到这句全是疏离态度的"仙人"，先生的羽睫微微一颤，仿佛是有些难过。他犹豫了一下，才轻声道："不，独自存活的疫魔会以杀入道，修为成圣……"

先生说着，手中的竹篾突然发出一道光芒。他屈指一弹，竹篾转瞬从中间裂开，呼的一声响，竹篾之身化作一卷长长的竹简，上面写满了密密麻麻的字，飘浮在先生面前。那竹简似乎在和水妖的争斗中缺了一角，先生瞥了一眼，眉头轻轻地皱了起来。

"京世录之言……"先生低声道，"你是回溏城唯一一个存活……"

他沉默了一下，才在沈顾容心若死灰的注视下，轻声说完最后半句话："且未受疫毒侵蚀之人。"

沈顾容听不懂，可有可无地"哦"了一声，将视线平静地移到窗棂外。他木然看着泛绛居的院中盛放的夕雾花，脸上已全是泪痕。

此时的沈顾容仿佛被人抽去了三魂六魄，哪怕听到了先生所说的什么唯一存活之人，也没有庆幸或欢喜的情绪，他现在连恐惧和悲伤都没有了。他盯着那满院的夕雾花许久，才轻声道："我没想活着，仙人所说的京世录，许是写错了吧。"

早些去黄泉路，指不定还能追上他的家人。

三界众人趋之若鹜的神器京世录，沈顾容却直接断言"写错了"，但凡换一个人在这里，肯定会嗤笑他的无知，嘲讽他的天真。

见沈顾容愿意和他说话，先生神色柔和，轻声道："京世录不会出错。"

沈顾容看也不看那飘浮半空的京世录，仿佛在闲聊似的，木然地道："那我现在自戕，是不是就能说明它错了？"

先生被噎了一下。

"你不能死。"先生沉吟片刻，道，"你难道不想知道是谁将十三只疫魔放进回溏城的吗？难道不想为父母和亲人报仇雪恨？"

沈顾容本来面无表情，听到这句话竟然直接笑了出来。

"先生。"沈顾容的嘴角虽然勾着，但死灰的眸子却一分笑意都没有。他漠然地说道，"我记得上个月的早课上您曾说过，仇恨是一场无休无止的轮回，要我们心怀善意，莫轻易对人产生怨怼之心。"

先生一愣。

沈顾容直勾勾看着他说："而现在，您却强要我生出怨恨，陷入轮回吗？"

先生抿唇，难得被沈顾容说得语塞了。他低声说："我只是想要你活着。"

"活着？"沈顾容扶着桌子缓缓地起身。他双腿发软，走了半步险些跟跄着摔倒，但还是强行撑起身子走到先生面前，盯着先生温润的眸子，哑声道，"是先生想要我活着，还是京世录想要我活着？"

先生被问住了。

沈顾容直接说："若是先生想要我活着，那我就活着；若是您因为京世录之言才对我另眼相待的话……"他漂亮的眼睛慢慢落下两行清泪，又哭又笑地道，"那您就不要管我了，好吗？"

先生抬头，悲伤地看着他。

"不要管我了。"沈顾容哽咽道，"别再给我任何空妄的希望，先生，我抓不住了。"

先生沉默着和沈顾容对视许久，才轻轻地一抬手，将京世录化为竹簸的模样，将它塞到他的掌心。

沈顾容茫然地看着他。

"并非京世录。"先生柔声道，"我想让你活下去。"

沈顾容呆呆地看着他，突然就哭了出来，这是他这日第一次哭出声。他死死地抓着先生的袖子，大颗大颗的泪水往下滚落，呜咽道："对不起，对不起……我方才说了浑话，先生……"

先生拍了拍他的头，道："你是个好孩子。"

沈顾容哭得说不出话来。

先生无声地叹了一口气，轻声道："我要去将外面的疫魔清掉，你就在这里等着我，好吗？"

听到这句话，沈顾容满脸恐慌地抓着他的袖子，紧张地问："您……您会回来吗？什么时候回来？马上就回来吗？可以不去吗？"

先生温柔地笑了笑，道："我会回来的。"

这是牧奉雪第一次说谎。

京世录上言，回溏城确实有一人存活，可那人却是将十三只疫魔屠杀吞噬，以杀入道后修为成圣的沈顾容。

沈顾容目送着先生离开，一个人蹲在泛绛居中等了很久很久，久到外面已经天光大亮，先生依然没有回来。他越来越恐慌，甚至连那面目狰狞的疫魔都不怕了，挣扎着跑出了泛绛居。

整个回溏城一片火海，烈火燃烧，沈顾容浑身发软地走在辟火的河边，浑浑噩噩地去寻先生。他沿着回溏城中的河走了不知多久，也不知转了多少圈，却依然没有寻到那个一身青衣的先生。

那十三只肆虐的疫魔已不见了踪迹，或许是被先生清理掉了。

沈顾容茫然地握着竹篾走着，天边乌云密布，轰隆一声巨响，一道天雷瞬间从半空劈下，猝不及防地劈在了不远处的石桥之上。半空中似乎是有琉璃裂开的声音，仿佛是天道在震慑、催促。

沈顾容鬼使神差地朝着落雷的地方跑去，只见那石桥被劈成了一堆堆四散的石屑，而在倒塌了半边的桥底阴影处，终于看见了一身是血的先生。

沈顾容的眼睛仿佛又恢复了光亮，不管不顾地跑了过去，喊道："先生！"

先生背靠着桥下的石壁坐着，青衣上全是血污，也不知是他的还是疫魔的，白色的发带松散地披在后背，发梢还在往下滴着水。他失神地看着不远处初升的太阳，似乎是在发呆。忽然听到沈顾容的声音，他微微一怔，愕然地抬头看去。

沈顾容已经连扑带跑地冲了过来。看到先生这番模样，他双腿一软跪坐在地上，脸色惨白如纸，喊道："先生？"

先生柔声道："你怎么来了？不是让你在泛绛居等着我？"

沈顾容满脸惊恐地道："先生，先生，血……"

先生笑道："不是我的。"

那十三只疫魔自相残杀、相互吞噬，最后夺去了数千条人命的疫魔，只差吞噬阵法中的最后一个活人便能成圣，可它找寻了许久都死活寻不到活人的气息，暴躁地在回溏城中肆意吞噬尸身。

先生一剑了结了他，而那疫魔在咽气前，不知想到了什么，突然咧嘴一笑，吞噬了无数人魂魄的大凶之物在最后一息，拼尽全力将整个灵体自爆。

先生猝不及防，被震伤了灵脉，身上的血都是那疫魔的。但伤势并不致命，他缓了缓才耽误了回去的时间。

沈顾容跪在先生面前，不知是后怕还是欣喜地掉着眼泪。

忽然，天雷轰鸣，一道又一道地朝着先生所在之处劈下。

沈顾容哽咽道："那天雷是什么？"

先生笑了笑，道："是天罚。"

沈顾容一愣，回想起先生之前说的，他一旦牵涉凡人因果，便会招来雷罚。

看到沈顾容的脸瞬间白了，先生柔声道："不怕，天雷能为我们将阵法破开。"

养疫魔的阵法一旦成型，哪怕是大乘期的修士也无法破解，而天道降下的天道能劈开三界所有东西。

沈顾容并不懂，但并不妨碍他觉得先生厉害。他带着最后一丝希冀，问："我们……都会活着吗？"

先生并没有回答这句话，只是温柔地笑着，在抬手的一刹那，看到自己发红的手背。他愣了一下，那是……疫毒。

疫毒往往不会因为血而染上，所以先生并未在意因那疫魔自爆而溅了一身的血。但现在看到自己身上逐渐蔓延开来的疫毒，他突然明白了。

他插手了凡世间的生死，天道落下天雷惩罚；他强行改变了京世录的结局，天道更是不会放过他。哪怕是杀死守护京世录之人，天道也要将京世录上的记录掰向正轨，借他之手让沈顾容成为唯一一个存活且战胜疫魔而成圣之人——这便是天道。

先生也不觉得悲伤，柔声问："京世录你拿着了吗？"

沈顾容并不知道发生了什么，将手中的竹篾递给先生。

先生轻轻地抚着竹篾，叹息道："你可知，神器为何要唤作京世录？"

沈顾容摇头，不知。

"京同警，它本是天降恩泽，警示未来天灾人祸。"先生道，"可世上贪婪之人太多，警世也变成了祸世，天道震怒，便封了京世录，只有天选之人才可窥看。除非是灭世的灾难，否则我不可随意泄露天机。"

天道选择之人，自出生起便已和三界因果脱离，是完全的世外之人。为避免有人用京世录重蹈覆辙，守护京世录之人不可将京世录上的内容随意泄露或更改。

牧奉雪犯了两条罪：一是救了本该成为疫魔的沈顾容，二是将京世录交给非天道选定之人。

先生温柔地笑了，低声问："你能替我守好京世录吗？"

沈顾容茫然地道："先生呢？"

先生不说话。

沈顾容突然有些慌了，说："我……我并非天选之人，无法……无法帮您守这什么神器……先生自己来吧。"

天边的雷落下得更厉害了，且听着仿佛很快就会将法阵的结界劈碎。

先生将手背朝下，温柔地朝着沈顾容抬起手，说："来。"

沈顾容还是很害怕，但此时他除了先生已无人依靠，只好将手递过去。

先生将竹篾塞到沈顾容的手中，而沈顾容似乎察觉到了什么，突然拼命挣扎了起来，喊道："先生！先生你怎么了？"

先生淡淡地道："我中了疫毒。"

沈顾容愣了一下，疫毒……就是夕雾中的那个疫毒？

沈顾容浑身都在发抖，他拼命摇头道："不……不是，你只是沾了疫魔的血，那……那不是疫毒。"

先生笑了，说："我活了太久，生死对我而言，已不算什么。"

沈顾容的嘴唇忍不住颤抖起来，眼泪再次往下落。他想说：生死对你而言不算什么，但对我呢？一夜之间，满城之人皆被屠戮，只剩下我一人。我呢？我算什么？

先生抬起手，仿佛对自己做了什么，沈顾容感觉先生的身体猛地一颤，唇缝间发出一声压抑到极致的喘息。

沈顾容剧烈挣扎，喊道："先生？先生！求求你，不要！"

先生的嘴角慢慢流出一丝血痕。他必须要在变成疫魔之前死在这里，否则疫毒蔓延全身，以他的修为化为疫魔，定会将沈顾容连皮带骨地吞噬掉。

先生一只手死死地制住沈顾容，另外一只手颤抖着抬起缓缓地挡住他的双眼。

沈顾容顿时陷入一阵可怖的黑暗中。他什么都看不到，根本不知道先生身上到底发生了什么，只有耳畔传来先生压抑的喘息声。

一声又一声，一声比一声弱。

沈顾容似乎是料到了什么，眼泪缓缓地滑下。他呜咽了一声，彻底绝望之际竟然什么都说不出来了。

先生低喃道："顾容，命数已至，不必自责。"

沈顾容好不容易升起的最后一丝蛛丝般纤弱的希望转瞬断裂。他浑身发软，难受得几乎要呕出一口血来。

"你带我一起走吧。"沈顾容口中全是浓烈的血腥气。他讷讷地道，"你给不了我希望，就带我一起走。"

先生却笑了，淡淡地道："万物生而有灵，皮囊只是寄托。"

沈顾容呢喃："我不懂，先生教我。"

先生微微喘息着低语："你方才不是说，若你自戕于此，京世录便是错的吗？"

沈顾容沉默。

先生道："今日天道要我死在此，你会以邪修的灵体成圣。"

沈顾容一愣。

"我突然想通了。"先生道，"天道说的，那便是对的吗？"

先生的喘息都带着血腥气，声音越来越弱、越来越小："顾容，我活了成百上千年，顺从地替天道守护京世录，见过无数被京世录操控着命轮的凡人、修士，世间万物皆为刍狗，可没了我们这些刍狗，天道又如何高高在上，藐视众生呢？

"所以不是天道操纵我们，而是我们成就了天道。"

沈顾容的手缓缓地滑落了下来。他不懂先生说的话是什么意思，他还太小。昨日他还是个想着如何逃避先生罚抄五遍《弟子记》和《学规》的孩子，只是一夜之间突逢大变，整个人都蒙了。虽然先生说的话他根本不懂，但他隐约知道，先生之所以和他说这么多，是在教他要如何活下去。

沈顾容茫然地道："可是我一个人……要如何活？"

先生道："回溏城外的天地，无穷无尽啊顾容。"他说着，渐渐垂下了头，只有微弱的呼吸响彻沈顾容的耳畔。

天空中的天雷依然在一道一道地劈下，沈顾容身处在一片黑暗中，浑身都在发抖。他不知想通了什么，突然问道："先生，人真的会有转世吗？"

先生温和道："我方才说了，万物皆有灵，就连京世录也是有灵的。"

沈顾容又问："那您会转世吗？"

先生温柔地笑了起来，说："会。

"我名唤牧奉雪，我因京世录而生，本该因它而死。但我违背天道，京世录却依旧为我显露天机。天道震怒，我死后，'京世录之灵'也会随我一起堕入轮回。竹篾保存在你手中，虽不可用，却能护你一世周全。"

先生低声说："我叛逆天道，会被罚百年才可再入轮回。百年后，我和'京世录之灵'轮回降世，竹篾便会解封，'我'将同它一起去寻京世录本体。"

转世那人会去寻你，他依然是天道的选择之人，是我，却已不是我。

但对沈顾容来说，这是牧奉雪留给他的最后一丝希望。

沈顾容仿佛再次抓住了救命稻草，哽咽着点头，道："好，我会去寻你的。"

先生笑了，道："好，我等你。"

沈顾容闻到的全是血腥气。他静静地落着泪，感受着先生越来越虚弱的呼吸和越来越冰冷的身体，却因为自己方才的承诺不敢太过崩溃，只能小声抽着气。

不知过了多久，他还是没忍住害怕，紧张地问："先生，你还在吗？"

先生温柔地说："我还在。"

又过了片刻，沈顾容抖着声音问："先生，你还在吗？"

这一次，先生的声音明显小了下来，但语气还是一如既往地温和："还在。"

沈顾容止不住地流泪，问："你还在吗？"

先生道："在。"

沈顾容每隔一段时间都会问上一句，可他从未觉得等一个回答能让他这般肝肠寸断。很快，先生的回应间隔越来越长，声音越来越弱，最后细若蚊呐。

"先生，你还在吗？"

无人回答，无人回应，就连耳畔那微弱的呼吸声也已经听不见了。与此同时，天边最后一道天雷轰然劈下，直直将整个回溏城养疫魔的法阵劈个粉碎。

4

在外等候多时的人见状飞快地冲进了回溏城，所见却是一地的焦黑和满城的尸体。

离南殃悲悯地闭上眼睛，少年奚孤行执着短景剑在回溏城跑了一圈，最后在一座桥洞下发现了已经崩溃的沈顾容。

奚孤行扬眉道："师尊，这里有活人！"

离南殃知晓养疫魔的阵法必定会有一人存活，而那人定是已经得道的疫魔。他脸色一沉，快步上前将奚孤行拉到身后，冷冷地道："别靠近，他已经是疫魔……"话还没说完，他便看到了缩在一个血衣男人旁边的少年。

少年浑身污血，身上却没有一丝疫魔的气息。

他……是个凡人。

离南殃一愣，尝试着走过去。可他刚靠近，那少年猛地抓住他的手。

离南殃从未被人这般冒犯过，险些一巴掌把他甩出去，但还是顾念着他是个凡人，堪堪忍住了。

沈顾容目光涣散，死死地抓着离南殃的袖子，嘴唇发抖，似乎想要说什么，却一个字都说不出来。

奚孤行偷偷走过去，伸出手在他眼前晃了晃，小声嘀咕："怎么是个瞎子？他怎么活下来的？"

离南殃蹙眉道："闭嘴。"

奚孤行只好不说话了。

沈顾容挣扎了许久，才像孩子牙牙学语那般艰难地吐出了一句话："救……救他。先生……方才还……应了……我……他还……活着。"

虽无人回应他，但沈顾容却死死地抱着最后一丝希望，乞求着陌生人能够救他的先生。

离南殃最厌恶脏污，扫见沈顾容全是鲜血的手在自己的衣服上落下几个鲜红的指印，眉头轻轻地皱了皱，却也没说什么。他抬手在先生的脖颈处探了探，道："他已经死了。"

若只是躯壳受损、刚断气不久的人，离南殃或许还能将那人的身体修复，起死回生，但这个一身青衣的男人他却无能为力。这男人的元丹被生生震碎，再无一丝复生的可能，而身上的疫毒也已蔓延到了脸上，只差一丝就能彻底化为疫魔。

沈顾容茫然地盯着虚空，嘴唇发抖："死了？"

死了，他们都死了。

沈顾容眼前一黑，彻底承受不住，直接倒了下去，被离南殃一把接在怀中。

奚孤行在一旁眼睛都瞪直了。他还从未见过自家师尊这般容忍过一个人，而且还是个凡人。

离南殃不顾血污，将沈顾容护在怀中，看了一眼已成废墟的城池，末了无声地叹了一口气，道："走吧。"

奚孤行忙跟了上去，喋喋不休："师尊，他到底是怎么活下来的？养疫魔的法阵不是从上古就有的吗，这么多古书记载，我还从来不知道有人能活……"

他没说完，离南殃就冷冷地看了他一眼，他便立刻噤声。

他们离开了依然熊熊燃烧的回溏城，到了停留在百里外的灵舫上。

一个红衣少年正坐在灵舫的顶端，手持着一片柳叶，正在催魂似的吹着不成调的曲子。他看到离南殃和奚孤行过来，粲然一笑，纵身从顶端跃下。

红衣翻飞，少年容颜昳丽，言笑晏晏："师尊。"

离南殃一点头，默不作声地带着沈顾容上了灵舫，奚孤行走了过来，无意中扫了一眼，疑惑道："大师兄，你的衣摆怎么湿了？"

离更阑愣了一下，才勾唇一笑，道："刚才瞧见了个水妖。"

奚孤行道："又说玩笑，回溏城外方圆百里全是荒漠，哪来的水妖？"

离更阑笑而不语。

奚孤行只当离更阑在开玩笑，反正他插科打诨、胡说八道也不是一天两天了，便没在意。

离更阑和奚孤行上了灵舫，催动法阵折返离人峰。

沈顾容昏睡了一整日，等到再次醒来时，自己已经到了一个全新的世界。也不对，不能说是全新，因为在这个世界里的东西，先生曾经借志异之口对他讲过，修士、妖魔、元丹和灵舫组成的奇妙的世界。

沈顾容刚醒来，还没弄清楚周围的情况，就发现自己手中一直紧握着的竹篾不见了。他发了疯似的在周围摸索着，但他找遍了周围能找的地方，却依然没寻到那根竹篾——京世录，丢了。

沈顾容满脸泪痕，呆滞地瘫坐在地上，手指都在发着抖。先生说……转世后会来寻京世录，而现在还没过几日，京世录便在他手中丢了。

就在这时，有人笑着说道："你在找什么？"

沈顾容被吓住了。他刚失明，还未适应眼前的模糊，当即尖叫一声，拼命往角落里躲。

接着，奚孤行怒气冲冲地跑了进来，道："大师兄，他刚醒，你别吓着他。"

离更阑无辜地道："我什么都没做。"

奚孤行瞪了他一眼，朝着几乎要将自己缩到桌子底下的沈顾容说道："你先别怕，这里是离人峰，你已经安全了。"

沈顾容瑟瑟发抖，嘴唇轻轻地动了动，哪怕奚孤行和离更阑是个修士，都没听清他在说什么。

离更阑大大咧咧地走过去，一把拽着沈顾容的手，将他从桌子底下拽了出来，说："你说什么？大点儿声。"

沈顾容乍一被触碰，浑身一抖，险些尖叫出声。

奚孤行有些着急，道："师兄你别……"

"怕什么？"离更阑挑眉道，"回溏城的人全都死完了，只剩他一人独活，那是天道恩赐。既是天道赏赐，那就该好好接着，能活着就偷着乐呗，摆出这么一副心若死灰的模样做什么？矫情。"

奚孤行头都大了，说："他还是个孩子。"

离更阑哼了一声，随手将沈顾容甩给奚孤行，奚孤行手忙脚乱地扶住。

奚孤行也不知去过哪里，身上沾染了些许檀香，沈顾容直直地撞到他身边，正要挣扎，嗅到和先生身上如出一辙的檀香味，陡然僵住了身子，停止了挣扎。

离更阑道："你去哄孩子吧，我去找不归玩儿。"他说完就离开了。

奚孤行一个头两个大。他感到沈顾容在瑟瑟发抖，有些于心不忍，抬手僵硬地拍了拍沈顾容的后背，道："你还好吗？"

沈顾容死死地抓着他的衣襟，低声道："竹篾……"

他的声音太小，奚孤行没听清，问道："什么？"

沈顾容鼓足了勇气，茫然地抬头，带着哭腔问："我的竹篾……不见了，你瞧见了吗？"

奚孤行愣了一下，道："我没注意，是师尊将你带回来的。"

沈顾容忙追问："那师尊呢？"

奚孤行古怪地看着他说："师尊可不是能随便叫的。"

沈顾容满脸茫然。他满脑子都是京世录，根本不知自己说错了什么。

奚孤行见沈顾容赤着双足踩在冰冷的地上，眉头皱了皱，抬手生硬地将他扶到了榻上，干咳一声，说："你在这里等着，我去问问师尊。"

沈顾容闻言忙点头，伸出手抓住他的袖子，讷讷地道："多谢你……谢谢你。"

片刻后，奚孤行回来，道："师尊说竹篾就在你手中。"

沈顾容一僵，抬起手给奚孤行看，摊开掌心抓了抓五指，呆呆地说："啊？可是我看不到，你……你帮我看看我手中有没有竹篾。"

奚孤行心想：这少年长得倒是好看，但脑子好像不怎么好使。

不过，若是旁人遇到屠城早就崩溃了，这个少年虽然明显受到了巨大的刺激，但还留有一丝神智，艰难地清醒着。

奚孤行故作轻松地说道："没事的，竹篾而已，丢了就丢了，我再给你做一个呗。"

奚孤行刚说完，沈顾容的眼泪瞬间流了下来。

奚孤行吓得都要跳起来了，手足无措道："你……你别哭，你……我……我哪句话说错啦？"

沈顾容安安静静地落着泪，面色苍白如纸。

奚孤行安抚了半天都没用，只好干巴巴地站在那里。

不知过了多久，沈顾容长长的羽睫一颤，低声道："多谢你。"

他总是在道谢，奚孤行愣了一下，自觉没帮到什么忙，只好别扭着说："没事，你……"

沈顾容轻飘飘地打断他的话："能劳烦你杀了我吗？"

奚孤行一愣，问道："什么？"

他从未见过有人能将"杀了我"说得这么轻描淡写，一时间他都有些怀疑自己的耳朵是不是出了问题。

沈顾容声音软糯，带着些哭泣过后未散去的哭音，听着像是在撒娇："杀了我吧。"他轻声说，"多谢你。"

没了京世录，他不知道要如何面对先生；没了京世录，先生……也不会来寻他了。

奚孤行的脸都白了。

就在这时，离更阑大大咧咧地跑了进来，笑吟吟地将一根竹篾塞到沈顾容的手中，道："喏，这个是你的吗？"

沈顾容一愣，立刻像是抓住救命稻草一样，抬手一寸寸地抚摸着那根竹篾。他不记得竹篾是什么模样了，但大致也没多少差别。

沈顾容又开始安静地落泪，只是这一次，他没有再寻死了，仿佛方才那句撒娇似的求死，只是脑子一时糊涂说的胡话。只要给他一丝希望，哪怕那希望是在百年千年之后，他都能强迫自己撑下来、活下来。

奚孤行瞪了离更阑一眼，传音道："你拿别人竹篾干什么？"

离更阑一笑，并没有说话。他袖中藏着的真正的京世录微微闪着光芒，被他用修为强行遮掩了。

奚孤行没再理离更阑，等到沈顾容平息下来，才轻声问："你叫什么名字？"

沈顾容呆了许久，才喃喃地道："奉雪。"

奚孤行道："嗯？"

沈顾容抬起头，目光涣散，失神地盯着虚空一处，低声道："沈……奉雪。"

自那之后，离南殃将沈顾容收为了徒弟，却不教授他任何东西。毕竟常人都知晓，凡人之躯入道极难，可不是蜕一两层皮就能解决的事。沈顾容细皮嫩肉，一看就是在蜜罐里长大的，怎么可能受得了那种非人的痛苦。

沈顾容不提，南殃君也没有强求。

不知道是不是离南殃的授意，离人峰的人都对沈顾容很好，林束和研究了好几年，特意给他做了一条能帮助视物的冰绡，就连心高气傲如朝九霄，也经常从风雨潭跑来看他。

因为离更阑将沈顾容的竹篾找回，他唯独对离更阑十分特殊，完全没有半分排斥之意，恢复视力后更是成天跟在离更阑身后跑。

离更阑似乎觉得很好玩，去哪儿都带着他，还对他承诺，要和他一起找出养疫魔的幕后黑手。

因为这个，沈顾容更加依赖他。

沈顾容及冠那日，闭关已久的南殃君终于出关，送给了沈顾容一把被封印的剑——林下春。

沈顾容不喜欢剑。但是师尊送的，他只好装作开开心心的模样接了过去。

在离人峰这四年，沈顾容的性子并未有太大变化，只是时常会一个人抱着竹篾发呆。

南殃君看到他那副模样就知道，这孩子根本没有从那场屠城之夜缓过来，但见他总是将自己伪装得张扬似火，也没有戳穿他。

及冠礼成后，沈顾容抱着剑回了泛绛居。那是南殃君从回溏城寻到的芥子屋舍，大概知晓那位护着沈顾容的男人的遗物，便强行将芥子撕开，同现世相连，坐落在九春山。

沈顾容一个人时总是面无表情，没有丝毫情绪波动，将少年意气风发的面具拿下后，整个人显得死气沉沉。他木着脸将林下春放进箱子里，觉得自己此生大概都用不上这把剑。

他在离人峰会活到老死，也许在老了之后会向南殃君求一颗延年益寿的灵药，能让他活着撑到先生转世，活到先生来寻他，或者他去寻先生。只要将京世录完整地交给先生，那他就死而无憾。而屠城的疫魔，幕后指使必定手段通天，有可能是他好几辈子都达不到的修为。

沈顾容没有自取其辱，索性放弃了报仇。

先生曾说，仇恨是一场无休无止的轮回。他这辈子这么短，不想将时间耗费在根本不可能完成的事情上。这一辈子，他只为将京世录交给先生而活。

沈顾容将箱子关上，正要转身上榻，就听到有人在他的耳畔轻笑了一声："十一。"

沈顾容回头看了一眼，面无表情的脸上骤然浮现一抹笑容，道："大师兄。"

离更阑一身红衣，笑着坐在窗棂上，支颐冲沈顾容笑道："师尊对你可真好。"他笑眯眯地说，"他都没对我这么好过。"

沈顾容愣了一下，以为离更阑是在羡慕林下春，犹豫地问道："师兄想要那把剑？"

离更阑笑着说："不，我所求的，并不是他给的东西。"

他坐在窗棂上，懒洋洋地晃荡着双腿，月色倾洒下来，将他的半张脸笼罩在阴影中。他说："师尊几十年前捡到我时，是在幽州的荒原中，当时我险些被一只火灵兽烧死。"

离更阑不知为何突然说起了这个。他语调上扬，仿佛在讲话本似的，态度十分轻松闲适："那时的师尊就像天神一样从天而降，将我从凶兽口中救出。"

沈顾容想了想，道："嗯，师尊很好。"

但离更阑说这些，显然不是为了听沈顾容夸赞南殃君的。他勾唇，眼中的笑意却越来越冰冷，说："我是天生的魔修，拜入南殃君座下成为首徒，我本该风光无限……"他抬手绕了绕垂在肩上的一缕发，淡淡地道，"却因为是魔修之体，而被师尊断定无法成圣。"

沈顾容愣了一下，才干巴巴地说："师兄，我……我不知道修士之事。"

"你该知道啦。"离更阑依然笑着看着他,"三界共知,只有修道之人才能被天道认可成圣,而我生而为魔修,便注定了这一生只能止步大乘期。"

沈顾容突然感觉,这个平日里温和的大师兄此时变得有些危险。

"可是我不甘心。"离更阑道,"我不甘心还未努力,便被师尊定下魔修不可成圣的命数。"

他死死地盯着沈顾容,脸上的笑意有些诡异,说:"我不仅要以魔修之体成圣,还要让他看一看,哪怕是肮脏的疫魔,也能成就大道。"

沈顾容一愣,隐约间意识到了什么,但一时间不敢相信。

离更阑说完后,脸上的笑意逐渐消失。他神色冰冷地看着沈顾容,道:"你知不知道,这些年同你这种人相处,让我恶心得几乎要吐。"

沈顾容呆呆地看着他,道:"师……兄?"

离更阑背对着月光,整张脸都隐在黑暗中。他冷冷地道:"怯懦、脆弱、愚蠢的凡人,凭什么得到京世录的认可,又凭什么得到师尊的爱护?"

沈顾容往后退了半步,满目怔然地看着他说:"你……"

离更阑身上散发着沈顾容从未见过的恶意。他宛如魔鬼般,狰狞地凝视着沈顾容,仿佛要将沈顾容撕成碎片,凶狠地发问:"明明一城的人都被那十三只疫魔屠戮了,为何偏偏剩下了你?"

离更阑从窗棂跃下,一步步逼近沈顾容,声音带着魔修的蛊惑和阴森:"为什么你要活下来?为什么你不变成疫魔成圣,让三界所谓的正义修士看一看,哪怕是人人喊打的疫魔也能将他们轻松踩在脚下。"

沈顾容被逼得后背抵在墙壁上,退无可退。他惊恐地看着离更阑说:"那十三只疫魔,是你……"

离更阑道:"是我。"

离更阑试探了沈顾容四年,终于确定这人的的确确是个凡人,而非什么疫魔成圣后伪装出来的人类。

他四年前做的一切,全都毁于一旦。

他恼怒、怨恨,明明他耗费了那么多的精力,养疫魔的阵法也成功了,为什么到最后却没有养出那只疫魔,反而只活了一个没用的废物。

离更阑平生惯会伪装,就连离南殃也被骗了过去。而此时他已经完全不想再陪着沈顾容演什么兄友弟恭的戏码了,他就是要在沈顾容及冠之日,将全部真相残忍地告诉他。

离更阑紧紧地盯着沈顾容,眸中全是嗜血的兴奋。他太期待了,期待这个小小的、仿佛一碰就碎的人类在他面前痛哭绝望的样子,这样也不愧他四年来演的这一场完美师兄的戏。

沈顾容看着确实要落泪了。

离更阑口中全是残忍的话语:"你活着,那一城的人……不就白白死了吗?"

沈顾容浑身一颤,羽睫微抖,险些将一滴泪抖落下来。

"你若修道便好了,凡人之躯太过脆弱了。"离更阑猩红的魔瞳翻滚着浓烈的戾气。

沈顾容茫然地道:"你是在骗我吗?"

离更阑勾唇露出一个笑容来,淡淡地道:"难道还看不出来吗……"

他的话音还未落,一声利刃穿过身体的声音就响彻耳畔。

离更阑低眸一看,沈顾容手中正握着不知从何而来的林下春,剑身的气息完全隐匿,连金丹期修为的离更阑都没有发现。此时那半个剑身捅入他的小腹,血瞬间染红二人的衣衫。

沈顾容脸上的脆弱已经完全消失。他面无表情地道:"我早该杀了你。"

亲人惨死,先生在自己面前自戕而亡,经历了这些事情的沈顾容,早已不是之前那个遭受一点儿背叛就会轻易崩溃的少年了。

他是对离更阑真心实意地依赖,但那份依赖能被他轻而易举地丢弃。

回溏城花灯节那一晚,他已经彻底学会了如何完美地控制自己的情绪、躯壳。

一个离更阑而已,他舍得。

5

离更阑被捅了一剑,非但不觉得痛,脸上的兴奋更重了。他疯了般大笑着,说道:"我错了,我不该认为你怯懦愚蠢。经历过满城被屠之人,怎么可能是纯洁无辜的小白兔呢?原是我看走眼了。"

他完全没管腰腹上的伤口,而是抬手将沈顾容握着林下春的手强行掰开,说:"只是你行事还是太过心慈手软,若要杀人,就要用剑刺入胸口,小十一。"

沈顾容面无表情地踹了他一脚,说:"你今日若不杀我,日后我必将你千刀万剐。"

"我不杀你。"离更阑草草将腰腹上的血止住,兴奋地说,"你的修为若能超过我,我心甘情愿被你杀。"

沈顾容恍惚中明白了离更阑的意思。只是他在离人峰这么多年,也只是将亏损的身体补了回来,身上半丝修为都没有,哪里敌得过已是金丹期修为的离更阑。

离更阑若想杀他，动一动手指他便会如同齑粉般消散在世间，连一丝痕迹都不会留下。

　　一瞬间，沈顾容突然不能自制地想要入道。若能入道，他就能手刃仇敌，而不是被这般困住，连挣扎都不行。

　　离更阑用藤蔓束缚着他，淡淡地道："你求我，我就对你温柔些。"

　　沈顾容本能地挣扎了一下，但很快就安静了下来。

　　离更阑以为他妥协了，正要动手，就感觉到后心一凉，林下春从背后刺过来。

　　这一次，刺中了他的心口。

　　离更阑的身体一顿，因灵力的溃散，沈顾容双手上的藤蔓瞬间枯萎。他跌坐在地上，扶着墙缓缓起身。

　　离更阑眸中闪过狠厉的神色，道："你没有灵力，是如何操控林下春的？"

　　沈顾容冷冷地注视着他，忽然轻轻地一抬手，明明他一丝灵力都没有，林下春却还是带着血痕主动飞到他手中。

　　"师尊可能没对你说。"沈顾容知道离更阑最在意的便是离南殃的评价，否则不可能只是因为师尊的一句话就做出这种丧心病狂的屠城之事来，所以句句都往离更阑的心尖上戳。

　　"林下春之所以为三界第一凶剑，便是他一旦认主，哪怕是个凡人也能掌控他。"

　　离更阑嗤笑道："就凭你也能让他认主？"

　　沈顾容握着林下春，漠然地道："如你所见。"

　　离更阑失血过多，整个人摇摇欲坠。

　　"多亏了师兄。"沈顾容握着剑走过去，将剑尖抵在离更阑的脖颈上，漠然道，"林下春凭杀意认主，而我对你的杀意，足以压制林下春。"

　　凶剑林下春的封印彻底解开，沈顾容操控着剑上骇人的杀意，将离更阑死死地压制住，一时间离更阑连灵力都动不得。

　　离更阑被这般反杀，脸上竟然更加疯狂。他笑起来，仿佛挑衅似的说："你敢杀我吗？你若杀了我，师尊必定将你逐出离人峰。你一介凡人，能在这全是虎狼的三界活下去吗？"

　　沈顾容丝毫不为所动，道："这你就不必管了。"他的剑尖缓缓地划过离更阑的脖颈，学着方才离更阑的话，漠然地道："求我，我就对你温柔些。"

　　离更阑的魔瞳森然又癫狂地看着他说道："行，杀了我也行，我早已想去修邪道。"

192

沈顾容静静地看着离更阑。不知是不是因为以凡人之躯同林下春结契，他鬓间的墨发已经隐约有些白色。

"你以为我会让你有活着的机会？"这是沈顾容生平第一次杀人，但他握着重剑的手却极稳，没有丝毫颤动。

沈顾容面无表情地想：是他的错，若是没有他，我不必遭受这些。不必经历这么多，不必硬生生将自己变成另外一个人。

沈顾容紧紧地握着剑柄，眼睛眨都不眨地朝着离更阑的脖颈刺去。只是在堪堪落下的一刹那，林下春突然发出一声嗡鸣，让沈顾容险些握不住。

下一瞬，林下春原地化为一个高大的人形，直直地挡在沈顾容面前，灵力喷薄而出，将破空而来的一把利刃生生挡在半空——那是凶剑帘钩，离索。

离索见一击未能杀掉沈顾容，便化为黑袍人形也挡在离更阑面前。他的眸子猩红，面无表情地和林下春对视。

林下春只是和离索对视了一眼，就漠然地移开了视线。他垂着眸，盯着地缝中长出来的一棵小草，羽睫微动，不知在想什么。

因为有认主契，沈顾容听到那个浑身杀意、身形高大的男人在心中说：不想和人打交道，不想和人对视，不想交手，如果我是这棵草就好了。

沈顾容的嘴角抽了抽，深觉这三界第一凶剑，脑子是不是有些问题？

林下春还在那念叨"如果我是草就好了，如果我是石头就好了"，离索看到主人这番惨状，已经杀气腾腾地冲了上来。

虽然林下春的脑子有点儿问题，但并不妨碍他的凶戾，离索的灵力杀意于他而言不过是孩子在剑仙面前舞剑，他甚至不用灵力就能轻松破开离索的攻势。

林下春一招就制住了离索，回头对沈顾容说出了第一句话："杀？"

然而林下春心里话却是：杀人好麻烦，如果他能自己去死就好了。

沈顾容："……"

沈顾容被林下春分了神，泛绛居的门突然被破开，有很多人急急忙忙地跑了进来。

沈顾容立刻道："杀！"

若是现在不杀，日后他不一定有机会了。

林下春手起刀落，剑意正要落在离更阑身上时，一旁的离索突然冲了过去，用身体护住了离更阑，直接挡住了那一剑。

林下春一歪头，在心中说：我没想杀你，是你自己撞上来的，不关我的事。

沈顾容："……"

而这时，外面的人已经冲了进来。

林下春不想和人打交道，连和人在一起站着都嫌麻烦，于是在人冲进来的一瞬间化为一把剑，跌落在地上。

奚孤行和林束和推门而入，见到房中的场景，直接愣住了。

离更阑浑身是血，手边垂着一把剑，那剑已经被砍出一个豁口，灵力不停往外泄。而沈顾容站在一片阴影中，浑身颓然。

奚孤行愕然地道："这是怎么回事？"

离更阑却笑了，握着离索缓缓地站起身来，胸口和腰腹处的伤口再次涌出一股血来。他抬起手抹了抹唇，挑眉道："没什么，只是想邀小十一一起修行罢了，没想到被拒绝了。"

奚孤行的脸立刻就绿了，气不打一处来，怒道："你又在胡闹什么？！"

沈顾容睁大双眸，被奚孤行扶着，木然地道："让我杀了他。"

奚孤行一愣，道："什么？"

沈顾容愤恨地道："他是当年屠回溏城的罪魁祸首，我要杀了他。"

他一抬手，林下春立刻飘了过来，落到他手中。

奚孤行愕然地说道："你说当年回溏城……这怎么可能？十一，是不是有什么误会？"

沈顾容摇了摇头说："没有误会，他亲口承认的。"

正在给离更阑止血的林束和诧异地抬头问道："大师兄？"

离更阑却一把抓住林束和的手腕，眸中全是狂喜和兴奋，说道："束和，听师兄说，我从幽州带过来的疫魔之毒，正是养疫魔法阵必需的疫毒，只要再找凡世之城，疫魔必成。"他忍了四年，终于寻到机会卸下所有伪装，本能地想要找人来宣说自己的研究。

林束和茫然地看着他，手中的灵力都散了。他似乎有些傻，本能地顺着离更阑的话，讷讷地问："成了疫魔，之后呢？"

离更阑就像是一个疯子，高兴地说："疫魔成圣，断了三界因果，不光向师尊和天下人证明了邪修也能成圣，而且那邪修圣人无论杀多少人，都不会招来天道责罚。"他死死地捏着林束和的肩膀，面上满是扭曲的快意，道，"到时，三界全都会被疫魔屠戮，所有人都一起去死，这样不好吗？"

离更阑眸中闪着诡异的光，森然笑道："所有人都说我是疫魔，那我索性让他们全都变成疫魔，尝尝同我一样的滋味！"

沈顾容的瞳孔一缩，立刻就要冲上去将这个执迷不悟的人一剑了结，却被奚孤行死死地拦住："十一！十一冷静，他说胡话也不是一天两天了。冷静，师尊马上就到了！到时……"

沈顾容漠然地道："你没听到他在说什么吗？"他盯着奚孤行的眼睛，低声质问，"难道那也是胡话？"

奚孤行愣了一下。

沈顾容突然想起了什么，"啊"了一声，点出事实："难道他之前也说过想要屠什么城的话，你们却当成胡话，没有放在心上？"

奚孤行和林束和的脸色一白，继而回想起回溏城之事，骇然地看向离更阑。

"大师兄？"林束和嘴唇惨白，"你……"

离更阑还在发疯般地说着不明所以的话，而后离南殃赶到，一掌将他击晕，关进了自己的芥子中。

沈顾容被奚孤行拉着换了一身衣裳。他脸色惨白，神色难看得要命。

离南殃已经将奚孤行等人支了出去，站在窗棂前看着外面的夕雾花，不知在想什么。

沈顾容从内室走出来，面无表情地道："南殃君。"

离南殃回头看他。

沈顾容已经不想和这群伪君子虚与委蛇，开门见山地道："您之前知道离更阑屠城之事吗？"

这么多年，从没有人敢这般和南殃君说话。他沉默了一会儿，才回答道："并不知。"

沈顾容不信他，又问道："那您当年为什么会刚好出现在回溏城外？"

离南殃冰冷的眸子看了沈顾容一眼，半晌才开口道："因为天机。"

沈顾容疑惑地道："什么？"

说出"天机"之后，离南殃仿佛放弃了隐藏什么，索性和盘托出："我已成圣多年，但还差一线机缘。数年前天道预警，我的机缘在咸州一处避世之地。"

沈顾容眸光一动。

"我若将成圣的疫魔杀死，便可一步得道。"离南殃看着沈顾容，神色复杂道，"可我没想到，唯一存活下来的，是一个手无缚鸡之力的凡人。"

沈顾容嗤笑一声，似乎觉得天道和世人十分可笑。他问："那你为何当时没动手，还对我这般好？"

离南殃道："你并非疫魔，只是无辜受害之人。"

"真是可惜。"沈顾容冷笑着看他，"我虽然并非疫魔，却是违背天道存活下来之人，你当时若替天道铲除了我这个祸害，此时早已得道。"

离南殃没有说话。

沈顾容懒得和他掰扯这些有的没的，直接道："那离更阑之事，你现在可知晓了？"

离南殃沉默片刻，缓缓说道："他幼时……被城中人当成疫魔附身，放逐幽州城外，险些被火灵兽吞噬，自那之后脾性就有些古怪。"

离南殃花了这么多年去纠正离更阑的思想，却硬生生将其逼成了会伪装的疯子。若不是亲耳听到计划，他从来不知道一向肆意张狂、看着没有任何反骨的离更阑，骨子里的疯狂竟然分毫未改。

离南殃沉重地道："是我没有教好他，才酿成大祸。"

沈顾容冷冷地看他，道："这种他幼时如何悲惨、性子如何扭曲的话，仙君还是不要对我说了。如你所言，我是受害之人，纵使他有千般苦万般难，又与我何干？我现在只想他死。"

离南殃看着他已经被恨意侵蚀的双眸，无声叹息，道："你现在还杀不了他。"

沈顾容道："我不要你们为了同情我而大义灭亲，你将他放出来，我亲手杀他。"

离南殃道："他是魔修之体，只要不是元丹碎裂，皮肉伤很快就能恢复。你这次是侥幸才能伤到他，若他警惕林下春，以你现在的修为，杀不了他。"

沈顾容握着林下春，沉默了许久。久到离南殃都差点儿以为他会求自己杀了离更阑时，却听到眼前的少年突然说："好。"

离南殃道："嗯？"

沈顾容冷漠地道："我要入道，我要亲手杀了他。"

离南殃一愣，道："凡人之躯，入道极难。"

沈顾容勾唇，冷然一笑，道："可我以凡人之躯亲手杀他，更难。"

离南殃诧异地看着沈顾容，这是他古井无波的脸上头一回出现这般明显的情绪。他盯着沈顾容许久，才突然浅笑了一下，说："很好。"

沈顾容不知花了几年，也不知遭受了多少苦痛，无数灵药不要钱似的往他身上砸，却没有半点儿水花，到最后离南殃都险些要放弃了。

沈顾容被折磨得形销骨立，身体底子被毁了个一干二净，若不入道，恐怕也活不过几年。

整个离人峰都知道沈顾容的不要命，也都曾一一来劝过，但沈顾容却不相信他们。他现在谁都不信，只信手中的林下春。

不知过了多久，沈顾容浑身发抖地被离南殃从风雨潭抱了出来，几乎冻成冰块的身体中像有一簇火苗缓缓燃起，一点点温暖他的身体。

沈顾容瘦得只剩一把骨头，脸颊都凹了下去。

他奋力地睁开眼睛，听到离南殃低声道："十一，你很好。"

离南殃从来没这么夸赞过一个人，哪怕是他的徒弟，这么多年都没得到他这样的称赞。

沈顾容任由自己昏死过去。

自那之后，他便算是正式入道。

离人峰的灵石灵药依然全都给沈顾容，奚孤行等人已知晓离更阑对回溏城所做的一切，再看着那个几乎将自己逼死的少年，因愧疚和同情而生的善意全都给了他。

但沈顾容根本不要。

他不要这种善意，不要这种因为自己的悲惨而得来的善意。

他还有一丝希望，所以并不觉得自己有多悲惨，也不需要那么多的同情。同情而产生的善意，对现在的他而言是耻辱。

沈顾容结丹之后，跟随离南殃下山历练，无意中听说，全是魂灵的回溏城被邪修闯入，邪修在肆意吞噬其中的亡魂。

那是沈顾容第一次踏回故土。他面如沉水地将所有前来吞噬亡魂的邪修斩于剑下，在回溏城的城门口守了五年，凡是想去回溏城吞噬魂魄的邪修全都被他果断地杀死。

久而久之，三界众人全都知晓回溏城被离人峰所护，便再也没有邪修敢不要命地过来了。

沈顾容临走那日，奚孤行来回溏城接他，问道："你真的不要进去看一眼？"

回溏城已非凡世城池，城上牌匾白日回溏，夜晚烽都，沈顾容在门口待了五年，却从未进去过半步。

经历了太多的沈顾容心如死灰，却气势凛然，仿佛对所有事情运筹帷幄，不被任何人所干涉。他仿佛没了所有情感，哪怕站在回溏城，心中也没有半分波澜。

"不必了。"沈顾容面无表情地道，"等我杀了离更阑，自然会再回来。"

奚孤行有些迟疑，但没有再劝。

二人正要御风而行，突然听到城门口有个声音，轻轻地唤住了他们。沈顾容回头，看到那个人时，眸子猛地一颤。

只见沈扶霁拎着一盏小灯，站在城门口的石柱旁，好奇地看着他们。

沈顾容浑身一僵，不着痕迹往后退了半步。

沈扶霁"啊"了一声，柔声道："抱歉，我吓到你了。"

沈顾容呆呆地看着他，想要往前去，却因双腿发软，根本没有办法动上分毫。

回溏城的魂灵，大部分连自己是如何死的都不知道，他们甚至认为自己依然是人，只是和平日里的生活有些不一样而已。他们的记忆混沌，停留在熟悉的城池、熟悉的家和熟悉的亲人身边，不入轮回。

沈扶霁便是其中一个。

他拎着小灯，看着沈顾容笑，重复着这些年来一直不曾厌倦的话："我能向您打听一个人吗？"

沈顾容茫然地看他。

沈扶霁温和地道："我阿弟名唤沈顾容，妹妹沈夕雾，他们去看花灯走丢了，请问你们有瞧见他们出城吗？"

奚孤行诧异地看着这个和沈顾容面容相仿的青年。

沈顾容却已控制不住地往前走去，一把抓住沈扶霁拎灯的手，笨拙地说："我……兄长，我是顾容。"

沈扶霁疑惑地看着他。

沈顾容忍了多年，突然就忍不住了。他满脸泪痕，表情僵硬地抓着沈扶霁的手，哽咽道："我是顾容，兄长。"

他翻来覆去只会说这句话，沈扶霁歪着头辨认了许久，尝试着说道："你笑一笑。"

他的阿弟最喜欢笑，笑起来几乎能软了他的心。

沈顾容勉强露出笑，沈扶霁却道："错了。"

沈顾容一呆，沈扶霁挣脱开他的手，往后退了半步，眸中全是疏离，说："你不是顾容，顾容不会像你这般……"他拧眉想了想，似乎是忘记他的顾容到底是什么性子了。

太多年了，他已不记得自己的名字，不记得弟弟妹妹的脸。

任何记忆在魂灵那里，都仿佛在死的时候被搅成了碎片，他们只能顺着本能来辨认。

面前的沈奉雪，并不是他的弟弟。

沈扶霁说完，微微一颔首，拎着灯转身走了。

沈顾容呆呆地看着他的背影，听到他在不厌其烦地朝路过的每一个人打听。

"劳烦问一下,有没有见到我的阿弟和妹妹?"
"他们去看花灯走丢了。"
……
沈顾容僵在城门口许久,突然失声痛哭,一夜白发。

第六章

天选之人

1

沈顾容不知道在记忆中停留了多久，那足足百年的记忆在转瞬之间侵入他的脑海。

等到牧谪将沈顾容带回泛绛居，他一直紧绷的身体才缓缓放松了下来，两行泪从眼尾滑下，滴入散乱的白发间。

牧谪已经默不作声地哭了一遭。在沈顾容毫不犹豫地甩开他的手往后跑去时，他恍惚中意识到自己被丢弃了。他师尊定是选择了比他还要重要的东西，才能这般甩开他的手，将他留在原地。

牧谪前所未有地恐慌，那后怕一直延续到了现在。

沈顾容在榻上低声呻吟了许久，突然剧烈喘息了一声，眼睛缓缓地睁开。

牧谪一看，立刻喊道："师尊？"

沈顾容揉着额头，拧眉被牧谪扶着坐了起来，他擦了擦脸上未干的泪痕，低声道："头痛。"

沈顾容将撑着额头的手移开，偏头看了牧谪一眼。他刚从记忆里回来，还未完全适应，视线冰冷又疏离，其中全是哀莫大于心死的绝望，和当年未遇到牧谪的沈奉雪一模一样。

牧谪一愣，沈顾容的一个眼神，直接将他刚止住的泪水逼了下来。

沈顾容："……"

记忆如流水似的冲刷而过，沈顾容根本来不及去梳理那些记忆，就被牧谪的眼泪弄得不明所以。他噎了一下，只好干巴巴地说："'牧姑娘'，谁又欺负你了？和师尊说说。"

"牧姑娘"愣了一下，意识到师尊已经恢复正常，眼泪掉得更凶了，只是这一次是庆幸欢喜的泪水。

沈顾容回想了一下自己昏睡前做的那缺德事，不自觉地有些心虚。

当年封印离更阑、夺回京世录之后，沈顾容的世界就又只剩下了等待先生来寻他这一件事。他足足等了三十年，最后在分神下山时，无意中看到了被绑在火架上的孩子。

京世录不受控制地在他袖中发出阵阵抖动——天选之人，降世了。

沈顾容飞入火海，将他等了足足百年的孩子抱在怀中。

自那之后，沈顾容的眸中重新燃起了希望，哪怕是在京世录里走了一遭，惨死了一次，但他依然甘之如饴。

沈顾容甚至还有些感谢天道。感谢天道将自己的记忆分离，让十六岁的他干干净净，心中没有半分阴霾地同牧谪接触。

若是他还保留着这百年的记忆，可能会因为怀着对先生的愧疚而想要补偿牧谪，这对牧谪是极其不公平的。

先生是先生，牧谪是牧谪，哪怕轮回转世，也是两个完全不同的人。

现在，没有他以为的书中世界，也没有了必须舍弃牧谪才能回的家，百年的记忆将他的脑海冲刷，最后归为平静。

"牧谪。"沈顾容微微挑眉，道，"我之前有没有说过，男人一旦哭起来没完，那眼泪就引不起任何同情，一点儿都不值钱了。"

牧谪已经是个成熟的男人，平日里沉稳至极，好像天塌下来也得不到他一个眼神，但这一遭实在是太过令他害怕，眼泪根本止不住。听到师尊的话，他只好强行吸气将眼泪硬生生憋了回去，和当年经历雷劫之后的德行一模一样。

沈顾容突然就笑出来了，轻声道："可你是不一样的。"

牧谪茫然地看他。

沈顾容淡淡道："对我而言，你的眼泪可值钱了。"

牧谪："……"

沈顾容起身下了塌，将一旁的红袍披在身上，回头淡淡地道："我马上回来。"说罢，便撕开牧谪的芥子，慢条斯理地出了泛绛居。

泛绛居外，虞星河正在灵舫上看着不远处的烽都。听到脚步声，他一回头，就看到一身艳丽红衫的沈顾容。

虞星河愣了一下，才"哇"了一声，眼泪汪汪地从灵舫上跳下去，哭着说："师尊，您没事了？"

沈顾容点头，抬手竖起一指在唇边，淡淡地道："别哭，我不喜欢旁人掉眼泪。"

虞星河立刻就不哭了。

沈顾容"安抚"好虞星河，闲庭信步地朝不远处走去。

城池中的花灯街依然全是燃烧灼灼的幽火花灯，沈顾容踏过城门，步入了他离了百年的故土。他宛如百年前那样，红衣张扬如火，迈着轻快的步伐路过城门，路过无数花灯，无数熟悉又陌生的魂灵，最终在人山人海中停下步子。

不远处，沈扶霁拎着小灯，依然百年如一日地朝着路过的魂灵打听他的弟弟妹妹。

沈顾容站在十步之外,看着看着,突然笑了起来。他仿佛少年般意气风发,迈开步伐跑了起来,鞋靴落在地上发出嗒嗒的脚步声,红衣被风吹得猎猎作响,宽袍一角划过道路两边的花灯,将幽火带得微微跳动。

沈顾容仿佛跑过了百年时间,在人群中大喊了一声:"兄长!"

周围全是人,这一声根本不知在叫谁,沈扶霁却不知为何听到了这句,茫然地抬头看去。只见一身红衣的少年朝他跑来,鲜衣怒马,缓缓地和自己记忆碎片中的少年重合。

沈顾容跑了过来,站在沈扶霁面前停下,言笑晏晏地唤他:"兄长。"

沈扶霁呆愣地看着他,不知为何突然泪流满面。

沈顾容轻轻地抬起手,将沈扶霁手中提着的小灯捧起来,放在二人跟前。他粲然一笑,道:"兄长,我回来了。"

说罢,沈顾容凑近小灯,轻轻地将那盏亮了百年的灯吹灭。

——我已归家,你不必再为我照亮回家的路了。

沈扶霁流着泪,怔然地看着他,握了百年的灯终于从掌心滑落到地上。他喃喃地道:"顾容。"

沈顾容握着他的手,让他冰冷的手贴在自己温暖的脸颊上,轻轻地蹭了蹭,笑着说:"是我。"

沈扶霁抖着手摸着他,脸上的纸已经湿得不成样子。他哽咽道:"顾容……我寻到顾容了。"

他在烽都待了百年,每一日都在重复着相同的事情,所有人都在劝他,莫要去寻不在城池之人,他的夫人也总是劝他一起去轮回,不必为了一个不知是死是活的人苦熬这么多年。

可沈扶霁向来执着,谁的话都不听。但他找啊找,找了那么多年,依然没有寻到任何蛛丝马迹。

时间一久,沈扶霁甚至开始怀疑自己是不是真的有弟弟妹妹。若是真的有,那他为什么拼了命也寻不到人。

他害怕别人说的是真的,害怕自己寻了百年、千年也找不到那二人;他害怕自己在烽都蹉跎了这么多年,每日重复着相同的话、问相同的人,最后成为别人口中的笑话;他害怕自己的执着会害得夫人同他离心,丢下他一人在这城池,前去轮回;他害怕……

他害怕得太多,害怕了这么多年,终于在这日得到了最想要的答案。

沈顾容,他的阿弟正站在他面前对着他笑,一如既往。

沈扶霁泣不成声，脸上的纸缓缓滑落，露出一张俊美的脸。他记起了自己，记起了沈顾容，也记起了生前的一切。

沈顾容的脸颊贴着兄长的手，笑着说："兄长这次是不是找了我很久？"

沈扶霁抖着手，哽咽道："是。"他抬起另外一只手轻轻地在沈顾容的头上拍了一下，力道根本不重，嗔怪道："你怎么这么贪玩？"

沈顾容笑得开怀，道："兄长我错啦，以后我再也不这样了，原谅我吧。"

沈扶霁终于抬起手，将贪玩了百年的弟弟抱在怀里。

在沈扶霁看不到的地方，一直笑着的沈顾容突然流下了两行泪。但他很快就擦掉，再次变回了那个笑意盈盈的模样。

沈扶霁问道："顾容，你过得好吗？夕雾和你在一起吗？"

沈顾容连忙开心地说："夕雾和我在一起的，我们过得很好。"

沈扶霁擦干眼泪，笑着道："那就好。"

沈顾容抬手帮他擦去又落下来的泪水，仿佛幼时撒娇似的，软声道："兄长和我们一起吧，我们离开这里，好不好？"

沈扶霁一直在落泪，闻言却低声笑了，道："顾容，我已经死了。"

沈顾容不在乎，道："我能为兄长做任何事。"

沈顾容不能起死回生，寻常的凡人亡魂也不能修道，但他根本不管。只要他想，就算掀翻了三界，也一定要寻得让兄长脱离这城池的法子。

沈扶霁却摇了摇头，道："我迟了这么多年，该去转世了。"

这话一出，一直强装着笑的沈顾容脸上一僵，茫然道："兄长……要走吗？"

沈扶霁道："是。"

沈顾容的笑容险些没崩住。

沈扶霁温和地道："我对凡世已无留恋，转世轮回是迟早的事，但是望兰……"

沈顾容连忙扬起沈扶霁最喜欢的笑容，柔声说："望兰怎么了？"

"他是我当年未能出世的孩子。"沈扶霁迟疑地道，"他一直想出烽都，去瞧瞧外面的世界，顾容，若是可以……"

"可以。"沈顾容直接打断他的话，也不管自己能不能做到。他握着兄长的手，压抑着哭音，道，"什么都可以，只要是兄长期望的，顾容什么都能做到。"

沈扶霁这才如释重负地笑了笑。

沈扶霁寻找了沈顾容百年，现在沈扶霁的意愿他自觉没有任何资格干涉，哪怕兄长决定转世，他也不敢开口叫兄长留下。他努力扬起嘴角看着沈扶霁，留恋地问："兄长什么时候走？"

能再晚一些吗？

沈扶霁想了想，正要说话，突然听到身后一声呼唤："扶霁。"

沈扶霁回头看去，一片灯火中，穿着蓝衣的女子朝他伸着手，唤他的名字——那是他的夫人。她面容俏美，是整个烽都唯一一个还保留所有记忆的魂灵。

她这些年拼了命地想要说服沈扶霁同她一起转世，得来的却总是那句"顾容和夕雾还没回家"。

顾容，夕雾……还没归家。

好，那就等。沈扶霁找了百年，她就等了百年。

沈扶霁看着她，突然快步冲过去，一把将她拥在怀中。

那女子看到沈扶霁终于抱住了她，泪仿佛珍珠般颗颗往下落。恍惚中，她知道面对现在的沈扶霁，能像生前那样无理取闹，耍着大小姐的小性子。

因为她知道，面前的男人又会再纵容自己。

刹那间，百年来一直隐忍的怨气骤然爆发，她抬起手挣扎着，仿佛不要命似的拍打着沈扶霁的心口，一边哭一边骂他："混账……混账！"

沈扶霁死死地抱着她不愿松手，任由她打个不停，道："我是混账，是我对不住你。"

他在死的那一刻，生前记忆已经被悉数搅碎了，只剩下寻顾容和夕雾这一个执念。此时记忆骤然复苏，他才想起来自己到底辜负了这个女子多少。

女子被他紧紧抱住，所有的挣扎捶打都缓缓停止。她低泣道："我下辈子再也不要喜欢你了，我好累，喜欢你太累了。"

"好。"沈扶霁轻轻地抚着她的发，柔声道，"你不要喜欢我，下辈子换我去等你，我会对你死缠烂打，直到你愿意喜欢我为止。"

她哭着哭着，突然破涕为笑，将脸埋在沈扶霁怀里，还在骂他："混账。"

不远处的沈顾容怔然地看着他们，看着他们相拥而泣，看着他们朝自己招手，看着他们和沈望兰叮嘱完所有的话……

最后魂魄消散，离开人间，转世入轮回。

在沈扶霁彻底消失的那一刹那，一直强装平静的沈顾容突然矮下身，在那一片繁华尘世中默默落泪。

哪怕下辈子再转世，兄长……也不再是他的兄长了。

这辈子，他再也无法偿还沈扶霁任何东西，因为他的家没了。

如水妖所言，他这一生都会如一叶扁舟，孤身漂在汪洋之中，再也靠不了岸。

沈顾容魂不守舍地出了烽都。牧谪已经反应过来，着急忙慌地跑了出来，远远看见他，立刻冲过来喊："师尊！"

沈顾容默不作声地走过去，喃喃道："牧谪，我没有家了。"

牧谪一愣，一时间不知道该如何安慰。

沈顾容直起身子，面露悲伤。

牧谪笨嘴拙舌道："我……我会一直在师尊身边。"

沈顾容哑声问："是吗？"

牧谪恨不得当即发血誓："是！"

沈顾容微微地松了一口气，将自己的情绪缓缓收敛。兄长已经毫无遗憾地离开，自己不能再一蹶不振，那样也没什么用处。现在最要紧的就是手刃离更阑，替满城的人报仇雪恨。

这百年来，沈顾容学得最多的，便是如何在短暂的时间内控制住自己所有的情绪。

沈顾容浅浅地笑了一下，不再多想，说道："对了，有件小事还未和你说。"

牧谪见师尊的心情似乎好了些，才放下心来，随意问道："什么小事？"

沈顾容不知道从哪里抱起一个粉雕玉琢的奶娃娃，将他举到牧谪面前，认真地说："我捡到个小崽子。"

牧谪一脸茫然。

沈顾容逗望兰："望兰，知道叫他什么吗？"

望兰铿锵有力地喊："'牧姑娘'！"

沈顾容笑道："错啦！"

牧谪脸都憋红了，强行忍着，艰难地道："师尊，这是……谁？"

沈顾容将望兰抱着，解释道："我兄长的孩子，沈望兰。"

沈扶霁走后，沈顾容走到眼泪汪汪的沈望兰身边，用在孤鸿秘境抢到的朝九霄的机缘，哄骗他跟着自己走。

望兰吞了那机缘后，竟然直接化为了人身，身上生人和魂灵的气息交缠，十分古怪。

沈顾容大惊失色地探查一番，这才发现那天道赐予朝九霄化龙的机缘，竟然将这孩子生生塑成修邪修之道的奇才。

有了生人的气息和身体，沈望兰能够自由出入烽都。沈顾容遵守着和兄长的承诺，将他带了出来，留在自己身边。

因为沈顾容和沈扶霁身上相同的气息，沈望兰总是将他认成爹爹，沈顾容索性随他去叫了。

沈顾容抱着望兰，和他肉嘟嘟的脸挤在一起，对牧谪道："你看，我们长得多像。"随后他将沈望兰放下，道："出去玩吧。"

沈望兰玩心很大，和幼时的沈顾容如出一辙，听到能出去玩，立刻欢天喜地跑出去了。

沈顾容和牧谪回到了泛绛居，沈顾容洗了一把脸，将脸上的泪痕擦干，才坐在软榻上，懒洋洋地支颐。

沈顾容大概有些感慨，道："仔细想想，你之前也还是个孩子，那么小。"他抬手比画了一下自己腰间的高度，回忆道，"扑到我怀里还得踮着脚尖。"

沈顾容融合了记忆后，将二人这十几年来的事情翻出来看，意外觉得有趣。十六岁心智的自己幼稚又天真，行事举止在现在的他看来，好笑得很。但那却是他这百年来，最愉快的回忆了。

牧谪低着头轻声说："师尊，我之前曾向您要过一个承诺，您还记得吗？"

沈顾容歪头，道："就历练归来后那个？"

牧谪点头。

沈顾容随意道："记得，你现在想要什么，说出来，师尊什么都给你。"

他依然还记得牧谪一个承诺要一颗木樨珠子的糗事儿，以为这次依然是一件小玩意儿，还张开双手给牧谪看自己身上的东西，木樨珠子、腰间玉佩还有玉髓，表示"师尊身上有什么喜欢的，都能拿去"之意。

牧谪欲言又止半天，才低声道："我想师尊一直待在这个世界，不要离开了。"

沈顾容单手支颐，一歪头，认真地说："嗯，我答应你了。"

牧谪没想到他会答应得这般干脆，反而有些惊讶。

师尊再次醒来后，好像变得和之前不太一样了，但牧谪又说不上来哪里不一样，明明一样的肆意张扬……可是他又觉得不对，但要说哪里不对……

牧谪冥思苦想许久，突然灵光一闪，终于知道哪里有问题了。

之前的沈顾容好像是在刻意学沈奉雪，将所有情绪都压在那张古井无波的脸下，牧谪只有读心时才能窥探到他真正的本性一二；而现在，沈顾容仿佛不再学习什么人，将自己的本性毫不保留地显露在外。

他大概是把握不了释放本性的度，所以显露出来的性格，和之前伪装的矜持冷傲比起来，简直直白得可怕。那性子似乎有沈奉雪的清冷绝艳，又有沈顾容的恣意张狂。

与此同时，牧谪再也听不到沈顾容心中在想什么了。沈顾容好像将所有心思埋进了更深的心底，连共享的元丹都不能泄露半分。

牧谪不由得心想：他师尊……的真正本性，也是这般肆无忌惮，不加任何掩饰吗？

牧谪正想着，沈顾容已经起身站了起来。他的眸子盈着一层波光，道："不要多想。等我解决好能进咸州的事，再和你解释。"

牧谪一愣。

沈顾容说着，理了理衣摆，嘴角含着笑，道："等着师尊。"说罢，他宽袖微垂，拢着袖子姿态优雅地出了泛绛居。

牧谪盯着他师尊的背影看了许久，才后知后觉意识到，难道那所谓的夺舍真的有隐情吗？否则为什么师尊会这么干脆地答应，还说什么"解释"？

2

沈顾容刚出了泛绛居，就听到吵闹的声音，眉头一皱。

灵舫之上，虞星河正和沈望兰坐在画舫的栏杆上看星星，温流冰不知什么时候过来的，正沉着脸对沈望兰喋喋不休。

"你是谁？你几岁？"

"沈望兰？你是师尊的孩子？"

"三水只是不在四年，师尊竟然连孩子都有了？"

沈顾容眸子微敛，冷淡地道："吵死了。"

温流冰一听到师尊的声音，立刻就从灵舫上跳了下来，快步走到沈顾容面前问道："师尊，您没死呢？"

沈顾容："……"当年他是怎么想起来收这个讨债鬼徒弟的？

沈顾容瞥他一眼，道："托你的福，勉强没被你气死。你来这里做什么？"

温流冰将兰亭剑挽了个剑花，正色道："帮师尊进咸州。"

"不需要。"沈顾容一口拒绝，"赶紧走，别在这里碍事。"

温流冰"哦"了一声，问："师尊知道该如何进咸州？"

沈顾容挑眉道："你知道？"

"自然是知道的。"温流冰握着兰亭剑，"杀进去不就成了？"

沈顾容："……"虞星河是小废物，那你就是大废物！

沈顾容瞪了他一眼，问："谁让你来的？"

温流冰如实地道："掌教。"

沈顾容蹙眉道："他就会多管闲事。"

话虽如此，但沈顾容却没有再提让温流冰离开的话了。虽然大徒弟、小徒弟一个个都不靠谱，但总比没有人好，起码温流冰很能打。

而虞星河……沈顾容抬头看了一眼，虞星河正在和望兰一起玩手心打手背的游戏，这么大的人了，还被望兰打得眼泪汪汪。

沈顾容揉了揉眉心，算了，就留着给他看孩子吧。

温流冰跟在后面问："师尊，那个孩子是谁？您的孩子吗？我师娘是谁？现在在哪儿？师尊，师尊，师尊。"

师尊要被你烦死了。沈顾容不耐地回头瞥了温流冰一眼，道："废话太多，你就不能学学牧滴？"

温流冰心想：什么时候大师兄要去学师弟了？

温流冰满脸茫然。但现在的师尊威慑力实在是太大，让他不自觉地回想起刚拜入师门时师尊的模样，只好没再说话。

这些年他师尊的脾气变好了些，但是本质上还是一人一剑诛杀无数妖邪的圣君。他恃宠而骄一次两次也就够了，再多他师尊可能真的会拔剑砍了他。

沈圣君本意是想再去一趟烽都，探查一下十三只疫魔的线索，但折腾了这么久，天边已经大亮，烽都在太阳升起的那一瞬间仿佛幻境般消散。留在原地的，只有成为一片废墟的回溏城。

沈顾容的眸子微微地颤了颤，但再多的反应便没有了。

百年的时间已经将他的心境磨炼得宛如磐石，他只是抬起手挡住刺目的光，看着沐浴在阳光下的回溏城牌匾，看了许久才将视线收回。

温流冰已经去探查回溏城和周围的情况，沈顾容接受了所有记忆后，反而对杀离更阑没那么急切了。

四十多年前，沈顾容修为登顶，一人一剑将出现在幽州，将离更阑打得没了半条命。那人双手双脚经脉俱断，心脏也因为林下春那几十年的侵蚀而逐渐萎缩，就算他从埋骨冢逃离出去，最终也躲不过一死。

相反，沈顾容还很高兴离更阑能主动逃出去，没了妖主和其他人的阻拦，这样他就不必顾忌，能亲手将离更阑彻底地斩杀于剑下。

沈顾容打定主意再留一晚，若是这晚在烽都寻不到什么线索，便起身去周遭有人烟的地方瞧瞧。

咸州虽然全是雾障，但挨着幽州，折返回去不会消耗太多时间。

沈顾容叮嘱了虞星河几句，让他照顾好沈望兰后，便再次返回了泛绛居。

牧笛面无表情地在院子里浇花。他满脑子都在想沈顾容那个"解释"到底是什么意思，但想来想去都想不通，只好给自己找了些事情做。

等到他回过神来，将满院的花都浇了一遍时，这才发现沈顾容正交叠着双腿，坐在一旁的石凳上，也不知道已经回来多久了。

牧笛放下手中的小瓢，走过去问道："师尊什么时候回来的？"

沈顾容姿态懒散，浅笑着道："早就回来了。"

牧笛坐在他身边，问："师尊寻到如何进咸州的法子了吗？"

沈顾容解释道："三水已经去寻了，交由他就好，若是今日寻不到，明日我们便出发去幽州。"

离咸州最近的便是幽州，那里魔修众多，总能寻到进入咸州的法子。

牧笛道："好。"说罢，便是尴尬的沉默。

牧笛企图捡起在外人面前的运筹帷幄和冷漠孤傲，问："那我们就在这里等一日吗？什么都不做？"

"那你想做什么？"沈顾容突然一歪头，语不惊人死不休，"要师尊吹竹篾给你听吗？"

牧笛瞬间被吓得呛到了，咳得死去活来，眼泪险些流下来。

沈顾容"啧"了一声，觉得他大惊小怪，道："反正闲着也是闲着。"

牧笛咳了半天，发现沈顾容对竹篾好像有无端的执念，便深吸了一口气，沉声道："好。"

沈顾容得到这个答案，眼睛微微睁大，似乎十分诧异。

牧笛满脸英勇赴死的神情，说："师尊想吹，徒儿就听。"

沈顾容一笑，还没说话，泛绛居外就传来一阵震动声，接着，弟子契飞来——是温流冰。

牧笛的脸上顿时浮现一抹如释重负的神情，心想：看来是不必受师尊魔音灌耳的摧残了。

沈顾容笑得不行，留下一句"等完事后再吹给你听"，便离开了泛绛居。

温流冰的到来将吹竹篾给搅和了，沈顾容离开泛绛居后，看了一眼自家这个二傻大徒弟，问："何事？"

温流冰行了一礼，道："师尊，我知晓该如何去咸州了。"

沈顾容挑眉，道："说来听听？"

温流冰说："好。"

他带着沈顾容进了烽都，到了沈顾容之前来过的那家要生人成亲的府宅。

沈顾容拢着衣袖，慢吞吞地跟在后面，扫了一眼，道："这里？"

温流冰点头道："这家的新人和抬轿子的魂灵，全是魔修假扮的。"

他一抬手，将已成废墟的府宅轰然击碎半边土墙，露出里面几只瑟瑟发抖的黄鼬。

沈顾容走了过去，面不改色扫了一眼，问："妖修？"

温流冰道："不，是成了魔的凶兽，这种凶兽往往都只出现在咸州。"

毕竟咸州是魔修聚集之所。

沈顾容走过去，正打算抬手拎起被温流冰打得瑟瑟发抖的黄鼬，牧谪不知什么时候跟了上来，面沉如水地低声道："我来。"

沈顾容收回手，任由牧谪将那黄鼬拎起给他看。他看了半天，才问："他们为什么要在这城里去寻生人成亲？"

温流冰道："因为咸州正在四处找寻能承受疫毒的生人，而离更阑选中的人……"他回头看了一眼，发现虞星河没在，便接着道，"是虞星河。"

虞星河一路被引着前来烽都，加上人傻钱多，成功地被这些黄鼬逮住，随意安了个要成亲的借口，打算结了操控契，将人抬去咸州。

沈顾容拢着宽袖，问道："这是什么怪癖？"

寻生人，用成亲的法子带去咸州？

温流冰说："据说是咸州养疫魔的法子。"

沈顾容点了点头，打量着那几只胆小的黄鼬半天，才伸出手点了点一只黄鼬的眉心，灵力如水似的席卷它的脑海。很快，那只挣扎的黄鼬彻底安静下来，从牧谪手中挣脱，伏在地上朝着沈顾容行礼。

沈顾容垂着眸，神色疏冷："带我去咸州。"

只是一句轻飘飘的话，听着极其温柔，但对那几只黄鼬来说却堪比雷劫。黄鼬跪地求饶，嘴中说着含混不清的话，仿佛是在乞求。

沈顾容蹙眉道："听不懂，说人话。"

黄鼬浑身一抖，讷讷地口吐人言："我等只有寻到'新人'，才能进入咸州。"

沈顾容问道："'新人'是虞星河？"

黄鼬称是。

沈顾容和牧谪对视一眼，牧谪一颔首，转身离开。很快，他一手提着虞星河，一手提着望兰回来了。

虞星河满脸茫然道："啊？怎么啦，怎么啦？发生什么事了？"

沈顾容满脸慈爱地看着他,淡淡地道:"星河。"

虞星河忙说:"师尊,我在。"

沈顾容将他翘起的一根头发捋顺,问:"想不想成亲?"

虞星河一脸惊恐。

日落后,虞星河再次穿上那身熟悉的喜服,哽咽着坐上了黄鼬抬着的轿子。他掀开一角帘子,怯怯地问一旁跟着的师尊:"师尊,我真的不会有事?"

沈顾容穿着一身红衣,拢着宽袖跟在轿子旁,脸上贴着一张有狰狞五官的纸,被风吹起一角,露出削薄艳红的唇来。

"放心。"沈顾容的声音越发漫不经心,但无端给虞星河一种安全感。

虞星河这才将帘子放下,乖乖地发呆去了。

那张纸将众人的气息隐匿住,等到烽都城门大开后,沈顾容跟着黄鼬横穿过烽都。当年波涛汹涌的护城河如今早已干涸,他踩过龟裂的河床,桃花眸没有半分波动。

只是在细看下,少年时宛如潺潺泉水的眸光和脚下干涸的河床,也相差不了多少。

少年时恍如镜花水月,只有伤痕累累的眼下才是现实。

穿过护城河,从后城门出了烽都,城外依然全是浓烈的灰雾,黄鼬化为人形,穿着喜庆的红袍,抬着轿子摇摇晃晃地走向荒原。

他们看似在毫无目的地行走着。沈顾容跟在轿子尾,眸子轻轻动着。他肩上停着一红一黑两只灵蝶模样的契,都在扑扇着翅膀。

共灵契的翅膀扑腾得几乎要飞起来,看起来着急得不行。

沈顾容笑了,碰了碰红色的灵蝶,轻声道:"怕什么,没人能伤得了我。"

牧滴留在灵舫上,眉头紧紧皱着,担心师尊的安危。一旁的温流冰心就很大了。他盘膝坐在地上,和正在玩九连环的沈望兰说话:"小孩儿,你到底从哪里来的?烽都城怎么可能有活人?"

沈望兰看了他一眼,撇了撇嘴,道:"我不要和你说话,你看起来就很傻。"

温流冰正色道:"我不傻,我是诛邪统领,率领三界无数诛邪,从来没人敢说过我傻。"

沈望兰歪头,满脸天真无邪,说:"可是你看起来就是傻乎乎的。"

温流冰沉声道:"你把话收回去。"

沈望兰想了想,觉得自己这样不对,只好说:"好吧,那我收回去。"

温流冰这才缓和了神色。

沈望兰伸出胖乎乎的小手，笑吟吟地说："我们来玩吧。"

温流冰想从他口中套出点儿话来，闻言点头同意了。

手心打手背比的是反应能力，沈望兰和真正傻乎乎的虞星河比了半天后，一次都没输过，把小废物虞星河打得眼泪汪汪。于是他很是自信，自觉能打遍天下无敌手，然后盛情邀请从没有听说过的"诛邪统领"来玩。

诛邪？这名字太羞耻了，一听就不是什么正经人。

沈望兰就怀着这样的心思，被温流冰打得哇哇大哭。

温流冰脑子一根筋，根本不会因为沈望兰是一个孩子就手下留情，灵舫中传来"啪啪啪"几声脆响，沈望兰娇嫩的手背都被打红了。他的眼眶中含着泪，愤怒地瞪着温流冰。

温流冰疑惑地收回了手，还在说："这种游戏有什么好玩的？"

沈望兰咬着唇，瞪着温流冰半天，气得"哇"了一声，差点儿哭出来。他迈着小短腿跑到了牧滴的身边，一下扑到了牧滴的身上，告状道："呜，那个人欺负我！"

牧滴面无表情地低头看向沈望兰，视线落在他满是泪痕鼻涕的脸上，又看向自己被他哭湿的袖子，嘴角微微抽动。

沈望兰的长相酷似沈扶霁，眼泪汪汪哭泣的时候，神态又特别像幼时的沈顾容，牧滴狠了狠心，还是没忍心把他甩出去。

牧滴皱着眉头将沈望兰脸上的泪擦干净，低声道："既是男子汉，就不要总是掉眼泪，没出息。"

沈望兰抽噎了一下，软软地说："好，我听'牧姑娘'的。"

温流冰在一旁诧异道："你怎么对他就这么好，对我就这么嫌弃？"

沈望兰回头瞪他一眼，道："因为二爹爹说'牧姑娘'是天底下最好的人，我就要听他的话。"

温流冰："……"

牧滴被这句"天底下最好的人"说得有些开心，看着沈望兰的眼神终于柔和了些。

只是牧滴越想越觉得不对劲。

起先沈顾容说沈望兰是兄长的孩子时，他就觉得有些问题。但当时他根本没怎么细想，而现在他终于有时间仔细想想了。

沈望兰……也姓沈，且相貌和幼时模样的沈顾容有五六分相似，难道沈顾容所说兄长的孩子，真的不是在故意开玩笑？

牧谪想到这里，脸色有些阴沉。他将沈望兰叫了过来，道："我问你什么，你答什么，好不好？"

沈望兰最听"天底下最好的人"的话了，闻言乖乖点头。

牧谪问道："你亲爹是谁？"

然而这第一个问题就把沈望兰问倒了。他未足月便夭亡，这些年的记忆又是散乱的，导致他的神智一会儿像大人一会儿又像小孩，有时候靠着气息认人都会将自己的爹认错。

现在没了气息，沈望兰咬着手指冥思苦想半天，才道："沈扶霁……"

牧谪眉头一皱，沈扶霁这个名字，他并未听说过。

但曾听沈顾容提过他的确有个兄长，据说对他还挺严厉，沈顾容怕得不行。

牧谪犹豫半天，才问道："那你爹爹有兄弟姐妹吗？"

"有。"沈扶霁在沈望兰耳边念叨了百年，他什么都能不记得，唯独这个忘不掉。他奶声奶气地重复沈扶霁的话，"'我阿弟名唤沈顾容，妹妹沈夕雾，他们去看花灯走失啦'。"

牧谪愣了半天，不知想通了什么。

沈顾容本来是打算杀死离更阑之后，才将所有事情向牧谪和盘托出，但没想到沈望兰在最不恰当的时候说了最不对的话。

此时的沈顾容什么都不知道，正跟着轿子一步步往迷雾中走。

不知走了多少步，灰雾突然消散，沈顾容从雾中踏出，一股浓烈的魔息扑面而来，卷起他肩上的一缕发。

咸州城，就在眼前。

沈顾容微微抬眸，勾唇笑了笑，看了看肩上的红蝶。不知怎么回事，那本来扑得最欢腾的灵蝶，此时却仿佛霜打的茄子似的直接蔫了，翅膀蔫蔫地垂着。

共灵契灵蝶为神识所化，和七情相连，看灵蝶的状态就知道，此时牧谪的心情肯定甚是不悦。

沈顾容挑眉，不明白自己只是不在一会儿，牧谪怎么就突然蔫了？是谁刺激他了？

他抬手，将从烽都走到咸州城所遇的阵法、步数凝在指尖，点入共灵契中，瞬间传入牧谪的神识里。

咸州城之所以难进，是因为四周那浓烈得能将人灵力吞噬的毒雾，哪怕是大乘期修士亲至，如果找不到进咸州的路也会生生死在那迷雾中。这雾气缭绕，偌大的咸州周围又是巨大的法阵，只有走过生门才能避开毒雾，进入咸州。

沈顾容走了一遭，便将阵法的生门记住，顺利地传入牧谪的脑海中。

牧谪收到生门的阵法，微微抖了一下才反应过来。他起身，面如沉水地道："师尊进咸州了。"

温流冰立刻握住兰亭剑，冷声道："走。"

牧谪冷着脸跃下灵舫。

沈望兰趴在灵舫栏杆上和他招手，道："等你们回来呀。"

牧谪脸色难看，但还是勉强回应："你在这里好好等着，不要乱跑。"

沈望兰乖乖地点头。

牧谪又在灵舫上布了个结界，这才和温流冰一起顺着生门前去咸州。

3

沈顾容已经带着虞星河慢条斯理地进了咸州。

咸州遍地都是魔修凶兽，以及半人半魔的古怪生物，虞星河被吓得不轻，沈顾容面不改色，唇间还带着笑。腰间的林下春却察觉到主人的杀意，发出低沉的嗡鸣声。

咸州城的黑云旗突然猎猎作响，最中央的大殿之上，坐在木轮椅上的离更阑倏地睁开猩红的魔瞳。他舔了舔唇，声音低哑："来了。"

而在他旁边，穿着离人峰弟子衫的沈夕雾正垂着眸子，面无表情地缠着手中的蛇。听到这句话，她艳丽的脸上露出一抹笑，道："圣君来了？"

离更阑笑道："是，来得很快。"

沈夕雾歪了歪头，眸中一片孩子般的澄澈，道："你将我从烽都抓来，就是为了拿我要挟沈圣君？"

她偷偷从离人峰跟了一路，好不容易在沈顾容的灵舫无意中下坠到烽都时跟了上去，但还未进去就被人拖入了迷雾中。等她再次睁开眼睛，看到的便是面前这个残废之人。

离更阑的分神能在咸州乃至三界各地自由行走，但本体只能如废人般苟活一隅，寸步难行。他手腕上被沈顾容生生挑断手筋的伤口正在咸州城浓郁的魔息之下缓缓愈合，这么短短几日，他一只手已经完全恢复如初，此时正慢悠悠地撑着下巴，似笑非笑道："你觉得自己有资格成为沈奉雪的软肋吗？"

"谁知道呢？"沈夕雾从高高的椅子上跳下来。她已十三岁了，但身体骨架依然很小，身上萦绕着阻挡不住的灵力，衬得她整个人有种厉鬼般的诡异阴森。

她信步走到离更阑的木轮椅旁，歪着头围着他转了一圈，才笑着问："这些年将我拖入梦中，想让我杀死沈圣君的人，就是你吧？"

离更阑喜欢和聪明人说话，哪怕对面的人只是个稚嫩的小姑娘。

"是，水妖的梦境结界真的很好用。"离更阑的嘴角勾起，慢悠悠地道，"只是给他一个可以让他的船靠岸的虚妄承诺，他就能为我做任何事。啧，这世上的痴情人，还真是又愚蠢又好笑。"

沈夕雾随意地把玩着手中的蛇，问："那现在，你还想让我帮你杀沈圣君？"

离更阑淡淡地道："你会杀人吗？"

沈夕雾闻言，突然就笑出了声，娇美俏丽的小姑娘笑声甜美，一双眼睛却极其瘆人。她白皙的小手撑在离更阑的轮椅扶手上，轻轻欺身，带着诡异的笑意说："杀人？我可会了。"话音刚落，沈夕雾手腕上缠着的蛇突然如利箭般射出，一口咬在了离更阑还未愈合的左手上。

离更阑瞳孔一缩，右手抬起，几乎控制不住地要朝着沈夕雾的眉心拍下。

沈夕雾的眼睛眨都不眨，反而十分期待地看着他。她将离更阑的手和自己的蛇一起死死地扣在扶手上，眸中带着嗜血的光芒，道："下手，怎么不敢？你莫不是怕了？"

离更阑从未遇到过比自己还疯的人。他的手僵在半空半晌，却还是没落下。

沈夕雾看到他将手收回去，眸中兴奋退去，仿佛变脸似的将蛇收了回来，意兴阑珊道："没意思，我还当你是个很好玩的人，没想到会这般无趣。"

离更阑没作声，漫不经心地将险些渗入他心脏的蛇毒逼了出来。等到蛇毒全部逼出，他才阴鸷地看了沈夕雾一眼，说："你就不怕我真杀了你？"

沈夕雾撑着脑袋，眸子弯弯，说："你不敢。你若杀了我，拿什么来要挟沈圣君呢？"

离更阑冷笑道："我说过，你没有要挟沈奉雪的资格。"

沈夕雾一笑，平淡地道："我是没有，但我的前世有。"

离更阑的眸子一寒。

"你和沈圣君有不共戴天之仇，而我的前世又似乎和圣君有血缘关系。"沈夕雾随口说道，"若是我没猜错的话，你是打算让我亲手杀了沈奉雪，打算让他尝尝被最在意之人亲手杀死的痛苦滋味。"

离更阑觉得越来越有意思了，突然笑道："你是怎么知道的？"

沈夕雾双瞳一亮，仿佛在设想什么，喟叹道："如果我是你，我也会这么做。因为这样……心底生出的愉悦感，比亲手杀死仇敌要多出千倍万倍。"

离更阑终于认真地看了她一眼，心想这个小姑娘，有点儿不简单。

"我从有记忆起，便一直在做同一个梦。"沈夕雾交叠着双腿，支颐笑着说，"我梦到在一片波涛汹涌的河水中，有一个自称是我兄长的人踩着石头朝我一步步走来。"

可他们之间的石头怎么那么多，沈夕雾眼睁睁地看着那个男人朝着自己一步步走来，却没有一步步靠近，他们之间仿佛隔着天堑，明明只有一步之遥，却仿佛终生都走不到。

"夕雾，别怕，哥哥马上到你身边。

"夕雾，只有一步了。

"夕雾……"

那梦太过真实，沈夕雾每每醒来都会情不自禁地泪流满面，心痛不已。

沈夕雾直勾勾地盯着离更阑，道："我活了十几年，一直都在等他走到我身边……"她说完，瞳孔猛地一缩，地面上不知何时突然爬来数条五彩斑斓的蛇，朝着寸步不能动的离更阑爬去。

沈夕雾靠在椅背上，姿态懒散，脸上却全是冷厉的杀意，狠狠地说："你却让我杀了他？"

离更阑对朝着自己缓慢爬来的毒蛇不屑一顾，对沈夕雾倒是越来越有兴趣了。若是这个孩子去修魔道，日后定会是一个能搅弄三界大乱的人物。

他正要说话，却感到整个咸州城突然被一股极其冷冽的灵力包围住。

离更阑的指尖猛地一颤。

沈夕雾却是一笑，抬手一挥，毒蛇又缓缓地爬了回去。她眸子弯弯，脸上的恶意收敛得一干二净，仿佛是在炫耀什么似的，终于露出些她这个年纪该有的孩子气，说："看，我兄长来接我了。"

与此同时，沈顾容的声音在整个咸州城响彻天际："离更阑。"

沈顾容站在咸州高高的城墙之上，身后是烈烈燃烧的黑云旗。

虞星河吓呆了，难以置信地看着自家师尊。

沈顾容握着林下春，冷冷地传音，将自己的声音传入咸州城每一寸角落："出来受死。"

虞星河都吓呆了。他本来以为自家师尊偷偷潜入敌方大本营，打的是出其不意的套路，没想到才刚进城，沈顾容就将自己的到来宣扬得整个咸州尽人皆知。

虞星河拼命朝沈顾容招手，喊道："师尊！师尊！"

沈顾容轻飘飘地放完狠话，坐在高高的城墙之上，交叠着双腿，似笑非笑地看着虞星河，道："怎么？"

虞星河都要哭了，说："您就这么大张旗鼓？不怕他们……"

他话还没说完，咸州城的魔修已经纵身跃向城墙。他们手持弯刀，魔息仿佛弥漫四周的烟雾，悉数朝着沈顾容笼罩而来。

沈顾容坐在那儿，手中的林下春没有出鞘，只是屈指一弹，大乘期的威压如同波浪般涌向四周，排山倒海似的直接将脚尖还未落到城墙上的魔修生生拍了下去。

虞星河离沈顾容最近，只感觉一阵微风轻拂了过去，然后那气势汹汹的魔修全都像撞到了空气中看不见的墙壁一般，"砰砰"几声狠狠地落到地上，溅起了遮天蔽日的尘烟。烟雾散去后，魔修倒在龟裂的坑洞中生死不知。

沈顾容半步都没动，灵力裹挟着剑意如同拍苍蝇一般，将袭来的魔修悉数拍到城墙之下。

虞星河呆若木鸡，傻傻地说完刚才没说完的话："偷袭吗？"

事实证明，在绝对的修为压制上，偷袭这一举动简直像孩子在剑修面前舞剑般可笑。

"徒儿。"沈顾容偏头看着虞星河，叹息道，"你怎么长成了这副模样？"

虞星河还以为沈顾容是在怪他白操心，长他人志气灭自己威风，抽噎了一声，掩面跑开，道："星河给师尊丢人了！"

沈顾容："……"这傻子……明明在京世录中并不是这副没出息的德行。

被封印了百年的京世录头一次有了反应时，沈顾容正在离人峰玉絮山闭关。他不知闭关了多久，神智还未完全恢复，只是呆呆地盯着手中发光的竹篾许久，足足愣了半天才骤然反应过来这是什么意思。

京世录有了反应——先生转世了。

自那之后，沈顾容几乎像是疯了一样，用无数分神下山，开始走遍三界去寻找那个降生的孩子。他的每一道分神宛如傀儡木偶，木然地行走在三界中，搜寻着先生的转世。

他找了足足有六年，其中一道分神终于浑浑噩噩地看到了被架在火堆上的孩子，那双……极其像先生的眼睛，以及京世录见到主人后不停地颤动。

沈顾容等了百年，日夜不休地寻了六年，终于在看不到终点的荒芜之路窥到了一丝希望。只是那希望，在林束和一句"他神魂之上有疫魔之毒，恐怕活不了太久"的诊断后戛然而止。

光,骤然黯淡了下来。

当天,沈顾容和牧谪在泛绛居枯坐了一整日。之后,他对外宣称闭关,实则独自打开了京世录。在打开京世录的一瞬间,天道降下一道天雷,沈顾容只觉得自己被吸入了芥子空间,神魂扭曲重组了不知道多少次。等他再次醒来时,已是和世外一模一样的虚拟世界,或者说,是属于京世录的未来。

沈顾容在京世录中肆意将自己百年的愧疚化作溺爱,悉数交付给先生转世的牧谪,无数灵药灵丹流水似的在牧谪的体内冲刷而过,没有留下半分痕迹。

可最后,沈顾容失败了。

牧谪被疫魔夺舍,失手杀死离索,最后沈顾容不惜重伤自己,才将牧谪体内的疫魔杀死而没有伤到牧谪半分。

只是等沈顾容再次醒来时,自己已经被关在了离人峰玉絮山,他这百年来的闭关之所。

锁链将重伤的沈顾容死死地困在巨大的法阵中。他双眸发红,挣扎着想要逃脱,却只是将手腕勒出一道道血痕,顺着锁链往下滴着艳红的鲜血。

南殃君来看沈顾容时,他已经将自己折腾得不成人形。

沈顾容那双一看即知生了心魔的眸子死死地盯着离南殃,仿佛要将他吞入腹中。离南殃愣了一下,才矮下身,抬手想抚摸沈顾容的头,道:"十一……"

沈顾容狠狠地咬住他的手腕,眸子赤红地瞪着他。

离南殃一动不动,任由他咬,漠然地说:"他不值得。"

沈顾容死死地咬着,两行泪猝不及防地落下来。不知过了许久,他也许是清醒了,也许是知道就算再疯也改变不了什么,只能轻轻地松开口。他怔然问:"他不值得,谁值得?"

离南殃无言。

沈顾容嗤笑一声,哑着声音问:"你吗?南殃君?"

南殃君看着他:"十一,你生了心魔。"

沈顾容冷冷地道:"心魔依然是我,我很清楚自己在干什么?"

"清楚?"南殃君的眉头终于蹙了起来,沉声道,"你所说的清楚,就是百年如一日地用那种虎狼之药,不知疼似的作践自己?还是为了一个转世之人,不惜彻底毁了自己?"

沈顾容的眸中全是恨意,道:"他不是转世,他是先生。"

南殃君沉默许久,才道:"十一,他已不是你的先生。"

"你胡说!"沈顾容再次挣扎着想要扑上去杀了南殃君。他仿佛被触到了什么逆鳞，全然不顾再次崩出血的双手，一边挣扎一边撕心裂肺地道，"你在胡说！他就是先生！他和先生一模一样，我不会认错！"

南殃君有些怜悯地看着他说："转世之人会失去所有记忆、情感，他就算长得再像，也不是你所认识的那个人。"

"胡说，胡说！"沈顾容像是疯了似的，一直在重复着一句话。他无法相信，自己等了一百年等到的只是一个陌生人。

牧谪和他的先生长得这般像，他一定是先生。若牧谪不是先生……

沈顾容色厉内荏地挣扎了半天，哽咽着哭了出来。他喃喃道："如果他不是先生，那我这一百年来……算什么？"

一场笑话吗？

他等了一百年，将先生转世之人当成唯一的希望。而现在南殃君却告诉他，牧谪不是先生，他这一百年的等待毫无意义。

沈顾容险些再次崩溃。

离南殃低声道："你好好养伤，等百年之约过后，你就杀掉离更阑，真正为自己活一回。"

沈顾容眸中赤红未褪，浑身无力，眼神却依然满是恨意。他恨离南殃将他百年的希望击为泡影，哪怕这恨意毫无缘由。

离南殃看了他许久，才默然转身离开。

随后，温流冰前来探望。

依然陷在魔怔里的沈顾容强行将元丹分离，让温流冰帮他将这半个元丹送到埋骨冢中，化为人身陪在牧谪身边。而温流冰，也被离更阑暗中的蓄力一击击中了元丹，死在了离沈顾容一墙之远的风雪中。

随后，便是十年之后，虞州城被灭，虞星河受离更阑蛊惑，击碎埋骨冢结界，放出离更阑。

沈顾容在书中经历了自己的一生，临死前的十年内，见过最多的人，便是已经入魔的虞星河。

虞星河总是撑着伞来到冰原里看他，那时的他已在咸州称王称霸，一身魔修戾气比那冰原的风雪还要令人骇然。哪怕他已身居高位，手握无数权势，但行事说话在沈顾容看来，依然像个孩子。

每当他修为大涨后，会到沈顾容面前走两圈，说上一些自己修为已是元婴期，而牧谪的修为却还是金丹期之类的话。他想让沈顾容后悔，后悔当年选了废物牧谪，而不是他。

沈顾容每每都只是给虞星河一个心若死灰的表情，气得他只能狂怒半天，才不甘地离开。但用不了多久，他又会气宇轩昂地过来，炫耀自己的"丰功伟绩"，顺便再鄙视一下小废物牧谪。

可是一年又一年，沈顾容根本没有回他一个字，甚至连一个眼神都没给过他。

在第十年，虞星河反倒险些将自己逼疯了。

沈顾容记得自己在临死前一夜，浑浑噩噩间听到虞星河在自己面前喃喃着一些废话。

"反正都是那些耀武扬威的废话，听不听都没有关系。"沈顾容这样想着，却突然感应到在牧谪体内的另外一半元丹终于有了反应，无数天雷噼里啪啦落下。

不知过了多久，沈顾容恍惚中察觉到牧谪已入了大乘期，和他的同命元丹彻底断了因果。

沈顾容突然露出一个如释重负的笑容，而平日里高高在上的虞星河却浑身焦痕，跪在他面前满脸泪痕，死死地抓着他的衣摆，低泣道："师尊，您看我一眼，只是一眼。"

只是看我一眼，我心中的心魔就能完全消散，那一丁点儿的怨气就不会沦为魔修的养料。

沈顾容什么都没听到，任由自己坠入了黑暗中。

再次醒来时，他依然在闭关之地，手中的京世录一笔一画地落完最后一个字。

离人灯长明，他死在一场风雪中。

京世录中的虞星河，强大乖戾，对师尊都能下此狠手，可见心中是个不折不扣的狠角色；而牧谪却是个任人欺负的小可怜，若是没了师尊相护，还不知要在三界中吃多少苦头。

而因为沈顾容被天雷责罚忘去记忆，十六岁的沈顾容竟然生生将他们的经历、性格来了个大转变。

沈顾容叹了一口气，觉得自己真是作孽。

不过，现在的虞星河，他倒是不恨，只是在京世录中真实地遭受过一场虐杀，对虞星河喜欢不起来。也是他自作自受，随遇而安吧。

4

沈顾容在城墙上等了半天，来杀他的魔修像蚊子一样被他一只又一只拍到了地面上，很快地上就是一个又一个的坑洞了。

虞星河躲了半天，见师尊杀得起劲，又怯怯地过来了，小声问："师尊，那个魔修怎么还没出来呀？属乌龟的吗？"

要是他当着全城的人被叫嚣"出来受死"，再加上死了这么多城民，早就不管不顾地冲出来和人决一死战了。而那魔修却像缩头乌龟一样，到现在都没露头。

这句"乌龟"取悦了沈顾容。他赞赏地看着虞星河，道："很好，继续骂，多骂点儿，师尊爱听。"

虞星河一听，立刻觉得自己是有用的，忙欢天喜地地大骂离更阑是缩头乌龟大王八，天底下没人比他更厌了，小嘴叭叭叭，叨叨叨。

沈顾容摸着下巴，视线扫了扫偌大的咸州，慢条斯理地道："他应该是怕了吧，毕竟当年……"

他抬起手，懒洋洋地对着还在燃烧的黑云旗看了看自己修长的五指。那双手太过漂亮，骨节分明，如玉一般，完全就是一双天生养尊处优的手，没有丝毫瑕疵。

沈顾容眸子弯弯，笑着道："我就是用这双手，削掉了他身上一半的骨肉。他见了我，自然会怕。"

虞星河愣了一下，接着浑身一抖，觉得平日里温润似水的师尊，怎么突然有种反派的气势？错觉，定是错觉，但感觉师尊好像更好看了……

虞星河正在胡思乱想着，天空中飞来一抹红色，像之前那些魔修一样朝着沈顾容飞来。

虞星河立刻缩到了师尊身边，等着师尊再发神威。

只是这一次，沈顾容却没有再出手，而是好整以暇地拢着宽袖，看着那抹红影飘到自己身边。

红影落到城墙上，一声凤凰啼鸣，雪满妆从烈火中跃出，依旧裹着艳红的长袍，整个身上散发着一股骇人的妖修气息。

雪满妆再次到了成年期，灵力也已到了巅峰。

沈顾容挑着眉看雪满妆。

雪满妆手持长刀快步而来，身上早已没了幼崽时期的傻乎乎的气质。他张扬肆意，扬声道："圣君，若我帮您将离更阑的人头取来……"

沈顾容面无表情地心想：这厮又开始不说人话了，不如杀了吧。

果不其然，雪满妆当着城墙底下无数魔修的面，道："您就答应入我麾下，如何？"

沈顾容："……"废鸟受死！

雪满妆红色的长发都在飞舞，看那模样似乎胸有成竹。

沈顾容抄着宽袖，懒洋洋地靠在黑云旗柱上，淡淡地道："哦？我自己就能轻易做到的事，为何要你帮？"

雪满妆重生一回，变得会说人话了。他快步走到沈顾容面前，姿态虔诚地说："您这双手，不适合沾染污秽之物。离更阑不配让您亲自动手。"

沈顾容微微挑眉，终于对这只小红鸟刮目相看了。

就在这时，沈顾容大概被夸得心情愉悦，突然弯眸给了雪满妆一个明艳至极的笑容。下一刻，他就用那只刚被夸赞过漂亮的手，一巴掌把雪满妆拍下了城墙。

轰然一声，雪满妆直直地跌了下去，若不是凤凰，这一击八成能掉半身的毛。

雪满妆："……"

凤凰火宛如莲花般在半空绽放，雪满妆踩着火焰稳住身形，脸上又出现了幼崽期那委屈的神色，显得异常违和。他不解地道："圣君，我哪里冒犯您吗？"

沈顾容甩了甩自己的手，慢条斯理地道："我不爽而已。"

就在这时，牧谪已经落到了城墙上，青色衣摆在风中猎猎作响。他快步走向到了沈顾容面前，掐了个诀将沈顾容碰到雪满妆时所残留的凤凰灵力驱散掉。

沈顾容看着牧谪道："怎么？担心我又被凤凰灵力变成小红球？"

他只是在说玩笑想逗逗牧谪，但见牧谪脸上没有丝毫笑意，眼神也有些冰冷，便有些厌了，只好收敛了脸上的笑，试探地问："你怎么了？"

从刚才他就察觉到了共灵契上牧谪的消沉，本来以为是自己的错觉，但见了面却发现牧谪的心情果然很不好。

以往牧谪就算心情再不好也不会在沈顾容面前显露分毫，但这次他却像是连伪装都不想伪装，脸色阴沉得几乎要滴水。

谁招惹他了？我吗？沈顾容胡思乱想。

牧谪面无表情地看着他，道："师尊，您没有什么想对我说的吗？"

沈顾容想了想，觉得自己隐瞒了牧谪许多，一时间竟然不知道他指的是哪个，只好转移话题："我身边凤凰灵力好像还有。"

牧谪抬手揉了揉发疼的眉心。他知道沈顾容是故意的，但还是任劳任怨地又掐了个诀，将周围的灵力彻底驱散，然后问道："那这样呢？"

沈顾容见他似乎不打算兴师问罪了，再次笑了起来，道："不疼了，徒儿，还好有你，否则师尊又要变成红团子了。"

牧谪没吭声，眸光沉沉地看着他说："等杀了离更阑，您将瞒我之事悉数告诉我。"

沈顾容一听，立刻竖起三指，说："好，到时你问什么我答什么。"

牧谪的脸色这才好看了一些。

一旁的雪满妆此时的脸却仿佛彩虹似的五颜六色。他尖啸一声落到城墙上，快走几步，握着长刀呼啸生风，刀尖直直地指向牧谪，厉声道："牧谪，你怎么对圣君说话的，圣君哪里需要向你交代？"

沈顾容惊奇地看着雪满妆，不敢相信这种话是从那个放肆狂妄的雪满妆口中说出来的。

雪满妆连妖主都不放在眼中，一直信奉着"反正我长大后肯定要将他打下去，自己当妖主的，为何要听他的话"这样的理念，对人世伦常根本满不在乎，更别说能说出这种道貌岸然的话了。

牧谪自从知晓自己可能是某人转世才会得沈顾容如此对待之后，整个人都处在濒临爆发的边缘，此时雪满妆不怕死地直接撞上来，他的满腔怒火终于有了泄怒之地。他死死地握住九息剑，森然地看向雪满妆，沉声道："我们的事，与你何干？"

雪满妆还没开口，牧谪铺天盖地的杀意和灵力便源源不断地朝着他压了过去，宛如惊涛骇浪似的在虚空中激荡起了一圈圈涟漪。

雪满妆才被沈顾容揍了一击，此时猝不及防，竟然直接被牧谪的灵力威压拍到了地上。

地面上又多了个坑，雪满妆半天没爬起来。

牧谪将心中的怒火发泄干净后，才转过身，郑重其事地道："如果师尊想，我能帮您杀了离更阑。"

沈顾容沉默了一下，有些啼笑皆非。

四十多年前，沈顾容手刃离更阑时，三界中所有人都在阻拦他杀离更阑，他为了保住手中的京世录不被其他人抢走，不得已妥协。而四十年后，他从来没想过，他还什么都没说，竟然会有这么多人争先恐后为他去杀离更阑，有点儿讽刺。

牧谪看着他的神情，疑惑地道："师尊？"

沈顾容笑了笑，淡淡地道："不必，他会主动出来的。"他一抬手，林下春呼啸而来，落到他的掌心，"我就在这里等他来。"

牧谪蹙眉，但也没有多说。

沈顾容抬手让温流冰过来，道："星河是被风露城的消息引来的，封筠八成也在咸州，你去将她寻出来。"

温流冰颔首，问："杀吗？"

沈顾容道:"封筠精通阵法,这些年来咸州外的毒雾和法阵应当是她所为,你修为虽高,但对上封筠的阵法,恐怕……"

温流冰好似一柄锋利的剑,师尊指哪儿他打哪儿。他直白地道:"您就说杀吗?您若是要我杀,我就算拼了命也会杀了她。"

沈顾容偏头看着他,回想起京世录那个虚拟世界中温流冰的惨状,末了轻轻地叹息。他抬手摸了摸自家二傻大徒弟的头,无奈地道:"不必杀,寻她出来就好。"

温流冰点头道:"好。"

虞星河在一旁小声问:"师尊,为什么要找封筠城主?"

"小傻子。"沈顾容像关爱自家傻儿子一样看着他,不由得感慨自己座下怎么都是不动脑子的傻子,除了牧谪。他引导道,"你以为离更阑为什么要大费周章从咸州外抓人?"

虞星河傻乎乎地问:"为什么?"

沈顾容道:"自然是因为,魔修无法被直接炼成疫魔,需要道修来做引。"

虞星河一愣,没怎么懂。而温流冰却转瞬明白了,愕然道:"离更阑是想要在整个咸州养疫魔?"而封筠,便是这次发动阵法之人。

温流冰不敢相信,问道:"为什么?封城主为何会和离更阑同流合污?"

沈顾容伸出一只手指竖在唇边,轻轻地"嘘"了一声,柔声道:"每个人都会有欲望,而离更阑的能力便是将人内心的欲望放大无数倍,乃至最终迷失自我,为他所用。"

"不必去问缘由。"沈顾容道,"找出封筠,阻止她将养疫魔的阵法启动。"

温流冰颔首道:"是。"

虞星河连忙踮着脚尖,举起手,道:"我……我……我,我也去,我能帮大师兄……"

温流冰奇怪地看着他,说:"帮我拖后腿?"

虞星河差点儿哭了,但还是坚强地说:"我能,星河能帮上忙的!"

温流冰犹豫了一下,看向师尊一点头,这才允许了:"走,跟上我。"

虞星河正要颠颠地跟去,沈顾容却叫住了他。

虞星河道:"师尊?"

沈顾容将袖中的竹篪拿出来,塞到了虞星河手中。

虞星河疑惑地看了看,道:"师尊,星河不会吹竹篪。"

沈顾容看着他,不知想到了什么,轻声道:"拿着吧。"

虞星河也没多问,将竹篪随手丢进储物戒里,跟着温流冰跑了。

目送着虞星河离开，沈顾容回头看向牧谪，突然轻轻地叹了一口气。

牧谪无端有些惶恐，问："师尊，怎么了？"

沈顾容盯着不远处直上云霄的云雾，轻声道："牧谪，你说，若是毁了神器，天道会降下雷罚将我劈成齑粉吗？"

牧谪一愣。

沈顾容的舌尖轻轻地抵着牙齿，几乎是从齿缝中飘出一句低语："这些年，我曾无数次地想要毁了京世录。"

——毁了……虞星河。

——想斩断你同京世录同生相依的锁链。

——让你只是你自己，而不是什么所谓的一世世轮回却永远也逃脱不了的……天选之人。

牧谪没听清，往前走了半步，问："师尊？"

沈顾容微微仰头，看他那张和先生八九分相似的脸。

虽是转世，却是完全不同的人。当年沈顾容花了许久，才终于彻底接受这个事实。接受他的先生再也不会回来，接受先生带着京世录之灵降生转世。

沈顾容一直都十分厌恶京世录，京世录能显示未来却又不让旁人知晓，引得无数人为了那所谓的"注定命数"自相残杀。

可笑又几乎算得上是鸡肋的神器，怪不得会被封印在避世的回溏城，千百年不见天日。而京世录的存在，也将天选之人牢牢桎梏在这天地间，不能和任何人结下因果，否则必受天谴。

沈顾容厌恶京世录，连带着厌恶京世录之灵的转世——虞星河。

先生临死前曾对他说过，百年后他必将和京世录之灵一起转世降生。

沈顾容寻到牧谪后，并不能确定随之而来的京世录之灵是哪一个。直到小小的虞星河阴错阳差地被送来离人峰，他袖中的京世录疯了一样地想要朝着虞星河飞去。

那时，沈顾容便知道了，京世录之灵，是虞星河。

沈顾容当时升起的第一个念头，便是将那所谓的京世录之灵彻底毁掉。

先生转世已经降生，只要毁了京世录，毁了京世录之灵虞星河，那牧谪此生便不会再受"天选之人"的桎梏，可以自由地活在世间。

在这百年中，沈顾容杀过无数人，却从来没对孩子动过手。而在京世录中，小小的虞星河捧着火灵石来寻他，言语间全是讨好之意。

对上那双又憧憬又倾慕的清澈眸子，沈顾容手中凝出的灵力瞬间溃散。他几乎是惊恐地看着指尖，心跳声响彻耳畔。

我疯了吗？我竟然疯到对一个无辜的孩子下手吗？沈顾容如此想道。

沈顾容险些落荒而逃，最后他强绷着神色，生硬地回了一句："不必，拿回去吧。"

那枚火灵石仿佛能倒映出他那张可笑又卑劣的脸，他不敢收。

自那之后，沈顾容没有再升起过杀死虞星河的念头，却也没有再过分关注他，任由他自生自灭。

正因如此，沈顾容才会自作自受，在京世录中落得个惨死的下场。

虞星河对沈顾容而言，便是致他惨死的最坏的机缘。好在因为天道的雷罚，他能以十六的少年模样对待两个孩子。那时的他，仅仅只是因为自家妹妹而爱屋及乌对所有幼崽都爱怜的少年罢了。

离开了京世录，哪怕没了记忆他也没有再重蹈覆辙。

沈顾容陷入沉思。牧谪靠着共灵契感应了半晌，才察觉到他师尊是在悲伤，那是……对故人的怀念。

牧谪轻声问："师尊，您在想什么？"

沈顾容回过神来，歪头看着他，低声道："你可知我手中有神器？"

牧谪点头。

沈顾容语不惊人死不休："神器的器灵转世，便是星河。"

牧谪满脸蒙，没想到沈顾容竟然会这么突兀地说出这件事。这难道不是……应该被隐藏在心中的秘密吗？为什么这么轻易就告诉他？

牧谪艰难地思考半天，才讷讷地道："星河……师尊你莫不是在骗我？"

就虞星河那蠢兮兮的样子，说是傻子转世有人信，怎么可能会是神器器灵转世？牧谪倒宁愿相信沈顾容是在骗他。

沈顾容十分无辜地说："他就是，我没骗你。"

牧谪不信。虞星河若是神器转世，那他就是神器他爹。

沈顾容正在想方设法解释，灵力又感应到了有一股魔息正朝着城墙而来。他只好放弃了解释，让牧谪哪凉快哪待着去，自己转身去迎战魔修。

只是当沈顾容转过身后，却看到了一个出乎意料的人。

只见沈夕雾身着一袭暖黄色的衣衫，脚尖点着虚空，缓缓地朝着城墙上而来。

沈顾容愣了半天，才立刻扯开城墙之上的防护，任由沈夕雾踏上城墙。

"夕雾！"沈顾容几乎是踉跄着迎了过去，眼眶有些发红。他急急地道，"你不是在离人峰吗，怎么会在这里？"

就在沈顾容靠近夕雾时，却感觉到了一股浓烈的魔息朝他扑面而来，他愕然地看着她。

此时的沈夕雾满身魔息，手腕上缠着一条朝她嘶嘶叫着的灵蛇，正面无表情地盯着沈顾容。她天生身负妖邪之气，本该去修邪道的，现在竟然浑身都是掩都掩不住的魔息，看着竟然是要入魔了！

沈顾容稍微思考一下就知道定是离更阑在作祟，打算用沈夕雾要挟他。他死死地咬着牙，下颌崩得死紧，方才一直游刃有余的模样早已消失不见。

夕雾的话……如果来杀他之人是夕雾，他根本下不了手。

沈夕雾已经凝出了一把漆黑的长刀，一步一步朝着他走来。

沈顾容正要开口，牧谪已经快步而来，他沉声道："师尊，她已入了魔，不可靠近！"

沈顾容怔然地看着满身杀意的夕雾朝他一步步走来。他的嘴唇发抖，有些难以置信。而沈夕雾的眼眸已变成了诡异狰狞的魔瞳，里面翻滚着斩杀一切的戾气。

就在这时，雪满妆满血复活，尖啸一声从地面飞了上来，落在沈顾容身边，眉飞色舞道："圣君，离更阑我可以不杀，这个敌人我倒是能替您杀掉。"

沈顾容本来满心狂乱，听到这句话竟然诡异地冷静了下来。他冷冷地注视着雪满妆，就像是在看一只炭烤小鸟。

雪满妆还不知发生了什么，依然在美滋滋。

沈顾容面无表情地抬起了手，正要将此鸟打飞时，一股强悍的魔息直接扑面而来。他还没反应过来，就感觉到那魔息擦过他的肩膀，直直地打在了雪满妆的身上。

可怜雪满妆伤势刚刚痊愈，再次猝不及防地被一道灵力打下了城墙，"啾"了一声。

这下，没有半天，他指不定真的爬不起来了。

5

沈顾容木然地将视线从城墙底下转向对面。只见沈夕雾慢条斯理地收回手，轻启苍白的唇，喃喃地道："真碍眼。"

沈顾容："……"他妹妹就算入魔，也和别人不一样。

沈夕雾将视线收了回来，又直勾勾地看向沈顾容……旁边的牧谪。

下一瞬，一股魔息直冲着牧谪扑过去，再次擦过沈顾容的肩膀，将牧谪打得后退半步。

沈顾容："……"

牧谪因为沈顾容看重沈夕雾，所以没有用上全力。但是此时在沈顾容面前被逼退，他的脸色难看极了。

牧谪沉着脸正要回来，就听到沈顾容传音道："先别过来。"

牧谪的脚步一顿。

沈夕雾将沈顾容身边的所有人全都打飞出去，这才迈着轻快的步伐，快步走到他的身边，一头扎在了他怀里。

"兄长。"沈夕雾脆生生地叫着。

沈顾容一愣，百年来从未听过的称呼，此时听来恍如天籁。他低下头，轻轻地摸着沈夕雾的脑袋，喃喃地道："你再叫我一声。"

沈夕雾眸中依然是翻涌的魔息和杀意，只是那杀意并非是对着沈顾容的。她眸子弯弯，像个天真的小姑娘，对沈顾容展露出的只有浓烈的依赖和隐藏在瞳孔深处的占有欲。她开心地说："兄长，兄长！"

沈顾容呆呆地看了她半天，突然收紧双臂将她拥在怀里。他声音嘶哑，低声道："是，夕雾，我是兄长。"

叫着他兄长的夕雾，仿佛在这故人早已不在的世界中，为沈顾容点亮了一盏灯火，将荒芜的世界缓缓照亮。

沈夕雾抱着兄长纤细的腰身，笑道："兄长不来我身边，夕雾就来兄长身边好了。"

沈顾容的眼泪险些被这句话逼出来。百年前，他对沈夕雾说出的最后一句话便是："夕雾，别怕，哥哥马上到你身边。"

而转世成人后的夕雾，竟然还记得这句话。

沈顾容低声道："是兄长错了。"

沈夕雾道："兄长没错。"她笑得像个真正的孩子，眼尾都弯出欢喜的弧度，甜甜地说，"夕雾最喜欢兄长了。"

她牵着兄长的手，看向身后的牧谪，温柔的眸子中闪现一抹狠厉。她低声呢喃着："只有夕雾能在兄长身边，其余的人都得死。"

沈顾容沉浸在妹妹还记得自己的欢喜中，没听清她的话。他歪着头柔声问："夕雾说什么？"

沈夕雾眼睛一弯，说："没什么呀，夕雾只是看到哥哥太欢喜了。"

沈顾容强行忍住酸涩的泪意，抬手抚摸着沈夕雾的小脸，不知该哭还是该笑，只能一遍又一遍地重复着这百年来在梦中的承诺："这次哥哥不会再丢下夕雾一个人了。"

沈夕雾的眸子微微睁大。她内心最大的欲望，就是想让沈顾容如同梦中那样，快一些走到她身边，接她离开那荒芜的梦境。

当这种欲望被离更阑放大无数倍后，便缓缓扭曲成了"只有她能在兄长身边，其余的人没有资格和沈顾容并肩而立"。

碍眼的人都该死。比如那只小红鸟，再比如那个总是跟在她兄长身边的徒弟。

只有她能留在兄长身边。

沈顾容的这句话，正好戳中了沈夕雾脑海中最深切的欲望。她欢喜得险些落下泪来，眸子中全是水雾，死死地抓住沈顾容的手，软软地说："那说好了，兄长不能骗我。"

沈顾容满心都在沈夕雾还记得他这件事上，没有分心去思考沈夕雾的异样，闻言点头，道："说好了。"

"太好了。"沈夕雾的小手抓住兄长的无名指和小拇指，像是幼时一起去看花灯一样轻轻地晃了晃。她的魔瞳诡异，却柔声说，"那我和兄长去一个无人的地方一起生活，谁也不见，好吗？"

沉浸在喜悦中的沈顾容反应了大半天，才有些茫然地说："什么？"

他没能理解这句话。

"就现在呀。"沈夕雾牵着他的手，指了一个方向，道，"那里便是无尽雨林，我和兄长去那里住下，不管三界俗事，不和任何人有因果。就只有你和我，永生永世也不分开。"

她笑着问："好吗？"

沈顾容呆了一下，回过味儿来，也终于看出来了此时沈夕雾的状态似乎和平常不太一样。他怔然地心想：妹妹怎么会入魔？离更阑到底对她做了什么？

沈夕雾还像孩子似的牵着他的手，说："别怕啊，兄长，你虽不认路，但夕雾认得呀。我会将你带到雨林最深处，哪怕用了修为都不能寻到正确路的地方，然后建个最精美的房子给你住……"

她似乎对自己这个想法十分满意，脸上浮现一抹畅快的笑容，说："这样，你就永远都不会离开夕雾啦。"

沈顾容浑身一僵，迷茫地看着她。

沈夕雾拽着哥哥的手，魔瞳中满是希冀地看着他，问："哥哥，好不好？跟夕雾一起走？"

沈顾容后知后觉，自家妹妹似乎和京世录中的虞星河一样被离更阑操控了。

他深吸一口气，尽量让自己保持冷静，勉强笑道："好，等兄长把事情解决了，就随你一起去。"

沈夕雾歪头，问："解决？解决什么？"

沈顾容道："离更阑。"

沈夕雾撇了撇嘴，道："在兄长心目中，离更阑比夕雾还要重要吗？"

沈顾容被噎了一下，不知怎么对现在的沈夕雾说话。

沈夕雾虽然看着正常，但是心里早已经被离更阑的教唆搅得一团糟，行事说话完全没有逻辑可言。沈顾容不想激怒她，只好尽可能地安抚："没有，夕雾最重要。"

沈夕雾最喜欢听这种话，闻言立刻开心地笑了。只是她笑完后，小手突然指向沈顾容的身后，歪歪头，脸上浮现一抹空洞又诡异的神色，木然地道："那他呢？他也很重要吗？"

沈顾容回头和牧谪对视了一眼，点头道："他是我徒弟，那是自然。"

这句话却直接戳了沈夕雾的肺管子。她握着沈顾容的手猛地一用力，眸子森然道："不能留。"

沈顾容一怔，道："夕雾？"

沈夕雾冷声说："哥哥只要看着我一人就足够了，多余的不能留。"

沈顾容："……"这小丫头满脑子都在想什么，怎么会被离更阑这般利用？

再者说，离更阑抓夕雾来咸州，打的应该是让她亲手杀了自己的算盘，怎么她一出来就对着自己抱一抱牵牵手，没有丝毫杀意，反而对着自己身边人的敌意这么重？

沈顾容本能地想要抓住沈夕雾的手，喊道："夕雾！"

沈夕雾却反手将蛇塞到沈顾容的掌心，手握着长刀，风似的冲了出去，凶狠地扑向了牧谪。

沈顾容脸色惨白，浑身僵直地盯着掌心。他被平白塞了一条蛇，头发都要爹起来了。

哪怕过了百年，沈顾容成了能够一剑击杀无数妖邪的圣君，但依然招架不住那软软的冰凉的蛇。

沈夕雾已经和牧谪打了起来，一招一式都夹杂着魔修的杀意。

牧谪理智尚存，隐约知晓沈夕雾的身份，还顾忌着沈顾容所以留有余手。

但沈夕雾就不一样了。她是真正想要将兄长身边的所有人全都铲去，特别是这个牧谪。只要杀了他，其他人不足为惧，这样就只有她能留在沈顾容身边。

她这些年随着素洗砚学习阵法,手中长刀上刻着密密麻麻的法阵,毫无保留地砍向牧谪时,竟然能将大乘期的牧谪震得虎口生疼。

沈顾容浑身僵硬地站在不远处,嘴唇张张合合,艰难地道:"别打了……"

先把这蛇给弄下去再打。沈顾容心想,我……我能把它扔下去吗?

但是顾及沈夕雾那种没来由的疯劲儿,沈顾容又不敢保证把夕雾的宝贝蛇扔了,她会不会疯得更彻底,只好任由那蛇盘在他的手腕上。

感觉那冰冷的身体正在缓缓地蠕动着,沈顾容险些一口气没上来。相隔百年,他终于再次体会到了什么叫作恐惧,还是被一条小小的蛇吓的。

沈圣君道:"夕雾,你的蛇……"你的蛇,它往我衣服里钻了!

沈顾容在心中大喊:牧谪,救命!

正在专心应对沈夕雾的牧谪陡然听到师尊的话,愣了一下,随手挑开沈夕雾的长刀,本能地看向沈顾容。

沈顾容长身玉立,一袭红衣被风吹得衣摆纷飞,手腕间盘着一条往他衣摆里钻的小蛇,将轻薄的袖子顶出一个小小的鼓包。圣君昳丽的脸上古井无波,任谁都看不出丝毫端倪。

牧谪却听到他师尊自烽都出来后第一次情绪起伏这么大的心里话。

沈顾容还在心中喊道:牧谪!看什么看?!快来,那蛇往我衣服里钻了,已经缠到手肘了!

牧谪的嘴角轻轻地勾了起来,随即一抬手,大乘期的威压毫无保留地释放出去,硬生生将沈夕雾压制在了原地,动弹不得。

牧谪没了威胁,快步走到沈顾容身边,将那条瑟瑟发抖的蛇扯了出来,随手扔到一边。

沈顾容僵硬的身体立刻放松。

一旁被制住的沈夕雾暴怒道:"放开我!"

那条被随手丢掉的蛇受她操控,飞快扑向牧谪。

但牧谪却不是那残废离更阑。他分心抬手一点,那条蛇就被击落下城墙,不知所踪。

沈顾容有些担心沈夕雾发疯,忙要去救那条蛇,却被牧谪拦住:"师尊不要乱动。"

沈顾容:"……"

先是被亲妹妹扬言要囚禁,现在又被亲徒弟当着这么多人的面呵斥,沈顾容觉得整个三界通古绝今,都没有比他再憋屈的圣君了。只是,他也知道牧谪是为了自己好，索性不动了，只是有些不敢去看沈夕雾的表情。

牧谪冷淡地看了一眼气得发疯的沈夕雾，道："你难道不知晓师尊怕蛇吗？还敢将蛇往他身上盘？你想害死他吗？"

沈夕雾根本听不到他在说什么，双目赤红道："我要杀了你！我一定要杀了你！"

牧谪倒是对现在的沈夕雾深有体会。就像是当年他还只是小小的金丹期，被离人峰的人斥责对师尊不敬时，也是那种无能为力的感觉，十分难受。

但现在却不同了，整个三界，他是唯一一个有资格站在沈顾容身边的人。

牧谪没有再看沈夕雾，而是对沈顾容道："师尊，我在陶州大泽有一处洞府，等杀了离更阑，您若没地方去，便去那里，好不好？"

沈顾容还在看沈夕雾，迷茫地道："什么？"

牧谪却没有再说第二遍。

沈顾容缓了半天，轻轻地吐出一口气，抬手安抚了一下牧谪，迈步走向了沈夕雾。

牧谪很有分寸，没有伤到沈夕雾分毫，只是将她困在原地不能动弹。

沈顾容走了过去，认真地凝视着沈夕雾的魔瞳，叹息道："夕雾，你被离更阑利用了。"

"没有。"沈夕雾一看到他离开牧谪走到自己身边，脸上的狰狞立刻消失，变脸似的再次挂上天真无邪小姑娘的面具，笑着说，"离更阑那种只知道躲在暗处的废物，我怎么可能会被他利用？"

沈顾容愣了一下。他还以为沈夕雾会因为心中欲望的扩大而对离更阑言听计从，没想到她竟然对离更阑不屑一顾，反而还骂起来了。

沈顾容很喜欢听别人骂离更阑，眉头一挑，道："你现在还清醒着？"

沈夕雾道："我一直都很清醒呀。"

沈顾容只好问："那你最大的欲望是什么？"

沈夕雾直勾勾地看着他，柔声道："当然是和兄长在一起啦。兄长答应我的，会一直在我身边。"

沈顾容回想了一下和沈夕雾见面之后她说的每一句话，她的想法……好像真是如此。

沈顾容沉默了。他不知道自己竟然如此珍贵……

沈夕雾依然看着他，还在那说："兄长，兄长！如果夕雾能为你杀了离更阑，你就愿意答应夕雾，永远不分开吗？"

沈顾容都要无奈了，怎么一个个的都要帮他杀离更阑？难道他杀离更阑这事看起来很困难吗？

只是沈顾容对待沈夕雾和雪满妆不一样，还是尽量和她讲道理："夕雾，离更阑我自己就能动手。"

沈夕雾却愤愤地道："让兄长亲自动手杀了那禽兽，会脏了兄长的手。"

沈顾容古怪地垂眸看自己的手，他从来不知道自己的手竟然这么金贵。

刚刚爬起来的雪满妆怒道："你是在剽窃我的话！"

沈顾容一个头两个大。他只是想来杀离更阑，怎么带出这么多人来？他都开始怀疑这一次有这么多人来捣乱，他到底能不能手刃离更阑了。

沈夕雾被牧谪困住，无法自由行动，只能直勾勾地盯着沈顾容，恨不得一口把他吞了，这样他们就能永远在一起了。

沈顾容犹豫了一下，才将木榍拿了出来。木榍原地化为人形，很快，林束和的声音从中传来："十一？"

沈顾容道："六师兄，被离更阑蛊惑入魔后的人，还能恢复如初吗？"

林束和摸了摸下巴，道："让我瞧瞧。"

沈顾容便带着林束和到了沈夕雾身边。

林束和看到沈夕雾的模样，"啧"了一声，说："这不是'二师姐'的小徒弟吗，他都在离人峰找疯了，没想到竟然来到咸州了？"

林束和抬手捏了捏沈夕雾的下巴，想要端详端详。但是刚一碰上，她就双目赤红，挣扎着一口咬在他的手指上，直接将木头做成的手指咬掉了一根。

林束和："……"

好在这副壳子并没有痛觉，林束和慢吞吞地将手收了回来，面无表情地说道："没救了，等死吧。"

沈顾容嘴角抽动，道："师兄……"

林束和瞪了沈夕雾一眼，才伸出手往她经脉里探了探，半天后收回灵力，道："离更阑的灵力能够引出她神识中最大的欲望，就像是强行放置进去的不属于自己的心魔一样，很难驱除。"

沈顾容眸子一暗。

林束和话锋一转，慢条斯理地看着沈顾容，淡淡地道："可是你不是随身带着不归的离魂吗？那种东西用来剥离这孩子神识中的魔息，算得上是大材小用，但不归应当是不介意的。"

沈顾容愣了一下，道："离魂？"

他一直以为离魂无用，就将其丢在了储物戒中，没想到此时竟然派上了用场。

沈顾容将离魂珠子取了出来，递给林束和。

林束和接过来，用残缺的手捏着看了看，道："嗯，交给我吧，你先去忙你自己的。"说着，他屈指一弹，一根银针从袖中钻出，直直地刺入沈夕雾的体内。

沈夕雾的瞳孔猛地睁大，摇摇晃晃几下，接着一头栽了下去，被林束和一把接住。他带着沈夕雾正要走，沈顾容突然叫住他："六师兄。"

林束和疑惑地回过头，道："怎么？"

沈顾容注视着他，低声道："我一直以为，你会因为那个机缘而怪我。"

林束和不明所以，不知道沈顾容为什么无缘无故地突然说起这个，奇怪地说："为何要怪你？你不是救了我的性命吗？"

沈顾容将视线轻轻地一垂，道："因为那机缘……是我封印离更阑才得到的。"

所以当年他在将机缘给林束和的时候，才会说了那句："这种机缘，你是不屑要的。"

林束和微愣，似乎想起了什么。他突然笑了笑，缓慢走到沈顾容身边，抬起断了一根手指的手轻轻地摸了摸沈顾容的头。

沈顾容本能地排斥，但身体一僵之后便立刻放松了。

"他罪有应得。"林束和轻声道，"他当年亲口承认回溏城之事是他做的之后，离人峰便与他再无任何瓜葛。就算那时你亲手杀了他，也不会有人怪你，也没有人有资格怪你。"

沈顾容怔然看他。

林束和道："我以为这些年我们的所作所为，已经将立场表达得很明显了。倒是你……"他抚了抚沈顾容的白发，有些压制不住的心疼，"我们从不敢在你面前提什么回溏城，这还是你第一次主动说起此事。"

自从在回溏城见过沈扶雾后，沈顾容便听不得"回溏城"三个字，每回听到必要发疯。

但是邪修屠城之事传得尽人皆知，就算离人峰之人不提，在外也总会有人提。

没有办法，离南殃只好用已成圣的修为，神识铺遍三界，不准任何人提起"回溏城"三个字。一旦提及，便是成圣的天雷降顶。

起先三界众人还觉得离南殃是宠徒弟宠疯了，怎么会因为一个人就堵住三界所有人的口呢？

而事实证明，离南殃能。

第一年，就有无数修士因为众目睽睽之下拿回溏城之事当茶余饭后的谈资，被天降雷罚直直劈下，至少一半的人硬生生被劈去了修为。自那之后，便没有人敢在三界提起"回溏城"三个字。

"回溏城"逐渐被"烽都"二字替代。

而沈顾容因为回溏城屠城而存活下来的身世，也被离南殃擅自修改，将回溏城改为了幽州，年纪也从十六岁改成了幼时。

沈顾容并不在乎这个。他只在意什么时候能将离更阑杀死。

林束和低声问他："你去过回溏城了？"

沈顾容点头。

林束和的手指轻轻地一颤，声音更轻更柔了："那你还好吗？"

"我很好。"沈顾容点头。

他起先一直将离人峰的所有人对他的善意当成是同情，并且耻于接受这种善意，可现在回头想想，哪怕离更阑是出身离人峰，但其所做之事离人峰众人并不知情，他就算再无理取闹，也不能无故迁怒不知情的他们。

或许奚孤行他们刚开始是出于同情或愧疚而对沈顾容好，但又有谁的同情和愧疚能过百年而没有丝毫变化呢？他对情感有些迟钝，但至少分得清现在他们对自己到底是真情，还是由同情而生出的假意。

林束和见沈顾容似乎真的没有像当年那样的癫狂，才轻轻地松了一口气，轻声道："我当年想要让你将机缘留给你兄长……"

沈顾容却摇摇头，道："人死不能复生，这个道理我到现在已经懂了。"

更何况，沈扶雾应当不会想要利用机缘孤身活下来的。

沈顾容没有再多说，道："六师兄，夕雾便托付给你了。"

林束和点头道："好。"说罢，他扶起沈夕雾，快步离开了。

第七章

红颜枯骨

1

雪满妆再次冲到沈顾容面前，扬声道："圣君，您真的不考虑一下吗？我是凤凰后裔，天上地下仅此一只，你若是喜欢我的翎羽，我能拔下来送你！拔几根都可以！"

沈顾容："……"

安顿好发了疯的沈夕雾，他差点儿忘了还有一只难缠的鸟在这里。

沈顾容头疼地揉了揉眉心，问："你不是在陶州吗？为何会在这里？"

雪满妆眼睛发光地盯着沈顾容，道："我来帮圣君呀。"

沈顾容瞥他一眼，道："说实话。"

雪满妆只好撇撇嘴，道："妖主盗了一根我的凤凰翎羽，靠着那上面的凤凰灵力冒充凤凰这么多年，我要来夺回我的羽毛，顺便宰了他。"

沈顾容奇了，道："他不是你爹吗？"

雪满妆的眉头都皱起来了，愤愤地道："你不能如此辱骂我！"

沈顾容："……"

雪满妆嘀咕道："我堂堂凤凰血脉，竟然喊了他这么多年的爹，这是凤凰一族的耻辱！"

妖修本来就不在意血缘关系，更何况雪满妆本来就不是什么善茬儿。他自从知晓妖主是个鸠占鹊巢的冒牌货后，就一直在盘算着怎么找那只插了凤凰翎羽的野鸡算账，这一找，直接寻来了咸州。

沈顾容诧异地看着雪满妆道："你竟然寻到了生门？"

"什么生门？"雪满妆满脸茫然地道，"我就直接冲进来的，中途还差点儿死了两回。"

沈顾容："……"莽，真莽。还好你是凤凰，否则早就死八百回了。

沈顾容不想理雪满妆，直接抬了抬手，说道："你去忙自己的吧，我要去找离更阑。"

雪满妆说："别呀，我顺道帮你宰了他，一把火的事。"

沈顾容面无表情地道："不用，我自己会动手。"

雪满妆还要再叨叨，牧谪终于忍无可忍，上前一掌将他拍开，冷冷地道："多管闲事。"

雪满妆被打得往后栽了几步，回过头怒道："我和圣君的事，哪里轮得到你置喙？你又算什么？"

　　牧滴冷冷地看着他，正要用拳头把这只花孔雀似的凤凰打到掉毛时，一旁的沈顾容突然开口了。

　　"他算我爱徒。"沈顾容认真地说。

　　雪满妆哼了一声，一口火喷出来，道："爱徒又怎么了！"

　　沈顾容只觉得无奈。他不想再被这只打不死的凤凰纠缠了，再者妖主应该是投靠了离更阑，雪满妆过来是为了铲除妖主，对他也没什么害处，不至于现在就要自相残杀。

　　沈顾容道："我不会入妖族的，你死心吧。"说罢，他不顾雪满妆的神色，抓着牧滴就轻飘飘地跃下了城墙。

　　沈顾容掐了隐身诀走在咸州主街上，妄图靠运气撞到离更阑的住所，突然听到牧滴唤他，便疑惑地回头道："怎么了？"

　　牧滴愣了一下，一时间不知道要如何开口，想了想只好转移话题："您的手脏了。"

　　沈顾容低头看了看，发现果然沾了一点儿污泥。

　　牧滴有些无奈。他之前就发现了，他师尊哪怕修为登顶，私底下却更喜欢凡人的生活方式。

　　沈顾容坐在河边的石阶上清理手上的污泥，空着的一只手撑着下巴，偏头开口唤牧滴。

　　牧滴闻言含糊地应了一声："嗯？"

　　沈顾容轻声问："妖主之事，同你有没有关系？"

　　牧滴的手猛地收紧，愕然抬头看向沈顾容。

　　看牧滴这个反应，沈顾容便知道，妖主被逼近绝境戳穿真面目之事和他脱不了干系，或者说，青玉背后暗中相助的人便是他。

　　牧滴看到沈顾容仿佛知晓一切的眼神，这才回过神，几乎是狼狈地躲开他的目光。

　　沈顾容柔声道："告诉师尊，为何要帮青玉去对付妖主？你那时是他的对手吗？"

　　牧滴嘴唇轻轻地动了动，却说不出来任何话。他当年答应青玉对付妖主，原因无他，只是为了陶州大泽的灵脉。而在妖族历练得越久，他便对当年那个一手促成百年之约的妖主恨之入骨。

　　若不是他，沈顾容根本不可能被困在离人峰这么多年。

带着恨意的牧谪明知青玉是有意引导，却还是义无反顾地帮他去杀妖主。

　　最后，牧谪成功了，青玉顺利将妖主逼出陶州大泽，顺便还发现了只有京世录知晓的，妖主非凤凰的秘密。可青玉就算将妖主逼出了陶州，离人峰还是没等到妖族的灵脉，离更阑却逃了。

　　牧谪的脸色有些苍白，低声道："我只是……"

　　沈顾容的声音更轻了："嗯？"

　　牧谪对上沈顾容的视线，深吸一口气，沉声道："我就是想这样做。"

　　沈顾容没想到得到这个答案，眼睛眨了眨，道："什么？"

　　牧谪沉沉地开口："我恨我生得太晚，我恨当年你被所有人逼迫时我没能站在你身边，将那些小人悉数斩杀。"他轻轻地低下头，声音有些喑哑，"我恨……没能保护好你。"

　　沈顾容的眼睛微微睁大，想开口说：你已经将我保护得很好了。

　　但话还没说出口，他便意识到面前的人是牧谪，并不是当年的先生，就算是转世，也根本不是同一个人。

　　他说这句话是对牧谪的侮辱，也是对先生的亵渎。

　　沈顾容定定地看着牧谪半响，突然笑道："你就是为了这个，去和青玉联手算计妖主？"

　　牧谪闷不作声，默认了。

　　他有些害怕，怕沈顾容会觉得他城府极深，不自量力。但他又控制不住地想要告诉沈顾容，他这些年到底做了多少卑劣之事，做了多少算计。

　　牧谪浑浑噩噩间突然听到沈顾容轻轻地笑了一声，道："做得很好。"

　　牧谪一怔，茫然地抬头看他。

　　"妖主可不是东西了。"沈顾容喟叹一声，懒懒地说，"我对他的破事儿没兴趣，他却仿佛有被害妄想症一样，总是觉得我会害他。"

　　牧谪有些后怕，喃喃地道："师尊不怪我？"

　　沈顾容失笑道："我怪你做什么？你帮我算计仇人我还怪你，这不是胳膊肘往外拐吗？"

　　牧谪愣了愣，觉得也是。

　　沈顾容知道他在想什么，道："你觉得我会因为这个，觉得你是个坏孩子？"

　　牧谪不喜欢"孩子"这个词，但这句话的意思和他这些年想的差不多。他总是想要伪装自己，让沈顾容觉得他依然是幼时那个温顺乖巧的徒弟，而不是处处算计人的小人。

他点了点头。

沈顾容笑得不行，开始继续研究怎么找到离更阑的藏身之处。

牧谪道："夕雾应该知晓吧。"

沈顾容却摇了摇头，道："离更阑既然能利用神识中的魔息操控夕雾，就不会让她泄露自己的藏身之地。"他刚说完，脚尖一抬，就和三步之外的一条灵蛇对上了视线。

沈顾容默默地将脚收了回去。

牧谪往前一步挡在他面前，和那条蔫蔫的灵蛇对视一眼，认出这正是夕雾身边的那条蛇。

那条本来已经被牧谪扔到城墙下的蛇，不知怎么跑到了这里来。这蛇明显开了神智，眼泪汪汪地看着沈顾容，蛇芯吐着，小脑袋一点一点的，似乎想要表达什么。

牧谪在妖族待了挺久，勉强能听懂一些妖族的话。他走上前，矮下身看着那条蛇，听着它嘶个不停。

半天后，牧谪回头，道："师尊，它说它记得怎么去寻离更阑。"

沈顾容正拢着袖子看着旁边，闻言诧异地回过头，道："它知道？"

牧谪将小蛇捧起来，点了点头，道："嗯，它能为我们引路。"

小蛇体内有沈夕雾的灵力和神识，本能地亲近沈顾容，讨好地朝他吐芯子，还想要往他身上缠。沈顾容一抬手，表示免了。他可不想再被缠得手脚发软了。

有了小蛇的引路，二人起码不必无头苍蝇似的在咸州乱晃。

因为沈顾容的到来，整个咸州草木皆兵，四处都有魔修来回巡逻，妄图将沈顾容找出来。

沈顾容和牧谪大摇大摆地走在长街上，大乘期的隐身诀能让所有人看不见他们。二人随着小蛇的指路，走过咸州的长街，最后径直穿过咸州，到了后城门外的一处湖泊旁。

小蛇嘶嘶几声，用妖族语言说："涉水而过，能在湖中央瞧见一座木屋，就在那里啦。圣君能亲亲我吗？"

牧谪面无表情地把小蛇扔到了水里。小蛇嘶了一声，心中"嘤"了一声。

沈顾容好奇道："它方才说什么了？"

牧谪拿帕子随意擦了擦手，淡淡地道："它说离更阑就在湖中心。"

沈顾容看到那顶着一片树叶爬上岸的小蛇，还是不自然往后缩了一下，没有再多问了。

牧谪正要跟着沈顾容一起过去，沈顾容却道："咸州大概已经聚集了十三只疫魔，你先将他们处理了吧。"

牧谪一愣，看着沈顾容的侧脸，意识到他是想把自己支开独自去见离更阑，犹豫了一下，道："师尊？"

沈顾容冲他笑了笑，道："去吧。"

牧谪知道沈顾容一旦决定的事不会轻易更改，只好微微点头，道："是。"

他转身离开，刚回到后城门口，一回头，就看到原本站在湖泊岸边的沈顾容已经消失不见，宛如白雾一般融在湖泊上的缥缈烟雾中。

沈顾容在水面上如履平地，拢着曳地宽袖缓慢踏过水面，周围烟波浩渺，白雾连天。林下春化为人身跟在他身后，无神的眸子盯着脚底下的浮萍，喃喃地道："如果我是这浮萍就好了。"

沈顾容头也不回，淡淡地道："来。"

林下春看着不远处的小木屋，有些抗拒地蹲在水面上，小声说："脏。"

沈顾容勾唇一笑，道："你不是最喜欢血吗？"

林下春闷声道："他太脏了。"

沈顾容轻笑一声，勾了勾手指，道："就算脏也要来。"

林下春沉默片刻，才默不作声地站起身，跟上了沈顾容。

越靠近木屋，沈顾容的眸子就越发亮，呼吸也有些急促。

林下春感受到什么，问："你很开心？"

沈顾容舔了舔唇，喃喃地道："对。"

林下春默默地发抖，觉得自家主人果真是个魔鬼，竟然对那种事情这么热衷。他害怕、发抖，但懒得反抗。

林下春跟着沈顾容走到了湖中央的小木屋中。

那木屋也不知存在多久了，水草已经爬上了屋顶，整个木屋翠绿，几乎和整个湖面融为一体。忽然，整个湖中的白雾仿佛被什么吸引了似的，围着木屋缓缓地凝成一个旋儿。

沈顾容慢条斯理地踩上木质的台阶，那木头太过久远，踩上去还发出一声"吱呀"的哀叹声。

以沈顾容的修为，竟然探不到这木屋内是否有人存在，看来离更阑设下了不少能够隐藏气息的法阵。

沈顾容走到被水草掩盖的门边，懒懒地哼出一声，以此示意。

林下春犹豫半天，才不情不愿地上前，替不愿意脏了手的沈顾容把门打开。

门轻轻地打开，一道光倾泻进去，照亮房中密密麻麻的血色法阵。

而离更阑正对着门坐在木质的轮椅上。他听到开门声微微抬头，赤红的魔瞳缓缓地露出一道诡异的光芒，直直地看向沈顾容。

沈顾容漫不经心地走上前，轻轻地颔首一礼，笑道："大师兄，许久不见。"他的视线一一扫过离更阑不能动弹的手和双腿，最后落到那张面目全非的脸上。

沈顾容大乘期的修为轻而易举地看破了离更阑脸上的伪装。他看到那满是伤痕的脸被灵力面具所遮掩，伪装成俊美非凡的模样，不自觉地笑了出来。

红颜面具下，是丑陋的枯骨。

"真是可笑。"沈顾容的姿态彬彬有礼，说出的话却完全不饶人，"师兄就这般在意你的那张脸吗？"

离更阑面无表情地看着他。

沈顾容笑道："那太好了，我当年最先毁了你的脸，还真是明智。"

他轻轻地一抬手，林下春将房门关上，整个小木屋立刻笼罩在一片黑暗中。

沈顾容屈指一弹，一簇火苗飘在半空，将二人的半张脸微微照亮。

沈顾容低头挽了挽袖子，淡淡地说："回溏城一千一百三十八条人命，换你一千一百三十八刀，这买卖应该不亏。"

林下春不知想到了什么，一直木然的脸上缓缓地露出了一抹惨不忍睹的神色来，只是那双眸子却仿佛嗜血似的，一点点发出赤红的光芒。

"当年因为离南殃和妖主的阻拦，师兄只挨了一半。"沈顾容微微歪头，灯火轻轻一闪，一暗一明短促的间隔中，他脸上的笑容已经完全消失。

他面容冷厉，宛如黄泉而来的勾魂使，道："剩下的一半，我们继续吧。"

当年沈顾容要入道前，奚孤行曾去问他，为何明知以凡人之身入道很难，却还要选择这条路。

沈顾容眸子无神地看着他，冷冷地问："我还有其他选择吗？"

但凡他有另外的选择，都不会选这条不知是不是通往地狱的路。

沈顾容自小娇生惯养，被爹娘和兄长宠着长大，哪怕手磕了一块皮都能疼出眼泪来。他这么怕疼，如果不是别无他法，会主动去给自己找罪受吗？

奚孤行盯着他涣散的眸子看了许久，突然握住他的手腕，沉声道："我可以帮你杀了离更阑，你不必这般作践自己。"

沈顾容木然地道："他是你师兄。"

奚孤行冷冷地道："他做出这种猪狗不如的事，早已不是我认识的大师兄了。"

沈顾容没作声。

"十一。"奚孤行见他这副无动于衷的样子,终于有些急了,"以凡人之身入道太难,三界有史以来鲜少有人成功,更何况你的身子这么弱,根本撑不过洗筋伐髓。"

沈顾容冷声说:"撑不过去,我就死。"

"你!"奚孤行深吸一口气,尽量保持冷静,省得被沈十一气死,"你就好好地待着,离更阑是从离人峰出去的,我们杀他是清理门户,也是一样的。"

沈顾容还是说:"我要亲手杀了他,你们不许动手。"

奚孤行急道:"沈十一!"

奚孤行差点儿被气死,还在绞尽脑汁地想怎么劝他,就听到他道:"离更阑将我的竹篾偷走了,我要亲手取回来。"

奚孤行难以置信地说:"只是为了竹篾?"

沈顾容已经谁都不信,哪怕是对着奚孤行,也没有说出竹篾便是神器之事。

他垂下眸,轻声道:"离先生转世还有这么多年,我活着的唯一希望就是手刃离更阑,他若是死在你们手上,你是要让我余生都靠着怨恨和悔恨活下去吗?"

奚孤行一愣。

"我这副凡人之躯,活不过百年。"沈顾容轻轻地吸了一口气,抬眸看着天幕中的皎月,喃喃地道,"我要活着等到他。"

他像是在对谁承诺似的,低声道:"我不会那么轻易死的。"

先生费尽全力救了他,他不会死得无声无息、毫无意义。

沈顾容不想离人峰的人对离更阑出手,更加不准他们干涉自己的事。他在这世间仿佛带着沉重的枷锁,"百年"和"京世录"这两个重担死死地压在他瘦弱的肩上,让他不得不独立,不得不靠自己。

——你得学会如何靠自己活下去。

最后,他成功入道,且以凡人之躯得到了寻常修士半辈子都达不到的修为。

沈顾容从来不做无把握的事,哪怕是入了道,到了元婴期,也没有火急火燎地去寻离更阑。他似乎真的把手刃离更阑当成余生活着的希望,而且还很享受这个过程。

沈顾容靠着无数的虎狼之药将修为强行堆上了大乘期,一人一剑斩杀无数魔修,但利用灵药堆上去的修为,此生只能止步大乘期。

三界之人称赞他半步成圣,却不知晓他到底是如何取得这个成就的。

当年大乘期的雷劫险些让沈顾容被天道劈成焦灰,体内经脉遍体鳞伤。成功步入大乘期后,他足足有五年终日在无休止的痛苦中煎熬度过,几乎连剑都握不住。若不是离南殃用护体结界吊住他一条命,他八成早已灵力消散而亡。

沈顾容调养了五年,稳住修为后,便拎着林下春杀去了咸州。

当年的咸州并无这些毒雾法阵,沈顾容带着林下春,眼睛眨都不眨地杀了满城来阻拦他的魔修,那铺天盖地的杀意将他堆积了数十年的心魔彻底引发出来。

心魔肆虐神识,却被沈顾容硬生生压制住。他被心魔占据脑海,与此同时却又保持着清醒,满脸漠然地用林下春在离更阑身上刮下无数血肉。

离更阑的惨叫声几乎响彻整个咸州。

离更阑满脸都是血,面容狰狞地盯着沈顾容,厉声道:"你竟然敢?啊!"

"我有什么不敢?"沈顾容的脸颊上有一抹血痕。他用指腹轻轻地抹掉,在鼻间轻轻地嗅了嗅,歪头一笑,诡异又艳丽,"你的血,怎么这么腥臭?"

离更阑道:"你——"

沈顾容的冰绡上也落了一滴血。他一把掐住离更阑的脖子,温柔地笑道:"你可看到了京世录上自己的结局?"

离更阑死死地看着他。

"哦,对,我忘记了。"沈顾容抬起一只手,抹去脸上的血痕,眸子一弯,软声道,"京世录现在被封印了,你就算得到了也打不开。"

离更阑艰难地道:"你对……京世录做了什么?"

沈顾容却没回答他的问题,冰绡下的眸子已是血红一片。

"真可笑,你费尽心机这么多年,回溏城疫魔未成,京世录又被封。"沈顾容笑着说,"离更阑,你还真是败得彻底,更可笑的是你竟然不知道自己是如何败的。"

离更阑被扼住喉咙,魔瞳怨恨地看着他。

"我当年让离南殃放你离开离人峰,等我亲手杀你报仇。本以为这些年过去,你总该有些长进,没想到你还如当年一样。"沈顾容逼近他,眸中全是冷意,"杀你,我都觉得是脏了我的手。"

虽然说着脏手,但沈顾容却用林下春剐了离更阑六百多剑。

到最后,林下春感觉到沈顾容隐约有入魔的趋势,挣扎着从他手中挣脱,化为人形。他浑身鲜血,阻止道:"主人,够了。"

沈顾容一身青衣已经被染红。他掐着已经去了半条命的离更阑,歪歪头,问林下春:"够吗?才一半,哪里够了?"

林下春犹豫了一下,才讷讷地道:"您要入魔了。"

沈顾容闻言嗤笑一声，道："不会。"

林下春看了看手掌，指缝中已经缓慢露出了些许魔息。他本就不是个爱说话的性子，但此时还是坚持着多说了几句："您不该因为这种人入魔。"

沈顾容眸子瞬间冰冷，沉声道："不准插手我的事。"

林下春这才闭了嘴，乖乖化为了剑身。

——如果我没有开神智就好了。

——啊，他好脏，但身上的血很好。

沈顾容剐上一道，心中的魔气就多上一分。

离南殃赶到时，看到眼前的惨状愣了半天，才一把冲上来将血泊中的沈顾容拖了出来。

沈顾容手中握着林下春，仿佛傀儡似的，被离南殃打断动作后，怔然看了他半天，才认了出来。

离南殃冷厉道："十一，你入魔了！清心！"

沈顾容眸子涣散，瞳孔赤红。他笑了起来，喃喃地道："我没有。"

离南殃道："你以凡人之身入道已是极限，若入了魔，你会死的！"

沈顾容看着他，似乎没有理解他这句话的意思，还在挣扎着想要继续手中的动作。

离南殃怒道："沈十一！"他看到沈顾容似乎已经完全陷入心魔中了，便抬手往沈顾容的眉心打入一道清心咒。

一阵彻骨的寒意钻入沈顾容的识海，将盘踞着的心魔瞬间击得四处逃散。他浑身一软，手中长剑落下，整个人失去了意识。

等到他再次醒来时，离更阑已经被封印在了埋骨冢。

而剩下的那六百多刀，被沈顾容记到现在。

时隔数十年，再次见到离更阑，沈顾容已没有了当年的偏执癫狂，反而还带着笑意围着离更阑转了一圈，才缓慢停下步伐。他的手指在小臂上轻轻地敲了敲，淡淡道："这次，该从哪里开始？"

离更阑和沈顾容的视线对上，终于开口了，说的第一句话却是："你进了京世录？"仿佛并不在意自己是否会被剜去血肉。

沈顾容的视线落在离更阑身上，似乎在回想当年剐到哪里了，闻言心不在焉地点头道："嗯，进了。"

离更阑呼吸一重。他已经痊愈的一只手死死地握住扶手，直勾勾地看着沈顾容，道："京世录一旦进入，必定要看完自己的最终结局才能脱身出来。"

离更阑仿佛一只看到猎物的野兽，眸中杀意肆意，喘着粗气问："你呢？沈十一，沈奉雪，你在京世录中看到了什么？你又是……死在谁手里的？"

沈顾容看他这么急迫地想要知道这个答案，笑了笑，如实告诉他："死在我徒弟手中。"

"我呢？"离更阑又问道，"南欤是否看到我得道成圣，三界中是否全是疫魔肆虐，永无宁日？"

沈顾容嗤笑一声，道："京世录的世界只是镜花水月，如黄粱一梦，你执着幻境中的结局，有意义吗？"

"自然有意义。"离更阑艰难一笑，那满是疤痕的脸在沈顾容看来格外狰狞丑陋，"京世录为天道之物，一旦定下结局便是不可更改的，就算偏离了正途也会被天道强行矫正。"

沈顾容对这句话嗤之以鼻："是吗？百年前京世录曾预言，我是回溏城唯一存活的疫魔，可我现在依然好好修我的道，并没有沾染疫毒分毫。"

他一边闲聊着，一边抬起手，像是玩耍似的，动作散漫地将离更阑完好的一只手用匕首狠狠穿透，死死地钉在木质的扶手上。

离更阑浑身一颤，眸子狠厉地看着沈顾容。在沈顾容面前，他已经不想有任何伪装了，就连笑他都觉得恶心。

"哦，师兄，你抖了。"沈顾容的指腹轻轻地抚过离更阑痉挛的手指，低声笑道，"你，怕我？"

离更阑面无表情地道："百年前你侥幸逃脱，未被疫魔附身，而百年后……"他手中的血缓缓地滴到地上早已画好的法阵里，流入凹槽。

离更阑的脸仿佛厉鬼般狰狞，道："我就替天道来将京世录预言引入正途。"

刹那间，二人脚下的阵法骤然启动。

林下春的长发被风吹得胡乱飞舞。他垂眸看着脚下的阵法，意兴阑珊地想：如果我是……嗯，我是什么就好了？算了，麻烦，不想了。

一道道罡风从阵法中腾起，将沈顾容的衣袍吹得猎猎作响。他垂着眸，羽睫微颤，淡淡地道："你打算再将我做成疫魔吗？"

"不。"相反的是，离更阑否认了。他猩红的魔瞳冷然和沈顾容对视，露出一丝笑意，"这个阵法只是为了困住你，阵眼并不在这里。"

沈顾容神识一颤，突然有种不好的预感。

离更阑看到沈顾容的脸色终于变了，眸中的癫狂更甚。他像是迫不及待地想要看到沈顾容彻底变脸,声音里全是满满的恶意:"而是在十三只疫魔所在的咸州城,十一。"

沈顾容的瞳孔一缩,牧谪……被他支去处理那十三只疫魔了。

2

咸州城。

牧谪走在主街上,不知道为什么,眉头突然轻轻地皱了起来。

九息正在对着周围走来走去的魔修流口水,见状疑惑道:"怎么啦?"

牧谪微微闭眸,将神识铺开,悄无声息笼罩整个咸州城,低声道:"不太对。"

九息对着一旁路过的魔修吸溜了几口魔气,然后像是做贼似的偷跑回来,道:"嗯?什么不对?"

牧谪道:"我在虞州城清理疫魔时,那十三只疫魔是分散在城中的各个角落,但是这里的疫魔……"他抬手指向咸州中央,"似乎未足十三只,且全都在一处聚集着。"

九息茫然地"啊"了一声,不太懂这个,只是问:"那我等会儿能吃吗?"

牧谪的脚步一停,睁开眼睛,眸子沉沉地看着疫魔所在的方向。

九息问道:"不去吗?"

牧谪道:"不能去。"

九息失望道:"啊?"

"师尊只是想将我支走,并非是要我真去除那十三只疫魔。"牧谪道,"只要师尊杀了离更阑,或者三水师兄阻止封筠启动养疫魔的阵法,那些疫魔便不足为惧。"

九息看着周围跑来跑去的魔修,吸溜吸溜,只能看不能吃的感觉实在是太过痛苦。他强行将视线从魔修身上移开,艰难道:"那我们去干什么?你不会就想在这里等着吧。"

牧谪自然不会干等着。他再次将神识铺出去,只是这次搜寻的却不是疫魔,而是修士和凡人。

果不其然。

牧谪猛地睁开眼睛,转向南边,道:"走。"

他说着已经飞快离开,九息连忙跟上去,道:"去干什么?吃饭吗?"

牧谪的声音没什么波动:"去救人。"

十三只疫魔还未成,咸州城里肯定还有其他的凡人或修士被魔修捉了进来,为的就是将他们炼成疫魔。如果来得及将他们救下，那养疫魔的阵法缺少十三只疫魔，自然无法启动。

但牧谪却觉得这事依然有古怪。

自古以来书上记载的"养疫魔"都是在凡人的城池里进行的。因为凡人手无缚鸡之力，但凡疫魔有些修为，就能轻而易举造成一场单方面的屠杀。

比如烽都，再比如当年未成的虞州城。

这一次，养疫魔的法阵却是在魔修的城池。咸州全是魔修，甚至连化神境的魔尊都有两位，就算炼出了疫魔，也不可能轻而易举将整个城池屠杀。

这阵法只有在凡世城池可用，放在有修士的城池，简直算得上是一个笑话。可离更阑却做了，且封筠和妖主也跟着他一起谋划此事，牧谪觉得这背后肯定有更大的阴谋。

沈顾容对上离更阑，几个境界的压制不可能会输，那疫魔能被轻松处理，最难办的是不知在何处的法阵。

牧谪都开始怀疑，在咸州的阵法到底是不是养疫魔的阵法了，那些已经被炼成的疫魔也许只是用来迷惑他们的幌子。

细想之下，虞星河被引来烽都，与此同时他们的灵舫被妖修砸坏灵盘，误打误撞进入烽都……随后跟着那黄鼬一起进了咸州。

或许，这一切都只是离更阑的一个圈套罢了，为的便是将沈顾容引来咸州。

九息跟上他，看到牧谪难看至极的脸色，小声问："你想到什么了？"

牧谪已经快步走进了关押修士和凡人的府宅，干净利落地击杀了看守的魔修，破开暗门，进入了玄铁打造的牢笼中。那铁牢中，果然有修士被关押在里面。

牧谪面如沉水地走过去，视线往里面一扫，突然愣住了。只见牢笼中，妙轻风和宿芳意正在尝试着画阵法逃走，她们被突然的踹开门的声吓了一跳，此时正满脸惊骇地朝外看去。

笼中没什么光芒，二人仔细辨认半天才认出来是牧谪。

牧谪："……"怎么又是她们？

宿芳意看着他，眼泪突然缓缓地滑了下来。

牧谪正要拿着九息剑将牢笼破开，宿芳意突然冲了过来，两只手死死地抓住铁质的栏杆，哑声道："圣君……圣君来了吗？"

牧谪蹙眉问："怎么？"

"圣君不可来咸州！"宿芳意满脸泪痕，哽咽道，"我师尊……封……封筠想要利用咸州城无数魔修的性命，开启阵法让天道矫向正途。"

牧谪一愣，立刻上前，厉声道："你什么意思？"

宿芳意道："这阵法不是养疫魔！这是陷阱，圣君不可来咸州！"

宿芳意哭得浑身发抖，妙轻风上前轻轻地扶住她，脸色苍白地对牧谪道："芳意无意中撞破封筠城主和妖主商讨此事，才被扔到了咸州来，说什么做成疫魔，她……"宿芳意的瞳孔都在发抖。被将自己养大的师尊毫无情感地扔来咸州送死，对她来说，打击还是过重。

牧谪脸色阴沉，用九息剑将牢笼打开，斩断二人手腕上的镣铐，沉声道："先别哭，告诉我这阵法到底是什么，什么叫作天道正途？"

咸州城外。

狂风吹得小窗哐哐作响，雾气顺着窗棂缝隙一点点窜进来，缥缈白雾萦绕着四周。

"天道正途？"沈顾容冷然一笑。他微微俯身，居高临下地看着离更阑，无神的眸中倒映着那丑陋的脸庞，道，"你来告诉我，什么叫作天道正途？"

离更阑冷冷道："天道所注定的命数，便是正途。"

而命数显示在京世录上，那京世录便是正途。

沈顾容闻言冷笑出声，道："你放……"

林下春适时道："喀。"

沈顾容强行将话憋了回去，道："你胡说。"

只是那气势明显弱了下来，沈顾容没好气地瞪了林下春一眼，才继续对离更阑道："事在人为，而不是天道注定。你连正邪是非都分不清，却将未来寄托在天定的命数上，难道不觉得可悲吗？"

离更阑却道："三界事事皆由天道注定。"

离更阑沾满鲜血的五指死死地抓着扶手，几乎将那木质的扶手掰成粉末，可想而知用了多大的力气。他双目赤红，森然地道："当年幽州满城有千万人，为何只有我一人被认成疫魔附身？这是命数。

"幽州城外无数凶兽，而我当年只是个孩子，为何存活数日终于被路过的南殃所救，这是命数；我入道修魔，在幽州寻到疫毒，利用无意中得到的残卷研究出了养疫魔的法阵，这也是命数。凡事皆有天道注定的命数，轨轮转动，谁也逃脱不了天道的桎梏。"

离更阑狰狞地道："因果轮回归于天道命数，守护京世录之人是唯一能违背天道之人，所以当年你存活了下来，并未成为疫魔。"

沈顾容冷冷地注视着他，像是在看一个上蹿下跳的小丑。

"如果没有他！"离更阑厉声道，"明明被天道垂爱，却偏偏为了一个废物违背天道，将我本来已注定的命数悉数改变，他该死！他活该受百年苦楚，他活该……"

沈顾容的瞳孔猛地一缩，泼天的怒火骤然席卷他的神识，险些将他烧得失去理智。

"活该？"他喃喃地重复着离更阑的话，"你说他活该？"

离更阑看到他的脸色终于彻底变了，疯狂又快意地笑出了声，口不择言道："是，他就是罪有应得。三界数千万年来，哪个天选之人能有他那般失败？竟然为了一个凡人，不惜毁了自己！他之所以会惨死，皆是他咎由自取！"

林下春的脸色也终于有些变了。他尝试着往前走了半步，想要劝一劝主人——虽然感觉根本没有用。

林下春道："主人……"

沈顾容浑身都在发抖。他眼瞳猩红，死死地压制住自己濒临爆发的怒气，眸中全是遮都遮不住的杀意。

"过来。"他轻轻地抬起手，头也不回地对林下春轻声道。

林下春犹豫了一下，道："主……"

沈顾容面无表情道："我说最后一遍，过来。"

林下春只好化为剑身，稳稳落在沈顾容的手中。

沈顾容浑身都在抖，但握剑的手却稳如磐石。他眸子沉沉地盯着离更阑，声音没有丝毫波动："既然你想困住我，如你所愿，我被困在这里了。"

沈顾容垂眸看了看露出嗜血寒光的林下春，手轻轻一转，剑光微闪，照过二人的眸子。他道："既然你我都出不去，那索性继续算一算当年的账吧。"

剑刃缓缓地划过离更阑的脖颈，带出一道血痕。

咸州城的地下牢笼，牧滴的下颌崩得死紧，五指收拢，尖利的指甲深深陷入掌心，血痕顺着指缝一点点往下滴，滴落在黏湿的地面上。

宿芳意已经收拾好了情绪，她抱着双臂，讷讷地道："师尊……她是被人蛊惑了吗？"

妄想将既定之事，利用阵法硬生生矫向"正途"。人死不可复生，已发生的事自然也是不能改变的。他们口中所谓的正途，是真正的正途吗？

宿芳意强忍住眼泪，哽咽地说："那不是歪门邪道才会做的事吗？"

妙轻风轻轻地拍着她的后背，却想不出什么话来安抚她。

牧谪喉间都是血腥气。他用舌尖抵着上颚，来回默念了三遍《清静经》，这才勉强保持住神智。

"你的意思是说，百年前，烽都……也就是回溏城，被人布了养疫魔的阵法……师尊是唯一被人救下而存活下来的人。"牧谪一字字说得极其艰难，仿佛喉中含着血似的，"而现在，离更阑和封筠妄想将当年之事掰向正途，让我师尊变回当年未成的疫魔，对吗？"

妙轻风点头道："对。"

牧谪沉默许久，突然笑了一声，眸中却毫无笑意。他喃喃地道："我知道了。"

那些之前不愿意相信的猜想，悉数变为了现实——沈顾容，便是沈奉雪。没有什么另外的世界，没有什么夺舍。

沈顾容说："我没有家了。"

回溏城变成一座全是魂灵的城池，他确实没有家了。

之前哪怕从沈望兰口中得知沈顾容或许就是沈奉雪时，牧谪依然不敢相信，只想等着所有事尘埃落定后，让沈顾容亲口告诉他所有真相。可现在，他毫无心理准备，却不得不接受……接受当年沈奉雪……沈顾容对他的特殊对待，只是因为自己的前世是他的故人，是那个被沈顾容记挂了那么多年的先生。

这些年，沈顾容好像总会看着他的脸，怀念故人。

沈顾容那些年只是失去了记忆，而当到了回溏城之后便彻底恢复了记忆。所以沈顾容从烽都出来后，才会那么反常，那么温柔地对待他。

因为自己应该是先生的转世。

多可笑。

共灵契化为灵蝶，重重地撞在木屋的窗棂上。

沈顾容一身红衣，身上没有半分污痕，只是手中的林下春已经浑身沾满污秽的鲜血。他的动作顿了一下，偏头看向窗棂。

林下春木然地心想：如果我是窗户就好了。

沈顾容："……"

沈顾容和四十年前不同。当年他对离更阑只是单方面暴戾的虐杀，而这次他明明被离更阑这般挑衅，他却没有失去理智让自己入魔。他连一滴血都不想溅在身上，唯恐弄脏了自己，那双眸子就算赤红却也干干净净，没有被杀意夺去理智。

离更阑浑身是血，眸子涣散地躺在地上。地面上全是他的鲜血，缓缓地将整个木屋铺满，只有沈顾容的脚下还留有一块干净的地。

脚下的阵法应该是用离更阑的血发动的，他流的血越多，阵法仿佛越坚固。

本来沈顾容还能听到窗棂外的声音，但等到和离更阑算完账，窗外已经再无任何声音了。不知是灵蝶消失了，还是阵法更坚固了。

离更阑已经奄奄一息了。他几乎丧失了所有的痛觉，眼睛失神地盯着面前的血泊。沈顾容抬手将一道灵力打入离更阑的经脉中，吊住他的半条命，淡淡地道："先别急着死，你不是还要看着天道将我矫向正途吗？"

离更阑轻轻一咳，吐出一口血来。他声音嘶哑，短促地笑了一声，艰难地开口："阵法很快就会启动了，咸州城里无数魔修的性命，足够让天道扭转京世录的结局。"

沈顾容却只说了两字："可笑。"他伸出手，想抓住离更阑的头发把对方拎起来，但看了一眼那黑发上的血，又嫌弃地皱眉，看了一眼林下春。

林下春默默化为人形，为主人把离更阑拎了起来。

离更阑垂着眸看着他，不知为何突然嗤笑一声，道："你以为你真的杀得了我吗？"

沈顾容居高临下看着他，眸中全是蔑视，道："不然呢？难道现在被我拎在手中的，是狗吗？"

林下春默默地心想：是我拎的。算了，我就是个工具。我如果真的是个工具就好了。

离更阑的眸子轻轻往外一瞥，又等了一会儿，才惨然一笑，道："时辰已到。"

沈顾容察觉到他似乎要做什么，瞳孔一缩，在他行动之前抬手握住林下春的手，用瞬间化为剑身的林下春刺向了他的喉咙，血立刻涌了出来。

离更阑的瞳孔瞬间剧缩，接着一点点涣散，很快就没了声息。他身下的阵法完全发动，将沈顾容死死地困在这一隅。

林下春小声说："主人，他死了……"

沈顾容握着剑柄，冷笑一声，道："你真当他留在这里是为了让我杀他泄愤？"

林下春的脑子懒得转，茫然道："啊？"

"这是分神。"沈顾容将剑拔出来，挥袖一甩，将林下春身上的血痕甩到了血泊中，溅起一圈波纹，"他应该是为了蒙蔽我的探查，将大半的分神都放在了这里，想要困住我拖延时间。现在分神已死，他本体应当也受了重创。"

林下春没想到还能这么玩，干巴巴地道："主人一早就知道？"

沈顾容奇怪地看着他说："你不知道？"

林下春："……"对不起，我傻。

离更阑靠着大半分神将沈顾容困在这里，半步都出不去，也算是一种本事了。

分神上受的痛苦和伤势也会对应出现在本体身上，沈顾容不知离更阑到底在打什么主意，索性顺应而为，顺便报仇雪恨。

林下春化为人身，蹲在离更阑身边，伸出一根手指戳在地上的血泊中，一点点吸收魔修满是灵力的血。他小声问："那这个阵法出不去，主人要怎么办？"

沈顾容看了他一眼。

林下春对上他的眼神，心中一咯噔，觉得自己好像又问了个蠢问题，因为主人满脸写着"你真的是我的剑吗？难道不是从外面随便捡回来的吗"的疑惑。

林下春讷讷地道："对不起，我如果不会说话就好了。"

沈顾容头疼地揉了揉眉心。怎么这么多年了，林下春这毫无追求的性子还是丝毫没变，让他看着又好笑又心疼。

"吸你的血去吧。"沈顾容无奈道，"等这事完了，我就将你送回剑阁。"

林下春一听，灰色的眸子微微一亮，立刻乖乖地继续吸纳血了。

沈顾容撩了撩衣摆，在唯一干净的地方席地而坐，微微闭眸，道："现在我也是一道分神，所分神识虽然不多却也不能直接毁去，只能留在这里，你在此守着，我很快回来接你。"

林下春："……"啊，这就是人类吗？好狡猾。

狡猾的人类舍弃了操控这道分神，沈顾容闭眼后沉入神识，再次睁开眼睛时，已经回归本体。他的本体依然在烽都的灵舫中，一回过神，就感到有人在他怀里动来动去。

沈顾容睁开眼睛，低眸看了一眼，就见沈望兰正靠在他怀里晃着脚丫看话本。

感到沈顾容醒来，沈望兰欣喜地抬头道："二爹爹，你回来啦！"

沈顾容笑着抚摸了一下他的头，道："对，但我又要走了。"

沈望兰"啊"了一声，乖乖地点着小脑袋，说道："好，望兰在这里等着二爹爹和'牧姑娘'回来。"

沈顾容夸奖道："真乖。"

沈望兰想了想，说："啊，对了，望兰好像说错话了，'牧姑娘'走的时候脸色可难看呢。"他扭了扭胖乎乎的手指，害怕地说，"他是不是以后都不喜欢望兰啦？"

沈顾容回想起之前共灵契中传来的异样，问："你说错什么了？"

沈望兰鹦鹉学舌似的将牧谪和他的对话一句一句说了。

沈顾容愣了愣，突然像是反应过来了似的，隐约知道牧谪为什么不开心了。

沈顾容之前失去记忆时，对牧谪说过自己是夺舍沈奉雪，而现在沈望兰将那些话告知牧谪，他肯定是知道了自己就是沈奉雪，八成在怪自己骗他。

沈顾容有些哭笑不得，这件事真的是误会，但他又不知该如何和牧谪解释。本想等事情尘埃落定后再细讲的。现在，牧谪猝不及防地知晓了他的"谎言"，心中指不定在生气呢。

沈顾容揉了揉眉心，无奈地道："没事，你没说错什么，是我做错了。"

沈望兰眨了眨眼睛，不懂这句话的意思。

沈顾容也没解释，揉了一下沈望兰的头，叮嘱了一番，才再次从生门进入了咸州。他本来是打算直接去找牧谪，尽早将话说清楚，省得他胡思乱想，但刚进了咸州城，就感觉到一道熟悉的灵力朝着自己冲来。

沈顾容愣了一下，一回头就看到一条青龙载着奚孤行奔腾而来，转瞬到了他面前。沈顾容诧异地道："师兄？"

奚孤行没等朝九霄停稳，急急地从龙背上跳了下来，道："十一！"

他飞快地冲到沈顾容面前，将沈顾容上上下下打量一遍，发现没受什么伤，才怒骂道："我的玉髓感知不到你的气息了，险些把我吓得半死！混账东西，你又去冒什么险？说话！"

沈顾容后仰了一下，避开奚孤行的唾沫横飞。他艰难地道："掌教，我已不是孩子了，你这样真的很像我娘。"

奚孤行耳根发红，暴怒道："胡说八道！"

沈顾容淡淡地挑眉道："你们怎么来了？咸州不是不能轻易进来吗？"

奚孤行没好气道："知晓妖主和封筠也来到咸州后，我们怕出大事就紧跟着过来了，是三水给了我们入生门的阵法。"

沈顾容沉默了一下，才道："三水到底是你徒弟还是我徒弟？"

怎么什么事都和奚孤行说？

奚孤行"哼"了一声，道："反正这次你再不让我们插手都不管用了，我此番前来是为离人峰清理门户的，不是来和你争抢收割什么魔修人头的。"

沈顾容盯着他发红的耳根看了半天，才叹了一口气，道："好的，师兄，没问题，师兄。但如果你脸没红，这句话或许更有说服力。"

奚孤行："……"

朝九霄已经落地化为人形，裹着黑袍，挑眉冷哼一声，道："我还以为你死了，欢天喜地来为你收尸，棺材我都挑好了。"

沈顾容瞥他一眼，当年自己魔怔似的怨恨阻止自己杀离更阑的离南殃，连带着对爱戴离南殃的朝九霄也厌恶得不行。但是现在沈顾容彻底恢复冷静了，换一种角度来看朝九霄，觉得他还勉强算个人，也没那么讨人厌了。

再加上在孤鸿秘境朝九霄让给沈顾容的那个机缘，让沈望兰拥有了人身，沈顾容对他有些感激，也不再和他处处作对。

"多谢四师兄。"沈顾容微微点头，"棺材我应该会很喜欢。"

朝九霄本来就是习惯性地想要给沈顾容找不痛快，正等着他回骂自己，没想到他竟然这么波澜不惊，还道了谢。

朝九霄呆了呆，觉得自己还在梦中。

奚孤行脸上的怒色逐渐消散，担忧地看着沈顾容，道："十一，你又受什么刺激了？"

沈顾容笑了笑，道："没事，我很好。"

奚孤行突然有些害怕，觉得他师弟的脑子好像又出问题了。

"离更阑应该还有半口气，我等会儿要去了结他，如果你们没事情做，可以去瞧一瞧咸州城的阵法到底是什么？有没有破解之法？"

奚孤行愣了一下，才皱眉道："等会儿去了结他？那你现在去哪儿？有更重要的事情去做？"

沈顾容点头道："嗯，很重要的。"

奚孤行神色一肃，道："那你快去，这里交给我们。"

沈顾容说："好。"

朝九霄终于回过神来。沈顾容不和他呛了，他倒是有点儿不适应，别扭着开口找话题："你……你要去做什么？危险吗？我的意思是说棺材能用上吗？"

沈顾容歪头看了看他，不知是不是对朝九霄的偏见没了，听这话隐约觉得他应该是关心自己，但依然不说人话。

"没什么危险。"沈顾容道，"我自己就行。"

他这么郑重其事，奚孤行还是有些好奇，道："到底是什么重要的事？"

能比杀离更阑还要重要？

沈顾容正色道："看看我爱徒去。"

奚孤行脸色一黑："给我滚！"

3

沈顾容滚了。

共灵契化为灵蝶飞在半空，倾洒下碎如星光的灵力为沈顾容引路。

只是走过了两条街，沈顾容才后知后觉，牧谪不是被他支去收拾疫魔了吗？怎么神识里感应到的疫魔在城中央，而共灵契却是往南飞？

整个咸州依然找寻不到离更阑的气息，沈顾容犹豫了一下，继续跟着共灵契往前走。虽然他对离更阑口中的阵法不屑一顾，但总归要提防些，据说养疫魔那种阴损的阵法就是离更阑在孤鸿秘境寻到的，保不齐离更阑还有其他更加古怪阴毒的阵法。

当务之急还是要找到牧谪。

我真是好师尊。沈顾容自吹自擂地心想。

沈顾容走了一会儿，突然感觉共灵契像是疯了似的，扑扇着翅膀往前面的人群中飞。沈顾容一愣，立刻意识到牧谪就在前方了。他正要往前走，就感觉一个人疾步冲到自己身边——是牧谪。

沈顾容身上施了障眼法，能让周围的人察觉不到他的存在。

牧谪猩红的散瞳猛地一缩，低着头沉沉地看着沈顾容。

他面无表情的脸已经被不知哪里来的红色胎记占据了半边，看着极其恐怖。

沈顾容问道："你怎么了？"

话音刚落，沈顾容就看到牧谪的眼中缓缓地落下一滴泪。

沈顾容一愣，"牧姑娘"这是……又哭了？

沈顾容正要开口，又觉得这样说出来好像有些伤徒弟自尊心，只好装作无事发生，声音更轻柔了："出什么事了吗？还是说受伤了？"

牧谪突然转身就走。

沈顾容后知后觉，忙快步跟上去。他不知道牧谪到底受了什么刺激，怎么这么喜怒无常？难道就因为自己骗了他，其实自己不是夺舍？不对，没这么严重吧？

沈顾容不明所以。但他实在是怕了被包围在人群中的感觉，只想找个无人的地方和牧谪好好说清楚。

巷子一片黑暗，牧谪似乎抬手设了一个结界，主街上的声音瞬间被隔绝在外。

沈顾容定了定神，双手拢着袖子，慢条斯理地道："我之前骗了你。"

黑暗中，牧谪的身体微微一僵。

沈顾容感觉到他的呼吸骤然急促，知道他一定是在纠结这事所以才会这么反常。沈顾容叹了一口气，一五一十地将把失忆当成夺舍的事告知了牧谪，最后还加了一句："我不是故意骗你的。"

沈顾容说完后，牧谪愣怔了许久，才笑了笑，道："不重要。"

沈顾容歪头，道："嗯？"

沈顾容眼睛的灵障还未完全消散，哪怕是大乘期也无法动用修为去看。黑暗中沈顾容看不见牧谪的神色，只能靠分辨他的语气来判断他到底有没有生气。

牧谪的语气听起来好像没生气，但这话怎么越听越奇怪。

"不重要。"牧谪面无表情，散瞳依然未合，看着极其诡异，"师尊是谁不重要，我不在乎。"

这句话听着倒像是人话了，沈顾容晕晕乎乎地信了。

见危机解除，沈顾容这才笑着道："你不生气就好。"

牧谪的散瞳缓缓地凝聚成瞳仁。他将结界解开，光芒从外倾泻进来，微微照亮他面目全非的半张脸。

沈顾容无意中看到牧谪的脸，愣了一下，才皱眉道："你的脸怎么了？"

在疫毒消失后，牧谪的脸便恢复了原状，俊美非常，此时不知为何那鲜红的疫毒胎记又布了半张脸。

牧谪依然是那副温和的模样，垂着眸，乖顺得很。他淡淡地道："疫毒复发了。"

"复发？"沈顾容上前仔细探查了半天，才道，"不可能，人脸树给的灵果不是将你的疫毒解得差不多了吗？"

按照道理来说，不会复发才对。

牧谪看着他，语调却和平时如出一辙，没有半分变化："师尊，我的脸若是从今往后都变成这样，您还认我吗？"

——如果我没了那张和先生一样的脸，您还会像之前那样待我好吗？

——您待我所有的特殊，会因为这张面目全非的脸，而毫不留情地收回去吗？

但如果沈顾容真的因为这张脸而抛弃了他……

牧谪的脑子一片混乱，连他都不知道自己到底在想什么。

不知过了多久，也许是一瞬，也许是一个时辰，反正牧谪觉得过了许久许久，沈顾容才轻轻启唇，开口了。

"你在想什么？"沈顾容好奇地看着他。

牧谪一呆，茫然地抬头。他设想过沈顾容的无数反应，或许会转身就走，或许会欺骗自己说不在乎什么脸，或许……很多个或许，但从来没有想过沈顾容会是这样……极其普通的反应。

沈顾容的脸上是真真切切的好奇，似乎很奇怪牧谪为什么会问这个问题，就像是听到一个心智健全的成年人在问花儿为什么是红色的一样。他满脸疑惑，有好笑，有宠溺，就是没有牧谪最恐惧的疏离和厌恶。

牧谪呆住了。

"你的脸变成这样又怎么了？"沈顾容说，"再说了，你自小不就是这副模样，我都看腻了。"

沈顾容"啧"了一声，笑着道："你就算毁了容对我来说也没分别。"

牧谪茫然地看着他，一时间不知要如何反应。

沈顾容歪头，道："嗯，反正三界最好看的就是师尊我，若是我真的那么在意容貌，那我每日照镜子不就得了，看你做什么？"

牧谪被这番话说得愣怔许久，从来没想过沈顾容会用这么一个古怪刁钻的角度来回答自己的问题。而且这话……好像一点儿毛病都没有，可细想之下，他好像没有得到自己最想要的答案。被沈顾容这么一搅和，牧谪陷入了沉思，刚才他在纠结什么来着？

就在这时，城中央突然传来一声巨响，接着一股奇怪的气息弥漫在了整个咸州。沈顾容一愣，立刻脚尖一点飞身跃向半空，衣袍猎猎生风。

城中央冒出一道光柱通向九霄，将萦绕在咸州的雾气冲破，天空仿佛石子落幽潭，拨开一圈圈的涟漪雾障。

牧谪后知后觉地跟了上来，问道："师尊？"

沈顾容眸子微沉，道："是疫魔的气息。"

沈顾容已经开始厌烦了和离更阑的对峙，直接逮着牧谪转瞬带去了中央巨大的法阵旁。

沈顾容飘飘然落地后，抬手将身上的障眼法诀去掉，眼睛眨都不眨地将法阵旁边所有的魔修悉数驱除出去，只留下一个握着剑瑟瑟发抖的小魔修。他拢着袖子，慢条斯理地走到那小魔修身边，淡淡地问："离更阑在何处？"

小魔修吓得双腿都在发软："沈圣……圣……圣……"

沈顾容"啧"了一声，怎么留了个不会说话的。他没再等那小魔修回话，抬手让其离开，将视线落在阵法旁边的芥子上。

城中央应该本是有屋舍的，但看痕迹似乎是被人用暴力碾碎了，周围全是稀碎的石屑，只有最北边坐落着一个芥子屋舍，里面源源不断地流出浓烈的魔息。

沈顾容微微挑眉，抬步朝着那屋舍走过去。

牧谪眉头紧皱，沉声道："不能进去，怕是有陷阱。"

沈顾容笑了笑，道："我自然是不会进去的。"

牧谪道："那您……"

沈顾容朝他伸出手,道:"九息剑借我一用。"

牧谪愣了一下,才神色复杂地将九息剑递给沈顾容。

作为修士,本命剑从来不会准许旁人碰,但沈顾容似乎没这个意识,一旦缺剑用了就直接问牧谪要,也不担心徒弟不给他。

沈顾容用九息剑十分顺手。他凝着灵力附在指腹上,缓缓地在九息剑的剑刃上一划,血瞬间涌了出来,在雪白的剑身上留下一道鲜红的血痕。

九息剑本来不情不愿地在朝牧谪发脾气,但一触碰到沈顾容的血,立刻什么话都不会说了,贪婪地将大乘期修士饱含着无数灵力的血飞快吞噬。毕竟沈顾容的一滴血,可比九息剑吞噬数十个魔修要有用得多。

剑身骤然爆发出一股强悍的灵力,将沈顾容的衣袖和白发吹得胡乱飞舞。他眸子极亮,仿佛倒映着无数火光,九息剑被他轻轻一甩,发出剧烈的嗡鸣声。

沈顾容道:"让开。"他说完这句话,没等牧谪反应过来,便握着九息剑朝着面前的芥子屋舍悍然劈去。

离更阑的芥子屋舍是当年离南殃送予他的及冠灵器,上面附着离南殃的护身结界,沈顾容知道南殃君的护身结界到底有多厉害。那结界霸道到能替他挡住数道元婴期雷劫,就以他这身失了半个元丹的大乘期修为,恐怕很难打破。

好在当年离南殃还未完全成圣,附在芥子屋舍上的结界并不如当年沈顾容身上的强势。他用尽所有修为劈了一下,那脱离三界的独立空间便在虚空中缓缓地裂出一道裂纹。

沈顾容挑眉,轻飘飘地将九息剑收了回来。

"这乌龟壳也不是很硬。"沈顾容评价道。

他身上的灵力已经因为那一击消耗得差不多了,若是要完全恢复恐怕还要片刻,他却等不了那么久,直接转身回到了牧谪身边。

牧谪的面前出现一道护身结界,将沈顾容波荡开来的灵力悉数挡去。他看到沈顾容快步赶来,便立刻撤掉结界,就听沈顾容道:"运转元丹。"

牧谪道:"什么?"

沈顾容道:"快。"

牧谪不明所以,但还是顺从地运转丹田的元丹,灵力瞬间弥漫全身。他正疑惑沈顾容要做什么,就感觉到师尊的手腕微微动了一下。下一秒他就感到体内运转的灵力仿佛被什么牵引似的,小河潺潺似的流入沈顾容指尖。

很快,在共灵契的帮助下,沈顾容体内的元丹飞快运转,只是几息便彻底恢复了灵力。

沈顾容察觉到灵力恢复后，便接着转身握着九息剑，再次朝着那芥子屋舍来了一剑。

沈顾容气势汹汹地将整个芥子劈成两半，结界破碎，芥子里的东西瞬间一股脑儿地涌了出来。在这一片凌乱废墟中，离更阑浑身散发着魔息，坐在轮椅上，正脸色阴沉地瞪着他。

离更阑一板一眼，带着恨不得将其挫骨扬灰的恨意和杀气："沈十一！"

离更阑正要说话，沈顾容却一抬手，打断他的话："等一下。"

离更阑一噎，还没说出口的话被逼了回去，只能冷冷地看着他到底要搞什么名堂。

沈顾容叫停离更阑后，便转身若无其事地回到了满脸阴沉的牧谪身边，把九息剑还给了他。

牧谪将九息剑收回，垂着手，一句话没说。

沈顾容放着离更阑不去杀，反而旁若无人地笑道："怎么，又生气了？"

牧谪浑身冷漠，一半俊美一半诡异的脸上没有丝毫神情，强势又漠然，任谁都看不出他竟然是在生闷气。

牧谪低声道："没有。"

"还说没有？"沈顾容说，"共灵契都能感觉到你在难过。"

牧谪："……"

沈顾容仔细想了想自己到底做了什么遭人嫌的事，思来想去，尝试着猜："不喜欢我用你的灵力？"

牧谪点了点头，但很快又摇了摇头。他不愿解共灵契，本就是想要让沈顾容用他的灵力，能帮到沈顾容，他求之不得。

沈顾容叹了一口气，以为他在闹别扭，道："好吧，那往后我不这样了，成吗？别生气了。"

牧谪心中更憋屈了。沈顾容越是这样无条件地包容他，越是把他当成孩子来哄，他就越觉得师尊是因为前世之人而一直委屈自己纵容他。

就连牧谪都觉得自己矫情，沈顾容又怎么可能没有感觉？

沈顾容哄完后，感觉共灵契传来的情绪更酸涩了。

沈顾容深吸一口气，神色终于冷了下来，他道："牧谪。"

牧谪抬头看他。

沈顾容叹息道："我之前就说过，你在想什么就说什么。现在也是，你因为什么生气就直接和我说，否则我怎么知道？胡乱猜吗？我猜人的心思根本不准。

你若是不说出来，我又看不出来，长此以往，我们还能做师徒吗？"

牧谪垂下头，看着地面上的小石子，小声地挽留道："师尊……还做……师徒的。"

沈顾容等了又等，就等到这句话。他差点儿被气笑了，道："牧茁之你还是个孩子吗？能不能像个男人一样？说，到底因为什么生气？"

牧谪实在是难以启齿，最重要的是他怕自己又得到不想听的答案。但如沈顾容所说，若是他一直不说，沈顾容也什么都不知道，二人迟早会生嫌隙。

牧谪深吸一口气，正要开口说话，被无视了半天的离更阑彻底没忍住，他厉声道："沈十一！你在故意挑衅我吗？！"

沈顾容面无表情地夺回九息剑，眼睛看都不看地往离更阑的方向狠狠地挥出一剑，轰的一声，灰尘漫天。他在那一片混乱中，依然看着牧谪的眼睛，鼓励他："别管他，继续说。"

牧谪一言难尽地看着他，最后彻底妥协了，将心事说了出来。

沈顾容听到后，浑身一僵，愕然地看着牧谪，古怪地说："你就因为这种事纠结到现在？"

牧谪脸色苍白地点头。毕竟对他来说，这是最重要的事。

他从前就很不喜欢师尊那种好像透过他在看别人的眼神，现在知晓那人真的存在，心中更是不安惶恐，唯恐被沈顾容抛下。要是这师徒之情都是偷别人的，那他好像穷尽一生都没有办法光明正大地得到沈顾容完整的爱护。

牧谪觉得自己极其卑劣，一边得着前世的好处，一边却又在记恨嫉妒前世，太卑劣太狼狈了。

牧谪几乎把所有难堪的词语都用在自己身上，险些把自己骂哭了。他越想越难过，共灵契传过去的情感差点儿把沈顾容的眼泪逼下来。

沈顾容瞅了他半天，才抬手拍了拍他的肩膀，语重心长地说："徒儿，你还是少看点儿话本吧，这种话本，早在百年前就没多少人看了。"

牧谪死都没想到沈顾容竟然是这么个反应，呆呆地睁大眼睛看着他。

沈顾容叹了一口气，道："我如果因为你是先生转世就特殊对待你，先生泉下有知，指不定会罚我抄千遍学规，骂我是个混账。"

牧谪："……"

勉强躲过沈顾容攻击的离更阑已经在拍着扶手咆哮了："沈十一！沈奉雪！"

"你自己好好想想吧。"沈顾容瞥牧谪一眼，道，"好了，我要是再不杀离更阑，他可能要被气死了。等我回来，你给我一个自己心中的答案，答错了小心师尊罚你抄书。"

沈顾容说完,就不耐烦地握着九息剑冲向了离更阑,眸中全是冷意。

真是只聒噪的虫子。

徒留牧谪一人愣在原地,久久回不了神。

4

咸州城北,温流冰和虞星河飞快搜寻最后一处屋舍,终于在一处山丘之巅寻到了一身红衣的封筠。

封筠那火红的衣袍仿佛嫁衣。她仿佛早就料到有人会来,微微偏头,嫣然一笑,道:"哟,这不是神器器灵吗?"她笑着道,"你竟然也来了,看来天道也在助我。"

虞星河愣了一下,不明白她在说什么,见三水师兄不说话,只好充当门面,努力保持镇定,道:"封城主,您不该和魔修同流合污,此时回头还来得及。"

封筠听到这种天真至极的话,笑得更欢了。她轻启红唇,慢慢地道:"你还真是……"

她的话还没说完,温流冰就手握兰亭剑,一言不发地刺了过去。

温流冰和敌人交手从来不会多说半句废话,往往能打就从不动口,听封筠说了两句话已经彻底不耐烦了,完全没有怜香惜玉之心,直接一剑戳去。

封筠似乎早就料到他的性子,笑了一声,从袖中掏出双刀,反手格挡住温流冰的兰亭剑。她姣好的脸上缓缓地爬出一道魔纹,连瞳仁都开始发红。

温流冰懒得废话,死死地一用力,锵锵两声将她手中的长刀挑去一把,刀刃在空中转了许多圈,直直地插在虞星河面前的地面上。

虞星河转身就跑。按照他大师兄这强悍的打法,指不定连他都顾不得,直接顺手一刀给劈了,还是溜了为好。

虞星河只是跑了几步,找了个遮掩身体的地方。他一扭头,见他大师兄已经三下五除二地结束了战斗,兰亭剑架在封筠的脖子上,因为挨得太近,将她白皙如雪的脖颈压出一道血痕。

虞星河觉得自己好尿哦。

温流冰冷漠地看了他一眼,道:"你是来帮我的?"

虞星河差点儿哭了,抽噎着跑过来,道:"对不起,师兄,我错了。"

温流冰满眼写着"小废物"。

虞星河的确胆小又惜命,怕疼怕得不行。他怯怯地抱着手臂,小声请示师兄:

"星河……星河该怎么做？"

温流冰看了看他，平静地将视线移开，漠然地道："别说话就好了。"当个吉祥物吧。

虞星河立刻闭紧嘴，表示"我要开始修闭口禅了"。

温流冰看向被困住的封筠，冷冷地道："咸州城的阵法是你布下的？那到底是什么？说！"

封筠哪怕被剑架在脖子上，脸上的神色依然是淡淡的，仿佛早已将生死置之度外。她慢条斯理地道："慌什么，等阵法发动了，你不就知道……"

她还没说完，温流冰就一剑刺进了她的身体，带出了一道血痕。

封筠的美眸猛地睁大，踉跄着倒了下去。

温流冰并没有一击致命，拿捏着不让她死的分寸，沉声道："不要多说废话，我问什么答什么。"

封筠闻言却笑了起来。她的嘴角滑下一丝血痕，道："你不如直接杀了我。"

温流冰眸子一动，见她真的不打算说，便抬起剑打算直接把她了结了。

虞星河在一旁呆住了。虽然早就知道大师兄杀伐果决，但这还是他第一次亲眼看到。

眼看着封筠就要死在大师兄剑下，虞星河终于回过神来，忙冲上前，拼命地摆手，示意师兄手下留情。

温流冰不耐烦地看了他一眼，道："说。"

虞星河这才解了"闭口禅"，忙说："师尊让我们查出阵法，师兄杀了她，那阵法怎么办？"

温流冰道："师尊只是说不让阵法催动，我杀了她，阵法不就动不了了吗？"

虞星河目瞪口呆，仔细想想，好像也有道理。

封筠却笑了。她的脸颊上全是血痕，仿佛盛开的一簇花。她道："你们原来是来寻阵法的？"她抬起手轻轻地指了指山丘下的咸州，笑着说，"可是，那阵法早已催动了。"

温流冰的瞳孔一缩，立刻挥剑斩下，直接摧毁了封筠的丹田。

封筠眸子一颤，瞳孔缓缓涣散。

虞星河被温流冰的心狠手辣吓住了，半天都未回过神来。

温流冰眼睛眨都不眨地将剑拔出来，冷冷地看向虞星河，道："看什么？"

虞星河愣了一下，连忙摇头。

温流冰的眸中全是烦躁，这是他第一次没有将师尊交代的事情完成。他收剑入鞘，转身就走，道："走，去寻师尊。"

回去请罪，希望师尊不要罚他抄书。

虞星河忙跟了上去："是！"

虞星河走了几步，鬼使神差地回头看了一眼。身后的封筠还未完全断气，她涣散的瞳孔无神地盯着天空中飞翔的鸟，不知为什么嘴角正缓缓地勾起一抹笑。

虞星河脚步一顿，还以为自己看错了。他正要细看，温流冰道："虞星河？"

虞星河蹙眉，小声道："师兄，我怎么觉得……"

温流冰回头。

虞星河抬起手指着血泊中的封筠，试探着说完后半句话："她好像还没死。"

温流冰眉头紧皱。

封筠只剩下最后一口气了，大概撑不了几息，温流冰能够真切地感知到她体内的经脉在一点点枯涸。

温流冰蹙眉。他急着去找师尊复命，但他又不是那种会留敌人活口的性子，只好忍耐着再次走回去，正要拿兰亭剑再补一剑。但他刚一拔出剑，本来已经奄奄一息的封筠却仿佛得了什么机缘似的，已经碎裂的元丹被一股血液包围，一点点地复原。

只是瞬间，封筠身上流失的生机如枯木逢春般再次出现。

温流冰的眼睛猛地睁大，怔然地看着她。虞星河本来也只是顺着本能说出那句话，但眼睁睁地看着一个本来应该死去的人直接复活，也是被吓了一跳。

温流冰的眼神猛地一狠，道："鲛人。"

封筠缓缓地从地上起身。她的脸上不知何时已是满脸泪痕，被她漫不经心地抹去。

"诛邪统领，就这点儿本事吗？"封筠缓缓地落泪，却笑靥如花。

鲛人只要不失去心头血，很难被轻易杀死。

温流冰眸子冷漠，道："你认识桑罗敷？"

封筠慢条斯理地道："嗯，她是我最后的一个同族。"

她轻轻地抬手，掌心浮现一滴珠子似的血，只一点，沈顾容的虚幻身形就出现在面前，可以看见他正拎着剑缓慢朝着离更阆走去。

温流冰的瞳孔一缩。

"我和罗敷是三界最后两只鲛人，以防对方发生意外，彼此交换了心头血。"封筠淡淡地道，"而现在，她的最后一滴心头血，在沈奉雪体内。"

她一直用桑罗敷的另外一滴心头血，窥探着沈顾容的一举一动。这也是离更阑他们一直都能准确知晓沈顾容下落和打算的原因。

温流冰死死地握着剑，直接一言不发地冲了上去。但他刚动，封筠就笑了一声，抬手往那滴心头血里打入一道灵力。

只见原本还慢条斯理走着的沈顾容突然身形一晃，摇晃了两下，险些摔倒。

沈顾容一把捂住胸口，脸上的神情又错愕又茫然。他看着自己的手，轻轻地握了握，似乎有些掌控不了自己了。

温流冰勃然大怒，脚步却僵在原地，道："你！"

封筠笑看满脸痛楚的沈顾容，道："将不可一世的沈圣君掌控在手中的感觉，真是美妙，我竟然有点儿舍不得让他死了。"

温流冰狠狠地瞪着她。

"你来杀我。"封筠笑着道，"这次不要毁元丹，直接毁了我的心头血。黄泉路上有沈圣君陪我，倒也不错。"

温流冰五指的骨节一阵发白。他险些将剑柄捏变形，却再也不敢像之前那样莽到直接杀人了。

虞星河也没料到事情会变成这样，愕然地看着封筠。

封筠看着沈顾容神色如常地站直了身体，笑了笑，道："事已至此，告知你们阵法倒也可以。"她指了指脚下，那被温流冰刺出来的鲜血仿佛活物似的，缓缓地在地上蠕动，一点点形成一个血红的法阵。

温流冰本想将那阵法斩碎，但是又顾忌着被鲛人泪操控的沈顾容而不敢轻举妄动。

"这是京世录的阵法。"封筠抬手又指了指咸州城中央，"那是疫魔的阵法。"

封筠又在空中画了个圈，圈住了整个咸州城，道："而整个咸州，便是天道矫正的阵法。"

温流冰艰难地问道："矫正……什么？"

封筠却没看他，而是盯着虞星河，嘴角一勾，道："矫正百年前的命数。"她淡淡地道，"虞星河，过来。"

虞星河被她看得浑身一抖，本能地往后退了半步，有些害怕。

封筠笑了起来，手却毫不犹豫地将一道灵力打入那滴鲛人泪中。

这一下太狠，沈顾容脚步一顿，整个人摇摇欲坠。

虞星河吓了一跳。他再傻也知道自己的师尊被操控了，眼泪都要出来了，喊道："住……住手！我过去，我马上过去！"

他双腿发抖地想要走过去，温流冰却一把拉住他的手，阻止了他的动作。

虞星河讷讷地道："师兄？"

"不……不能过去……"温流冰死死地咬着牙，艰难地道，"师尊让我阻止阵法催动，你……你不能过去。"

封筠这般执着地想让虞星河进入那阵法，若是没猜错的话，这小废物肯定是催动阵法的关键。

温流冰看着正在盯着自己的手看的沈顾容，眼中一片血红，却用尽全力握着虞星河的手，不准他过去。

他答应了师尊的。

虞星河浑身发抖，难以置信道："可是……"

"没有可是！"温流冰险些把虞星河的手握断，冷冷地道，"不准去！"

虞星河像是第一次认识温流冰一样，茫然地道："师尊在……"

"不准去，不准去，我说不准去！"温流冰好不容易让理智占据了上风，不想再被虞星河几句话搅乱下定的决心。他厉声道，"我是大师兄，听我的！"

被鲛人泪一点点撕碎灵脉的沈顾容此时脸色苍白。若是十六岁的沈顾容八成会痛得鬼哭狼嚎，但对于经历过洗筋伐髓之痛的沈圣君却根本不值一提，他双眸冷然地看向五步之外的离更阑。

牧滴蹙眉，共灵契源源不断传来让他极其不安的感觉。他喊道："师尊？"

"别过来。"沈顾容道，"别接近这个阵法。"

旁边的阵法散发出来的气息，和当年回溏城养疫魔的阵法发动时的感觉一模一样。沈顾容扫了一眼，发现不远处已经有几个疫魔的尸体，方才那疫魔的气息应该是从他们身上发出来的。

沈顾容垂眸漠然地看着离更阑，道："你对我做了什么？"

离更阑见沈顾容终于正眼看自己了，这才将脸上的暴怒收得一干二净，但他眼中全是狰狞的杀意。此时他闻言冷然一笑，道："沈十一，痛吗？"

沈顾容甩了甩九息剑，慢条斯理地道："还行吧，没有当年洗筋伐髓时的百分之一。"

离更阑以为沈顾容在强撑，冷笑道："若不想死，就让你那徒弟主动去往那阵法里。"

因为分去了一部分分神，沈顾容此时的修为并非巅峰期，大概正是因为这样，才会被鲛人泪侵入经脉操控。他一边和离更阑对峙，一边在经脉中搜寻撕裂他经脉的东西，但怎么找都寻不到。

牧嫡阴鸷地盯着离更阑，恨不得将他挫骨扬灰。

离更阑道："去，你还想着看着你师尊受苦吗？"

牧嫡默不作声，等着沈顾容说话。

沈顾容淡淡地道："牧嫡别去，我就算死，也不想被你这种人操控在手中。"

离更阑一笑，道："是吗？那就试试看。"

经脉中仿佛被人打入无数钢钉，钝痛传遍四肢百骸，沈顾容却已有了心理准备，整个人只是轻轻地摇晃了一下，面不改色地握着剑走向离更阑。他的嘴角缓缓地流下一丝血痕，被他抬手漫不经心地一抹，血蹭到唇上，越发显得薄唇红艳，美艳无边。

牧嫡虽然看不出来丝毫端倪，但共灵契上传来的剧烈痛感却是无法忽视。他喊道："师尊？"

"我说别动。"沈顾容冷冷地回头看了他一眼，冰绡下的眼眸仿佛出鞘的利刃，"你若受他蛊惑真的踏入那阵法中，就永远不要唤我师尊。"

牧嫡怔然地看着他，脚下却不敢再动了。

那阵法看着只有小小一圈，但并不能保证周围有没有隐藏起来的延伸阵法，若是牧嫡失足踏进去……

虽然平日里沈顾容总是说着玩笑话要将他们逐出师门，但现在……这句轻飘飘的话却是认真的。若是牧嫡真的如离更阑所愿进了阵法中，沈顾容恐怕这辈子都不会再理他了。

沈顾容面无表情地走到离更阑身边，却没有动剑，而是轻轻俯下身，低喃道："你可知道我为何一直没杀你？"

离更阑嘲讽道："因为你优柔寡断。"

沈顾容咬着唇低低地笑了出来，道："的确，我当年就不该为了那一千多刀而耽误这么久，早就该见了你就一剑了结你的。

"当年先生所看到的京世录，应该是回溏城只我一人成为独活的疫魔，而后被离南殃一剑斩杀。"

沈顾容抬手一点旁边的疫魔阵法，不慌不忙地道："但这个阵法不是养疫魔的阵法，而是单单将牧嫡变成疫魔的阵法。你将烽都……回溏城未成的养疫魔阵法续成了这个阵法，只要牧嫡变成疫魔被我杀掉，我便能续当年之事，疫魔成圣，再被离南殃斩杀。那便是天道将命数矫向正途，对吗？"

离更阑就算被看穿，也是一副不紧不慢的模样，道："是。"

沈顾容嗤笑一声，道："这算什么正途？只是个假冒物罢了。"

离更阑却道:"不,京世录会将这变成真正的正途。"

沈顾容道:"看来你还没有疯得太厉害,知晓这不是正途。"

"正或邪,不都是由后人谱写吗?"离更阑宛如猎人盯着猎物似的看着沈顾容,阴森地道,"只要我赢了,这便是正途。"

沈顾容还是说:"可笑。"他轻轻地直起身,看着那阵法说,"我记得师兄不是一直都想看到疫魔成圣吗?既然如此,我便帮师兄一把。"

离更阑眸子微微一转,仿佛故意激怒他似的,说:"鲛人泪的滋味如何?你的经脉应该已经碎得差不多了,哪怕你现在杀了我,封筠也不会轻易放过你。"

牧谪一听,呼吸都险些顿住了。

沈顾容看起来像是个没事人一样,根本看不出来他的经脉正在遭受怎样的折磨。他微微挑眉,没再和离更阑多说,而是一把拽住离更阑的衣襟,将其扔进了养疫魔的阵法中。

霎时间,阵法猛地被催动,一阵红光直通天际,将离更阑的身形彻底吞没。在那阵法中,疫毒密密麻麻地爬上离更阑的身体,离更阑惨叫一声,浑身浴血目眦欲裂。

沈顾容饶有兴致地看着,道:"师兄,当年我的先生乃是世外之人,脱离三界因果,回溏城之人不必算上他。你若变成疫魔,将我杀掉,那你也会成为疫魔成圣。"他往前一步,居高临下地看着如虫子般可笑的离更阑,眸光蔑视,低声道,"和你最重视的……离南殃一起得道,这不是你一直所期望的吗?"

离更阑浑身一颤,发出一声怒吼:"沈奉雪!我定会杀了你!"

沈顾容双手抄着袖子,懒洋洋地看着他,一脸"你骂沈奉雪,和我沈顾容无关"的神色。

见阵法终于催动,牧谪终于冲过来。他的手指都在发抖,道:"师尊,你……"

沈顾容还是一副淡然的模样,笑道:"怎么,担心师尊?他也就吓吓你这个什么都不懂的,这三界有谁能轻易碎掉我的经脉?"

牧谪一时间看不出来沈顾容到底是不是在骗他,有些慌张地道:"师尊……我的灵力能恢复您经脉的伤势。"

沈顾容闻言古怪地看着牧谪,见牧谪满脸心急,反倒无端有些心虚。他干咳了一声,觉得有必要告知牧谪自己接下来的打算,于是便对牧谪轻轻地说了几句话。

牧谪一听,立刻道:"不行!"

沈顾容道:"反正我都告诉你了,等会儿你可不能生我气。"

牧谪几乎气炸了,道:"直接杀了他就好,为何要这么冒险?"

沈顾容无声叹息，低声道："你知道我明明已经破除了心魔，双眼上的灵障却还没有消除，这是为什么吗？"

牧谪怔然，跟着他的思路往下走，问："为什么？"

"我还有更深的心魔未除。"沈顾容轻飘飘地说，"若不能杀了离更阑，我此生怕是心难安。"

牧谪焦急地道："他就在那里，明明你只要动手杀了他就好。"

沈顾容摇头道："不，在城外木屋时我发现他身上似乎有鲛人泪吊着命，鲛人泪一旦入了经脉，很难寻到，他不会被轻易杀死，就连这阵法都不能。我得换一种法子，扭转天道的京世录法阵发动了，倒正合我意。"

"鲛人泪？"

"嗯。"沈顾容抚了抚胸口，说道，"我体内的异样应该和桑罗敷那滴鲛人泪有关。"

这些年他从不会让陌生的人或物接近自己，仔细想来，也只有当年解除天罚雷劫时的鲛人泪是外来的，且桑罗敷还是离更阑手下的人。

沈顾容有些失笑，十六岁的他果然对周围没有半分警戒之心，连鲛人泪都不查看就直接用了。不过林束和既然说能用，当时肯定是没问题的，就是不知道为什么桑罗敷明明已经死了，那鲛人泪却还能再用。

沈顾容心想：回去定要找六师兄，狠狠地讹他一笔！

在医馆门口晒太阳的林束和狠狠地打了个喷嚏。

沈顾容刚和牧谪说完，果不其然，那阵法中开始有些异样。红光烧出灼热的烈焰，将离更阑整个身体包裹，发出干裂的声音，就像是……骨骼在燃烧一般。

沈顾容的眸子微微一动，往前走了一步，身体却跟跄了。眼前一阵黑暗传来，他只来得及和牧谪说一句"护好我的身体"，意识就已经缓慢消失了。

他看着那火焰，突然想到凤凰……翎羽？妖主竟然将凤凰翎羽给了离更阑？

另一边，妖主似乎没想过要逃。他特意寻了一处极其显眼的地方，盘膝而坐，满脸淡然。

雪满妆循着咸州城唯一的妖息展翅飞来，一袭红袍，戾气逼人。他落地后，长刀抬起，指向妖主，冷冷地道："你在等我？"

妖主看了他一眼，道："是。"

雪满妆不想和他多做寒暄："将凤凰翎羽还我，我看在你养我这多年的分上，留你全尸。"

妖主却笑道，淡淡地道："全尸？凤凰一族竟然也这般优柔寡断吗？"

雪满妆瞳孔一缩，浑身烈火瞬间腾起，长刀一甩，轰然一声，死死地将妖主的身体穿透，钉在城墙上，血流了满地。

雪满妆的眸子里全是冷冽的杀意，随后面无表情地挥出一道凤凰火，火焰将他的半张脸微微照亮。

"你的妖丹呢？"雪满妆冷冷地逼问，"你的修为呢？我的凤凰翎羽呢？"

妖主像是被吸去了所有生机似的，满脸老态，白发白眉，呼吸艰难，看着一副命不久矣的模样。他低喘了几声，笑着道："我儿，我方才说错了，你并非优柔寡断之人，我将你养得不错。"

雪满妆眉头一蹙，将长刀猛地一旋，几乎将妖主的五脏六腑搅碎。他冷冷地道："不要这样叫我，你不是我的父亲。"

妖主呕出一口血，道："人说生恩不如养恩，这些年我自认待你不薄。"

"你养我只是为了妖主之位。"雪满妆道，"如果我不是凤凰，你早已经将我杀了，就像当年你对九尾狐一族所做的事那般。"

妖主笑起来，夸奖道："你倒是通透。"

雪满妆只问："回答我，你的妖丹呢？我的翎羽呢？"

妖主大概知道自己大限将至，也没隐瞒，道："我送给了离更阑。"

雪满妆诧异道："什么？"

"魔修不可沾染疫毒，否则必死无疑，但有了妖丹和凤凰翎羽，他便可重塑身体，化为邪修。"妖主的气息越来越弱，声音越来越小。

雪满妆一把抓住他，将一滴凤凰血喂到他口中，吊住他半条命，冷声道："你赔上自己一条命也要帮离更阑，到底是因为什么？回答我，说完再死！"

妖主的眸子已经涣散了。他恍惚中仿佛看到了一只浴血的凤凰朝他飞来，连眸中都倒映着那烈焰似的光芒，喃喃道："凤凰……"

雪满妆咆哮："你说话！"

妖主置若罔闻，轻声道："啊，我想起来了……"他抬起手，仿佛要触碰眼前那虚幻的凤凰，五彩斑斓的翎羽几乎要落在他掌心，"我当年……"

妖主的指尖和那烈火似的翎羽堪堪擦过，就算拼了命也触碰不到凤凰的羽毛。他怅然地道："只是想……离那华美的翎羽近一些而已。"

明明只是靠近那火焰似的羽毛便知足了，为什么过了数百年，他竟变成这般呢？因为贪婪吗？因为不甘吗？

没人能回答他。

妖主的手垂落，指尖血滴一点点落在血泊中，没了声息。

雪满妆怔然地看了他许久，才恨恨地拔出了长刀，带出一道血痕落在地上。他厉声道："废物！混蛋！"

妖主的身体在死后，瞬间化为原形，那是一只灰羽雉鸡。

雪满妆呆呆地看了许久，不知为何，两行泪突然落了下来。

幼时妖主极其钟爱他的羽毛，每次看到他的原形时，眸中显露出来的神色让幼小的他根本看不懂。直到现在，他才恍惚间懂了，那是惊羡，那是嫉妒，那是……自嘲的可笑可悲。

在灰羽上插上五彩斑斓的翎羽，便能伪装成凤凰吗？

用京世录伪装出来的冠冕堂皇的正途，就是真正的天道吗？

5

温流冰依然死死地握住虞星河的手，哪怕看到沈顾容嘴角源源不断流出来的血也没有松开分毫。

"那不是正途，不是天道。"温流冰冷冷地道，"只是你们的丑陋私心。"

虞星河焦急得直跺脚，道："大师兄，师尊！师尊会死的！"

温流冰的指尖深深陷入掌心，指缝中全是鲜血，但还是红着眼圈坚持，说："不……不行。"

虞星河道："你看师尊……"

温流冰厉声道："若是进了那阵法，你会死的！"

虞星河一震，却不知道哪来的勇气，说："我不怕！"

温流冰恨铁不成钢，一把抓住虞星河的肩膀，下颌绷得死紧，冷冷地道："你如果不怕，我宁愿现在一掌拍死你，也不会让你进入那法阵！"

温流冰这些年遇到过无数妖邪，也见识过无数阵法，但从来没有哪一个阵法能让他感到这般恐惧。方才封筠看到二人，第一句话便是"神器器灵"，所注视之人是虞星河。

温流冰不知道什么器灵，但知晓它定是这些人最想得到的，或者说这个阵法最缺的，肯定是虞星河。

温流冰有种预感，若是让虞星河进了那阵法，师尊肯定饶不了他。可是……沈顾容看起来已经没有了意识，而封筠却依然在源源不断地朝着那鲛人泪中输入灵力。

师尊会死……阵法不能催动……但师尊会死。

温流冰从来不知道做一个决定竟然这么困难。就在这时，有人在他身后喃喃喊了一声："兄长……"

温流冰一回头，就看到一个少女面无表情地站在他的身后，眸光阴沉地盯着封筠。

温流冰愣了一下，道："夕雾？"

沈夕雾神识中的魔息已经被离魂珠悉数祛除。她盯着封筠面前的沈顾容的幻影，瞳孔都在剧烈地收缩着："你竟然敢这么对他！"她喃喃地道，"你竟敢……"

她再也忍不住内心的暴戾，身形仿佛一只离弦的箭，鬼魅似的冲向封筠。

封筠猝不及防，没料到她竟敢直接冲了过来，本能要将那滴鲛人泪捏碎。但她还未将手指合上，无数条丝从四面八方扑来，一只灵蛇一口咬住她的手腕。

一阵剧痛传来，封筠却还是用尽全力，用力一捻，鲛人泪应声碎裂，血顺着她的指缝往下流。

面前的幻影直接消散，沈夕雾一把掐住封筠的脖子，将她狠狠掼在地上，发出"砰"的一声巨响。

"我要杀了你！"沈夕雾明明已经解去了心魔，但此时却比入魔时更疯狂，那架势看着几乎要将封筠硬生生掐死。

温流冰呼吸一顿，来不及去想沈顾容到底如何。事到如今，他已经没有什么需要顾忌了，一狠心直接祭出兰亭剑，将虞星河往后一甩，势如破竹的剑意朝着封筠的心口袭去。

虞星河直接跌坐在地上，双眸失神，怔然看着那消失的幻影。他看到在幻影消散前，是沈顾容骤然垂下去的手……

"我……我害死师尊了。"虞星河茫然地盯着虚空，浑身都在发抖。

我又……害死师尊了。

虞星河一呆，又？什么叫……又？

这句话仿佛是个契机，被虞星河随意放到储物戒中的竹篾京世录骤然发出一阵光亮，主动飞出，围着虞星河转了几圈。

虞星河被那道光照得眼睛轻轻地闭了闭，再次睁开眼睛时，眼前闪过一行奇怪的字——

永平二十三年，虞星河入埋骨冢。

虞星河一怔，什么……埋骨冢？

他本能地起身，抬手想要抓住师尊的竹篾。
　　京世录的阵法对竹篾有种本能的吸引，竹篾像是被牵引着一点点往后飘，虞星河也魔怔似的跟着那竹篾走了几步。再次反应过来时，他已经不受控制地步入了那阵法中。
　　京世录骤然大放血光，将虞星河笼罩其中。
　　与此同时，疫魔阵法、京世录阵法一同催动，引着包裹整个咸州的巨大法阵一起发动。
　　沈顾容靠着牧谪，细白的手指微微垂下，掌心的玉髓滚落在地，里面还有一道还未消散的灵力。

　　咸州城外，湖泊的小木屋中，沈顾容的分神猛地回魂。靠在沈顾容身边正抓着那绸缎似的白发数有几根的林下春茫然地抬起头，道："主人，你来接我了。"
　　沈顾容伏在地上咳出了一口血，将这具身体被鲛人泪折腾的瘀血咳出，才理了理衣袍，没好气地道："你看我是来接你的样子吗？"
　　林下春怯怯地将那绺发放下，省得被沈顾容发现他爪子上的血沾到了那白发上骂他。只是现在沈顾容的指缝中满是自己咳出来的血，早已经不在意那点儿脏污了。
　　沈顾容闭了闭眼睛。他在咸州的本体经脉未断，只是有些痛苦，而这具分神的经脉像是被罡风搅过似的，碎得乱七八糟。
　　好在共灵契的存在，将他的心脉堪堪护住，才没有被那失去了操控的鲛人泪直接碾碎所有灵脉。他随口道："有个小事。"
　　林下春一听他说是小事，连忙点头道："小事就好。"
　　小事就好，他喜欢平淡。
　　沈顾容随手抛过去一个匕首，像是在交代这日吃什么似的，心不在焉地道："拿着这个，在这具躯体中找出逃窜的鲛人泪。"
　　他在本体中搜寻了经脉各处都未寻到那作威作福的鲛人泪，所以鲛人泪应该被他分到了这具分神的身体中。
　　林下春握着匕首，呆呆地问道："啊？找？怎么找？"
　　沈顾容往下一倒，直接靠在林下春身上，一副"我睡了，交给你了"的模样。
　　"随你怎么找，剖开经脉都行，反正在一刻钟之内找出来就好……要是找不到，万一鲛人泪摧毁了这道分神，我本体也会受到重创，你也别想回剑阁了。"
　　林下春满脸呆滞，这是……小事？

沈顾容说完，突然感觉有人在源源不断为他渡入精纯的灵力。

体内破碎的经脉被灵力逐渐抚平，可很快，那失去控制的鲛人泪再次在他的经脉中横冲直撞，烦人得不行。

……

牧谪护着沈顾容的身体，抬起头，冷漠地看着阵法中的男人。

因为妖修内丹和凤凰翎羽，离更阑身体重塑，不到一刻钟便已恢复人身，而身上腥臭的魔息也被一点点挤出，重新填充进冷冽森然的妖邪气息——他将自己炼成了真正的疫魔。

阵法消散后，离更阑的容貌恢复，阴鸷的眸子死死地盯着躺在牧谪旁边的沈顾容。

牧谪轻手轻脚地将沈顾容放在一旁，面无表情地握紧了九息剑。

离更阑漠然和他对视，突然没头没脑地说了一句："你还真是好运。"

牧谪已经懒得和此人说半句废话，剑意漫天，悍然冲去。

整个咸州巨大的阵法已经开始发动，无数魔修被吸去了生机，整个城池哀号遍地。

天道，京世录。

京世录阵法中，竹篾化为竹简铺开，围着闭眸的虞星河不停地旋转。

温流冰怔然看着，脸色瞬间惨白。他拼着不救师尊也想阻止阵法催动，但现在搞砸了。

虞星河根本不知道发生了什么。他只是站在原地，无数记忆仿佛流水似的从他脑海中冲刷而过，最后停留在一身白衣的师尊身上。

最后一道天雷落下，沈顾容微微垂下头，眸子虚无，仿佛已经失了魂魄。虞星河浑身焦黑，魔息将他的肉身飞快重塑。

"师尊……"虞星河握着沈顾容的手，从未如此卑微地乞求着，"您看我一眼，星河到底哪里惹您不喜？"

沈顾容奄奄一息，手指轻轻地动了动，轻启着唇，发出一句梦呓似的话语："你若……从未存在过，就好了。"

虞星河的眸子猛地睁大，眼泪簌簌落下。

等到他再次回过神时，不知过去了多久，沈顾容的身体已经彻底冰冷。

他害死了师尊，他又害死了师尊。

无数记忆涌入脑海，虞星河突然在一瞬间明白了什么。

咸州城，九息剑狠狠劈下，这道毫不留情的剑意几乎能将整个三界的妖魔诛杀殆尽，但在碰上离更阑的手时，却像是被什么化解了似的。

牧谪漠然看他，再次狠狠施了一道灵力。

一阵血光闪过，离更阑的手险些被斩断。他面无表情地舔了舔手背上的血痕，冷声道："你神魂中的疫毒与我同宗同源。"

牧谪的眼中闪过一道狠狠的红光，眸子化为散瞳，浑身遮掩不住杀气。

离更阑看着牧谪笑了，道："是了，疫魔的散瞳。"他轻轻地抬手抚过双眸，露出和牧谪一模一样的疫魔散瞳，"和我一样。"

牧谪恶心得几乎要吐出来，恨不得将神魂都散去。

离更阑张开手，淡淡地道："京世录也入了阵法，很好。"

牧谪无意中一回头，就看到半躺在地上的沈顾容被一股灵力包围，整个身体都在发生变化。他被吓得脸色惨白，立刻回到沈顾容身边。

沈顾容的身体看着没什么变化，但极其了解他的牧谪却一眼就看出了问题——他师尊……好像变得年轻了。

并不是说相貌，而是身上日积月累，被无数苦痛堆砌出来的成熟气势正在一点点消散，再加上他那头白发也在一点点地从发梢变得漆黑，像是泼了狄墨似的。

牧谪道："师尊！师尊……"

"回到百年前。"离更阑双眸里都是癫狂之色，喃喃道，"一起回到百年前，我只要杀了他，就能向师尊证明……邪修也可得道。"

"我与他一起成圣，疫毒留在三界。"他突然狂笑一声："你们不是说我是疫魔吗？那我就变成疫魔给你们看！"

几句话的时间，沈顾容的白发已经悉数变回了墨发青丝，就连相貌也变得稚嫩许多，本就宽大的红袍松松垮垮地垂在他肩上。

牧谪并没有出现错觉，沈顾容是真的变年轻了。

周围似乎有无数花灯飘浮而过，将沈顾容苍白的小脸照得斑斑驳驳。

……

咸州城外，林下春操控着匕首化为的针扎进沈顾容伤痕累累的经脉中，终于在一刻钟之内找到了那滴鲛人泪，毫不犹豫地将其碾碎。

沈顾容的身体猛地一颤，眼瞳涣散，花了足足十息大口喘息着，终于回了神。

林下春将针抽出来，随手丢在一旁，讪讪地道："行了吧？我好累。"

沈顾容浑身是血，脸上却艳丽惊人。他勾唇一笑，道："行了，多谢。"

林下春这才继续抱着膝盖坐在一旁发呆。

——我如果是那把匕首就好了。

——好累，好想回剑阁。

牧谪是世外之人，不受因果桎梏，阵法周围也只有他一人未受影响。

离更阑站在阵眼中，黑色长袍烦琐华美。他看着已经是个稚嫩少年的沈顾容，心想只要杀了沈顾容，杀了回溏城最后一人，那他就可以以疫魔之身成圣。

牧谪已经拎着剑再次冲了过来，但离更阑体内依然有封筠的鲛人泪，哪怕牧谪大乘期的修为击在他身上，也会很快就痊愈如初。

牧谪却不信邪。他冷冷地心想：若是将他挫骨扬灰，看他用什么来复生。

牧谪除了对沈顾容以外的所有人从不留情，说要挫骨扬灰，就直接用尽全力，剑意滔天几乎冲上九霄，毫不犹豫地劈下，轰然一声砸在离更阑身上，灰尘漫天。

牧谪将剑收回，还未往前走，就感觉到面前再次出现了邪修的气息。没想到离更阑硬生生挨了大乘期一击，竟然还能活着？

烟尘散去后，离更阑毫发无损地站在原地，似笑非笑地看着牧谪说："阵法还未回到百年前，只要我还在阵眼，你就杀不了我。"

牧谪冷然一笑，道："是吗？"

离更阑抬袖挥开眼前的灰尘，正要开口，却感觉自己的腰腹传来一阵剧痛。他猛地抬头，灰尘散去后，牧谪那双赤红的散瞳出现在他眼前。

牧谪握着九息剑刺入离更阑的身体。因为是世外之人，那阵法对他的影响根本不值一提，只要他敢靠近离更阑身边，就能轻易杀死离更阑。

"听说鲛人泪能让你肉身不死？"牧谪的散瞳森然地看着他，一字一句地说道，"我不信，让我亲手试一试。"

离更阑的瞳孔一缩，本能想要抬手招来帘钩，但下一瞬才意识到离索还在离人峰。他反应极快，直接徒手挡住牧谪的九息剑，转瞬间交手数招。

而这次牧谪却没有再因为惧怕他身上的疫毒而抽身，反而像是魔怔了似的欺身上前，哪怕身上沾染了疫毒也没有半步后退。

离更阑险些被牧谪这个不要命的打法逼出阵眼，千钧一发之际抬手招来一道天雷，轰然一声劈在二人中间。

天雷散去后，离更阑只是一愣神的工夫，牧谪却硬生生地顶着那道天雷欺身上前，一剑将他重塑好的丹田直接搅碎。那霸道凶戾的灵力非但没有消散，反而顺着他的经脉一路蔓延。

离更阑的眼睛猛地睁大。

牧谪面无表情地让离更阑亲身体验他师尊所遭受的痛苦。

然而等到阵法和鲛人泪将离更阑破碎的身体再次重塑时,牧谪才意识到,或许在阵法停止前,他真的死不了。

牧谪突然知道,为什么沈顾容会放弃亲手杀他了。

他们都不是会因故意折磨人而心生愉悦的人,于是牧谪愣了一下,才将九息剑拔出来。

疫毒顺着牧谪的手缓缓往下爬。他面无表情地看着自己指尖上发红的疫毒,不甚在意地冷笑了一声。

百年前染上疫毒无法驱除,而百年后,只需要果子就能轻易解除。

疫毒,也并非那么可怖。

这么会儿工夫,沈顾容已经完全变回了少年模样,安安静静地窝在宽大的衣袍中闭眸沉睡。牧谪快步走了回去,看到他这么纤细的身形,一时间竟然有些不敢认。

沈顾容突然睁开了眼睛,那双少年的眸瞳又漂亮又纯澈,看了牧谪一眼。

牧谪讷讷地道:"师尊……"

沈顾容弯眸一笑,柔声道:"我回来了。"

牧谪忙抬手探了探沈顾容的身体,发现那经脉中的伤痕不知何时已经消失不见了。

"回头再说。"沈顾容小声说,"好戏终于要开场了。"

牧谪一愣。

沈顾容拢着宽大的衣袍站了起身。因为鞋子太大走起路来不方便,他只好抬脚将鞋子蹬掉,慢条斯理地走向离更阑。

沈顾容走了两步,又尴尬地发现腰封太松,再走两步八成要半裸,只好停了下来,先把腰封绑紧了,这才继续往离更阑走去。

离更阑发现自己记恨了沈顾容这么多年,而罪魁祸首沈顾容却根本没把他放在眼里,现在竟然还有心情整理衣服。

离更阑气得浑身发抖。

"这就是你所谓的将天道矫向正途的阵法吗?"沈顾容淡淡地道,"我只是年轻了一百多岁,依然英俊潇洒,其余的没什么分别,你依然又老又丑,啧……"他嫌弃地看着离更阑,道,"竟然还被我徒儿按在地上打。"

离更阑不听挑衅,省得自己被生生气死。他冷声道:"阵法一旦发动,京世录上所记载的便会是正途。"

沈顾容说:"哦。"

离更阑:"……"他之前怎么没发现,沈顾容这么会气人。

沈顾容的身体已经变回了十六岁,而当年最后一只疫魔也从先生变成了离更阑,一切似乎和百年前殊无二致。

沈顾容起先并不在意那传说中的阵法。但很快,他的身边似乎出现了熙熙攘攘的人,更有无数花灯照在他脸上。

沈顾容猛地一颤,回过神时才发现那是幻觉。只是他似乎料到了什么,脸色倏地沉了下来。看来那阵法的确有用,就是不知道带来的到底是真实,还是虚幻了。

沈顾容知道沉溺在幻境中的可怕,所以更加厌恶。他赤足上前,也不怕离更阑杀他,一把抓住离更阑的袖子,低声道:"你不是想要将天道矫向正途吗?那我就成全你。"他死死地盯着离更阑的眼睛,冷冷地道,"杀了我,你就能成为疫魔然后成圣。"

离更阑见沈顾容敞开命门任由他下手,但不知为什么自己突然下不了手了。他眉头紧皱,不相信地道:"你在打什么主意?"

沈顾容冷笑一声,道:"你杀了我,就知晓了。"

离更阑眸子沉沉地看着他。不知为何,他的身边突然缓缓出现一道幻境,仿佛是无数人在哀号、哭泣,血光漫天。

离更阑眸子一狠,抬手一掌拍在了沈顾容的心口。

面前的沈顾容眼睛猛地睁大,少年稚嫩的面容上全是绝望,死死地抓着他的手,一点点倒了下去。

离更阑似乎没料到这么轻而易举地就杀掉了沈顾容,愣怔了许久,看着少年逐渐冰冷的身体,不知为何心中似乎空了一块。

不对,这不对!沈顾容不应该被他这么轻易地杀死!他花了这么多年想要置沈顾容于死地,不该是这么个轻飘飘的结局。

离更阑突然有些怔忪。他……最初的目的是什么来着?是想要成圣?还是想要向离南殃证明邪修、魔修也可修为登顶?

不对,这并不是他的最终目的。

就在这时,一只手轻轻地抚在自己的肩上,离更阑回头看去,就看到沈顾容那张艳丽的脸。

离更阑一愣,面前是沈顾容的尸身,身后那人……又是谁?幻境?

沈顾容扶着他的肩膀,踮着脚尖,低笑道:"师兄,你可知当年师尊为何会去回溏城吗？"

离更阑不知想到了什么，脸色骤然惨白。

"成圣机缘啊师兄。"沈顾容道，"他当年只要杀了变成疫魔的我，就能彻底得道，而你现在已经进入疫魔阵法，彻底取代了我。"

离更阑的脸上是前所未有地难看，就连沈顾容将他千刀万剐时都没能露出这种神色。

"你想要让我的至亲之人杀我，而天道轮回……"沈顾容的声音越来越轻，却像是重锤似的击打在离更阑心上，"阵法确实矫正了京世录百年前之事，而你……"

沈顾容轻巧地后退半步，手中勾着可传信给离南殃的玉髓微微晃了晃。他抿唇一笑，宛如纯真少年，道："也会如京世录所言，死在离南殃手中。"

"你不是最重视他吗？你不是哪怕变成疫魔也要和他一同得道吗？可是师兄……"沈顾容眸中的灵障缓缓褪去，"现在你如愿以偿变成疫魔，却是他离南殃成圣得道的垫脚石。这样的滋味，如何？"

离更阑目眦欲裂，挣扎着想要扑上来真正杀了沈顾容。但他的手离沈顾容的面门还差半寸时，一道熟悉的剑意突然刺破他的心口，准确无误地将刚好逃窜到他心口的鲛人泪搅成齑粉。

离更阑的动作缓缓僵住，低下头看向那流光溢彩的剑尖。他的瞳孔骤缩，恍惚间认出来了，插在他身体中的这把剑，是离南殃的。

这把剑曾被离南殃握在手中，教他离人峰的剑招；这把剑曾斩杀险些将他吞入腹中的火灵兽，救他出地狱；这把剑……

离更阑突然滑下两行泪，这把剑……怎么最后竟然刺入了自己的身体？

沈顾容面无表情地看着他，视线最终落在那恍如寒霜的离南殃身上。

离南殃面无表情地将长剑拔了出来，看着离更阑的眼神毫无波澜。

离更阑缓缓转身，在看到离南殃的脸时，突然就笑了。他越笑越癫狂，最后满脸泪痕地道："怎么会是你杀了我？"

若是早知如此，他早该让自己死在沈顾容手中。

离南殃漠然地看着他，仿佛在看一块石头，毫无情感。

离更阑对这个眼神太熟悉了，被激得又哭又笑，挣扎着扑到离南殃身上，死死地抓着他的衣襟，双眸赤红地看着他，喃喃地道："怎么是你？怎么会是你？"

怎么会是离南殃？怎么会是他一直拼了命也想要与之并肩的人？

离南殃却仿佛看透了他，漠然地道："你并非为我，只是为自己扭曲的欲望寻一个冠冕堂皇的借口。"

离更阑的眸子猛地定住。

"我从不嫌恶魔修邪修，我厌恶之人，自始至终，只有你而已。"离南殃的眸中全是满满的失望，"我救你、教你，从不图什么。是你要的太多。"

离更阑太过贪婪，他什么都想要，想要向那些将自己视为疫魔的人复仇，想要向离南殃证明自己，想要……想要成圣，哪怕用再阴损的招数也无所谓。

可这些，全都是离南殃最厌恶的。

离更阑抓紧他的衣襟，哽咽着道："我不要听这个，我不喜欢听这个，你是我师尊，你将我从小养到大，定不会对我这般狠心？对不对，南殃，师尊？"

离更阑的心口已经缓缓地化为枯骨，血肉化为粉末簌簌往下落。这明明该是很痛的，但他却像是没感觉到似的，依然死死地拽着离南殃，妄图得到一个想要的答案。

离更阑几乎疯了，最后都有些口不择言了："师尊，我马上就要死了，您……就算骗骗我也可以，好不好？"

"你说，你并没有厌恶我！"他带着这一生最大的期待看着离南殃，却只得到离南殃一个漠然的眼神。

只是一个眼神，就给了他答案。

离更阑的脸上终于覆上死灰般的绝望。他嘴唇发抖，难以置信地看着离南殃道："不可能……不可能！少时你明明是最偏爱我的，奚孤行他们加在一起都比不上我……我明明是您……"

他说的话自己都不相信，最后在离南殃越来越冰冷的眼神注视下，他终于崩溃地发出一声哭喊，挣扎着朝着离南殃扑来，妄图想要得到最后的温情。但他的手并未触碰到离南殃，便化为了齑粉，如同他这一生的结局一样。

忙活了一场，只是一场空。

下一瞬，离更阑整个身躯化为灰尘，簌簌地落到一堆枯骨中。

离南殃轻轻地闭上了眼睛。

沈顾容嗤笑了一声。他灵障已破，抬手将冰绡拿下后，发现眼前依然是一片模糊，可能是瞎了太久，一时间有些不适应，只好又将冰绡戴了上去。他也没看离南殃，拎着长长的衣摆，跑向了一旁的牧谪，然后弯着眸子笑，道："之后交给你啦。"

牧谪愣了一下才呆呆地问："什么？"

沈顾容抬起手将冰绡拿掉，眼前一阵模糊。他道："我现在的身体已经回到了少时，体内没有半分灵力，而这京世录的阵法还未停，若是再不停下，我八成要进入幻境中出不来了。"

牧谪一呆，道："幻境？"

"是。"沈顾容心很大，"百年前回溏城的幻境，哦，我又看到花灯了，完了完了。"

他说"完了完了"的时候，脸上的笑意遮都遮不住，好像在玩什么有趣的东西似的，配上他那张十六岁的少年脸蛋，根本无法让牧谪产生任何紧张感。

离南殃听到这句话，轻声道："十一，我或许能帮……"

沈顾容没等他说完就扭过头去，闷声道："我不要你帮。"

离南殃："……"

这具身体太嫩，哪怕是拒绝讨厌的人时，听着竟然也像是在撒娇。沈顾容可不喜欢了。

离南殃也没说什么，微微抿唇，正要转身离开，沈顾容却将手中的玉髓扔回给离南殃，道："还给你。"

离南殃一愣。

沈顾容道："和当年说好的一样，我杀了离更阑后，就不再是离人峰之人了。"

离南殃捏着玉髓半响，才道："你离了离人峰，能去哪里？"

沈顾容漫不经心地道："我徒弟现在有出息了，我去他那儿。"

离南殃被他气走了。

第八章

尘埃落定

1

沈顾容利用完了人就扔，完全不给离南殃半分面子。他没穿鞋子，地上又都是石屑，硌得脚疼，只好踩在自己长长的衣摆上，一只手拽着牧滴的袖子站稳，一只手抬起来去够那并不存在的虚幻的花灯。

牧滴琢磨完刚才发生的一切，才问："那阵法所做出来的只是幻境？"

沈顾容点头道："也真是可笑，他们算计了这么多，最后竟然只是得了一个幻境。"

其实说幻境也不算，毕竟在阵法中的沈顾容的身体就变成了百年前的模样，嫩得不行。

牧滴想了想，问："能毁了京世录吗？"

沈顾容摇头，道："京世录乃是神器，若是被毁，天道必定降下天罚。"

牧滴的眉头蹙起。

沈顾容昏昏沉沉，叹息道："赶紧的吧，我兄长在拉着我回家了，我拒绝了他，他把我一顿臭骂，太可怕了，我要吓死了。"

牧滴只好扶着沈顾容，打算去寻京世录的阵法，瞧瞧到底有没有突破的地方。

沈顾容懒洋洋的，嘴里还在呢喃着他看到的幻境。

"好多花灯字谜，哎我看到一个，你能猜出来是什么字吗？

"要上西楼莫作声……

"不好，先生发现我偷偷跑出来玩了，他过来了！快跑！"

沈顾容说着，吓得不行，像是被狼撵了似的蹬了蹬修长的小腿，险些扑腾掉下去。

牧滴忙制住他，低声道："马上就找到了，师尊。"

"快点儿。"沈顾容嗓音都带着哭腔了，"先生要罚我抄书，我不要抄，我不要……"

牧滴："……"

沈顾容一副神游太虚的架势，嗓音都在颤抖了，喃喃地道："牧滴你给我等着，我抄五遍，你要抄五十遍，五百遍……不抄到我开心了别想停下来。"

牧滴偏头看了看，发现沈顾容垂在一旁的细白五指正在微微动着，看来在幻境中真的在抄书。

牧滴："……"

周围的幻境越来越真实，沈顾容抄书抄到手软，看着近在咫尺的先生，有些委屈道："先生，我不想抄书。"

幻境中的先生握着竹篾，温柔如水地看着他，柔声说："不行。"

沈顾容努力憋住，才没有"哇"的一声哭出来。他哆哆嗦嗦地抄书，哆哆嗦嗦地掐了牧滴一下。

牧滴低下头，道："怎么了？"

沈顾容都要哭了，绝望地哽咽道："我抄不完，为什么会有这么多字，我根本抄不完……"

牧滴："……"他的师尊十六岁的时候……还会因为抄不完书而着急得哭出来吗？

他带着因为抄不完书而着急得哭个不停的沈顾容，想要去咸州城外寻京世录的阵法，但是整个咸州城的阵法将边缘凝成一道结界，无论怎么都走不出去。

牧滴拧眉，看来想要出去得先把这个阵法破了才行。他寻了一块干净的石头，想要让沈顾容在上面坐一会儿，自己去尝试一下能不能将阵法破掉。但他刚让沈顾容坐下，他小师尊就立刻拽住他，茫然睁大涣散的眼睛慌张地看着他。

"你去哪里？"沈顾容迷茫地道，"你要把我丢下吗？"

牧滴安抚道："不是，我试一下能不能将这阵法破掉。"

沈顾容此时已经深陷在幻境中了，呆呆地问："什么阵法？"

"咸州的阵法。"

"咸州？"沈顾容愣了半天，也不知道有没有记住，干巴巴地问，"那我的书怎么办？"

牧滴哭笑不得，只好道："你先抄，我破完阵法了再来帮你，好不好？"

"不去！你不去！你走了就不回来了！"

牧滴扶稳他，免得他翻下去，叹了一口气，道："我会回来的。"

沈顾容道："你不会！"

牧滴承诺："我会。"

沈顾容又开始纠结了。他一陷入纠结，整个人的力道都松了。

牧滴让他坐在石头上，想了想，将自己那颗木樨珠子递给他。

沈顾容摩挲着珠子，茫然地看他。只是沈顾容现在眼睛不怎么好使，而且更多的注意力都在幻境里，眼前一阵模糊，根本看不清。

牧滴道："师尊帮我收着，我马上回来。"

沈顾容捏着珠子，这才将扯着牧滴衣袖的手缩了回来，捏着珠子不吭声了。

没一会儿,他的手指又开始动——继续抄书了。

牧谪没离沈顾容太远,走了几步将九息剑祭出,剑意直接包裹住剑身,那一击仿佛能将天边九霄劈开,但凌空落下后,却连那阵法的边都没挨上。

咸州的魔修依然源源不断地被抽取生机,用来稳固阵法。用人命来维持的阴损阵法,哪里是用蛮力就能破除的。

牧谪收回剑,微微蹙眉,正要回到沈顾容身边,就听到一旁有人唤他的名字。他一回头,就看见素洗砚不知何时在结界外站着,眸子担忧地看着摆弄珠子的沈顾容。

牧谪一愣,问道:"二师伯?"

素洗砚和奚孤行一起过来的,已经研究那阵法半天了,无奈地道:"那阵法破不开的。"

牧谪快步走过去,隔着一层结界,道:"只要找到京世录阵法并破除,应当也是可以的。"

素洗砚却摇头道:"京世录阵法既然已催动,只有将京世录毁了才能停止,而且咸州的阵法是用无数人命催动的……"

牧谪眉头紧皱,沈顾容已经开始深陷幻境了,若是不将阵法破除,那岂不是将永远留在十六岁的幻境中?

素洗砚上前,抬手点在结界上,说道:"我在幽州多年,曾寻到过一个破损的阵法,或许有用,但需要冒极大的险,你……"他犹豫了一下,才问道,"你要试吗?"

牧谪立刻道:"试。"

没有什么会比现在更糟糕了。

素洗砚叹了一口气,道:"那我将阵法画给你看,你记住,一笔一画都不能错。先将你的剑意加在咸州的阵法上,然后你再站进在阵眼里催动它。"

牧谪道:"是。"他正要转身,突然发现素洗砚眼眸猛地睁大,偏头闷声笑了一下。

牧谪一愣,顺着他的视线回头看去,就看到了一个少年面无表情地拎剑而来,脸色难看得几乎要去砍人。

牧谪有点儿不敢认,试探着开口道:"掌教?"

少年奚孤行面容稚嫩,衣袍宽大,趿拉着大了许多的鞋子,气得火冒三丈。此时看到牧谪那奇怪的眼神和素洗砚毫不遮掩的嘲笑,他直接怒了,道:"看什么看？谁还没年轻过！"

牧谪："……"

素洗砚彻底没忍住，捂着唇笑了出来。

"还……还好。"素洗砚笑着道，"只是许久没见你这么……"

素洗砚干咳一声，转过身拿出玉髓，旁若无人地开始和师弟们传信："束和，你瞧见了？哈哈，有……还有救吗？"

林束和道："哈哈哈，没救了，等死吧，哈哈哈！朱尘……你先别闹，看孤行，哦对，十一也变小了。"

镜朱尘道："哈哈哈！啊……"

奚孤行气得半死，终于理解了当年沈顾容变小，他疯狂嘲讽沈顾容时，沈顾容的心情了。太糟糕了，想杀人，但要忍住。

他现在的修为已经掉到了筑基期，连剑都拿不稳。他气咻咻地走到沈顾容身边，抓住十一的手，道："跟我走。"

沈顾容看了看这人，没看清楚，但气息却是十六岁的他最陌生的，闻言立刻惊慌地喊："先生！先生……有坏人来抓我啦！他们是不是嫉妒我的脸蛋，要对我下毒手？呜。"

奚孤行气得头发都要竖起来了，仗着比凡人高那么一点儿的修为，怒气冲冲地拽着沈顾容往安全的地方走，对牧谪道："你先破阵，我看着他。"

牧谪也知道自己破阵时恐怕顾及不了沈顾容，只好点了点头，道："交给掌教了。"

奚孤行哼了一声，别扭着道："我找个地方把他打一顿！"说罢，拽着沈顾容就跑。

沈顾容哭哭啼啼地道："先生，先生！"

沈顾容还不知道自己闯了什么祸，就被奚孤行强拖走了。

直到沈顾容离开，牧谪才一敛衣袍，飞身跃向咸州城高空，居高临下地看着偌大的城池。有了本来阵法的结界，他不必再刻意找寻阵法边缘，直接将剑意飞散开来，沿着咸州的结界连成一个圈，无数剑意穿插在咸州上空，组成巨大而烦琐的法阵。

素洗砚在城外饶有兴致地看，觉得牧谪果真很有学阵法的天赋，比沈夕雾要好得多了，若他不是沈顾容的徒弟，自己肯定是要收他为徒。

片刻后，牧谪几乎耗尽所有的灵力，才将阵法毫无错处地画好，他轻飘飘地落在阵眼中，面无表情地将九息剑插在了最中央。

在最后一丝灵力注入阵眼时，整个阵法平地骤起一阵狂风，将地面上的木屑吹得胡乱飞舞起来。一块尖利的石屑划过牧谪的脸，将他带着胎记的脸划出一道血痕。

阵法轰然催动，转瞬将原本的阵法一点点吞噬，而身在阵眼的牧谪，眼前却仿佛划过百年光阴，周围像是被人强行推快了命轮似的，以极快的速度从他面前冲刷而过。

在那虚幻的世界中，牧谪看到了幼时的沈顾容。他看到小顾容牵着和他长相十分相似的男人的手，蹦蹦跳跳去逛花灯；小沈顾容笑容灿烂，无忧无虑，拽着兄长的衣角奶声奶气地撒娇，几乎能融化人心；他看到小顾容缓缓长大成身形颀长的少年，一身红衣张扬似火，嗒嗒地跑过满城烟火。

牧谪用几息看过小小的沈顾容长成俊美的少年，最后停留在那日的漫天大火。少年满脸泪痕，拽着和牧谪有九分相似的男人的衣襟，绝望地喊着："先生，先生……"

"先生，你在吗？"他的眼眸已经涣散，看不见那个男人已经失去了呼吸。他一遍又一遍地问，连声音都嘶哑了，问到他都绝望了却还是不肯停止。

牧谪茫然地想要朝少年伸手，但刚靠近，少年就化为了虚无。他又看着少年眼睛覆着冰绡，手持长剑将无数妖邪斩杀。看着他越长越大，越来越强，眼中的情绪却越来越淡漠，最后仿佛枯涸的河床似的，除了破碎的裂痕，再无其他。

直到这个时候，牧谪才恍惚意识到那个先生在沈顾容心中是什么地位。

与此同时，城池之外的京世录阵法中，虞星河满脸泪痕地睁开眼睛，手中握着竹简京世录，看着那上面的字一点点被修改。

六月廿三，咸州魔修无一幸存，沈顾容沉溺幻境，身死。

虞星河茫然地说："这是假的。"

但他已经得到了京世录的所有力量，知晓这是真正的未来——被那阵法矫过的未来。

他又一次，害死师尊了，用京世录。

温流冰和沈夕雾正在阵法外想方设法地把虞星河弄出来，但无论什么攻击落到阵法上，却都如针落大海，没有半分波动。

虞星河木然地看着京世录，喃喃地道："所有的一切……都是因为京世录。"

"你若……从未存在过，就好了。"京世录中沈顾容残留的最后一句话。

虞星河心尖一疼，捂着心口，怔然地道："我……我已经费尽全力想要讨师尊喜欢了，他还是不喜欢我。"

虞星河之前不知道为什么，现在却知道了——因为他是京世录。

沈顾容从始至终厌恶的，都是京世录。那个美其名曰彰显天道，却又不准人更改一分一毫的京世录。

虞星河呆呆地看着手中的京世录，沈顾容的声音再次在耳畔响起，而虞星河的声音也和耳畔的声音骤然重合："你若从未存在过，就好了。"

这句话仿佛是一个契机，给了虞星河勇气。他的手猛地收紧，抖着手指将所有的灵力输入京世录中。

温流冰一愣，愕然地看着阵法，突然厉声道："虞星河！你在做什么？"

虞星河抬起头，看着温流冰半天，突然露出一个比哭还难看的笑容，哽咽道："大师兄，我可能……要死了。"

温流冰隐约知道他想做什么，脸色都变了，道："松手！毁坏神器，天道必定降下雷罚！你不要命了吗？"

虞星河满脸泪痕，哭着说："我之前不知道，你一说我就知道了。"

话虽如此，他的手还是死死地握着京世录，向中源源不断地输入将京世录毁灭的力量。

温流冰喝道："虞星河！松手！你若死了，我怎么向师尊交代？"

虞星河一听，哭得更大声了，说道："师尊不喜欢我！师尊从来都不喜欢我！呜呜，我怎么努力他都不喜欢我！"

温流冰差点儿被虞星河气笑了。他真的很想知道，虞星河到底是怎么用这么厌的表情做出这么强硬的事的？

虞星河抽噎道："师兄，我是不是很讨人厌？"

温流冰说："是。"

虞星河差点儿又哭出来了。

温流冰揉了揉眉心，道："但你又不是灵石，不能要求所有人都喜欢你。再说，你要所有人的喜欢做什么？吃吗？"

虞星河噎了一下。他擦了擦眼泪，小声说："但我很讨厌我自己。"

京世录这种神器，本就不该存在于世上。

虞星河又厌又凶地继续往京世录中输送灵力，温流冰怎么劝都不听。

最后，那竹简京世录终于受不住灵力的摧残，猛地闪了一道光芒，接着轰然一声在原地炸裂。

随之炸裂的，还有虞星河的哭喊："啊！我要死了！啊啊啊！师尊！小师兄！阿姐！"

京世录化为齑粉簌簌往下落，而虞星河脚下的阵法也随之停止。

虞星河双腿一软，直接跌坐在地上，双手擦着泉水似的眼泪，哭个不停，道："我希望我下一世能做个好人！呜呜，大师兄，你帮我转告一下小师兄，让他把没收我的那几百本话本烧给我，呜呜，这是我最后的请求了！"

温流冰："……"

虞星河哭了半天，温流冰才一言难尽地道："星河，你……"

虞星河茫然地睁开眼睛，看了看他，道："什么？"

温流冰头一回对人有种一言难尽的感觉。他揉了揉眉心，叹息道："你又没有死。"

虞星河愣了一下，连忙上看下看，发现京世录已经毁了个彻底，自己倒是完好无损，什么事情都没有。

"咦？"虞星河挠了挠头发，眼泪一时半会还止不住，茫然地道，"我还以为自己会死。"

温流冰没作声。

虞星河死里逃生后，立刻欢天喜地地爬起来，兴奋地道："啊啊啊！我没死我没死！我虞星河又回来了！"

温流冰："……"

虞星河正开心着，头顶上的天空突然出现一片劫云，轰隆隆打着雷朝他靠近。

虞星河尖叫一声，刚才亲手碎了京世录的骨气早已不在。他哆哆嗦嗦地道："大师兄！大师兄，天道要劈我！大师兄保护我！"

大师兄："……"

大师兄不想保护他，大师兄只想跑得远远的，省得被波及。

温流冰一直觉得虞星河就是个一事无成的小废物，所以对他从来不假辞色，很少给好脸色。但是这一遭，却让温流冰对这个小废物完完全全改观了。

他叹了一口气，也没走，打算将虞星河这条小命护住。

温流冰已经做好了去掉半条命的准备了，但那劫云形成后，第一道雷轰然劈在虞星河脑袋上时，突然像是被什么阻止了似的，天雷瞬间消散。

虞星河闭着眼睛，吓得眼泪直流。

天雷散去，劫云也很快消散，没一会儿天光大亮，万里无云。

温流冰拎着剑，陷入了沉思。

虞星河还在紧闭眼睛，慌张道："啊啊啊！大师兄救我狗命！大师兄，星河不想死！"

温流冰："……"

京世录阵法被强行停止后，咸州中的幻境骤然消散，但沈顾容却因为在幻境中待得太久，人依然昏昏沉沉。

咸州的阵法依然在继续，只是已不再抽取魔修的生机，奚孤行抓着沈顾容晃了晃，怒道："沈十一！松口！"

沈顾容将奚孤行当成了要害他的坏人，挣扎个不停，最后一口咬在了奚孤行的手腕上。

奚孤行疼得要命，掰着沈顾容的下巴让他松口。

"呜……"沈顾容满脸恐慌，呜咽着说，"要我兄长打你！"

奚孤行差点儿没忍住用那微薄的灵力将沈顾容的牙打碎，忍了又忍才强行捏着他的下巴，把手腕解救出来，没好气地道："就你这难养的，谁会买你？得亏死。"

沈顾容眸中带泪，茫然地看他："可他们都说我长得好看。"

奚孤行瞪了他一眼，违心地道："也就那样吧，勉强能看。"

沈顾容歪着头看他，发现他的确没有打算拐卖自己，便抱着膝盖蹲下来，继续委委屈屈地抄书了。

奚孤行瞥着他，想了半天又不情不愿地蹲了下来，问他："你在干什么？"

沈顾容含糊地说："抄书，等牧笛来接我。"

奚孤行的脸都绿了。

牧笛已经将阵法发动，滔天的剑意将原本的阵法一点点吞噬，在即将吞噬到阵眼时，阵法外骤然响起一声龙吟凤鸣，天雷劈下，大雨倾盆，随着永不熄灭的凤凰火泼天燃下。

随着牧笛的剑意一起，凤凰火和龙招来的无根之水一里一外，直直将原本的阵法撞出一道道裂纹，龟裂如龟壳。

牧笛的喉中猛地涌上一股鲜血，那破碎的结界似乎击在他的神魂上——这大概就是素洗砚所说的冒险，结界反噬。

京世录结界的消散让牧笛轻松不少，但那裂纹却依然出现在元丹上，如蛛网般缓缓蔓延。牧笛面不改色，依然将剑意灵力不留余地地冲上结界。

只见结界裂纹越来越多，最终在一阵轰鸣中骤然炸裂，琉璃破碎声响彻耳畔，结界彻底消散。无数被阵法吸取的魔修生命也被强行还了回去，幻境彻底破碎，枯木逢春——阵法解了。

咸州城的魔修怔然回魂，有些不知道自己在鬼门关走了一遭的人正满脸茫然地挠着头，魔修本就简单的脑子让他们不会想太多，所以很快就该做什么做什么去了；有些魔修则是感知到半空那极具压迫感的大乘期威压，抬头愕然地看着那临风而立的男人。

什么时候……三界竟然有第二个大乘期修士了？

牧谪面如沉水地落了地，但脚下一个踉跄，险些没站稳，捂着心口直接吐出一口血。

九息吓了一跳，立刻化为人身，惊讶道："你的元丹！"

牧谪随意抹去嘴角的鲜血，连停顿的时间都没有，直接要去寻沈顾容。

九息剑着急得要命，道："你的元丹若是碎了，修为都要毁于一旦了，你……你……你别动，先恢复伤势成不成？"

牧谪没管他，用尽最后一丝灵力将共灵契扯出，随着灵蝶飞快地去寻沈顾容。

九息跟在后面喊道："牧谪！牧谪！"

但谁都拦不住牧谪。他快步随着共灵契而去，最后在一座桥下寻到了正摸索着墙的沈顾容。

牧谪眼睛一亮，飞快从桥下跃了下去，道："师尊。"

沈顾容已经恢复了身体，此时正摸索着墙壁似乎要去寻牧谪。闻言他一抬头，本能地笑了起来。

牧谪快步而去，喊道："师尊！"

沈顾容笑道："做得不错。"

牧谪将冰绡拿出来，给沈顾容绑上。

沈顾容视线恢复后，对上牧谪有些苍白的脸，愣了一下，然后将灵力顺着共灵契一点点送过去，缓缓地治愈牧谪体内几乎破碎的元丹。

察觉到牧谪体内的伤势稳定了许多，沈顾容才放下心来。他转过身，小声说："师兄……"

奚孤行面无表情地甩了甩手腕，露出上面鲜血淋漓的齿痕，满脸写着"你属狗的吗"。

沈顾容有些心虚地说："对不住。"

"走吧。"奚孤行冷声道，"事情已了结，这个地方还是别待了。"

此时已经有魔修察觉到了异样，正朝着阵眼赶来。现在离更阑已死，这咸州恐怕又得乱上一遭。

不过，这些和他们都无关了。

沈顾容大仇已报，不想在这满是魔息的地方多待，点了点头，和牧谪一起跟着奚孤行一起出了咸州。

咸州城外的阵法已经完全散去，连那毒雾都消散得一干二净，沈顾容等人刚一出城，一座华美的灵舫轻飘飘地落下，放下了木质台阶。

镜朱尘慢悠悠地倚在灵舫顶端的窗棂上，懒洋洋地往下瞥，道："我来接你们了。"

奚孤行怒气冲冲地冲了上去，道："你早做什么去了？"

镜朱尘手中捏着烟杆，懒散地吞云吐雾："在……"

奚孤行立刻打断他的话："闭嘴，闭嘴，闭嘴！我又不想听了！"

镜朱尘嗤笑一声，转身回去了。

2

咸州城上空的龙吟凤鸣依然在继续，沈顾容回头看了一眼，发现阵法已然解了，而雪满妆和朝九霄却依然厮打在一起，招招见血，看着都想将对方置于死地。

沈顾容默默扭头，没理他们，心想打去吧。他正要和牧谪一起上去，就听到身后两声呼唤。

"师尊！"

"兄长！"

沈顾容一回头，就看到虞星河和沈夕雾正争先恐后地朝他扑来，一个比一个哭得惨。二人一起扑到他怀里，他被撞得往后退了半步，颇有些哭笑不得。

虞星河哇哇大哭，道："师尊！师尊，星河差点儿见不到您了！师尊……"

沈夕雾努力装可怜，抽噎着说："兄长，夕雾担心死你了，你没事吧？呜呜。"

沈顾容被蹭了两袖子的眼泪，嘴角抽了抽，本能地想要将他们甩出去，但最后还是没舍得。他叹了一口气，摸了摸二人的脑袋，柔声道："乖，我不是好好的吗？"

二人又开始争先比着哭。

温流冰随后而来，正色道："望师尊责罚。"

沈顾容刚将两个孩子哄好，让他们上了灵舫，闻言挑眉道："什么责罚？"

温流冰沉重地道："您让我阻止阵法催动，我并未做到。"

沈顾容一看他这副样子就知道他又在钻牛角尖了，微微挑眉，道："行，罚。"

温流冰松了一口气，郑重其事地说道："无论师尊如何责罚，三水都没有任何怨言。"

"很好。"沈顾容，"你回去抄写《清静经》一百遍，三日后交给我。"

温流冰立刻说："师尊，弟子有怨言。"

沈顾容："……"就这点儿出息！

很快，素洗砚带着满脸憋屈的朝九霄回来，笑着道："十一，没事吧？"

沈顾容点了点头，好奇地看着朝九霄说："师兄这是……又打输了？"

朝九霄本来就憋屈，闻言直接炸了，恶龙咆哮道："你的'又'是什么意思？什么叫'又'？我根本还没用尽全力，那会喷火的鸟肯定不如我！要不是'师姐'拦着我，我肯定把那鸟的毛拔光！"

方才朝九霄不知是不是被素洗砚叫着帮了牧谪一把，沈顾容对他更是没之前那么针对了。于是沈顾容笑了笑，道："好好好，没输。"

朝九霄气咻咻地上了灵舫。

很快，素洗砚也上了灵舫，沈顾容这才回头看着牧谪，笑道："走。"

牧谪面如沉水地走了过去，却是拦住了沈顾容。

沈顾容觉得有些奇怪，疑惑道："怎么了？"

牧谪垂着眸看着沈顾容赤着的脚尖已经发红了，问："脚疼吗？"

沈顾容晃了晃脚尖，随意地道："也还好。"

牧谪点头，带着他转身离开，并没打算上镜朱尘的灵舫。

沈顾容一愣，忙道："怎么了？我们不搭灵舫吗？"

牧谪说："不搭。"

沈顾容想了想，觉得自己此时已算是背叛离人峰，镜朱尘的灵舫指不定是要回离人峰的，他搭上去倒是不便。

之前沈顾容对离南詇所说的"去有出息的徒弟那儿"，并非是专门气离南詇的玩笑话，他是真的打算浪迹天涯。而且他们是三界仅有的两个大乘期，何处都能去。

看牧谪似乎早有地方去，沈顾容笑着说："好，那我们去哪里？"

牧谪突然一笑，没回答，带着沈顾容御风而去。

在半路上，沈顾容将神识放在了咸州城外的分神之上，一掌震碎了离更阑的结界。

林下春已经等得要睡着了，看到他过来，茫然地道："主人，您又被打了？"

沈顾容瞥了他一眼，拽着他出了小屋，踩着水朝城外走去。

林下春疑惑地道："那阵法竟然直接碎了？"问完他就后悔了，管他怎么碎的，自己能出来就成。

沈顾容知道他怕麻烦的性子，解释也很言简意赅："离更阑死了，阵法无人操控，再加上……"

再加上，似乎有人将阵法击碎了半边，否则沈顾容不会这么轻易就将阵法震碎了。至于那个人是谁，沈顾容脑海中第一个浮现出来的就是离南殃那张讨人厌的脸。

沈顾容面如沉水，不愿多想，带着林下春到了回溏城外。他将已经等得睡着的沈望兰轻手轻脚地抱起，道："你将望兰送去离人峰，等我和牧谪安顿好了，就去接他过来。"

林下春眉头一皱，但也没有多问，直接道出自己最关心的问题："我将他送回离人峰，就能回剑阁吗？"

沈顾容点头。

林下春立刻将沈望兰接了过来，他头一回有些紧张，道："我……我定将他送到。"

沈顾容抬手抚了抚沈望兰白净的小脸，笑了笑，才散去分神，回归了本体。

这么一会儿工夫，牧谪已经带沈顾容到了陶州大泽。

陶州大泽无边无际，比那无尽冰原还要广袤无垠，牧谪所在的大泽方圆百里只有沼泽和雨林，除此之外荒无人烟。

牧谪在妖族历练所居住的洞府便在大泽正中央，是一座极其精致的楼阁，看着年代久远，也不知是之前就在这里的，还是牧谪从哪里搬来的。

大泽湖泊白雾泛起，将楼阁隐去半边，瞧着仿佛仙境。

牧谪轻飘飘地落在楼阁前，和沈顾容一起落地。

沈顾容拢了拢衣袖，视线一一扫过那比泛绛居还要幽雅，楼阁最前方还有一池被青石圈起的河塘，里面种满了翠绿的青荷。随意看去，这楼阁好似只是冰山一角，这大泽正中，竟然像是村镇般大小。

沈顾容诧异地看向牧谪，道："这么大？"

牧谪点头。

沈顾容干咳了一声，没有多说什么。

牧谪像是看出了他心中所想，淡淡地道："师尊不必担心迷路，就算迷了路我也能带您回来。"

沈顾容仍然端着师尊的架子说道："咳,我……我还好,不会迷路,不必如此麻烦。"

牧谪没说话,推门而入。

沈顾容随意瞥了瞥楼阁中的布置,好像每一寸角落都是按照他的喜好布置的,处处合乎心意。他每一层都逛了逛,最后上了顶层的阁楼,倚栏而立,居高瞧着一望无际的缥缈大泽,赏心悦目。

就该在这里颐养天年的。沈顾容心想。

他心情愉悦地晃了几圈,沿着木质台阶慢悠悠地往下走,在即将走岔路时,一直停在肩上的灵蝶里传来牧谪的声音："师尊,不要往南走,顺着台阶往下走才能下楼。"

不知道为什么,沈顾容有种被人当成孩子的羞耻。他的脚尖本来一顿,闻言立刻落了下去,强装镇定,道："我……我就随便走一走,没打算下楼。"

沈顾容赌气地继续往南走。但片刻后,他满脸耻辱地对着灵蝶道："我……找不到回去的路了。"

牧谪:"……"

很快,连一息都不到,牧谪就出现在抄手游廊的拐角处。

沈顾容干咳一声,道："我逛累了,想去沐浴。"

牧谪走过来,道："我带您去。"

沈顾容点头。他的本体虽然没沾多少血,但那具被困在结界中的分神却满身是血,回归本体后,总觉得浑身黏糊糊的,极其难受。

楼阁后院的樟树林边,有一汪地下温泉池,牧谪东拐西拐,把本就不认路的沈顾容拐得眼都晕了,更加不记得路了。

牧谪见他有些苦恼,便捧着新衣,笑道："师尊,记不住就不用记了,有我在,您不用担忧会寻不到路。"

沈顾容也放弃了。他之前还想顾全一下师尊的面子,不想让其他人知晓自己不认路的事儿,但被牧谪拆穿太多次,他已经没有力气再遮掩了。

爱怎么就怎么吧,不管了。

沈顾容的眼睛还没好,冰绡戴着有些难受,只好抬手解下放在一边,随意地道："等过几日我们就去闲云山城一趟吧,让六师兄帮我瞧瞧眼睛。"

牧谪抬起手用灵力一点点滋养那发涩的眼睛,温和地道："师尊的眼睛被灵障浸染多年，每日用灵力温养，很快就能瞧见了，不必为这点儿小事劳烦六师伯。"

沈顾容歪头想了想，好像也是。再说现在瞎着的时候用冰绡也没什么不自在，他都戴了冰绡百年了，乍一拿下来，倒是挺不习惯的。

想到这里，他点头，道："哦，对了，还有望兰，我让林下春将他送去离人峰了，过段时间就将他接来这里吧。"

牧谪知道沈望兰的身份，也没有拒绝。

牧谪将衣服放在一旁的玉盘中便走了，沈顾容姿态懒散地泡着温泉，歪着头看着牧谪留下来给他的指路灵蝶有些蔫蔫的。

牧谪怎么了？难道是伤势还没好全？

沈顾容想了半天，越想越觉得有可能，起身将身上水珠胡乱擦了擦，披着松松垮垮的衣袍就跟着灵蝶去寻牧谪。

灵蝶飞向了卧房，沈顾容也不和徒弟客气，直接当成自己家，毫不客气地推门而入。他正要说话，余光却扫见了牧谪嘴角还未擦去的鲜血。

沈顾容一愣，脸色立刻变了。他快步上前，一把扯住牧谪想要往后藏的手，视线落在那满是鲜血的指缝，瞳孔都在剧烈颤抖。

牧谪狼狈地低声喊："师尊。"

沈顾容面无表情，脸上的闲适早已不见。他冷冷地道："这是怎么回事？"

在咸州城的时候，沈顾容记得自己明明已经将那几乎破碎的元丹整合了，牧谪的灵脉也完全没有丝毫问题。但现在，牧谪脸色惨白，元丹传来断断续续的灵力，看着竟然像是随时都会崩裂。

沈顾容努力遏制住想要发怒的冲动，冷声说："说话，牧谪。为何不告诉我？"

牧谪一看到沈顾容沉下去的脸色，还是本能地有些发怵。

沈顾容却有些不耐烦了，沉着脸为他探查元丹。

牧谪虽也以凡人之躯入道，但并没受过沈顾容那么多的苦，是靠沈顾容的半边元丹才堪堪入道。若他不是世外之人，那元丹肯定会直接碎成齑粉。

沈顾容看着那几乎碎成渣的灵丹，气得直抽气，但还是勉强保持着理智向牧谪丹田中源源不断地输入灵力。

沈顾容面容冷漠，又等了片刻，再抬手探入丹田时，发现刚才已经愈合得差不多的元丹竟然再次出现了裂纹。

沈顾容沉默片刻，声音冰冷："说话。"

牧谪怔了怔，才低声道："是结界反噬，死不了。"

沈顾容道："结界反噬？"

牧谪点头，虽然有朝九霄和雪满妆相助，但那用万千人命做出来的阵法还是不会那么轻易破解。若是换了旁人，指不定连命都搭进去了，他现在这样已是运气好。

沈顾容看着那逐渐破碎的元丹半晌，才一把拽着牧谪起身，沉声道："走，去寻林束和。"

牧谪反手抓住他的手臂，皱眉道："我没事。"

沈顾容漠然地看着他道："你是想挨打，还是想抄书？"

牧谪有些发怵，呆了一下，才低声道："我是说，不必特意过去一趟，师尊不是带着木榍吗？"

沈顾容着急疯了，被牧谪提醒这才意识到木榍还在。于是他连忙将木偶小人拿出来，原地化为木榍高大的人形。

很快，林束和困倦的声音从中传来："十一，你去哪里了？三师兄都找你找疯了。"

沈顾容没时间寒暄，一把抓着他的木头手，道："快给牧谪瞧一瞧，他被结界反噬了。"

林束和"啧"了一声，见沈顾容焦急成这样，也没时间插科打诨，为牧谪探了探灵脉。

片刻后，沈顾容忍不住催促道："怎么了？你说话。"

林束和收回手，古怪地看向牧谪道："反噬而已，没什么大碍。"

用灵力温养几日就好了，反正元丹也碎不了，也就看起来惨了一点儿而已。再说，牧谪又是大乘期，肯定会好得更快。

林束和道："你还当他是凡人吗？对于修士而言，这只是一点儿小伤，死不了的。"

忽然，牧谪脸色惨白，一口血吐了出来。

林束和满脸茫然，难道他的诊断出错了？不可能。

很快，想通了的林束和看着牧谪的眼神十分复杂，像是在看戏台上身经百战的老戏子。

沈顾容一把扶住牧谪，焦急地道："什么叫小伤？你看他都吐血吐成这样了，还叫没大碍？你到底会不会治病？"

沈顾容看他的眼神像是在看一个庸医。

林束和幽幽道："我，三界第一神医，谢谢。"

林束和活这么久，还从来没被人质疑过医术，当即气得丢下方子就溜了。

沈顾容冷静下来后想了想，觉得按照林束和的医术，应该不至于在这种大事上骗他。但他看着那裂纹的元丹，还是止不住地担心。于是他又补充了一句："如果过两日元丹还没好，我们就去寻你四师伯看看。"

虽然镜朱尘不怎么可靠，但岁寒城奇珍异宝那么多，指不定就有灵丹妙药来医治破碎的元丹。

两日的时间，镜朱尘应该从离人峰回到岁寒城了。

沈顾容抱有一丝希望，旁边的牧谪没吭声。

沈顾容自顾自定下打算后，又拧着眉头探查了一下牧谪的元丹，发现元丹出现裂纹的速度似乎变慢了些。他又输送了一番灵力，愈合了裂纹，这才放下心来。

沈顾容问道："疼吗？"

牧谪摇头，疼了他也不说。

沈顾容知道牧谪的脾气，无声地叹了一口气，只能随时观察他元丹的情况，省得那裂纹裂过头了，元丹补救不回来。

离人峰。

奚孤行怒气冲冲地冲着离索道："什么叫找不到？再去找！风露城不是号称什么人的消息都有吗？需要灵石就去岁寒城支！一定要把沈十一给我找到！"

离索被骂得狗血淋头，尴尬地道："但封筠已死，风露城现在乱成一团……"

奚孤行愣了一下，这才意识到在咸州城时，封筠被温流冰杀死了。他眉头紧皱道："就没人能接手吗？"

离索道："封筠的弟子宿芳意为她收敛尸身扶灵而归，三水师兄已经过去了。"

奚孤行蹙眉问："他去风露城做什么？"

诛邪是当年封筠提议而组成的诛杀妖邪的门派，此时已经过了数十年，温流冰已经彻底掌控诛邪，并将其从风露城分了出来。现在温流冰又趁乱回了风露城……也不知打的什么主意。

离索讷讷道："八成……"

温流冰八成对那风露城城主之位感兴趣，只是这话他不好直接说。

"这有什么不能说的，我离人峰各个人中龙凤，出几个城主又不是什么丢人的事。"奚孤行像是看出他心中所想似的，嗤笑一声，"再说了，风露城地位特殊，若是三水成了城主，离人峰就再也不会缺灵……喀喀，情报了。"

离索腹诽：您刚才是想说再也不缺灵石，是吧？

奚孤行对温流冰这种过分追逐名利的做法非但没有任何的不悦，反而十分赞成。他高兴完之后，又立刻变脸似的咆哮道："快去给我找沈十一！"

离索委屈地嘀咕："我招谁惹谁了？"

奚孤行冷冷地道："你说什么？"

离索立刻道："我这就让其他人去寻圣君！"

奚孤行的脸色这才好看些，叮嘱道："多派点儿人手去陶州大泽，我记得牧谪那混账和妖修青玉有些交情，他八成就躲在陶州。"

离索道了一声"是"，正要离开，奚孤行却突然道："等等。"

离索疑惑地回头。

奚孤行面无表情地拿起短景剑，冷声道："我亲自去陶州一趟。"

离索："……"

奚孤行是个雷厉风行的性子，决定好了之后直接御风去了陶州大泽，靠着一把剑打上了青玉的洞府。

整个陶州此时已经不着痕迹地落在青玉的掌控之中了，奚孤行过去的时候，青玉正在和雪满妆喝茶，气氛其乐融融，完全没有一点儿剑拔弩张。

奚孤行满是疑惑，但也懒得去管他人的私事，直接将阻拦他的妖修扫到一边去，气势汹汹地将剑架在青玉脖子上，冷冷地逼问道："牧谪现在身在何处？"

哪怕被剑架在脖子上，青玉依然满脸笑容，笑道："奚掌教安好，许久不见。"

奚孤行懒得和他寒暄，剑往下一压，道："说。"

雪满妆歪头看着奚孤行，没好气地道："你就别问了，我都和他周旋半日了，他还是一个字都不肯透露圣君所在之外，看来收了牧谪不少好处，不会招的。"

奚孤行蹙眉。

青玉依然笑嘻嘻的，说："这可就真的冤枉我了，我和牧谪可是挚友，不存在什么交易。"

奚孤行冷声道："这么说，那小崽子就在大泽？"

青玉道："那我可不能说。"

奚孤行收剑入鞘，漠然地道："我知道了。"

沈十一肯定就在大泽。

奚孤行似乎已有打算，面无表情地转身回去，没有半分迟疑。

雪满妆瞪了青玉一眼，说道："我都说了不和你争妖主之位，你就不能告诉我吗？"

青玉有些头疼，道："凤凰大人，牧谪现在已是大乘期，三界中除了沈圣君，谁能阻拦他做任何事？您就算是凤凰，也不够他杀的。"

雪满妆正色道："我迟早有一日会打动圣君的！"

青玉彻底无语了，随意给雪满妆指了个方向，道："那百里大泽被牧谪寻来了无数凶兽和结界，你若想过去，怕是有些难度。"

雪满妆"哈"了一声，亢奋起来，道："我别的没有，就是命硬。"说完，他展翅飞去。

3

连续给牧谪治疗三日后，那裂纹终于不再出现了，沈顾容终于彻底松了一口气。

牧谪这几日一直都在抄《清静经》，哪怕心静如他，也被那密密麻麻的字闹得脑袋疼。

沈顾容盘膝坐在蒲团上，手肘撑在桌案上，手掌支颐，懒洋洋地看着牧谪皱着眉头奋笔疾书。

牧谪的伤已经好得差不多了，沈顾容心情很是愉悦，淡淡地道："抄书的感觉，如何？"

牧谪抬头看了他一眼，低声道："很好。"

沈顾容幽幽地瞥他一眼，道："你还真是奇怪。"竟然觉得抄书的感觉很好？不行，这个徒弟不能要了。

牧谪垂着眸，一笔一画地继续抄书，轻声道："师尊的先生，总是罚师尊抄书吗？"

沈顾容一听到这个，幻境中那仿佛怎么抄都抄不完的绝望感立刻袭来。他愁眉苦脸道："是，我十六岁时，最绝望的事情就是被先生罚抄书，若是有哪一天先生没罚我，我都能欢喜地多吃两碗饭。"

牧谪："……"也就这点儿出息了。

牧谪又抄了两行，喃喃地道："那师尊现在罚我……是打算报当年的抄书之仇吗？"

沈顾容正百无聊赖地吹额前散落的一缕白发，闻言含糊地应了一声，好一会儿才反应过来这句话的意思。他愕然道："什么？"

牧谪没有再重复，像是逃避似的，继续抄书。

沈顾容看了他许久，这才恍惚间意识到在咸州城，自己并没有给他一个彻底的答案。

牧谪自小心思就敏感，不会又因为那件事纠结了这么久吧？

301

沈顾容想着想着，倒吸了一口凉气，眸子里全是冷光，道："看着我。"

牧谪逃避地左看右看，好一会儿才对上沈顾容的视线。

沈顾容冷冷地道："我之前说让你好好思考，你想好了吗？你还是觉得我是因为先生而对你好吗？"

牧谪喃喃地道："不……"

沈顾容蹙眉道："那你——"

"但您对我的好，却是基于我的前世是先生。"牧谪截口道，"若我前世并非先生，您怕是从一开始看都不会看我一眼。"

沈顾容愣怔地看了他许久。

牧谪亲耳听到沈顾容在心中骂了他一句：这么敏感矫情，你是少女吗？"牧姑娘"？！

见牧谪脸色不好，沈顾容连忙道："我将你带回离人峰，迫使你强行入道时，或许是看在先生的分上，但是……"沈顾容话锋一转，"我给了元丹后，就失去了所有的记忆，连心智都变回了十六岁，那个时候我并不知晓你是先生转世。"

牧谪茫然地看着他。

沈顾容闭上眼睛默念了几遍"我是师尊，我是师尊，他就是个二十多岁的小崽子，我要让着他让着他"。

成功将自己催眠后，沈顾容觉得自己要有大人风范，不能和心思敏感的孩子一般见识，耐着性子道："我是到烽都时才恢复记忆的。"

"牧谪。"沈顾容挑眉道，"也就是说，我对你好并不是因为你是先生转世，而是因为你是我沈顾容的徒弟，懂了吗？"

牧谪愣愣地点头。

沈顾容松了一口气，问："那你还纠结吗？"

牧谪摇了摇头。

沈顾容却神色一变，继续开始算账，他冷冷地道："别想逃避抄书责罚，给我继续抄！抄不完，今日别想我和你说话！"说完，他面如沉水地拢着衣袍离开了书房。

牧谪只好飞快抄书。

沈顾容在房间的榻上躺了半天，终于抄完书的牧谪推门而入，道："师尊，我要去趟岁寒城。"

沈顾容缩在被子里，含糊地道："去岁寒城做什么？"

牧谪道："四师伯有要事找我。"

沈顾容忙起身将被子掀开，道："我随你一起去。"

牧谪道："我自己去就好，很快就回来。"

沈顾容拧眉。

牧谪却没多说，转身离开了。

沈顾容又自顾自地躺了一会儿，觉得实属无聊，只好满房子地转，寻到了一些奇怪的话本。

就在沈顾容认真看话本时，一旁的雕花木窗突然传来一阵剧烈的撞击声。他还以为是牧谪回来了，立刻将翻出来的话本放回了原处，裹上一旁的红色长袍，等着牧谪进来。

然而这次进来的并不是牧谪，而是不知何时从哪里赶来的奚孤行。

沈顾容一愣，愕然地看着破窗而入的奚孤行，喊道："师兄？"

奚孤行的脸色难看至极，气得脸都微微扭曲了。他怒道："牧谪那个混账……"

沈顾容被吵得耳朵疼，连忙朝他"嘘"，说："师兄！师兄，小点儿声！"

沈顾容本意是不想让奚孤行吵太大声，但在奚孤行看来，他师弟就是被那个欺师灭祖的混账吓破了胆，竟然被吓成这样，连说话的声音都得压低。

奚孤行的眼圈差点儿红了，沈十一在离人峰这么多年，除了自己给自己找罪受，哪里在旁人那受过这种委屈？

"混账，混账……"奚孤行平日里所有的毒舌都没派上用场，气得只会来来回回地骂"混账"，又因为沈顾容担惊受怕的模样，将暴怒的声音压得极低，听起来异常憋屈。

沈顾容干咳一声，小声问："师兄怎么来了？"

牧谪不是之前还向自己吹嘘，这百里大泽中都是凶兽和结界，根本无人能擅闯进来吗？

奚孤行的脸色阴沉得要滴水，道："那个混账被朱尘引开了，我和九霄是直接闯进来的。快别废话了，起来跟我走。"

沈顾容一愣，道："啊？走？去哪儿？"

"回离人峰！"奚孤行气得握剑的手都在发抖，"我们回去！"

沈顾容眨了眨眼睛，见奚孤行拽着他要走，连忙劝阻："等等，等等！"

"等什么？"奚孤行暴怒，"再等那混账就要回来了！"

奚孤行掌管离人峰这么多年，哪里有过这种躲躲闪闪的经历？可偏偏牧谪又是三界仅有的两个大乘期的其中之一，除了被控制的沈顾容，几乎没有人能打得过他。

沈顾容一把握住奚孤行的手，无辜地说："可我喜欢这里。"

奚孤行难以置信地看着他，宛如在看三界第一大傻子，差点儿直接动手打他，惊叹道："你傻了？！"

沈顾容茫然地道："师兄你是不是误会了什么？"

奚孤行震惊地看着他，仔细辨认他的神色，惊骇地发现他竟然没在开玩笑。

奚孤行倒吸一口凉气，愕然地道："他难道不是教唆你叛出离人峰又想利用你自立门户……"

沈顾容摇头道："没，这只是他在大泽的住处而已。再说了，离开离人峰是我的主意，关他什么事？"

奚孤行又吸了一口凉气进去。他见了鬼似的看着沈顾容许久，直到胸口都有些疼了，才缓缓地吐出一口气，有些无力了。他揉了揉发疼的眉心，道："沈十一，你连自己怎么死的都不知道是吗？"

这是什么话？沈顾容皱眉心想。

奚孤行道："这荒无人烟的地方，有什么好？"

沈顾容疑惑道："这里又怎么能叫荒无人烟？我不是人吗？"

奚孤行："……"啊，好想死。他就不该冒着危险来救这个蠢货！

奚孤行古怪地看着自信满满的沈顾容半天，才默不作声地转过身踩着窗棂出去了。

沈顾容走到窗边，还在劝他安心："牧谪只是有些小孩子脾气，对我没有恶意的，师兄们不必担心。"

奚孤行背对着他，微垂着头，声音有些颤抖地说："嗯，好。"

沈顾容歪头，问："师兄的声音怎么了？"

奚孤行没说话，直接离开了。

沈顾容不明所以，又慢吞吞地回了榻上。

没到半刻钟，外面突然出来一阵急促的脚步声。

沈顾容还没反应过来，就听到门被一脚踢开，牧谪浑身寒意，周身的灵蝶仿佛要滴血，竟然直接闯了进来。

沈顾容正撑着下巴靠在榻上的小案上，装模作样地翻着一本牧谪寻来给他打发时间的话本，听到声音微微偏头，眉目间全是懒散之色，道："你回来了。"

牧谪快步走上前道："师尊？"

沈顾容随意问道："怎么了？你和谁打架去了？"

牧谪缓了一会儿，低声道："我以为你回离人峰了。"

沈顾容失笑道："我已离开离人峰了，回那里做什么？招人嫌？"

牧谪不吭声了，看着十分委屈。

沈顾容只好道："四师兄找你有什么事？你回来得还挺快。"

牧谪将一个储物戒拿出来给沈顾容看。

沈顾容瞥了一眼，发现那储物戒上还有岁寒城的标记，应该是镜朱尘送的能恢复灵力的灵器，看来镜朱尘还是懂点儿医术的。

沈顾容拿着那堆灵器在房间里研究了半日，到了夜晚，牧谪终于过来唤他。

因为沈望兰和沈夕雾到了。

沈顾容一听，立刻将储物戒一甩，换好衣袍，拿出一副端庄至极的模样去见小侄子和妹妹，好像方才那副懒洋洋倚在枕上的人只是个幻影。

牧谪知晓沈顾容一直在惦记沈望兰和沈夕雾，索性让人将他们一起接来了。

沈顾容下了楼阁后，刚好瞧见沈望兰牵着沈夕雾的手，奶声奶气地说着什么。

看到沈顾容下来，沈望兰眼睛一亮，立刻冲了过来，一下扑到他怀里，喊道："爹！"

连二爹爹都省了，直接叫爹了。

沈顾容抱住他，掂了掂，笑道："你往后可以唤我叔叔。"

沈望兰歪着头看着他，喊道："叔叔？"

沈顾容点头，抬手朝沈夕雾招了招，道："夕雾来。"

沈夕雾颠颠地跑了过来，亲昵地抱着兄长的手臂。

沈顾容摸摸她的头，道："夕雾，这是你……小侄子，他该叫你姑姑。"

沈夕雾："……"

十二三岁的少女满脸茫然，看着沈望兰，觉得匪夷所思，自己这个年纪竟然有小侄子了。

沈望兰的长相和沈顾容很像，特别是那双桃花眼，微微弯起来时十分像沈顾容的神态。

沈夕雾本就对沈望兰有好感，只是稍微狂乱了一会儿，就接受了这个事实。

"我是姑姑哦。"沈夕雾开心地将自己最珍爱的蛇拿来给沈望兰。

沈望兰"哇"了一声，眼睛都亮了，开开心心和姑姑玩起蛇来，也算是兴趣相投了。

沈顾容摸了一会儿团子，想起来什么似的和牧谪道："他们有地方住吗？"

牧谪道:"我已寻了人过来照顾他们,您不必担忧这些。"

沈顾容点头,牧谪办事一向很稳妥,比他那大徒弟不知好了多少。

但沈夕雾只是被牧谪顺便接来,还要回离人峰跟着素洗砚学习阵法,待不了多久。

沈顾容看着浑身散发着冷冽之气的沈望兰,若有所思。望兰这种体质,长大后八成也要和沈夕雾一样去修邪道,而整个三界修此道大有所为的修士根本没多少,素洗砚能教沈夕雾,但对于望兰这种以机缘转生的孩子估计就没办法了。

安顿好他们,沈顾容和牧谪回楼阁的时候一直在想这个问题。

最后回房时,沈顾容突然道:"等望兰在我身边成年了,就让他随我六师兄修行吧。"

牧谪点头道:"这样也好。"

清晨,大泽的雾气更深更浓了,五步之外几乎看不见东西。

沈望兰和沈夕雾坐在木栈道的边缘,晃荡着小短腿看那奇妙的雾气。

沈望兰在回溏城这么多年,所见的全都是无数魂灵和破旧的废墟,所以出来后见到什么都觉得新奇。

沈夕雾拿出一堆蜜饯塞给沈望兰,和他一起晃着腿看雾,也不知道那雾有什么好瞧的。

沈望兰含着蜜饯,好奇地问:"这雾是从哪里来的呀?"

沈夕雾歪头想了想,道:"好像是龙息吧?"

沈望兰问:"龙息?"

沈夕雾也不知道,但看到沈望兰这般认真,只好信口胡诌:"就是这大泽深处有很多沉睡着的龙,他们每日呼吸后会泛上来白雾,那就是龙息。"

沈望兰"哇"了一声,看着小姑姑的眼神中全是憧憬,道:"竟然是这样?小姑姑好博学!"

沈夕雾被夸得飘飘然。

沈望兰又指着不远处,天真无邪地问:"那雾气中的火是什么呀?"

沈夕雾抬头看去,发现那白雾缥缈中竟然真的有一簇火光在缓缓逼近。她还没细想,那火焰转瞬间冲到了他们跟前。

那一身火焰的人轻飘飘地踩在木栈道边缘,居高临下地看着他们。

沈望兰呆呆地看着那人。

雪满妆浑身烈火,怕烧伤了小孩,将凤凰火飞快收了回去,只留了指尖一簇,置在一旁小碟子里的蜜饯核上。他的眉梢几乎要飞起来，张扬地将那放置在蜜饯核里的凤凰火递给沈望兰，笑着道："送给你。"

沈望兰接过来，看到那留了一个小洞的蜜饯核里明显燃烧出来的火焰，惊奇地"哇"了一声，抬手接了过来。

沈夕雾却浑身是刺，忌惮地盯着雪满妆，眼睛里全是警惕。她一把拉着沈望兰起来，将他护在身后，她浑身的灵力在对上这人时，竟然有些微缩。

雪满妆连忙表示自己并无恶意："我是来找沈圣君的，他在何处？"

沈望兰对人没有警戒心，道："他……"

沈夕雾一把捂住沈望兰的嘴，冷冷地看着雪满妆道："你找我兄长有何事？"

一听这孩子是沈圣君的妹妹，雪满妆立刻弯起了眸子，道："妹妹你好——"

沈夕雾蹙眉打断："谁是你妹妹？"

看到沈夕雾，雪满妆打算先讨得妹妹欢心，这样妹妹能在沈顾容面前为自己美言几句，指不定能不用打架就能说服沈顾容入妖族。只可惜他使劲了浑身解数，依然没得到沈夕雾的信任，最后只好展翅而飞，自己去找了。

沈夕雾追不上雪满妆，气得直跺脚，牵着沈望兰就要去找沈顾容，告知有人擅闯的消息。

他们迈着短腿跑到了楼阁前面，刚想要推门进去，就被结界隔住。

牧谪冷漠的声音响彻二人耳畔："何事？"

沈夕雾蹙眉问道："我兄长呢？"

牧谪的语气中全是不耐烦："到底何事？直接说。"

沈夕雾本能地厌恶牧谪，但沈顾容又对他很好，她只能接受了。她道："方才有个浑身是火的人闯了进来，说是要寻兄长。"

牧谪的声音一顿，才道："凤凰？"

沈夕雾道："好像是。"

牧谪道："我知道了，你们继续玩吧。"

沈夕雾就算再不喜欢牧谪，却不得不佩服他的实力，她告知了此事后，知晓他会将那满身是火的那人处理好，这才继续牵着沈望兰去大泽其他地方玩了。

楼阁中，牧谪将二人打发走，闭眸将神识铺出去，很快就寻到了在空中乱飞的雪满妆。

牧谪"啧"了一声，起身走了出去。

雪满妆和牧谪打了一场。

在漫天的凤凰火中，牧谪一把掐住雪满妆的脖子，眸子冷厉地看着他道："你找死吗？"

雪满妆的脸颊被划了一道血痕，珍贵的凤凰血缓缓滑过脸颊，落在衣襟上。他挑着眉，好像被掐住脖子也一点儿都不怕，还笑道："你今日杀不死我，我还会过来的。"

牧谪面无表情地掐着雪满妆的脖子，将他一掌掼在地上，力道大得将青石板的地面撞出无数裂纹来，裂纹飞快蔓延到周围。

"我之前曾经研究过如何杀死凤凰。"牧谪满脸阴鸷，"你想试一试死亡的滋味吗？"

牧谪眉头紧皱，只觉得麻烦至极。

凤凰是上古神兽，而雪满妆又是唯一一只存活至今的，若是杀了他，指不定又要招来无穷祸事。但雪满妆这只根本不会看人脸色的鸟，整日给沈顾容添麻烦。

牧谪思考良久，最后眸子一狠，招出九息剑来，身上全是漫天杀气。不怕死的凤凰竟然被他的杀意震得抖了一下，愕然地看向他。

雪满妆之前一直仗着自己的身份，觉得就算是南殃君也不会动手杀自己，所以才会那般胡闹。但是现在……雪满妆第一次感知到了真真切切的杀意。

牧谪已经忍耐到了极点，眼睛眨都不眨地握着九息剑，冷冷地一剑挥下。

雪满妆的瞳孔一缩，突然意识到，这一剑下去自己可能真的会被彻底杀死。

凤凰虽然叫作不死鸟，但并非真的长生不死，要不然整个三界也不会只剩雪满妆一只凤凰了。

就在千钧一发之际，沈顾容的声音突然从一旁响起："住手。"

牧谪手一顿，脸上的杀意消散得一干二净，茫然地偏头看去。

沈顾容应该是匆匆赶来的，衣衫凌乱。他赤着脚站在青石铺成的台阶上，长袍白发拖曳在地，语调散漫又轻柔，但仿佛有千钧之力，将二人直接镇在原地。

牧谪很快反应过来，立刻将九息剑收起，有些后怕地看向沈顾容。

沈顾容瞥了他一眼，漫不经心地拢了一下袖子。

雪满妆一看到沈顾容，立刻亢奋道："圣君！你来救我了！"

沈顾容："……"这只凤凰到底为什么这么自负自满，自我感觉良好？

沈顾容懒洋洋地拢了拢湿发，打算彻底断了雪满妆对他的盘算："我不会入妖族的，你放弃吧。"

雪满妆愣了好一会儿，才哭道："圣君，圣君，可是我最好看，身份也最尊贵，还活得长久，谁都没有我羽毛漂亮！"

沈顾容："……"不是，正常人谁会和你比羽毛漂不漂亮？

雪满妆之前还帮过他，沈顾容也不好把话说绝，只好耐着性子说："我并不喜欢有羽毛的东西。"

雪满妆立刻说："那我化成人形也很好看！"

沈顾容反问道："那你有我好看吗？"

雪满妆彻底绝望了，直接"哇"了一声，展开翅膀哭着飞走了。

沈顾容这才不着痕迹地松了一口气，看来这只凤凰此生都不会来烦自己了。他转身看了看不知何时已经将脸上的胎记去掉的牧谪，无奈地笑了笑，问："生气了？"

牧谪摇头，想了半天还是没忍住，轻声道："师尊，我现在已是大乘期，有资格……站在您身边吗？"

沈顾容低低地笑了一声，说："自然了。说起这个，我当年大乘期时，离人峰还特意为我办了宴席庆祝。你呢，想要吗？"

牧谪一愣，故作矜持地道："我都行，看师尊。"

沈顾容笑了起来，道："好，那就给你办一场，顺便将当年未行的弟子礼也一同补了。"

牧谪"嗯嗯"点头，迫不及待地问："师尊，那什么时候办？"

沈顾容其实不怎么懂拜师礼的流程。他歪头想了想，道："我要问问我师兄。"

"好。"牧谪眸子一弯，道，"那我们明日回离人峰吧。"

沈顾容挑眉道："这么着急？"

牧谪摇头道："我本想现在就出发来着。"

沈顾容笑道："明日先去岁寒城，让四师兄传信三师兄他们来岁寒城相聚吧。"他主要是不想回离人峰见到南殃君。

4

几日后，牧谪安顿好，和沈顾容一起御风而行，很快就到了岁寒城。

镜朱尘破天荒地没有厮混，姿态懒散地来接他们。

沈顾容浑身裹得严严实实的，拢着袖子坐了下来。

镜朱尘扫了他一眼，眉头一挑，淡淡地道："说吧，你们来找我有什么事？要灵石我可一颗都不给。"

沈顾容瞪他一眼，道："你让三师兄他们来岁寒城一趟，商量一下我和牧谪拜师礼的事儿。"

镜朱尘蹙眉道:"你们还未行过拜师礼?"

沈顾容道:"没有,打算这回和庆祝牧谪大乘期的宴席一起办,也算是为离人峰争光。"

"也好。"镜朱尘点了点头,又突然像是想起来什么似的,"还有一个事,师尊两日前已经彻底成圣,离开三界了。"

沈顾容愣了一下,才蹙眉道:"他离开关我何事?"

镜朱尘懒洋洋地靠在椅背上,道:"他离开了,你就能回离人峰住了。"

沈顾容拧眉道:"我不想回离人峰,陶州挺好的。"

"话虽如此。"镜朱尘道,"但拜师礼应该在离人峰办吧,我们离人峰好不容易出了两个大乘期修士,你难道打算在外面办?我看三师兄肯定不依。"

沈顾容有些沉默。

镜朱尘歪头想了想,道:"哦,对。"他将沈顾容的玉髓抛给他,道,"师尊让我把玉髓转交给你,好像是留了话给你。"

沈顾容捏着玉髓,指腹轻轻地抚上那上面的暗纹。他本能地不想要,但是想了想,还是将一抹神识送进了芥子中。

果不其然,南殃君的一抹神识就在其中,一袭黑袍猎猎生风,似乎已经等了许久。

感觉到有人进来,离南殃回头看了一眼,对上沈顾容的视线,眸子轻动。

沈顾容之前对离南殃的情感都是杀离更阑不得的迁怒,但现在或许是因为大仇已报,或是别的什么,沈顾容的心中已没了怨恨。

离南殃淡淡地道:"你来了。"

沈顾容不想说话。

离南殃轻声道:"你还在恨我?"

沈顾容沉默半天,才低声道:"没有。"

离南殃无声叹息,道:"十一,你是我的所有弟子中,我最欣赏的。"

沈顾容愣了一下,不知道离南殃为什么夸他,抬头疑惑地看他。

"我此前的确瞧不起凡人,在修士看来,凡人不过只是一群蝼蚁,成不了什么大气候。"离南殃道,"或许是因为如此狭隘的思想,我虽有成圣的修为,心境却一直达不到圣人的境界,所以才在三界逗留如此之久。"

沈顾容皱眉道:"你和我说这个做什么?"

离南殃走过来,抬手轻轻地摸了摸沈顾容的头。他想躲,却强行忍住了。

离南殃道:"我现在明白了,或许当年天道示警我在回溏城的机缘,并非诛杀疫魔。"

　　沈顾容抬头看他。

　　离南殃生平第一次露出温和的笑容，道："而是你。"

　　遇到这个以凡人之躯入道，不畏生死、坚毅果敢的凡人，不知不觉间改变自己狭隘又可笑的看法。

　　离南殃收了这么多徒弟，却从未夸奖过他们半句。但是对沈顾容，他却从未有过地钦佩和欣赏。离南殃从未想过自己会钦佩称赞一个凡人，或许是因为这些年的心境改变，让他在心魔驱除的瞬间，彻底得道成圣。

　　离南殃道："你不恨我，我很高兴。"

　　沈顾容很清楚自己对离南殃就是迁怒，但因为他之前被仇恨蒙蔽心神，即使知道也不能释然，而现在他却放下了之前固执的仇恨。毕竟记恨一个人，也是极累的，他累了这么多年，不想再让后半生也负重活着。

　　沈顾容轻轻地点头，道："多谢您这些年对我的栽培和纵容。"

　　如果没有离南殃，他八成还是那个只知自怨自艾的孩子，早八百年前就死得灰都不剩了。他后退半步，将当年拜师大典上因为赌气未去而落下的弟子礼补齐了："师尊。"

　　离南殃的眸子缓缓地睁大。他怔然看了沈顾容片刻，才倏地一笑，道："我走了，这里的东西皆是留给你的，你可以随便用。"

　　沈顾容并不想要离南殃的东西。他行礼只图心安，随口应了一下："是。"

　　离南殃又摸摸他的头，神识这才缓缓消散。

　　沈顾容漫不经心地一抬头，差点儿被堆成连绵巨山的灵石闪瞎了眼。原来离南殃留给了他无数个灵石矿开采出来的庞大灵石堆，和数不尽的天材地宝。

　　沈顾容："……"

　　半日后，朝九霄腾云驾雾而来，奚孤行和楼不归没等他落稳就从空中一跃而下，到了岁寒城，镜朱尘的住处。

　　奚孤行看到沈顾容慢条斯理地抚着自己的玉髓，挑眉道："怎么，愿意回来离人峰了？"

　　沈顾容看他，也没理会他的阴阳怪气，和他一一说了补办拜师礼的事。

　　奚孤行冷淡地瞥了牧谪一眼，还是最关注一个问题："那你到底回不回离人峰来住？"

　　沈顾容道："不回。"

奚孤行有些不耐烦地说："陶州大泽那一亩三分地到底有什么好的？你都在离人峰住了一百多年了，不会觉得换个地方不适应吗？"

牧滴温顺地回答道："大泽方圆百里皆为我所有。"

朝九霄嫉妒得都要眼睛发绿了，他也好想在大泽里翻江倒海哦。他听到牧滴这句话就觉得是在炫耀，一时间又生气又羡慕，咆哮道："我们离人峰还有一整座的山！比你那大泽好了不知多少！"

他说"一整座山"的时候，"一"字的音拖了老长，以此来炫耀离人峰的家底丰厚。

牧滴谦逊道："我自是知晓的。"

林束和因为病体无法离开闲云城，只能附身在木樨身上，在一旁吧嗒吧嗒地敲算盘，道："那我去找牧滴讨债好了，师债徒还，甚好。"

沈顾容被吵得头大，面无表情地走过去一掌拍在桌子上，两拨人对峙的桌子应声碎成齑粉。他冷着脸道："就随便办个拜师礼，一切从简，你们吵什么吵。"

奚孤行蹙眉，根本没被他吓到，说："从简就从简，你拍什么桌子，这桌子可是很贵的，离人峰可没钱赔。"

沈顾容差点儿气得一口血吐出来。

镜朱尘在一旁懒洋洋地靠着，手指绕着头发，漫不经心地道："当然要从简，你见离人峰能拿出多少灵石来办筵席？一百灵石已经是三师兄疼你了。"

众人："……"

奚孤行面无表情地道："对不住，我还没抠到这种地步。"

镜朱尘似笑非笑地道："这些年离人峰欠了我岁寒城多少灵石，你数过吗？我可都记着账……"

镜朱尘还没说完，奚孤行"啊"了一声打断他的话，顾左右而言他："那就择日办吧，两个大乘期修士都出在咱们离人峰，说出去多威武，定要办得好一些。"

奚孤行看向林束和，道："老六啊……"

林束和的嘴角抽动，道："三师兄，能有点儿良心吗？我这些年为十一出了多少灵石，你可曾算过？我也都记着账……"

奚孤行瞪了他们一眼，没好气道："从简就从简，请几个朋友来喝白水好了。"

沈顾容和牧滴相顾无言。

沈顾容揉了揉眉心，抿着唇一言难尽地看着众位师兄，问道："师兄，南殃君……师尊留给你们什么东西了吗？"

奚孤行摇头，道："没，就让我好好掌管离人峰。"

林束和和镜朱尘也摇头。

楼不归"啊"了一声，诧异看着沈顾容说："十一，你回来了！"

沈顾容："……"劳烦，我回来半天了。

朝九霄扬扬得意地道："师尊送给了我一千灵石，要我好好修炼，等得道后去找他！"

奚孤行顿时嫉妒得面目全非，一千灵石！

沈顾容沉默不语。

奚孤行这才想起来，问道："师尊留给了你什么？"

朝九霄哼了一声，心想：师尊这般爱护我，给他的灵石肯定没我的多，估计一百已是极限了！

沈顾容默默地将芥子撕开一道口子，让他们自己看。

几息后，整个楼阁一阵死寂。

奚孤行面无表情地拿出了短景剑，眼睛中流出来的不知道是泪还是血。

朝九霄"嗷呜"一声，嫉妒羡慕得龙鳞都要立起来了。他数着自己尾巴上的龙鳞，一片又一片，嘴里还在念叨着"师尊爱我""师尊不爱我""师尊爱我""师尊不爱我"……

镜朱尘和林束和的反应十分快，立刻拿出成沓的账单，哗啦啦地往沈顾容脸上甩。

楼不归茫然地说："啊，谁又成大乘期了呀？"

沈顾容："……"

沈顾容在一阵鸡飞狗跳中，安抚好要拿剑砍他的奚孤行、变成龙形要一口吞了他的朝九霄，顺道将镜朱尘和林束和的账还清了之后，十分阔气地将芥子扔给了奚孤行，让掌教忙活拜师礼去了。

"办得越花里胡哨越好。"沈顾容豪气万千。

奚孤行脸都绿了，说："师尊给你这些灵石，是让你这般挥霍的？"

沈顾容挑眉道："要不然呢？我拿来修炼？"

奚孤行一把夺过芥子，哼了一声，道："别暴殄天物了。"

三日后，离人峰的请帖由风露城发向了三界各地，但凡有些势力的门派都收到了。

一夜之间，所有人都知晓离人峰出了两个大乘期修士。

陶州大泽，雪满妆在青玉那儿一边喝酒，一边抱着酒坛号啕痛哭。他一把拽住青玉，哭着问："为什么圣君不愿入妖族？"

青玉正在和灵蝶说话，闻言漫不经心地道："等一会儿，我在和丑八怪商量送什么庆祝礼物。"

雪满妆"哦"的一声大哭了出来，道："呜，我是凤凰，三界唯一一只凤凰，呜呜！"

"你们会后悔的！我要喷火，把离人峰……全都给烧了！"雪满妆醉醺醺地喷出一小簇火苗，差点儿把青玉的尾巴燎着了。

随后雪满妆趴在桌子上，声音逐渐小了下去："全都烧了……呜呜。"

青玉头疼地看着喝醉的雪满妆，只觉得头大。这只凤凰都已经成年了，为何说话做事还像个孩子似的，难道雪满妆传承了凤凰一族的记忆都没用吗？

他叹了一口气，只觉得还好自己篡位了，要是妖族落在此人手里，八成要完。

牧谪的声音从灵蝶传来："你说什么？"

青玉叹息道："雪满妆已经骂了你两日了，我耳朵都生茧了。"

牧谪冷笑一声，道："你看好雪满妆，别让那只鸟来搅和。"

青玉受了牧谪太多帮助，闻言点了点头。

离人峰。

牧谪将灵蝶挥散，一转身又是一副温文尔雅的模样。

沈顾容正在泛绛居里削墨竹，看着是打算亲手做一只竹篦。

牧谪劝道："师尊，已经入夜了，再雕下去容易伤眼，您的眼睛还没好全，还是早些休息吧。"

沈顾容拿着刻刀又雕了一笔，道："师尊并不累。"他将手中未刻完的竹篦收到袖子里，道，"我有事出去一趟。"

牧谪连忙道："师尊去哪里？"

沈顾容道："去你掌教师伯那儿。"

牧谪道："我随您一起……"

"免了吧。"沈顾容瞥他，"还有几日是拜师大典，我有事要和你师伯商量。"

牧谪拦不住他，只能看着沈顾容拂袖而去。

沈顾容走出泛绛居后，随手点了个小童让他带自己去寻奚孤行。

很快，沈顾容跟着受宠若惊的小童到了界灵碑，一盏小灯照映周围，奚孤行正在已经荒废的阵法旁盘膝而坐，也不知是在做什么。

沈顾容挥退小童，疑惑地走过去，问道："师兄，你在做……"话音未落，他扫见奚孤行的动作，脸都绿了——只见他家一颗灵石都得掰成两半花的掌教师兄，此时正拿着小刀在撬阵法上面的那一层灵石。

沈顾容的嘴角抽动，喊道："师兄。"

奚孤行看到他过来，随意地打了个招呼，含糊地道："怎么了，有事？"

沈顾容一言难尽地说："您在做什么？"

奚孤行大大咧咧地道："挖灵石，反正埋骨冢那阵法也没什么用了，灵石在这里也是浪费，倒不如挖出来。"

沈顾容只好一敛衣袍坐下，支颐看着奚孤行挖灵石。

奚孤行也懒得管沈顾容，继续挖灵石。他怕用灵力会将灵石一不小心打碎了，只好手动挖，旁边是挖好的数十颗灵石，也不知他挖了多久。

沈顾容看了半天，突然轻声道："师兄。"

奚孤行头也不抬地说："嗯？"

沈顾容又犹豫了一下，好半天才道："我是不是还从未对你道过歉？"

奚孤行满脑子都是挖灵石，随口道："要道歉赶紧道，快点儿。你就不能帮我挖一下吗，修为这么高都被狗吃了？"

沈顾容哭笑不得，道："师兄，我说认真的。"

奚孤行又将一颗灵石挖出来，这才狐疑地抬头看他，说："道歉？道哪门子歉？给我添这么多麻烦的歉？那确实没有过，你赶紧道歉。"

沈顾容只好道："对不起，师兄，师兄辛苦了。"

师兄哼了一声说："我不接受。"

沈顾容突然扑哧一声笑了出来。他笑着笑着，突然低声道："对不起。"

当年拜入离人峰时，沈顾容因为回溏城之事，性子欢脱不起来，整日阴郁沉闷，只有奚孤行会陪在他身边。虽然奚孤行很别扭，但对他确实好。

沈顾容自小就很会撒娇，对着爹娘、兄长和先生，哪怕对着夕雾也会不遗余力地撒娇。而自从到了离人峰，他第一次也是唯一一次撒娇，就是对着奚孤行。

他说："杀了我吧，多谢你。"

那一瞬间，奚孤行脸庞惨白如纸。

自那之后，奚孤行就对沈顾容的撒娇留下了浓浓的心理阴影，每回沈顾容撒娇他必定会暴跳如雷。当时十六岁的沈顾容并不知师兄心中所想，总是笑他。

但现在，沈顾容却反应过来了。

沈顾容偏着头，笑着看着他，软声道："多谢师兄。"

奚孤行一愣，本能地就要骂他，但话到嘴边不知为何突然就说不出来了。他别扭地把头垂下，继续挖灵石，但好一会儿过去，却连一颗都没挖出来。

不知过了多久，奚孤行才轻轻道："嗯。"

沈顾容倏地笑了起来。他如释重负，将奚孤行拉起来，抬手一挥，偌大法阵中的灵石被一股灵力掀了个底朝天，无数灵石完好无损地堆在奚孤行脚边。

奚孤行看了一眼，眼睛轻轻地动了动，似乎有些感动。

沈顾容勾唇一笑，等着掌教师兄回谢他。

奚孤行偏头看他，嘴唇轻动，喃喃道："混账……"

沈顾容一脸茫然。

奚孤行怒骂道："混账东西！你早干吗去了？我在这里挖了这么久你都不帮？是想看我的笑话吗？"

沈顾容："……"

奚孤行骂了他一顿，收了灵石气咻咻地跑了。

沈顾容又被奚孤行丢下了。好在他早有准备，随便寻了个灵力浓厚的地方，打算找个地方借住一宿，懒得回去了。

走着走着，终于瞧见了一座屋舍。

沈顾容挑眉，刚要走过去，就看到坐在门口的老槐树下抽烟杆的镜朱尘。他面不改色，脚尖一偏，转身就要找个地方露宿街头。

镜朱尘似笑非笑地道："十一，都到了，不进来坐一坐吗？"

沈顾容深吸一口气，只好转身走了过去，道："四师兄。"

镜朱尘将他引进了房，随手将房中点着的香熄灭，在书架上左翻右翻。

沈顾容道："师兄，你在找什么？"

镜朱尘含糊地道："打算给你的大礼。"

沈顾容回想起镜朱尘在岁寒城那财大气粗的模样，也无端有些期待，打算看一下挥金如土的四师兄到底会送他什么礼物。

很快，镜朱尘翻到了一个精致的紫檀木盒，随手抛给沈顾容。

沈顾容接过来，随意地看了看，发现木盒底下刻了个"沈"的字样，应该是镜朱尘刻意去做的。

"多谢师兄。"沈顾容道，"我能打开吗？"

镜朱尘点头，将身上的烟草味去掉，懒洋洋地坐在软榻上，歪着头，嘴角含着笑。

沈顾容满是期待地打开了那个木盒，发现里面是被分开的小格子，林林总总大概有十几个，每一个里面都放了一个指节大小的琉璃瓶，流光溢彩，瞧着极其精致。

沈顾容不太懂这是什么，抬头请教师兄："这是什么？"

镜朱尘道："妖修的灵力。"

沈顾容一歪头，道："什么？"

镜朱尘慢条斯理地道："你之前不是试过吗？只要身体吸纳妖修的灵力，就能短暂地拥有妖修的本相。"

沈顾容一愣，这才想起来他之前短暂地变成过凤凰、生出过狐耳。但他还是不懂，那和这些琉璃瓶子有关系吗？

"自然有。"镜朱尘道，"这些妖修的灵力都是我特意收集来为修行增加乐趣的，一枚琉璃瓶里的灵力能短暂地支撑一日，很快就会消失，不用担心丢人。"

沈顾容瞪了他一眼，怀疑镜朱尘是在嘲讽他当年被凤凰灵力同化成小凤凰的丢人事。

镜朱尘一一指着那格子里的东西，介绍道："这是狐妖的灵力，这是猫妖，兔妖……每个格子里的都不一样。"

沈顾容面无表情将木盒轻轻合上，咔嗒一声打断镜朱尘的喋喋不休。

镜朱尘挑眉道："不喜欢？"

沈顾容沈顾容将盒子放下，又瞪他，道："师兄自己留着用吧，我先告辞了。"说罢，转身就走。

镜朱尘"啧"了一声，将木盒收起来，打算找个机会偷偷塞过去。

5

知晓要行拜师礼后，虞星河也从虞州城奔来了。

自从咸州一别后，虞星河知晓了师尊极其厌恶他，便再也没有主动来找过沈顾容，省得再被嫌弃。但得知拜师礼这种大事，他还是不得已厚着脸皮过来了。

虞星河去泛绛居时，沈顾容正靠在软榻上，浑身一股慵懒至极的意味。他大概是有些疲倦，冰绡下的眼眸只是半睁，似乎用不上力气。

他随意一瞥，给了那华服一个眼神，牧滴立刻指向一处，道："这里？"

"嗯。"沈顾容懒洋洋地道，"我不喜欢鹤，给我换了。"

牧滴点头道："换成什么？"

"爱什么就什么，反正不要鹤。"

牧滴道："好。"说完将华服收起，捧着去寻离人峰的管事了。

刚一出门，牧滴就瞧见在长廊的柱子旁探头探脑的虞星河。

牧谪愣了一下。他这几日被拜师大典的事闹得脑袋都大了，但心情却前所未有地愉悦，瞧见虞星河也难得没有给人脸色看，温和地道："来了，快进去吧。"

虞星河诧异地一指自己，道："我？"

牧谪道："嗯。"

虞星河愣了一下，连忙欢天喜地地进去了。

沈顾容已经靠在软榻上小憩了，听到脚步声，眉头一蹙，含糊地道："随便你怎么改吧，烦死我了。"

虞星河脚步一顿，干巴巴地道："师……师尊。"

沈顾容这才疲倦地睁开眼睛，看到是虞星河才舒展了眉头。他坐起来，朝着虞星河招招手，道："星河来得正好，过来。"

虞星河忙颠颠地跑了过去。

沈顾容将一把流光溢彩十分符合虞星河喜好的剑递给他，道："师尊给你寻来的本命剑，看看喜不喜欢？"

虞星河呆呆地盯着那把剑，又看了看沈顾容，似乎有些难以置信。他指着自己，迟疑地道："给我的？星河的？"

沈顾容失笑，道："是，接着吧，我手累了。"

虞星河连忙接了过来，爱不释手地看了半天，欢喜道："谢谢师尊，星河很喜欢！"

沈顾容道："喜欢就好。"他抬起手，虞星河见状立刻凑过去，将自己的脑袋往他的掌心蹭。

沈顾容闷笑一声，道："星河怪我吗？"

虞星河连忙摇头，摇得脑袋都晕了才停下来，软声道："不怪师尊，是星河不对……"他小声嘀咕，"总是喜欢和别人比。"

如果不是他善妒，京世录中就不会出现那等惨剧。

沈顾容又摸了摸他，轻声道："我也有错。"

虞星河立刻说："师尊才没有错，师尊做什么都没错！"

虞星河和牧谪是一同入门，拜师礼全都未行，想到这里，沈顾容还是解释了一番："此番大典以庆祝你小师兄升为大乘期为主，拜师礼只是顺带，等忙完后师尊再为你单独办个拜师礼。"

毕竟大典那日牧谪才是主角，若是二人的拜师礼一起办，指不定根本没人注意到虞星河。到时候就算虞星河嘴上不说，心里肯定会有些被人忽视的失落。

虞星河愣了一下，发觉到沈顾容竟然是在解释，忙开心地点点脑袋，道："全都听师尊的！"

沈顾容忍俊不禁。

虞星河得到了师尊给的本命剑，开心得不得了，出了泛绛居后，捧着剑在离人峰逛了无数圈，逢人就炫耀自己的剑。只是现在整个离人峰都在忙七日后的大典，所有人都忙得晕头转向，根本没时间听他炫耀。

虞星河才炫耀了几下，就被忙得几乎要吃人的师兄们一把拽过去当苦力了。

过了几日，彻底将风露城收入囊中的温流冰终于有时间回到离人峰。

沈顾容依然在改衣服。此时他已经濒临暴躁的边缘了，连看牧谪的眼神都带着点儿森森的寒意，道："我说最后一次，这件衣服我很满意。牧谪，你要是再拿过来让我改，信不信我把你缝进去。"

牧谪："……"

温流冰完全不和师尊客气，直接推门而入，恭敬地道："师尊，要我为您缝吗？"

沈顾容瞥了他一眼，对牧谪道："去和管事长老说，别再来烦我了。"

牧谪哭笑不得地说："师尊，昨晚是您说要改的。"

沈顾容瞪他，小声道："你走。"

牧谪只好捧着华服走了。

一件华服来来回回改了无数遍，离人峰管事处也是极用心了。

温流冰行了个礼，道："师尊，二师弟他们要晚些才回来，不知道能不能赶上，托了我为您送礼。"

沈顾容起身将窗棂推开，坐在窗边的软榻上继续刻已经成型的竹篾，漫不经心地道："都行。"

百年前，沈顾容曾在驱除妖魔时救过几个孩子，因为他们没地方去索性收了做徒弟。只是他不是在诛邪就是在闭关，几个徒弟都是奚孤行代为教导——与其说是他的徒弟，倒不如说是奚孤行的徒弟。

温流冰算是沈顾容很亲近的徒儿了，他陪着沈顾容说了一会儿话，就起身离开了。

没一会儿，牧谪又捧着衣裳过来了。

沈顾容在拧着眉头雕刻竹篾，整个离人峰大概只有他才会这般悠闲了。

难得有空当儿，牧谪坐在一旁陪着沈顾容刻竹篾。

沈顾容漫不经心地刻着，问："望兰和夕雾去哪里了？"

牧谪道："他们跟着离索在长赢山玩。"

沈顾容点了点头，不知道为什么突然咳了一声，小声道："牧苕之。"

牧谪道："嗯？"

"我……因为前些年的虎狼之药，八成这一生都无法得道离开三界了。"沈顾容垂着眸，一点点在竹篾上刻了几个字，"你天赋修为都不错，再修炼几十年也许能得到机缘成圣。"

牧谪看他。

沈顾容憋着气，闷声道："若是你不和我解契，你我灵力共享，那你此生怕是无法得道了。你现在反悔，也许还来得及。"

牧谪的脑子有些不敢转了，慌忙问："师尊……要反悔吗？"

沈顾容差点儿被这句话给憋死。他终于抬起头瞪了牧谪一眼，没好气地道："我是怕你反悔。"

牧谪认真地道："我修行并非为了得道。"

沈顾容不着痕迹地松了一口气，握着小刀在竹篾上刻完最后一笔。他又在储物戒里翻了翻，找到了之前牧谪交给他的木槵珠子，将那颗红珠子取了下来。

牧谪疑惑地看着他的动作。

沈顾容用灵力凝出一根细绳，将珠子坠在了已经刻好的竹篾尾部，和那天青的绸子穗绑在一起，朱红一点，跃于翠绿之上。

沈顾容挑眉，将竹篾递给牧谪，淡淡地道："喏，拿着，师尊送你的。"

牧谪呆呆地接过那被雕琢得如玉似的竹篾，指腹轻轻一抚，在竹篾上看见了被沈顾容一笔一画刻上去的两个字——苕之。

牧谪忍不住笑了，低喃道："多谢师尊，我很喜欢。"

沈顾容干咳一声，冷着脸道："把竹篾给我，音还没校准。"

牧谪笑了起来，道："已经很准了。"

"不准。"沈顾容道，"拿来，我吹一曲给你听听。"

牧谪见沈顾容一副谋杀亲徒的神色，犹豫半天，最后咬咬牙将竹篾递给他，满脸都是豁出去的英勇神情。

沈顾容被气笑了，伸出脚蹬了他一下，道："你那是什么表情？"

牧谪麻木地道："倾听天籁的表情，师尊请。"

早死早超生。

沈顾容扑哧一声笑了，笑骂道："小崽子，伶牙俐齿，也不知是跟谁学的。"

牧谪乖顺地笑。

沈顾容握着竹篾，吹了一个音，牧谪的笑差点儿没崩住。

320

等到沈顾容吹完了整曲,朝九霄隔着老远地咆哮道:"大白天的,吹什么丧曲呢?晦气不晦气?闭嘴!"

沈顾容:"……"

牧谪见沈顾容面如沉水地收了竹篪,不着痕迹地松了一口气,将堵在耳朵上的灵力撤了。

就在此时,沈顾容柔声说:"等回了大泽,我再吹给你听。"

牧谪只觉自己命不久矣。

沈顾容看到牧谪的神情,哈哈大笑起来,竹篪在他纤细修长的五指旋转了几圈,准确地被握在掌心中。他抬手取下了双眸上一直佩戴着的冰绡,经过这些日子的灵力温养,他的眼睛已经差不多恢复如初了。

那碍眼的冰绡扯下后,沈顾容这才是第一次真真正正地用自己的眼睛看到这人间。

第九章

孤木不林

1

大典当日,整个离人峰前所未有地热闹。

本该是拜师礼和庆功宴的主角,沈顾容和牧谪却优哉游哉地在泛绛居中剥着莲子。

有奚孤行和温流冰主掌大典,诸事不用他们费心。

沈顾容坐在泛绛居的院中,垂眸剥了一颗莲子,漫不经心地道:"你之前还总是喜欢哭,让哭就哭,让不哭就不哭,可好玩了。"

牧谪眸子一弯,道:"我现在也能做到让哭就哭,不让哭就不哭。"

沈顾容惊奇地看着他,牧谪给了他一个乖顺的笑。

就在这时,泛绛居外就传来一个熟悉的声音:"牧谪,圣君。"

沈顾容一偏头,瞧见青玉和雪满妆正在外面招手,看起来是刚过来。

牧谪立刻将眼泪收得一干二净,起身面无表情地将二人迎了进来。

青玉十分欢喜,将一个储物戒递给牧谪,笑吟吟地道:"这是礼物,恭贺。"

牧谪收下,道了谢。

一旁的雪满妆满脸"我要烧死所有人"的阴郁表情。

沈顾容请二人坐下,牧谪倒了两杯茶推给他们。

青玉随口道:"方才你们在说什么呢?我怎么瞧见牧谪哭了?嗯?"

沈顾容:"……"

牧谪面无表情地道:"喝茶都堵不住你的嘴。"

青玉见牧谪满脸不悦,只好住了嘴。

牧谪将储物戒里的东西拿了出来,发现青玉给他的是几张大泽灵脉的地图,问道:"这是?"

青玉"哦"了一声,道:"这个是我之前许给你的灵脉,虽然现在好像没什么用了,但你在大泽另开山头,定会有人前去拜师修道的,也许过不了多久,你那里的人会比离人峰弟子还多。"

牧谪却蹙眉道:"我不喜欢人多。"

二人说话,沈顾容就慢条斯理地坐在一旁品茶,一副长辈不和小辈掺和的清冷模样。

谈完话后,青玉直接化为原形,叼着雪满妆一跃飞向天空,走了。

就在这时,离索过来,通知大典马上就要开始了,沈顾容这才和牧谪一起去换上了衣服。

拜师大典设在长赢山，从九春山过去的路上，地上全都用灵石铺了一层又一层，踩在上面灵力席卷全身，说不出地舒畅。

爱花里胡哨的镜朱尘和奚孤行磨了许久，才终于让那抠门的掌教松了口，拿出无数灵石来铺路。

沈顾容面如沉水，仿佛所有事情都在运筹帷幄之中。

在拐角时，牧谪传音："师尊，往左边走。"

沈顾容迈向右边路的脚尖一顿，硬生生转向左边，除了牧谪，没被任何人看出端倪。

牧谪闷笑一声，沈顾容不着痕迹地传音："你再笑？"

牧谪只好不笑了，中规中矩地带着师尊前去长赢山举行大典之处。

宾客满堂，沈顾容认识的人并不多，眼神一一扫过去便算是礼数全了，无人敢多说半句不是。

拜师大典异常烦琐，只是那烦琐之处都是在结弟子契上，沈顾容和牧谪早早结了契，只要去离人峰宗祠走一遍流程便差不多了。

宾客似真似假地恭维，沈顾容觉得十分聒噪，根本没听。

拜师礼成后，满堂宾客传杯弄盏，热闹非凡。

离人峰出了两个大乘期修士，奚孤行就算再不待见牧谪，此时心情也有些愉悦。他看见沈顾容盯着手中的酒盏瞧，知道沈顾容那一杯倒的酒量，难得和声和气地说道："少喝些。"

沈顾容想了想，突然笑着道："今天大好日子，我们不如来比一比酒量？"

奚孤行嗤笑道："就你？"

沈顾容点头道："就我。"

奚孤行道："好，来！"

周围的人也跟着起哄。

朝九霄起哄道："喝！往死里喝！对哦，我为什么总想在修为上超过你，当时我要是和你直接比酒量，不就赢了八百回了吗？我好恨！"

镜朱尘执着酒盏，懒洋洋地抿了一口，伸手比了一个指节的长度，道："这么多年了，十一的酒量不会还是那么一点儿吧？"

奚孤行在一旁阴阳怪气："不会吧？十一你不会吧？"

沈顾容："……"

素洗砚在一旁温柔地笑，不掺和师弟们的玩闹。林束和的身子太弱，披着大氅坐在一旁捧着热茶，看着他们拌嘴，嘴角的笑都没停过。

楼不归则是愣了半天，突然"啊"了一声，说："我……我要送十一礼物。"这都大半天了，他才想起来。

沈顾容轻笑一声，一拍桌子。就在众人以为他真的要不知死活地比酒量时，他抬手一弹身边的灵蝶，挑眉道："牧嫡，进来。"

离人峰的人都在最里面的隔间，和外面的宾客是分开的，省得被其他人看到这些得道大能如此不端庄的模样。

很快，在外面被离人峰的师兄们灌酒的牧嫡面不改色地走了进来，说道："师尊。"

沈顾容撑着下巴，懒洋洋地道："来替师尊喝酒。"

牧嫡挑眉一扫，大概知道了什么，也没多问，道："好。"

奚孤行脸都绿了，道："你竟然还叫救兵？"

沈顾容不听不听，直接手一挥，道："牧嫡，灌醉他们。"

牧嫡领命，开始和几个师伯一个接一个地拼酒。

等到入了夜，宾客散尽后，牧嫡终于将千杯不醉的镜朱尘灌倒。

沈顾容也喝了半杯，此时正拽着奚孤行，眸子失神地笑个不停。他醉醺醺地道："看吧，你快看，我徒弟把……把你们全喝倒啦，也就是说我把你们喝倒了，哈哈哈。"

几人喝酒前约好不准使用修为驱除酒意，奚孤行此时也醉得不行，直勾勾地看着沈顾容，含糊地道："胡说七八九十道，你是你，你徒弟是你徒弟……不算数，再来，你和我喝！"

沈顾容笑了半天，才说："我徒弟能帮我喝酒，你徒弟呢？哈哈哈！"

奚孤行气得直接栽倒在桌子底下，不动了。

沈顾容再次去找耀武扬威的对象，势必要让所有嘲笑他酒量不好的师兄们知道，他现在有一个酒量很好的徒弟，间接提升了他的酒量。他畅快地道："五师兄，朝五霄，你瞧见没有？啊？"

朝九霄抬头道："嗷呜！"

牧嫡见他醉得都找不着北了，连忙把他扶起来，无奈道："师尊，我们先回去吧。"

沈顾容闻言道："我……我不想回去，还要再喝！拿酒给我。"

牧嫡哄道："好，回去就给您拿酒。"

沈顾容的脑子已经不运转了，好半天才问道："是吗？"

牧谪点头道："是。"

沈顾容这才放心，道："那……那好吧。"

牧谪笑了一下，和还清醒着的素洗砚、林束和一颔首，便带着沈顾容转身出去了。

离索和虞星河他们也醉倒了，牧谪出去时差点儿一脚踩到台阶上的虞星河。他叹了一口气，看到温流冰正在有条不紊地收拾残局，也没再多问，继续扶着沈顾容回去了。

沈顾容醉醺醺地回了房，在床榻上翻滚了几圈，终于睡了过去。

2

万里冰原，一望无际。

风雪漫天，牧谪深一脚浅一脚地走在不知方向、不知去路的雪地中，大乘期的修为将周围的寒意隔绝在外。

雪海漫无天际，牧谪不知找寻了多久，眸中已全是绝望的死灰之色。

离更阑将沈顾容掳走后，整个离人峰的人都在寻他，奚孤行几人几乎将三界的每一寸地皮都翻了一遍，依然没有寻到人。

冰原能隔绝任何灵力的探查，就算有人知晓沈顾容在这里，也没有办法一寸一寸地来搜寻他。

牧谪在来冰原之前，被青玉劝过无数句，但他依然不听。没人能劝得住他，唯一能劝住他的人，正在冰原中生死未卜。

牧谪不知找了多久，也不知诛杀了多少蛮兽，浑浑噩噩仿佛沉浮在泥沼中。终于，在他的身心完全陷入黑暗前，茫茫冰原中出现了一簇光。

他的眸子猛地睁大，踉踉跄跄地奔了过去。

那光明明近在眼前，但想要走过去却是极远。

那么近，又那么远。

等到牧谪用尽全力奔到那火光中时，瞧见的就是端坐垂眸的沈顾容。只见他一身白衣，掌心中放置着一颗火灵石，将周围所有的寒意隔绝在身边。

那火灵石的灵力已经用得差不多了，风雪已经逐渐将沈顾容包围，用不了半日就能张牙舞爪地将他单薄的身躯完全吞噬。到时，牧谪就算找遍整个冰原都不会寻到他。

牧谪来得很及时。他跪在沈顾容面前，哆哆嗦嗦地伸出手想去探师尊的呼吸。

沈顾容面容宁静，瞧着像是睡着了，好像牧谪唤一声，沈顾容就会睁开长长的羽睫，醒来笑着看着他，问他这日的剑招练得如何。

牧谪唤道："师……师尊？"

沈顾容没有动静。他脖颈的灵脉处早已枯涸，连一丝脉搏跳动也察觉不到。

牧谪的瞳孔剧缩，茫然地看着面前的师尊，耳畔骤然传来一阵嗡鸣，仿佛古钟在耳畔重重撞响，将他的整个五脏六腑都震得剧烈发抖。他没忍住，一口血吐了出来，温热的血落在冰冷的雪地上，顷刻化为了冰霜。

牧谪浑身发抖，他看着沈顾容的衣摆和白发被冰霜凝固在地上，不知冻了多少年，哽咽着用灵力将冰霜融化。

牧谪想要放声大哭。但他知道，就算哭得再悲惨，也不会有人温柔地擦干他的眼泪，柔声哄他了。

他的师尊这般怕冷，哪怕在长赢山也是大氅不离身，被困在这万里冰原中这么多年，到底是怎么活下来的？

沈顾容举目所望之处，便是离人峰那常年不灭的长明灯。他每日看着那灯时，心中到底在想什么？他有没有哪怕一次，妄图有人来救他？

牧谪不敢细想，他现在只想将师尊带离这冰雪炼狱。

牧谪御风而行，带着沈顾容回到了陶州大泽。

青玉着急忙慌地来迎他，看到他完好无损，这才松了一口气，叹息道："我还以为你死在冰原了，怎么样？寻到圣君了吗？"

牧谪眼眸仿佛枯水，没有半分波动，面无表情地道："寻到了。"

青玉一喜，道："那不是很好吗，圣君失踪这么多年，你不是也……"他的话音在看到牧谪的眼眸时一顿，声音戛然而止，好半天才问，"圣……圣君呢？"

牧谪并未回答他的话，只是道："我很快回来，不要让人靠近我的住处。"

青玉道："哎，好，你去哪里？牧……牧谪！"

牧谪头也没回，飞快离开陶州，顷刻间到了离人峰最高峰的长明灯旁。他面无表情地拿出林下春，一剑将半人高的长明灯斩下。

奚孤行察觉到动静，飞快过来。他本是执着短景剑想要诛杀冒犯离人峰的贼子，却瞧见是牧谪，愣了一下，将剑收了。

牧谪将长明灯收入芥子中，轻轻一颔首，道："师伯。"

奚孤行的眼圈通红，怔然地道："牧谪？你回来了。"

自从沈顾容失踪后，牧谪便叛出了离人峰，满三界地寻人，这还是奚孤行自那以后头一回看到他。

牧谪点头，懒得寒暄，转身就要走。

"牧谪！"奚孤行叫住他。

牧谪停下步子，安静地等着他说话。

奚孤行看着他已经长得极其高大的背影半天，才轻声道："你师尊的本命玉牌，碎了。"

牧谪面无表情，仿佛不明白这句话的意思似的，漠然地道："我知道。"

奚孤行一怔，微微抬眸，两行泪缓缓流下。他喃喃地道："你寻到十一了？"

牧谪道："是。"

奚孤行立刻上前，一把扣住牧谪的手臂，厉声道："他在哪里？"

牧谪的脸上是诡异的平静，道："师尊已经陨落，我会将他的尸身下葬。"

奚孤行的手死死地用力，险些将牧谪的手臂捏碎。他色厉内荏地道："让我见他！他到底在哪里？"

牧谪道："陶州大泽，掌教师伯若是想来，后日过去吧。"

"后日？"奚孤行问，"为何要后日？我现在就要见他。"

牧谪似乎有些无法理解，奇怪地看着奚孤行说："师伯，师尊本命玉牌已碎，他……"

"那种东西……"奚孤行打断他的话，声嘶力竭道，"那种玉牌，我随随便便就能修好！只要寻到了他的身体，我就能……"

奚孤行说着，似乎想起了什么，一拍牧谪的手臂，恍惚地说："对，束和是三界神医，我去寻他，你莫要将你师尊下葬，他还有救，我去寻束和！"他说话颠三倒四，根本不容牧谪回答，转身仓皇离开。

牧谪无情无感地看着他的背影，没有丝毫波动，起身回了陶州大泽。

很快，奚孤行就带着楼不归、林束和来了陶州，其他人要么在闭关，要么在其他地方，一时半会儿过不来。

林束和的身体不太好，被奚孤行着急忙慌地御风带过来，落地后一直咳个不停。来接他们的青玉皱着眉看着他，道："您要先休息一下吗？"

林束和的脸色看起来比将死之人还要难看。他捂着唇咳了几声，摆摆手示意不用了，匆匆跟着青玉去了牧谪的住处。

牧谪住在百里外都无人的大泽深处，青玉几乎把整个陶州最好的灵脉都给了牧谪，而沈顾容就在灵脉深处。浓郁的灵力温养着他已经失去生机的身体，却只是堪堪保证肉身不腐罢了。

沈顾容穿着一身崭新的白衣白袍，安静地躺在灵脉玉髓形成的玉床上，那已经失去光泽的白发铺了满床,冰绡被取下,整齐地叠着放在一旁。

奚孤行看了一眼,眼圈有些酸涩,勉强忍住,拉着林束和走了过去。

牧谪安安静静地坐在那儿,握着一块手臂长的玉牌,拿着小刀轻轻地雕刻着什么。奚孤行几人过来,他连一个眼神都懒得给。

林束和的视线落在那沈顾容如玉似的身体上,根本不用查看就知道是怎么回事了。但奚孤行却期待又惶恐地看着他,满脸是让他妙手回春的希望。

林束和脸色苍白,犹豫了一下还是伸手轻轻地在沈顾容身上覆了一层灵力,闭眸查探。

林束和闭眸的时间越长,奚孤行就越恐惧。到了最后他彻底没忍住,一把握住林束和的肩膀晃了晃,喊道:"束和?束和!"

林束和不得已终于睁开了眼睛,将手收了回来,垂下了眸,用沉默给了奚孤行答案。

奚孤行的瞳孔一缩,又立刻道:"不会的,你之前不也是濒死时被救回来了吗?那已经是多少年前的事了。过了这么久,你的医术应当是有所精益的吧?束和,老六……林束和!"

林束和垂眸,轻声道:"师兄,我就算有通天修为,也无法起死回生。"

奚孤行一怔,嘴唇发白。

林束和道:"他神魂已散,救不回来的。"

奚孤行呆了许久,一把甩开他,转向楼不归,道:"不归,你看一看十一,有什么药能救他,无论什么药,只要你说我就能寻来,不归!"

楼不归却给不了奚孤行答案。自从他看到沈顾容后,整个人几乎魔怔了,此时浑身发抖,恨不得将自己蜷缩成一团。他蹲下来捂着耳朵,眼泪一颗颗往下砸,顷刻间便已泪流满面。

奚孤行吼道:"楼不归!"

楼不归喃喃地道:"是我的错,都是我的错。我如果没有给他研究疫毒……我害死十一了,我害死十一了。"

楼不归幼时脑子被毒伤过,哪怕林束和也不能让他恢复如初。他如今陷入了自责的心魔中,不知到底能不能走出来。

奚孤行怔然地站在那儿半晌,神色恍惚了许久,才踉跄着走到了玉床旁,垂眸看着沈顾容。他的手中还捏着被他强行拼好的玉牌,但人已死,玉牌已碎,就算拼了回去,那玉牌还是挣扎着要破碎,只是被他用灵力强行制住了。

奚孤行怔怔地看着沈顾容半响,突然泪流满面。他手中的灵力撤去,那玉牌骤然碎成粉末，从他发抖的指缝中簌簌落下。

就算有无数个说服自己的理由，奚孤行也终于承认了，一直和他水火不容的沈十一，死了。失踪十年，没有留下只言片语，就这么死在了他不知道的地方。

再次见面，已是阴阳两隔。

奚孤行说不出心中是什么滋味，半天才意识到自己落泪了。意识到这一点后，他又笑了出来。他一边哭一边笑，心想若是沈顾容看到他这副模样，一定会不留余地地取笑他。

但沈顾容依然安安静静地躺在那儿。

一旁的牧谪终于将最后一笔刻好，慢条斯理地站了起来，将灵牌上的碎屑一点点擦干净，露出上面的一行字——吾师沈奉雪之灵位。

京世录中的牧谪不知道，他连师尊牌位的名字都刻错了。

牧谪将沈顾容葬在了灵脉深处，那长明灯也被放置在坟冢前，千年不灭。

七日后，牧谪重伤了离更阑，将留了最后一口气的他放逐到了冰原最深处，受无数蛮兽吞噬。

而后，牧谪将林下春放回了剑阁，孤身一人回了大泽灵脉深处。

他将永远守候在这里。

耳畔响起一阵剧烈的鼓声，几乎将耳膜震碎。

牧谪猛地睁开眼睛，捂住心口突然呕出了一口血。他咳了半天，终于将心口的郁气散开，这才茫然地睁开眼睛。

眼前一阵黑暗，只有周围的灵脉散发出微弱的光芒。

有那么一瞬间，牧谪几乎以为自己还在守大泽灵脉，灵脉深处埋着他师尊的尸身。

愣了半天，牧谪才意识到自己是在闭关，方才所见所想全是他生出的心魔。想通了后，他浑身冷汗，喘了半天才将那绝望又恐惧的感觉压了下去。

九息将心魔吞噬，此时正在一旁休养生息，牧谪深吸了一口气，没有打扰他，起身走了出去。

牧谪闭关已经三月有余，从灵脉深处出去的时候，沈顾容刚好从离人峰回来，带来了不少古书，此时正在誊抄。

共灵契化为的灵蝶骤然一阵扑腾，沈顾容似有察觉，执着笔抬起头，刚好瞧见牧谪从不远处走来。

沈顾容本能地一笑，撑着下巴淡淡地道："出关了？"

牧谪的脸色有些苍白，快步走到沈顾容身边。

沈顾容忙将笔抬高，笑道："怎么了？"

牧谪没说话。

沈顾容后知后觉嗅到一股血腥味，这才发现牧谪的青衣上沾着血痕，脸色也极其惨白。

沈顾容担心道："到底是怎么回事？闭个关怎么还吐血了？你有心魔了？"

牧谪犹豫半天后，才将闭关时所遭遇到的心魔一一告知了沈顾容。

沈顾容噎了一下，无端有些心虚。在京世录中做出来的事，在现在的他看来简直是羞耻无比的黑暗历史。

沈顾容重重地咳了一声，道："那都是假的。"

牧谪按着自己的心口，喃喃地道："可是我害怕。"

沈顾容无奈地道："只是虚假的幻境，害怕什么？"

牧谪缓缓地松了一口气。

也是，只是幻境罢了。

师尊依然好端端地在这儿，并没有像幻境中那样，只留一具皮囊孤身躺在大泽灵脉深处。

3

沈顾容带孩子很有一套。夕雾就是他一手带大的，所以面对一个沈望兰，他觉得完全不会有任何困难。

沈望兰疑惑地道："叔叔！叔叔！那些邪修的心法到底是谁研究出来的呢？你能不能教教我呀？"

沈顾容："……"

沈望兰兴奋道："叔叔！叔叔！小姑姑送了我好漂亮的蛇呢，您要不要摸摸看呀？"

沈顾容："……"

沈望兰喋喋不休道："叔叔！叔叔……"

沈顾容忍无可忍地说："沈望兰，你今日的书抄好了吗？剑招练了吗？给你布置的阵法符文刻了吗？"

沈望兰委屈道："还……还没呢。"

沈顾容道："都没好你不去抄、练、刻！"

沈望兰哭着跑了。

沈顾容头疼地揉了揉眉心，觉得孩子太难带了。

牧谪在一旁当苦力，帮沈顾容誊写古书，见状凑上前卖乖："师尊，我小时候是不是很乖？"

"是。"沈顾容瞥了他一眼，道，"乖到不把我放在眼里，还偷偷骂我。"

牧谪："……"

在牧谪看来，他幼时误会师尊是个阴鸷虐待狂的事，也算是十分羞耻的黑暗历史，一提就脸红。他干咳一声，道："我错了。"

沈顾容"哼"了一声，道："继续抄，别停。你若是抄毁了一张，给我补十张。"

牧谪只好说是。

沈顾容淡淡睨他一眼，起身离开了，只留下牧谪一人继续抄书。

这晚，沈顾容想同沈望兰一起睡。而沈望兰得知叔叔要陪自己睡觉，开心得不得已，飞快将书抄好，兴冲冲地早早爬上床，等着沈顾容过来。

沈顾容沐浴完，捧着一册话本上了榻。

沈望兰在三界许久，终于有了准确的审美。沈顾容一袭红衣白发，美艳绝伦，看得他眼睛都亮了，连忙夸叔叔好看。

沈顾容被夸得心花怒放，他将沈望兰拢在怀里，拿着话本给沈望兰讲志异。据他所知，睡前给孩子讲故事，十分有助孩子成长。

沈望兰靠在沈顾容怀里，满脸好奇地看着那志异上奇特的东西，惊叹不已。

和孩子讲东西极其有成就感，沈顾容身心放松，没一会儿就跟着沈望兰一起进入了梦乡。

再次醒来时，不知道为什么，他正坐在泛绛居的院中，手中握着一本竹简，脚边的夕雾花绽放开来，置身花海。

沈顾容愣了一下，正在疑惑，就看到一个小小的人影飞快跑过来，一头撞到了他的怀里。

沈顾容低头一看，发现小小的牧谪正在仰着头满脸期待地看着他。

小牧谪脆生生地唤他："师尊！"

沈顾容这才意识到现在是在梦中，小牧谪脸上的胎记消失不见，白净的小脸上全是欢喜的笑容，丝毫没有牧谪幼时的阴郁。

沈顾容犹豫了一下，才伸出手掐了一下牧谪的脸蛋，心想：还真好玩。

小时候的牧谪才不会让他捏自己的脸蛋，稍稍靠近一点儿都能炸毛。

小牧谪任由他捏个不停，脸都被捏红了，委委屈屈地说："师尊给牧谪讲个故事吧？"

沈顾容心想小时候的牧谪避自己如同避蛇蝎，这回在梦里反倒央求自己讲故事了。

牧谪扯了扯他的衣袖，满脸期待地看着他。

沈顾容古怪地看着他，不过见他这么兴致勃勃，自己也不好拒绝，抬手将他抱到旁边的凳子上坐着，将手中的竹简打开。

沈顾容手中竹简上的内容就是睡前和沈望兰讲的，他不厌其烦地又讲了一遍。

沈顾容在三界游历多年，几乎什么事什么人都遇到过，阅历比牧谪这些小辈要丰富太多，讲着讲着，话题就到了其他的地方。他将所遇到的经历像是讲故事似的讲出来，十分有趣。

牧谪不知不觉听入了神。

那些故事听着有趣，但都是沈顾容真实经历的，牧谪认真听着听着，不知不觉沉沉地睡了过去。

沈顾容讲到孤鸿秘境的人脸树，突然感觉到牧谪的呼吸变得均匀了，忙止住了声，垂眸望去。梦中的牧谪毫无阴霾，好似从未吃过幼时那些苦，仅仅只是一个故事都能让他心满意足地睡去。

沈顾容看了他半晌，轻轻地笑了。

终于算是圆了沈顾容当年未和小牧谪好好相处的梦。

4

京州，寒枝城。

大雪飘扬，沈扶霁撑着伞，捧着一幅兰花画卷，走过幽巷，理了理衣摆，在一座府宅的后门处站定。

长身玉立，霁月清风。

有少年结伴路过，扫见他，笑着打趣道："又来等崇云小姐？"

沈扶霁温文尔雅地笑，柔声道："是。"

"哈哈哈。"少年们道，"你每日都来这里，不是送兰花就是送画着兰花的画，整个寒枝城都知道啦。"

沈扶霁不理会这种打趣，笑着道："崇云喜欢兰花。"

少年们笑着离开。

沈扶霁又等了片刻，门里突然传来一阵脚步声。

一直镇定的沈扶霁终于有些慌了，连忙理了理发带，检查身上并无不妥后，才带着笑转向门口。

门应声而开，沈扶霁笑着道："崇……"视线落在来人身上，他的笑容一僵，话音硬生生转了个圈，艰难地道，"崇伯父。"

崇父一身锦衣，身形高大，满脸漠然，他冷冷地道："就是你小子，每日来烦我女儿？"

沈扶霁笑得脸都僵了，小声说："是我。"

崇父怒目圆睁，身上的气势令旁人不敢直视，他道："你好大的胆子！你是哪家的？！姓甚名谁？"

沈扶霁还是个未及冠的少年，有些招架不住崇父的气势，登时像私塾的孩子似的，一五一十地将自己的家世给交代了。

崇父冷笑一声，道："沈家的小子……"

就在这时，门里传来一声清脆的脚步声，很快一个身着蓝衫的美貌少女从门中走出。她满脸羞红，一把拽住崇父的手臂往里拖，道："爹爹！您在做什么？"

崇父被拽得不明所以，但还是柔着嗓音说："囡囡，不是你说的，不喜欢这个小子总是缠着你吗？爹帮你把他赶走，保证他日后都不来烦你！"

崇云又羞又怒，气得直跺脚，她不敢去看沈扶霁，只能将自家父亲往府里推，道："不要唤我囡囡！"

崇父不明所以，问道："为什么啊？囡囡？"

崇云要羞哭了。她奋力将崇父推到了家中，把门关上，直到崇父小声嘀咕着走远了，才默默松了一口气。

沈扶霁看到她，原本就温柔的眸子更加温柔了，似乎要溢出水来。他柔声道："崇云。"

崇云的身体一僵，偏过头，眸子含水地看着他，不知是羞怯还是生气。

沈扶霁有些慌了，讷讷地道："你生气啦？"

崇云娇俏的脸都红透了。她哼了一声，说："你往后不要来找我了。"

沈扶霁的眸子有些黯然，轻声问："崇云讨厌我吗？"

"讨厌。"崇云跺脚，眼圈发红，"讨厌死你了，我不想再见到你了。"

沈扶霁觉得自己从不拈花惹草，更没有任何恶习，不明白少女到底厌恶自己哪里。他不想离开，只能想方设法地哄心上人开心。

"你讨厌我哪里呢？"沈扶霁小心翼翼地道，"你说出来，我能改。"

崇云也说不上来哪里，明明她对眼前的少年极其喜欢，但就是无端地不想轻易答应他。

崇云冥思苦想，艰难地找出沈扶霁的缺点："不解风情。"

沈扶霁忙说："我能学的。"

崇云道："太爱兰花。"

沈扶霁一愣，有些没听懂，道："啊？"

崇云瞪了他一眼，耳根发红，道："你每回来都送兰花，我听闻你自小就喜欢兰花，每日都在家里种个不停，春日种、夏日种，除了冬日你无时无刻不在种，你……你到底是喜欢我还是喜欢兰花？"

沈扶霁干巴巴地道："我……我以为你会喜欢。"

崇云气道："你有那种兰花的工夫还不如想着来陪我！"

沈扶霁的眼睛猛地睁大。

崇云说完立刻后悔了，原本就红的脸立刻红得几欲滴血。她"啊啊"两声，手足无措道："我……我……我！我说笑的，方才那句话不是我说的！"

沈扶霁茫然地看她。

崇云急得直跺脚。但雪天路本就滑，她焦急地跺了两下，脚下一滑，直接朝着地上栽了下去。

沈扶霁一惊，立刻上前，一把将崇云接在了怀里。于是二人拥在一处，跌到了雪地中。

雪轻轻飘落，幽巷中什么声音都听不到，只能听到彼此的心跳声。

沉默片刻之后，崇云突然起身，一把将沈扶霁推开，满脸通红地转过身去，骂道："登徒子！"

"啊？"沈扶霁吓了一跳，连忙爬起来，小声说，"对不住，我不是故意的。"

他说着，又看到地上的画，忙弯腰捡了起来。那画已经被压坏，根本拿不出手送人了。

崇云正等着他哄自己，没想到余光一扫，发现他竟然又在看他的破画。

崇云心想：气死我了，气死我了！

她冷冷地踏上台阶，道："你往后不要来了。"

沈扶霁忙道："崇云，崇云。"

"死了这条心吧！"崇云又生气又难过，"你若想我答应你，除非冬日满城盛开兰花！"说罢，她推门进去，将门摔得发出"砰"的一声响。

沈扶霁抱着破画，有些失魂落魄地回去了。他刚走出巷子，突然有人在他身后说："示爱失败啦？"

沈扶霁一回头，发现一个红衣白发的少年正站在身后，言笑晏晏地看着他。

沈扶霁眨了眨眼睛，确定自己不认识他后问道："你在和我说话？"

"是呀。"化为十六岁少年身形的沈顾容笑吟吟的，"我瞧见你被拒绝了。"

沈扶霁无端地对他生不起生疏之情来，犹豫了一下才轻轻地叹了一口气，道："让你见笑了。"

沈顾容蹦跶到他面前，歪着头问："那你要放弃吗？"

"怎么可能？"沈扶霁脱口而出，他想了想，才解释道，"崇云只是性子有些别扭，过几天她气消了，我会再去的。"

沈顾容笑得不行，从来不知道自家兄长还能如此吃瘪。

他正乐的时候，沈扶霁走过来，十分熟稔地摸了摸他冰凉的爪子，眉头一皱，道："这么冷的天，怎么不知多穿些？"

沈顾容一僵，脸上的笑容差点儿没绷住。

沈扶霁将身上的大氅脱下来披在沈顾容肩上，无奈地道："你的家在哪里，我送你回去。"

沈顾容愣了一下，才抬手抚了抚眼角并不存在的泪水，哽咽道："我家被恶霸强占了，还有恶人追杀我，想将我掳去卖掉，我费尽千辛万苦才逃出来。"

沈扶霁一看就知道这个少年在说谎，却没有一点儿生气。他忍俊不禁，抬手摸了摸少年的头，道："既然无处可去的话，就来我家住几日吧。"

于是，沈顾容颠颠地跟着沈扶霁回家了。

不知是不是天道安排，沈父沈母正是沈顾容和沈扶霁前世的父母，沈顾容进了府邸看了一眼，险些直接哭出来，强行忍住了。

沈父沈母当年死后在回溏城停留了许久，直到有邪修进入回溏城抓魂灵去修炼，其中便有他们。

沈顾容将他们救出后，发现他们的魂魄险些被撕碎，连维持魂灵的模样都不行了。他没有办法，只能用灵力将二人的魂体温养，接着将其投入了轮回。

沈顾容看着和前世极其相像的父母，努力克制着不让泪水流出来，看着极其可怜。

沈父沈母正在下棋，无意中扫见他，疑惑地道："扶霁，这孩子哪儿来的？"

沈扶霁将伞收了，淡淡地道："在外头捡的，差点儿被人掳去卖掉呢。"

沈顾容差点儿笑出来。

沈母看着他，无端觉得亲切，温和地笑着，朝他招招手，道："可怜的孩子，过来。"

沈顾容忙跑了过去，含着眼泪看她。

沈母摸了摸他的手，心疼不已："这么凉，来在这里烤烤火。作孽哦，这么乖的孩子怎么会有人害呀？"

沈顾容的眼泪没忍住，啪嗒啪嗒地掉了下来。

沈母还以为自己戳中了他的伤心事，连忙哄他："好了，不哭了，哭得我心疼哦。"

沈父在一旁慢悠悠地道："陌生孩子，你心疼什么？你就该心疼心疼扶霁，整日往外跑，连个媳妇都娶不到。"

沈顾容茫然地偏头看向沈父。

沈父被噎了一下，像是被什么戳中了内心，哼了一声偏过头，别扭地说："心疼，心疼去吧。"

沈母笑了出来。

沈顾容的心情前所未有地好，成功在沈家站稳了脚跟。

沈家的客房没有地龙，沈扶霁只好带着沈顾容和自己凑合一晚。

于是沈顾容欢天喜地跟着兄长一起睡觉。

沈扶霁给他掖了掖被子，柔声问他："你家里还有什么人？"

沈顾容眨着眼睛说道："还有一个妹妹和一个小侄子，等过几日我就让他们过来。"

沈扶霁哭笑不得，道："过来做什么？成群结伴地蹭吃蹭喝吗？"

沈顾容言笑晏晏："兄长肯定会喜欢的！"

沈扶霁觉得这小子是不是给自己下了什么蛊，怎么一点儿都拒绝不了他。

沈顾容将沈扶霁拉下来，也帮他掖了掖被子，笑着说："兄长快睡吧。"

沈扶霁无奈地道："别乱叫。"

沈顾容只好委屈地问："那我叫什么？"

沈扶霁一看到他这个神情，顿时觉得心酸，只好叹息道："算了，你喜欢叫什么就叫什么吧。"

沈顾容开心地道："兄长！"

沈扶霁道："嗯。"

"兄长，兄……"

"睡觉。"

沈顾容怂了，道："是。"

临睡前，沈顾容凑到沈扶霁耳畔，小声说："兄长明日要早起。"

沈扶霁道："嗯？为何？"

沈顾容神秘地道："我送给兄长一份大礼。"

沈扶霁不明所以，但见沈顾容一副孩子藏糖的模样，无奈地笑了，心想：能有什么大礼，这么大年纪的孩子，最喜欢的东西无非是糖果蜜饯之类的。

所以沈扶霁并未放在心上，很快就睡了过去。

翌日一早，沈扶霁准时醒来，梳洗一番，打算继续去等崇云。

沈扶霁心想：这次就什么都不带了吧。

他起身梳洗后，沈顾容还在榻上睡觉。

沈扶霁走过去，熟稔地掀开被子一角，露出里面毛茸茸的小脑袋。

"起床了。"沈扶霁道，"你今日不是说要给我大礼吗？就打算睡着给我？"

沈顾容睡眼惺忪，含糊地道："求求了，兄长，让我再睡一会儿吧。"

沈扶霁道："不行，快起。"

"呜呜，想睡觉，再睡一刻钟。"沈顾容撒娇。

沈扶霁又气又笑，见他这么困，只好将被子盖了回去，道："就这一回破例。"

沈顾容立刻道："多谢兄长！"

沈扶霁无奈，起身走了出去。

这日没有下雪，空气中传来一股奇特的香味，有些熟悉，沈扶霁疑惑地推门而出，扫了一眼院子，脚步突然一僵。只见雪地的院子中，长出了无数兰花，即使在严寒中依然盛开如初。

真是见了鬼！

沈扶霁忙跑出了院子，但所过之处满地都是兰花。

还没出门，沈扶霁就听到小厮在朝他兴奋地喊："少爷！奇事！今日寒枝城满城都开满了兰花，现在都传遍了！您要出去赏兰花吗？"

满城？！

崇云的话骤然响彻耳畔："你若想我答应你，除非冬日满城盛开兰花。"

这是还在做梦吗？沈扶霁面无表情地掐了自己一把，手劲有些大，疼得"嘶"了一声。

不是梦。

沈扶霁愕然半天，突然抬腿就跑。

寒枝城果然遍地开满了兰花，什么品种都有，无数人聚集在路边欣赏。但一向爱兰花的沈扶霁却没心情看，脚下不停地飞快跑到了崇府门口。

崇云身着一袭蓝衫，正站在门口，呆呆地看着满城遍地兰花。

沈扶霁欢喜地跑了过去，道："崇云！"

崇云一愣，看到他本能地脸红，但很快回过神来，恼羞成怒道："沈扶霁！你到底使了什么妖法？"

沈扶霁十分无辜地说："不……不是我呀。"

崇云气得半死，道："既然不是你，那就不作数。"

沈扶霁有些着急了，道："可的确在冬日开了满城兰花，崇云……"

崇云哼了一声，道："开兰花算什么，你既然这么有本事，明日再开个夕雾花给我瞧瞧。"

沈扶霁为难道："这……"

他现在都不知道这满城兰花的模样到底是怎么来的？难道是……

沈扶霁对这个想法有些哭笑不得，但崇云已经气咻咻地进了府，不理他了。

沈扶霁只好失望地回去了。

翌日，寒枝城满城夕雾花盛开。

沈扶霁："……"

崇云要气哭了，道："你给我开昙花！"

沈扶霁诧异道："这……这真的不行！"

第三日，满城昙花，开了一日。

崇云："……"

沈扶霁都惊讶了，这到底是怎么做到的？

沈顾容坐在寒枝城的高塔之上，晃荡着双腿，指尖一股灵力倾泻而出，眸中全是难得的温柔之色。

这年寒枝城的冬日，是最为奇特的冬日。因为在大雪漫天中，满城盛开了整整两个月不重样的花，直到开了春才停止，所有人都见怪不怪了。

春分，沈扶霁将一捧兰花递给崇云。

崇云瞪了他一眼，这一次却没有再像之前那样发脾气，反而耳根羞红地伸出手，接了过来。

沈扶霁的脸上骤然浮现出一抹欢喜。他正要去抱崇云，突然有个人抱住了自己的大腿，他一愣，低头看去。

沈望兰巴巴地看着他，奶声奶气地喊："爹爹！"

沈扶霁大惊，第一反应就是撇清干系，不能让崇云误会，于是道："你……你不要乱喊！我不是你爹！"

沈扶霁惊慌地看向崇云，拼命摆手道："崇云，你听我解释！我……我真的不认识他！"

　　崇云指着那孩子，生气地道："他和你长得这么像，完全是一个模子刻出来的，你还说不认识他？"

　　沈扶霁几乎要哭了，喊道："崇云……"

　　崇云将手中的兰花甩回沈扶霁怀里，怒气冲冲地拎着裙摆回去了。

　　沈扶霁僵在原地。

　　沈望兰疑惑地道："哎，娘亲怎么回去啦？望兰好想娘亲哦！"

　　沈扶霁有些绝望，这到底是个怎么样的世界，为什么所有奇怪的事都发生在他周围？

5

　　沈顾容已经在陶州大泽住了两三年了，但每每回离人峰，牧谪还是被一众师伯怒目而视。

　　沈顾容自认为叛逃了离人峰，所以很少回来，但奚孤行他们却总以为是牧谪那个大逆不道的弟子从中作梗，不让沈顾容回离人峰，所以总是很针对牧谪。

　　牧谪不甚在意，当着师伯们的面进退有度，不卑不亢，扭头到了沈顾容身边就委屈得天都要塌下来了，好像全世界都和他牧小谪过不去。

　　沈顾容被牧谪明里暗里地诉苦了好几次，无奈之下只好打算回去离人峰，开导开导师兄们。

　　沈顾容慢悠悠地回到了离人峰。离索过来迎他，一路上都在喋喋不休地和沈顾容说他家三水师兄到底有多厉害。

　　沈顾容挑眉道："三水出息了。"

　　离索自小就崇敬温流冰，闻言握拳道："三水师兄本来就很有出息！"

　　沈顾容笑了笑。

　　很快，他到了奚孤行的住处。此时奚孤行正在练剑，扫见他过来，瞥了一眼，随口道："来了。"

　　沈顾容走过去坐在一旁的石凳上，道："嗯。"

　　奚孤行收了剑往后扫了一眼，道："牧谪没跟着一起来？"

　　沈顾容道："没有。"

　　奚孤行坐在他对面，为他倒茶，道："啧。你那个好徒儿为什么没敢来？"

　　沈顾容察觉到奚孤行语气中的敌意，叹了一口气，道："师兄，我记得你之前是很喜欢牧谪的，怎么现在这般排斥他？"

说起这个，奚孤行就气不打一处来，道："我喜欢的是循规蹈矩、温顺听话的他，他现在温顺吗？听话吗？！"

"安静安静。"沈顾容安抚他，"师兄先别生气，我们好好地说一说。"

奚孤行抬手作势要打他，道："你要把我气死，一点儿出息都没有，徒弟说什么就是什么，你怎么不叫他师尊？"

沈顾容躲了躲，道："师兄，我又不是孩子了。"

奚孤行气得不行，道："你也知道你不是孩子，迷路迷八百条街还需要徒弟去接？眼瞎耳聋还要徒弟伺候衣食住行？刚才我说错了，你别叫他师尊了，你叫他娘好了！"

奚孤行一生气就有些口不择言，有好多次都说错了话，这话一说出来他又后悔了。

二人面面相觑。

沈顾容哆嗦了一下，小声说："师兄，有没有衣袍借我一身，我有点儿冷。"

奚孤行气得拿出一件大氅扔在他身上，怒道："滚滚滚！"

沈顾容见说不通奚孤行，忙披着大氅跑去寻"二师姐"。

离索带着他去寻素洗砚，在半路上遇到了沈夕雾。夕雾看到兄长极其开心，欢天喜地地要为兄长引路。

沈顾容摸摸沈夕雾的头，笑着道："夕雾现在长高了不少。"

从前半大的孩子此时已经变成了亭亭玉立的少女。

沈夕雾笑起来，一蹦一跳地引路，道："兄长时常不来，夕雾可想你了。"

沈顾容哄道："我错了我错了，往后我勤回来。"

沈夕雾这才点头。

沈夕雾成天跟着素洗砚满三界地转，身上的阴郁之气早已消散，连从前对沈顾容那诡异的独占欲也散了不少。

沈顾容很欣慰。他不想沈夕雾的世界中只有他这个哥哥，她该去看看外面的世界，心境更宽广些。

夕雾将沈顾容引到了风雨潭，素洗砚正和朝九霄商讨下次去孤鸿秘境之事，看到他过来，微微挑眉道："十一回来了。"

沈顾容谢过沈夕雾，慢条斯理地走了过去。

朝九霄化为人形，盘膝坐在风雨潭旁，身上只着一身单薄的单衣，他瞧见沈顾容包裹得严严实实的，哼了一声，嘲讽道："这么冷吗？你身子也太虚了。"

沈顾容知道他嘴里从来说不出好听的话，也没理会，将大氅裹得更紧了问道：

"你们在说什么？"

素洗砚柔声道："说下次的孤鸿秘境。"

沈顾容道："不是还有许多年吗？"

朝九霄哼道："我要为得道离开三界做准备，你这种无法……"

素洗砚看了朝九霄一眼。他自觉说话不对，别扭地住了嘴，含糊地道："我……我不是那个意思。"

沈顾容也不在意，道："没事，所以你们怎么打算的，需要我帮忙吗？"

朝九霄一愣，问："你愿意帮？"

"自然。"沈顾容点头，"一个小忙而已，有什么不愿的，到时你们寻我过去就好。"

素洗砚笑了笑，看到朝九霄一副欢喜的模样，若有所思地看着沈顾容，突然开口道："现在十一是有什么事需要我们帮忙吗？"

朝九霄也愣了一下，迅速将欢喜收敛回去，恶龙咆哮道："我就知道你不怀好意！不会这么轻易帮我！"

沈顾容无奈地道："也不是什么大事，就是想请师兄们下回看到牧谪，不要再冷待他了。"

这话一出，素洗砚忍不住笑了，道："我对他很温柔的。"

沈顾容小声嘀咕："但牧谪总是说你更可怕。"

每回牧谪过来时，素洗砚表面上是所有师伯里最温柔的，但他却感觉素洗砚是对他最疏离的人，完全把他当成个外人，那笑里都藏着刀，只是当着沈顾容的面不舍得拔出来而已。

素洗砚的笑容僵了僵。

朝九霄冷笑一声，道："我不吞了他就是好的，再想其他的，没门儿！"

素洗砚犹豫半天，才道："十一，不是我们不喜他，就是……"他叹了一口气，道，"你几乎算是我们看着长大的，好不容易解决完了咸州的事儿，还没在离人峰过几天好日子，就搬去了陶州那么远的地方，大半年不回来一趟。"

沈顾容心神一动。

素洗砚叹气道："陶州那地方究竟有什么好。"

沈顾容面无表情地说："我只是不想回离人峰。"

朝九霄在一旁阴阳怪气道："在离人峰住了这么多年，现在说不想待就不想待了？白眼狼见了都得称赞你是祖宗。"

姓沈的白眼狼朝他翻了个白眼。

沈顾容见说不过他们，只好匆匆告别两位师兄。他在外面缓了半天，才随意寻了个小童，让小童带自己去寻楼不归。

楼不归正在制药，看了沈顾容一眼，连忙捣了一服药，着急地塞给他。

沈顾容疑惑地接过，问道："这是治什么的？"

楼不归认真地说："补身体的。"

沈顾容将药收起来，无奈道："我……我会吃的。"

楼不归这才开心起来。他拉着沈顾容的手坐下，眨着眼睛道："十一找我有事吗？"

沈顾容说明来意。

楼不归歪头想了想，道："我没有对他冷淡。"

沈顾容松了一口气，他就知道，楼不归的脑子里根本没有冷待这个词。

然后接着就听到楼不归说："但他把十一带走了，我还是不喜欢他。"

沈顾容被噎了一下。

楼不归很少会如此鲜明地表达自己的情绪，也很少会直言讨厌一个人。

"十一好久都不回离人峰了。"楼不归小声说，"他是不是说了很多离人峰的坏话？"

沈顾容忙说："没有，没有的。"

楼不归搅着手指，闷声道："那十一以后如果想回来住，我……我帮你毒他。"

沈顾容："……"十师兄，有点儿可怕。

楼不归看到沈顾容的脸色，这才意识到自己的话似乎不对。他有些着急，急得都要哭出来了。

"对……对不起，我说错话了。"楼不归抽噎道，"十一不喜欢毒，我……我以后再也不研究毒了，呜。"

沈顾容回想起之前楼不归在研究出离魂后，在风雨潭对自己说的那番话，看到他这样，这才意识到他一直都在难过这个，还难过了这么多年。

沈顾容犹豫了许久，才轻轻地抬手摸了摸楼不归的头，柔声道："那不是你的错。"

楼不归茫然地看他。

沈顾容道："研究什么毒是你的自由，你并没有错，错的是那些将毒用在歧途上的人。"

楼不归理解不了这句话，歪着头看了他半天，有些着急地拽着他的衣角，想要他给自己解释解释。

沈顾容索性直说："我不怪师兄。"

楼不归重复道："不……不怪我？"

沈顾容笑道："对，永远不怪师兄。"

楼不归艰难地理解着"永远不怪师兄"这句话的意思。沈顾容也不着急，耐心等了半刻钟，他才小声地哭出来。

沈顾容哄他："好了，不哭啦。"

"不哭，我不哭。"楼不归很好哄，说不哭就不哭，他擦干眼泪，很快就恢复了开心，道，"我以后不瞪牧谪啦，我会好好对他的。"

沈顾容见自己奔走忙活半天，终于有人被自己说服了，险些热泪盈眶。他陪着楼不归又研究了一会儿毒，这才离开离人峰，转道去了一趟闲云城。

一到临关医馆，林束和眼睛都不睁，直接道："没可能，你走。"

沈顾容的脸都黑了，闷声道："师兄，我还什么都没说。"

林束和让花容、月貌给自己打扇子，懒洋洋地道："我知道你要说什么，我本来就看牧谪那小崽子不顺眼，想让我给他好脸色，没门儿，我不对他下毒已算是好的了。"

沈顾容："……"为什么师兄们一个个的都这么凶残？

沈顾容只好和他讲道理。

林束和不听，怎么都不能被说服。

沈顾容没办法，只好去了岁寒城。

镜朱尘诧异地道："你竟然还要劝我？我对牧谪只能这么好了吧？"

沈顾容冷冷地道："我来是让师兄往后冷待牧谪吧，别再和他说话了。"

镜朱尘："……"

沈顾容忙活了许久，身心俱疲，蔫蔫地回了大泽。

6

沈望兰因机缘化为人身，一直修炼到结丹才逐渐长大。当他三十岁的时候，身体还是十六岁少年的模样，可嫩了。

为了庆祝他结丹，沈顾容带他去剑阁买剑。

沈望兰长相极其像沈扶霁，瞧着温润如玉，实际上却是个插科打诨的性子，和他不熟的人几乎都会被他骗过去。

二人到了剑阁，阁主欢天喜地地来迎他们。

沈顾容淡淡地点头，拢着宽袖，带着沈望兰轻门熟路地进了剑冢。

沈望兰自幼跟着沈顾容长大，随后又拜入了三界第一神医林束和门下，三界尽人皆知。

因为沈顾容太过宠爱沈望兰，又加上二人长相极其相似，有许多人都以为这孩子是沈顾容的私生子。

阁主一瞧见是沈圣君带着小圣君过来选剑的，就知道是大单子，扔下轮椅健步如飞，对着头一回来剑冢的沈望兰介绍剑："小圣君最好不要挑选凶剑，否则很难驯服。"

芝兰玉树的少年微微挑眉，满身朝气风华，道："我要选凶剑。"

阁主一愣，才好言劝道："小圣君，这凶剑您着实驾驭不了……"

沈顾容瞥了阁主一眼，他立刻改口，道："但按照小圣君的天赋修为，哪有驾驭不了的剑，您可以挑选排行靠后些的凶剑，这样会……"

他还没说完，沈望兰抬手一指，张狂地道："我要林下春。"

阁主："……"

就连沈顾容都微微挑眉，问："你确定？"

几十年前沈顾容已经把和林下春结下的契解了，林下春孤身窝在剑冢中，舒舒服服地过日子，惬意得不行。

因为林下春是沈顾容曾经用过的剑，有了圣君的威名，无人敢再来和他结契，所以他过了许久无人打扰的惬意生活。

而他的好日子，在这日戛然而止。

林下春不知睡了多久，迷迷糊糊地被人强行唤醒了。他脾气很好，慢悠悠地在识海中化为人形，看到侵入他剑海的少年，突然一愣。

林下春睡蒙了，有些不认人，呆呆地道："圣君？"

沈望兰冲他弯着眸子笑道："不是哦，我是小圣君。"

林下春大概没想到有人会这么无耻地称呼自己为小圣君，愣了一下。

沈望兰倾身拽着他的衣襟，笑吟吟地道："叔叔，我寻到您了。"

林下春呆呆地看了他半天，才意识到这个孩子就是当年沈顾容让自己送到离人峰的沈望兰。他"哦"了一声，说："我能回去睡觉了吗？"

"不能。"沈望兰笑道，"我要叔叔做我的本命剑。"

林下春歪头，软声拒绝："我不要。"

沈望兰挑眉，朝气蓬勃，身上全是林下春最招架不住的意气风发。他说："可我就是要您。"

林下春困倦得不行，觉得做剑灵好麻烦，但觉得拒绝这个固执的小崽子好像更麻烦,所以只能拧着眉头冥思苦想,没一会儿就累了。

"我好累。"林下春说,"我不想思考,不想选择,你放过我吧。"

"您只想怕麻烦是吗?"沈望兰问。

林下春点头道:"对。"

沈望兰柔声哄他:"您只要做了我的剑,我不会让您做任何事情,您想睡多久就睡多久,好吗?"

林下春疑惑看着他,想要问"那你要我做什么",但话还没开口,他就觉得好麻烦。

"真的吗?"

沈望兰眸子轻动,轻轻地笑了起来,道:"真的。"

林下春懒得再质问,点头道:"好。"

沈望兰的眸子眯了起来。

片刻后,沈望兰握着林下春从剑冢中出来,朝沈顾容露出一个得意的笑容。

沈顾容也没想到林下春竟然真的再次认主了,诧异地道:"你怎么说服他的?"

沈望兰笑道:"我承诺他,做了我的剑,他想睡多久睡多久,谁都不会打扰他。"

沈顾容:"……"这的确是林下春会答应的条件。

他叹了一口气,道:"那往后你可要好好待他,他真的很怕麻烦的。"

沈望兰勾唇一笑,道:"自然。"

沈望兰在回溏城待了百年,第一次真正出去便是牵着林下春的手离开的。那时,他第一次看到了日初,看到了满世繁华,看到了万千红尘从指间流过。

林下春牵着他的手,面无表情地往前走。

第一次见大世面的沈望兰连脚底的泥沙都觉得极其新奇。他喃喃地问林下春:"叔叔,我是在做梦吗?"

林下春觉得孩子就是麻烦,这种小事还要问。他停下步子,抬手敲了沈望兰一记,大概到中途他就懒了,所以打得也不痛。

林下春道:"痛,就不是梦。"

沈望兰抚摸着额头,眼巴巴地看着林下春。

林下春有些头疼,但又招架不住这样的神情,索性弯下腰将他抱起来,用懒得几乎不想动嘴唇的细小声音讲解。

"那是日初。

"那是流海。

"那是繁花。"

那是繁华世间。

沈望兰一生最记忆犹新的，便是他第一次出回溏城，一身懒骨的男人忍着困倦，将他抱在怀中，为他一一讲解三千世界。

7

温流冰接管风露城后，特意发帖子请了师尊过去。

当着牧谪的面，温流冰和沈顾容并肩站在风露城高高的城墙上，温流冰大手一挥，道："师尊，这是三水为您打下的天下。"

沈顾容古怪地看着自家大徒儿，道："三水，你能打过你牧师弟吗？"

温流冰奇怪地道："师尊何出此言？我和牧师弟兄弟情深，哪来打不打得过之说？"

沈顾容满脸慈父般的笑容，道："因为你兄弟情深的师弟要揍你了。"

话音刚落，牧谪面如沉水，一剑破空冲了过来。

温流冰："……"

刚上任的风露城城主被牧谪打得满城跑。

虞星河本来在虞州城混吃等死，最后被他阿姐打出了城，说如果不历练成一个彪形大汉就不要回去了。

虞星河强忍泪水，拎着小包袱来投靠温流冰，誓要成为一个真正的男人，去保护阿姐。

温流冰见他这么废物，便将他扔到了诛邪里去历练。

于是虞星河每天累得哭爹喊娘，却一句要退出的话都没喊。

温流冰很欣慰。

听到师尊要来，虞星河特意跑了过来，他围着师尊转了好多圈，欢天喜地地道："师尊看我！星河已经到元婴阶段了！师尊，师尊，师尊！"

沈顾容："……"

在京世录中，虞星河每回修为大涨后也会来自己面前显摆，不过那个时候的沈顾容根本没理会他。

虞星河炫耀完了之后，也瞬间想起来了京世录中的事。他的脸色一白，僵在原地半天，差点儿直接哭出来。

"我……我……我没到元婴阶段……"虞星河笨拙地想要收回自己的话，"星河特别笨……师尊别看我。"

沈顾容叹了一口气，摸摸他的头，道："星河很厉害了。"

虞星河愣住了，呆呆地看了沈顾容半天，才"哇"的一声，差点儿哭出来，好险忍住了。

虞星河望天，不想让眼泪流下来，故作冷酷地道："星河会更努力的。"

他等了两辈子的夸奖，终于听到了。好像空洞的内心被什么填满，他又想哭又激奋，恨不得赤手空拳去打虎。

沈顾容无奈地笑了笑。

牧谪打完大师兄一回来便见到这个场面，再次将收鞘的剑拔了出来，开始追杀虞星河。

虞星河道："啊啊啊！小师兄饶命！"

沈顾容在一旁看得满脸笑容，他的徒弟们真是团结友爱，互帮互助，太和睦了。

沈顾容幼时十分爱热闹，却因为百年苦修，现在在人群闹市中待了一会儿就受不住，头疼得要命。

牧谪见状，只好带他回了风露城温流冰准备的住处。

风露城已过了盛夏，秋风习习，夜晚还是有些凉，那为沈顾容准备的房中放置着数不尽的炎石，哪怕畏寒如沈顾容也觉得有些热。

牧谪将衣服叠好放置在一旁，见沈顾容的额角上罕见地有些汗水，屈指一弹打开了一旁的窗户。

一缕夜风从窗外吹了进来，沈顾容正准备睡觉，坐在榻上歪了歪头，扫见树梢上的一轮月，愣了一下，才道："今天是什么时候？"

牧谪想了想，道："好像是月节。"

八月十五是凡世的团圆日，只有凡人才会过的日子，沈顾容坐在榻上半天，眸中罕见地有些难过。随后他回过神来，含糊地道："想不想喝酒？"

牧谪一怔，想着他师尊那比芝麻大不了多少的酒量，古怪地道："您喝？"

沈顾容点头，将一旁的衣服拿起来穿好，带着牧谪飞快跃上屋顶，又从储物戒中拿出小案、酒杯和酒坛。

牧谪蹙眉，沈顾容一喝醉酒就喜欢说胡话，像个孩子似的难以招架。他本来想要阻止，但见沈顾容似乎真的很难过，只好算了。

沈顾容拿出桂花酒，倒了两杯，递给牧谪一杯，眸子一弯，道："来。"

牧谪的酒量很好，拿过来抿了一口，觉得桂花酒甜丝丝的，并不怎么像酒，反倒像是花蜜。

二人你一杯我一杯地将那一坛桂花酒喝完，又赏了一会儿月，最后沈顾容果然如牧谪所料地醉了。

这么甜的酒都能喝醉，牧滴简直要叹气了。

沈顾容偏头看着天边的满月，眸中全是水雾，喃喃道："牧滴，我想我爹娘和兄长了。"

牧滴道："想他们了那就去看他们。"

沈顾容突然呜咽了一声，说："他们不记得我了，他们不喊我顾容，还笑我，呜……"

沈顾容一醉酒就喜欢说胡话，一会儿呜咽一会儿说书，一会儿又扑腾得连牧滴都差点儿拦不住。

闹腾到深更半夜，牧滴才将他扶了回去。

沈顾容一沾了床，就不停地往被子里钻，没一会儿就陷入了更深的睡眠中，只能听见平稳的呼吸。

牧滴正要在一旁打坐冥想，就听到沈顾容突然叫了一声："牧滴。"

牧滴偏头看他，只见此时沈顾容的眉头紧皱着，似乎在做什么噩梦。

牧滴低声道："我在。"

沈顾容沉默半天，又喃喃地道："你在哪儿？"

牧滴一怔，看着沈顾容似乎十分难受的神色，犹豫再三，还是将神识探入他的识海中。

若是普通修士，哪怕是梦境也会本能地抵御，不肯让外人进入。但沈顾容对牧滴是无条件的信任，一点儿阻拦都没有，任由他进入了识海深处的梦境中。

白雾散去后，牧滴进入了梦境。

举目望去，便是回溏城的满城繁华，依然是沈顾容永远都忘不掉的花灯节。

在人山人海中，少年沈顾容墨发红衣，正背对着牧滴坐在河边，一手支颐，仿佛十分苦恼。河中全是艳红的河灯，沈顾容看着河灯一盏盏从自己身边飘过，借着别人的花灯给自己许愿。

牧滴听到他喃喃自语："希望我早日找到回家的路。"

牧滴一愣，有些啼笑皆非，心想看来是迷路了，怪不得要问他在哪儿。

牧滴缓步走了过去，坐在了沈顾容旁边的台阶上，偏头看他。

沈顾容听到声音，睁开眼睛微微歪头，迷茫地看着面前的陌生人。

牧滴轻声问他："你找不到回家的路了吗？"

沈顾容点了点头，问："你是来帮我的吗？"

牧滴笑着说："是。"

沈顾容小声地"啊"了一声，嘀咕道："原来借别人的花灯许愿，也能梦想成真呀？"

牧谪无奈，不知道他师尊到底做了个什么梦，竟然连他都不认得了。他朝着沈顾容道："来，我送你回家。"

沈顾容狐疑地看了他半响，才说："你知道我家在哪儿吗？"

牧谪道："我知道。"

回溏城最大的宅子，就是沈家，隔壁便是私塾。

沈顾容看了他半天，才跟着他往前走。

回溏城花灯遍地，沈顾容跟着牧谪一一走过，每走过一步，一旁的灯便会轻轻熄灭，化为黑暗缓慢吞噬掉身后的路。

牧谪回头看了一眼，扫见那花灯一点点熄灭，仿佛枯死的花，又像是逐渐淡去的苦痛。

沈顾容一步步走过长长的花灯街，随着花灯的熄灭，少年时稚嫩的沈顾容也一点点长大。

牧谪看着他满脸朝气的脸转瞬变得心如死灰；看着他身形高挑，身子却瘦弱得仿佛一把枯骨；看着他一夜白头，断情绝爱；看着他宛如飞蛾扑火，跃入火海；看着他受尽苦痛，惨死冰原……

直到最后，他们走过花灯街的入口，脚轻轻地落在青石板路上，发出一声清脆的声响，最后一盏花灯悄无声息地熄灭。

陪伴了沈顾容一百年的花灯噩梦终于化为齑粉，一点点在他背后消散。

沈顾容一头白发，满脸泪痕，缓缓走出了这持续了一百年的噩梦。

沈顾容回头看了一眼，对牧谪道："多谢你送我回家。"

牧谪愣怔地看着他。

花灯街消散，而那原本是回溏城沈家的地方，却是现世的陶州大泽。

大泽无穷无尽，岁月还长。

番外

花灯依旧

竹篾声幽远低沉，悠悠荡荡地飘过高墙。

沈顾容蹬着梯子，想要偷偷摸摸地爬上墙。但梯子短了一截，他只能踩着梯子顶端往上攀，没一会儿就筋疲力尽了，但还是强撑着把自己挂在高墙上，气喘吁吁。

竹篾声戛然而止，沈顾容迷茫地抬起头。

私塾的后院种了一片树林，一身竹纹青衣的先生正握着竹篾，温柔笑着看他。

沈顾容的眼睛一亮，朝他招手，道："先生！先生救我！"

先生失笑，无奈地走到墙角下，问道："你在做什么？"

沈顾容小声说："我兄长又罚我练字，我练得手都酸了，偷偷摸摸跑出来玩一会儿，先生不要告诉他。"

先生却赞同道："你的字确实要多加练习。"

沈顾容在家被沈扶霁吵得头大，先生一说他立刻抱着头，不听不听。但他此时半挂在墙上，乍一松手身子稳不住平衡，直接头重脚轻地从高墙上摔了下来。

沈顾容惊呼一声，手脚不停扑腾，下一瞬就被先生一把接住。

沈顾容惊魂未定，踮着脚尖扒着先生的小臂，喘了几口气，才小声说："吓死我了，多谢先生。"

他既逃了出来，先生也没把他送回去，而是带着他走到了竹林旁的小凉亭，给他倒了杯茶。

沈顾容一饮而尽，"啊"了一声，说："好茶！"

先生忍笑，道："你都没尝出来这茶是什么味道吧？"

沈顾容有些心虚。他讨好地看着先生，称赞道："先生煮的茶自然都是好茶。求先生别把我送回去！要不然姓沈的恶霸肯定会押着我去抄书的！"

先生无奈地摇头，道："今日的功课你做了吗？"

沈顾容一噎。

先生又问："昨日我布置的书你看了？"

沈顾容面无表情地和先生对视片刻，突然拔腿就跑，然后就被先生揪着后领拎了回来。

刚过十二岁生辰的沈顾容手短脚短，被揪回来也跑不了，只能委屈地说："我还要练字，还要抄书，没时间去做功课。"

先生微笑道："你现在不必练字和抄书，总有时间做功课了吧？"

沈顾容一脸茫然。

片刻后，先生拿来纸笔和书，放在他面前，淡淡地道："我看着你做。"

沈顾容险些"哇"的一声哭出来，见逃不过只好苦着脸开始做功课。

先生在一旁吹奏竹篌，声音不停地往沈顾容的耳朵里飘。他看了一会儿书就有些坐不住了，趴在桌子上歪着头看先生。

先生又吹完一曲，笑道："做好了？"

沈顾容摇头道："先生，您好像一直都没怎么变呀。"

先生微微挑眉，道："怎么说？"

"我幼时见您时，您便是这般模样，现在都好多年过去了，您好像还是半分没变。"

先生淡笑着说："只是不明显吧。"

"才没有。"沈顾容鼓着嘴，"反正就是没变。"

先生笑了，说："你对功课不怎么关心，倒是对这种小细节格外注意。"

沈顾容十分苦恼地说："我就是不喜欢读书。"

先生看了他半天，才叹了一口气，道："走，我带你出去玩。"

沈顾容见装可怜有用，立刻将手中的笔扔了，欢天喜地地推着先生出门。

夜幕降临，回溏城的夜市已经陆陆续续开了，沈顾容跟着先生走在熙熙攘攘的人群中，不自觉地哼着不成调的小曲，瞧着十分欢喜。

先生似乎有些悲悯地看着人来人往。他微微垂眸，抚摸着悬在腰上的竹篌。

沈顾容敏锐地察觉到他的难过，伸手拽了拽他的衣角，疑惑地道："先生？"

先生低下头和他对视一眼，笑了一下，道："没事。"

沈顾容却担忧地道："您看起来好像很难过。"

先生摇头，没有多说。

沈顾容只好继续逛，扫见一旁有捏糖人的摊，欢喜地拽着先生走了过去。

先生站在人群中，视线却仿佛透过周遭喧闹的人群，看到了那可怖的未来。他看到了满城烈火，遍地尸身，身形羸弱的红衣少年化为疫魔，明艳的容貌上全是森寒戾气。

少年漠然地行走在全是烈火的回溏城废墟，一边走一边流着泪。他似乎在一声又一声地唤着谁的名字，却得不到任何回答。

最后，一个身着白衣恍如仙人的男人拎着剑从天而降，一剑刺穿了他的心口。

少年死死地抓住男人的手，眼泪簌簌地往下掉，血从他的胸口不断涌出，生机也随之消散。明明是那么怕疼的娇气少爷，此时却缓缓倾身，让那灵剑更深地刺穿自己的身体。

少年口中缓缓地溢出鲜血，眸子已是疫魔的散瞳，却还保持着最后一丝清明。他对亲手杀了自己的人没有丝毫恨意，反而解脱似的对面前的男人开口："多谢你。"

"多谢你！"沈顾容开心地接过糖人，声音清脆地道谢。

先生如梦初醒，眸子微微失神，仿佛不知自己到底身处何地。

方才在幻境中浑身浴血的少年此时正乖巧地捏着两个糖人，眯着眼睛递给他，说："给先生。"

先生的眼睛缓缓睁大。他活了这么多年，从不牵扯尘世间的因果，仿佛一个游走在世间边缘的孤行人。

直到这一日，那还未长大的少年人笑着将沾满尘世喧嚣的糖人递给他，被他忽视了成百上千年的尘世温情仿佛一股暖流充斥着他的全身。

一瞬间，周遭灰暗的世间仿佛有了颜色。

先生有些怔然，伸手接过糖人，看了半天，突然笑了。

沈顾容在舔糖人，疑惑地道："先生在笑什么？"方才不是还在莫名其妙地难过吗？

先生却只是笑，道："我方才只是决定了一件事。"

沈顾容歪头问道："什么事？"

先生伸手轻轻地抚摸着沈顾容的头，眸中悲伤，道："你总会知道的。"

沈顾容扑哧一声笑了出来，捏着糖人的竹签晃来晃去。他说："只要不是决定让我回去抄书，顾容都可以的。"

先生也笑了起来。

那一年，花灯依旧，满世尘嚣。